## 《蜀道研究文库》编纂机构

蜀道遗产丛书

文化遗产

陈涛 ◉ 主编

# 唐宋蜀道文学研究

伍联群
田文仲　著

四川人民出版社

**图书在版编目（CIP）数据**

唐宋蜀道文学研究 / 伍联群, 田文仲著. -- 成都：
四川人民出版社, 2024. 10. -- ISBN 978-7-220-13703-7

Ⅰ. I209.971

中国国家版本馆CIP数据核字第202424FZ64号

TANGSONG SHUDAO WENXUE YANJIU

# 唐宋蜀道文学研究

伍联群　田文仲　著

| | |
|---|---|
| 出 版 人 | 黄立新 |
| 策划统筹 | 邹　近 |
| 责任编辑 | 唐　虎　邹　近 |
| 责任校对 | 林　泉 |
| 封面设计 | 李其飞 |
| 版式设计 | 张迪茗 |
| 责任印制 | 周　奇 |

| | |
|---|---|
| 出版发行 | 四川人民出版社（成都三色路238号） |
| 网　　址 | http://www.scpph.com |
| E-mail | scrmcbs@sina.com |
| 新浪微博 | @四川人民出版社 |
| 微信公众号 | 四川人民出版社 |
| 发行部业务电话 | （028）86361653　86361656 |
| 防盗版举报电话 | （028）86361653 |
| 制　　版 | 四川胜翔数码印务设计有限公司 |
| 印　　刷 | 成都东江印务有限公司 |
| 成品尺寸 | 185mm×260mm |
| 印　　张 | 21.5 |
| 字　　数 | 380千 |
| 版　　次 | 2024年10月第1版 |
| 印　　次 | 2024年10月第1次印刷 |
| 书　　号 | ISBN 978-7-220-13703-7 |
| 定　　价 | 118.00元 |

# 《蜀道遗产丛书》序一

王子今

交通史和文明史有密切的关系。回顾中国古代交通史，可以看到交通系统的完备程度和通行效率在一定意义上决定性地影响着国家的版图规模、行政效能和防御能力。交通系统是统一国家形成与存在的重要条件。社会生产的发展也以交通发达程度为必要基础。生产工具的发明、生产技术的革新以及生产组织管理方式的进步，通过交通条件可以实现传播、扩大影响、收取效益，从而推动整个社会的全面进步。相反，在不同社会空间相互隔绝的情况下，有些发明往往"必须重新开始"。世界历史进程中屡有相当发达的生产力和曾经灿烂的文明由于与其他地区交通阻断以致衰落毁灭的事例。[①]从社会史、文化史的视角考察，可以发现交通网的布局、密度和效能，决定了文化圈的范围和规

---

① 马克思和恩格斯指出："某一个地方创造出来的生产力，特别是发明，在往后的发展中是否会失传，取决于交往扩展的情况。当交往只限于毗邻地区的时候，每一种发明在每一个地方都必须重新开始；一些纯粹偶然的事件，例如蛮族的入侵，甚至是通常的战争，都足以使一个具有发达生产力和有高度需求的国家处于一切都必须从头开始的境地。在历史发展的最初阶段，每天都在重新发明，而且每个地方都是单独进行的。发达的生产力，即使在通商相当广泛的情况下，也难免遭到彻底的毁灭。关于这一点，腓尼基人的例子就可以说明。由于腓尼基民族被排挤于商业之外，由于亚历山大的征服以及继之而来的衰落，腓尼基人的大部分发明长期失传了。另外一个例子是中世纪的玻璃绘画术的遭遇。只有在交往具有世界性质，并以大工业为基础的时候，只有在一切民族都卷入竞争的时候，保存住已创造的生产力才有了保障。"（《德意志意识形态》，《马克思恩格斯全集》第三卷，人民出版社1960年版，第61—62页）

模，甚至交通的速度也明显影响着社会生产和社会生活的节奏。

马克思和恩格斯非常重视"生产"对于历史进步的意义，而且曾经突出强调"交往"的作用。他们认为："……而生产本身又是以个人之间的交往为前提的。这种交往的形式又是由生产决定的。"他们明确指出："各民族之间的相互关系取决于每一个民族的生产力、分工和内部交往的发展程度。这个原理是公认的。然而不仅一个民族与其他民族的关系，而且一个民族本身的整个内部结构都取决于它的生产以及内部和外部的交往的发展程度。"①在论说"生产力"和"交往"对于"全部文明的历史"的意义时，他们甚至曾经采用"交往和生产力"的表述方式。②"交往"置于"生产力"之前。这里所说的"交往"，其实与通常所谓"交通"近义。有交通理论研究者认为："交通这个术语，从最广义的解释说来，是指人类互相间关系的全部而言。"③所谓"人类互相间关系的全部"，可以理解为"交往"。我们引录的马克思、恩格斯《德意志意识形态》一书中所说的"交往""交往史"，有的译本就直接译作"交通""交通史"，比如1947年出版的郭沫若译《德意志意识形态》就是如此。④

在有关中国古代交通的历史文化记忆中，"蜀道"因克服秦岭巴山地理阻隔，对于经济交流、文化联络、政令宣达、军事进退等方面的重要作用，乃至线路设计、工程规划、修筑施行、道路养护等方面组织水准所体现的领先性、代表性和典型性，具有特殊的意义。

对"蜀道"定义的准确理解，曾经存在不同的意见。有一种认识，以为"蜀道"有广义和狭义两说。前者指所有交通蜀地的道路，后者指穿越秦岭巴山联系川陕的道路。甚至还可以看到"蜀道"即"蜀中的道路"或"蜀地"的

---

① 马克思、恩格斯：《德意志意识形态》，《马克思恩格斯全集》第三卷，人民出版社1960年版，第24页。

② 马克思、恩格斯：《德意志意识形态》，《马克思恩格斯全集》第三卷，人民出版社1960年版，第56—57页。

③ 鲍尔格蒂（R.von der Borght）：《交通论》（*Das Verkehrswesen*），转引自余松筠编著：《交通经济学》，商务印书馆1937年版，第6页。

④ 马克思、恩格斯合著，郭沫若译：《德意志意识形态》（郭沫若译文集之五），群益出版社1947年版，第105、63页。

道路这样的解说。①其实，长期以来在文化史上成为社会共识的"蜀道"的定义，久已确定为川陕道路。

虽然南北朝时期古乐府以"蜀道难"为主题的某些作品，或言"巫山七百里，巴水三回曲"②，"建平督邮道，鱼复永安宫"③，似均以巫峡川江水路言"蜀道"，但这是因为南朝行政中心处于长江下游。南朝人所谓"蜀道"自然主要是指"巫山""巴水"通路。其他关于"蜀道"的误识，有些也发生于南北分裂为背景的历史阶段。其实，"蜀道"既不是"蜀中的道路"，也不是所有的"入蜀道"，而是在特定交通史阶段形成的具有比较明确指向的交通线路，即穿越秦岭巴山的川陕道路。在秦以后形成的高度集权的统一王朝管理天下的政治格局中，国家行政中枢联系蜀地的交通道路即所谓"蜀道"，定义是大体明确的。

历史文献较早言及"蜀道"的明确例证，有《史记》卷八《高祖本纪》的记载。项羽分封十八诸侯，"立沛公为汉王"时，为敷衍楚怀王，"与诸将约，先入定关中者王之"④，说"巴、蜀"也是"关中地"。这一策略，其内心真实的出发点其实是"巴、蜀道险"："项王、范增疑沛公之有天下，业已讲解，又恶负约，恐诸侯叛之，乃阴谋曰：'巴、蜀道险，秦之迁人皆居蜀。'乃曰：'巴、蜀亦关中地也。'故立沛公为汉王，王巴、蜀、汉中，都南郑。"⑤又如《后汉书》卷三六《张霸传》记载张霸遗嘱关于葬事的安排："今蜀道阻远，不宜归茔，可止此葬，足藏发齿而已。务遵速朽，副我本心。"张霸"蜀郡成都人也"，时在洛阳生活。⑥由所谓"巴、蜀道险"与"蜀道阻远"可知，在政治文化重心位于黄河流域的统一时代，"蜀道"词语

---

① 有的辞书有这样的解释："【蜀道】蜀中的道路。亦泛指蜀地。"（汉语大词典编辑委员会、汉语大词典编纂处编纂：《汉语大词典》第8卷，汉语大词典出版社1991年版，第1036页）

② 《艺文类聚》卷四二引南朝梁简文帝《蜀道难曲》。

③ 《乐府诗集》卷四〇梁简文帝《蜀道难二首》其一。

④ 《史记》卷八《高祖本纪》："赵数请救，怀王乃以宋义为上将军，项羽为次将，范增为末将，北救赵。令沛公西略地入关。与诸将约，先入定关中者王之。""汉王数项羽曰：'始与项羽俱受命怀王，曰先入定关中者王之，项羽负约，王我于蜀汉……'"（中华书局1982年版，第356、376页）

⑤ 《史记》卷七《项羽本纪》，中华书局1982年版，第316页。

⑥ 《后汉书》卷三六《张霸传》，中华书局2000年版，第1241—1242页。

的指向原本是明朗的。

深化蜀道研究，有必要开阔学术视界，探索和说明蜀道在世界文明史中的意义。

与其他世界古代文明体系的主要河流大多为南北流向不同，中国的母亲河黄河与长江为东西流向（樊志民说）。而黄河流域文化区与长江流域文化区之间，在西段存在着秦岭这一地理界隔，形成了明显的交通阻障。自远古以来先民开拓的秦岭道路成为上古时代交通建设的伟大成就。

秦占有巴蜀，成为后来"唯秦雄天下"①，"秦地半天下"②，最终实现"秦并天下"③，"灭诸侯，成帝业，为天下一统"④的重要条件。秦统一天下改变了世界东方的政治文化格局。这一体现了显著世界史意义的历史进程，是以蜀道开通为基本条件的。

蜀道成就了秦汉"大关中"形势的出现。当时的"大关中"即司马迁所划分四个基本经济区之一的所谓"山西"地方⑤，成为当时东方世界的政治、经济、文化重心。⑥这一情形直到王莽"分州正域"⑦，规划"东都"⑧，方才改变。

李学勤《东周与秦代文明》划分东周时期的中国为7个文化圈。⑨蜀道实现了其中"秦文化圈"与"巴蜀滇文化圈"的直接的交通联系，使得黄河中游的中原地区与长江上游的西南地区融汇为一个文化区。蜀道的进一步延伸即"西

---

① 《史记》卷八三《鲁仲连邹阳列传》，中华书局1982年版，第2459页。

② 《史记》卷七〇《张仪列传》，中华书局1982年版，第2289页。

③ 《史记》卷二八《封禅书》，第1366页；卷三七《卫康叔世家》，第1605页；卷八六《刺客列传》，第2536页。

④ 《史记》卷八七《李斯列传》，中华书局1982年版，第2540页。

⑤ 《史记》卷一二九《货殖列传》，中华书局1982年版，第3253页。

⑥ 王子今、刘华祝：《说张家山汉简〈二年律令·津关令〉所见五关》，《中国历史文物》2003年第1期；王子今：《秦汉区域地理学的"大关中"概念》，《人文杂志》2003年第1期。

⑦ 《汉书》卷九九中《王莽传中》，中华书局1962年版，第4128页。

⑧ 《汉书》卷九九中《王莽传中》："其以洛阳为新室东都，常安为新室西都。"（中华书局1962年版，第4128页）王子今：《西汉末年洛阳的地位和王莽的东都规划》，《河洛史志》1995年第4期。

⑨ 李学勤：《东周与秦代文明》，上海人民出版社2007年版，第10—11页。

南夷"道路以及"西夷西"道路的开通①，打开了有学者称作西南丝绸之路的国际通道。②而敦煌入蜀道路也可以看作西北丝绸之路的支线。③蜀道研究因而也是丝绸之路史研究不宜忽视的学术主题。

　　为推进蜀道研究的学术进步，蜀道研究院组织了《蜀道遗产丛书》，内容包括文化遗产类和自然遗产类两部分，涉及历史学、文学、考古学、艺术学、文献学、生物学等学科方向，确实实现了多学科的结合。这些论著体现出值得肯定的学术水准。该丛书对蜀道研究的学术进步实现了有力的推促。学术质量和工作效率，都值得学界诚心敬重。

　　读者面前的《蜀道遗产丛书》第一辑，其编订与出版，无疑是应当得到高度赞赏的新的学术贡献。对于今后蜀道的考察和研究而言，学术基点提升到了新的高度。学术视野的开阔，学术方式的更新，学术认识的拓进，均可以因此得到新的启示。

　　捧读这些优秀的学术成果，对于今后蜀道研究的学术进步，可以有更为乐观的预期。

王子今

2024年6月10日，甲辰端午

于山东滕州旅次

---

① 王子今：《汉武帝"西夷西"道路与向家坝汉文化遗存》，《四川文物》2014年第5期。

② 王子今：《海西幻人来路考》，《秦汉史论丛》第8辑，云南大学出版社2001年版。

③ 王子今：《说敦煌马圈湾简文"驱驴士""之蜀"》，《简帛》第12辑，上海古籍出版社2016年版；《河西"之蜀"草原通道：丝路别支考》，《丝绸之路研究集刊》第1辑，商务印书馆2017年版。

# 《蜀道遗产丛书》序二

陈　涛

## 一

　　蜀道是中国古代从关中平原穿越秦岭、巴山到达四川盆地的道路交通体系，其沿线拥有喀斯特、丹霞等特殊地貌和壮观的自然景观，分布着具有全球意义的生物多样性保护区域，留存着诸多重要历史文化遗址遗迹，已成功入选"世界自然与文化遗产预备名录"。

　　千年古蜀道，半部华夏史。蜀道沟通四川盆地与中原地区，连接长江文明和黄河文明，连通南北丝绸之路，奠定中国古代盛世的坚实基础，促进中华多族群、多区域、多元一体文明格局的形成，见证古代中国与世界其他文化的交往交流交融，彰显中华民族"因地制宜"智慧与"开拓进取"精神。作为一条贯通中国南北的大动脉，蜀道在历史上的政治、经济、文化、社会、生态等方面的作用是巨大的，其不仅对中国历史演变有重大影响，在世界文明史中也有着十分重要的意义。

　　蜀道是一条国家统一之路，对于沟通中原与西南地区、维护国家统一发挥着巨大作用。周武王伐纣，实得巴蜀之师；秦据巴蜀，终并六国；楚汉相争，刘邦任萧何留守巴蜀，东定三秦；三国鼎立，诸葛亮以汉中为基地，创造以攻为守的军事奇迹；隋末李渊起兵晋阳、夺取关中后，取巴蜀，收荆襄，奠定唐开国的后方基地；北宋先取四川，后定江南。蜀道在不同历史时期对于维护国家统一都发挥着不可替代的作用。

蜀道是一条富庶发展之路，对历史上巴蜀与外界的贸易交流影响深远。四川盆地与关中平原在中国历史上是两个开发最早、最为繁荣的经济区，都赢得了"天府之国"的美名，这两大经济区，通过蜀道很好地联系起来，在立国安邦中起到了巨大作用。所以，陈子昂曾说："蜀为西南一都会，国之宝府，又人富粟多，浮江而下，可济中国。"杜甫在安史之乱后也说："河南、河北、贡赋未入。江淮转输，异于曩时。唯独剑南，自用兵以来，税敛则殷，部领不绝，琼林诸库，仰给最多，是蜀之土地膏腴，物产繁富，足以供王命也。"中国最早的纸币——交子，便是宋代蜀道经济带茶马、茶盐贸易的结晶。在漫长的历史时期，蜀道促进了巴蜀与关中经济的互通与发展。

蜀道是一条文明交融之路，在通衢南北的历史长河中，促进了多种文化的交流融合，留下诸多珍贵的历史文化遗产。凭借蜀道，巴蜀文化穿岷山越秦岭，迤逦北上，徜徉于三秦大地，并折而东向，与中原文化密切交流，成为中国重要的地域文化。"栈道千里，无所不通"，蜀道打通了南北两条丝绸之路，让蜀地成为古代中外文化、经济交流的核心地带之一。蜀道的存在，使黄河和长江两大文明得以交汇，从而加速了巴蜀与汉中、关中乃至全国各地经济文化的联系，促进了商品经济发展和城市繁荣，并形成汉唐时期沿蜀道繁华的城市经济带。除此之外，蜀道上众多的历史遗存与文化景观，构成了规模大、时间长、内涵丰富且独具特色的蜀道文化遗产，不仅是中国古代交通史的重要见证，更是触摸古代历史文化的必要脉搏。例如蜀道上的关隘，南起成都，北至汉中，有绵竹关、白马关、涪关、瓦口关、剑门关、白水关、葭萌关、天雄关、飞仙关、朝天关、阳平关、七盘关等，不少栈道、关隘上都有悲壮的历史故事和重要的遗迹，如刘邦、韩信明修栈道、暗度陈仓；两汉之际公孙述进攻关陇；三国时诸葛亮两次于斜谷设疑兵而主力出祁山、陈仓，姜维在剑门关拥兵死守而迫使进攻之敌改道入川；南宋军民在大散关英勇抵抗金兵的多次猛攻；蒙古拖雷部攻克武休关而陷汉中；等等，都显示出蜀道关隘遗址是蜀道历史文化的重要见证，成为宝贵的古代交通与军事文化遗产。

蜀道是一条绿色生态之路，沿线拥有优美壮观的自然景观，是我国重要的生物多样性保护地与濒危物种栖息地。蜀道沿线分布有秦岭太白山国家森林公园、米仓山国家森林公园、天曌山国家森林公园、剑门关国家森林公园，还有近万株古柏组成的翠云长廊，森林内有各种奇特的自然景观及珍稀的野生动植物资源。蜀道上地表奇秀的峰丛、石林、峡谷景观，独特的喀斯特地貌，以及保存完整、品种众多、面积最大的水青冈群落，都极具美学价值和保护价值。传承几百年的"古柏离任交接制度"，时至今日仍传承发扬，闪耀着生态环境保护的历史光芒。蜀道的发展史、保护史，都完全凸显了古蜀道是尊崇环保、发展生态的突出范例。

蜀道作为出入四川尤其是西蜀与中原之间的黄金通道，千百年来，络绎不绝的各色人等来来往往，川流不息。尤其是传播佛、道信仰的高僧、高道们，他们或从中原入蜀，或从蜀道出川，一路上留下了大量的石窟造像、石刻雕塑、建筑壁画等珍贵的艺术品，从而使得蜀道沿线地区又成为宗教遗产的密集区。

历经数千年历史风云积淀的蜀道上，还遗存着丰富的古城、古镇、古村、古寨等，它们具有多彩的形态、古朴的民风、独特的建筑风格和深厚的文化底蕴，是映射中华民族文化之光的聚落，可谓古蜀道上一颗颗闪亮的明珠。这些古代聚落很好地实现了历史继承与时代递变的和谐发展，成为当今蜀道沿线重要的人文景观，颇具文化和旅游价值。

蜀道盘旋于秦岭、巴山间，高山峡谷，道阻且长。人们凿山筑栈，架桥渡水，采用不同工程技术，克服重重障碍，连通巴蜀与中原，天堑变通途。从春秋战国的"巴蜀苴秦地缘"，到"五丁开道"，再到唐代诗人李白的《蜀道难》，这条中国古代从关中平原穿越秦岭、翻越巴山，到达四川盆地的交通大动脉，以险峻闻名遐迩。千年前，面对古蜀道逼仄崎岖，部分路段甚至被称为鸟道，蜿蜒盘旋于峭壁之上的环境，先民们为了贯通南北大地，以勤劳智慧和顽强意志，一点一滴寻求方法解决问题，一砖一石地成就了蜀道千年传承的辉煌。在生产力不发达的古代，不断探索和开拓未知领域，为了目标下定决心、不怕牺牲、排除万难去争取胜利，正是中华民族精神的具体体现和宝贵财富。

蜀道是人类历史上顺应自然、改造自然并与自然和谐共生的典范。纵观中华文明史，秦岭是中国几大基本地域文化区相互联系的最大的天然屏障，作为穿越秦岭的早期道路，蜀道是民族文化显现超凡创造精神和伟大智慧与勇力的历史纪念。在蜀道上诞生了世界上最早的人工隧道——石门，遗留下了蜿蜒的古栈道，遗留下了数量众多的关隘、驿铺和寨堡……遇山开山，修路铺道；遇水架设栈道，立柱修桥。这些蜀道上的历史文化遗迹无不处处体现着千百年来巴蜀民众不屈不挠、因地制宜、开拓进取的精神。

丰沛厚重、绮丽多姿的蜀道文化遗产与自然遗产，见证着中华文明突出的连续性、创新性、统一性、包容性、和平性，见证着中国百万年的人类史、一万年的文化史、五千多年的文明史，也见证着中华文明对世界文明进步所作出的重要贡献。

## 二

从商周之际算起，蜀道已有近三千年历史，相关研究多有开展，但真正学术意义上的蜀道研究是在中华人民共和国成立后才发展兴盛的。学界从考古调查、文献整理、历史文化、文学艺术、环境生态等层面展开蜀道研究，取得不少成绩，西华师范大学专家学者在此领域的成果尤其值得关注。

20世纪80年代，西华师范大学成立巴蜀文化研究所、区域经济研究所，关注蜀道遗产资源，推出了《巴蜀文化大典》《巴蜀佛教碑文集成》《巴蜀道教碑文集成》《司马相如集校注》《扬雄集校注》等系列成果，确立了研究方向。

2007年，西华师范大学组建西部区域文化中心，建设省社科基地，推出《巴蜀文学史》《巴蜀方志艺文篇目索引》《蜀鉴校注》等成果，蜀道研究全面展开，呈现出多学科、多领域齐头并进的趋势。

2017年，西华师范大学设立蜀道研究中心，承担蜀道申遗重大项目，推出蜀道研究领域中的首套大型文献丛书《蜀道行纪类编》，确立了其在蜀道研究领域中的领先地位。其后，相关研究人员先后承接国家社科基金重点项目、国家自然科学基金项目等国家级科研项目36项，横向科研项目49项，获得省科技进步奖、社会科学优秀成果奖等省级以上奖励21项，取得了较好的社会效益与经济效益。

2023年7月25日，习近平总书记考察广元翠云廊古蜀道期间，西华师范大学蔡东洲教授全程担纲讲解工作。其后，西华师范大学相关专家学者在中央电视台等30多家媒体上传播蜀道文化，其蜀道研究享誉海内外。2023年12月12

日，蜀道研究院正式揭牌，西华师范大学的蜀道研究开启了新篇章。

为深入学习习近平总书记来川视察重要指示精神，贯彻落实党中央和省委、省政府关于蜀道保护利用部署要求，推动蜀道考古调查、文献整理、生态保护等跨领域多学科研究，打造中国蜀道研究高地，蜀道研究院计划分期分批推出《蜀道遗产丛书》，集中呈现蜀道研究优秀成果，提供蜀道保护传承、创新利用、宣传普及、文旅融合、传播交流等工作的学术支持。

《蜀道遗产丛书》分为文化遗产和自然遗产两类。第一辑中，文化遗产类有《唐五代入蜀文人与蜀道诗研究》《唐宋蜀道文学研究》《蜀道南段调查报告（2017—2018）》《蜀道南段古代壁画遗珍》《米仓道巴州平梁城调查报告》《司马相如集校注与研究》6种；自然遗产类有《四川米仓山国家级自然保护区台湾水青冈的生存现状》《大熊猫研究》《四川唐家河国家级自然保护区生物多样性研究》《濒危植物水青树的保护生物学》4种。作者既有年届鲐背的李孝中先生，"国家哲学社会科学成果文库"入选者蔡东洲教授，大熊猫生态生物学研究奠基人和"中国大熊猫研究的第一把交椅"的胡锦矗先生，又有蜀道文学艺术研究领域的主力军严正道教授、伍联群教授、刘显成教授，蜀道生态研究领域的知名学者张泽钧教授、胥晓教授、甘小洪教授，以及蜀道考古领域的新秀罗洪彬博士等，充分体现出西华师范大学专家学者在蜀道研究领域薪火相继、代有传承、开拓进取的学术风范。

尺有所短，寸有所长，研究者的学术理念、研究方法有别，学养亦有差异，这些成果中也会存在引起讨论之处，恳请专家学者不吝赐教，齐心协力助推蜀道研究工作纵深发展，创建线性遗产保护研究传承典范，为奋力谱写中国式现代化四川新篇蜀道华章、建设中华民族现代文明作出贡献。

陈　涛

2024年6月18日

# 作者简介

**伍联群**　文学博士，绵阳师范学院文学与历史学院教授，研究方向为唐宋文学。曾主持并完成国家社科基金项目、教育部人文社科项目、四川省社科联人文社科项目各一项。出版学术专著两部，公开发表学术论文三十余篇。

**田文仲**　江西财经大学在读研究生，绵阳师范学院图书馆馆员。

# 目 录
CONTENTS

引言

## 一、"蜀道"概念之变迁

对"蜀道"概念的认识，多有歧义。或言蜀道是"蜀中的道路。亦泛指蜀地"[1]。或言蜀道有广义和狭义两说，广义的蜀道是指所有通往蜀地的道路，或古代四川通往四面八方的道路，狭义的蜀道是指穿越秦岭、巴山联系川陕的道路，或是"秦蜀古道"的专有名称，是对历史上翻越秦岭、巴山连接关中与四川盆地一系列道路的统称。[2]或认为蜀道从字面上考虑"应解释为蜀地的道路或蜀国的道路，蜀地或蜀国通向四方邻近地区的道路。但从历史演变来看，解释为从四周邻近地区，尤其是从当时的首都，由汉唐的首都长安通往今天的汉中、四川等地的道路，似乎更为贴切一些"[3]，或把蜀道定义为"是历史上连接关中盆地与成都平原，穿越秦岭、巴山，分布于川陕之间，因交流融合而形成的一系列官驿大道和文化交流道路的统称"[4]，或认为蜀道既不是"蜀地的道路""蜀中的道路"，也不是所有的"入蜀路"，而是"在特定交通历史阶段形成的具有较明确指向的交通线路，即穿越秦岭、巴山的川陕道路"[5]，等等。

从以上诸种对蜀道的认识可见，历史文献中对"蜀道"概念的使用有一个变化的过程。从汉司马迁《史记·项羽本纪》所云"巴蜀道险"[6]，到南朝

---

① 汉语言大词典编辑委员会、汉语言大词典编纂处：《汉语大词典》，上海：汉语大词典出版社，1991年，第1036页。

② 李久昌：《中国蜀道·交通线路》，西安：三秦出版社，2015年，第3页。

③ 李之勤等：《蜀道话古》，西安：西北大学出版社，1986年，第7页。

④ 李久昌：《中国蜀道·交通线路》，前引书，第12页。

⑤ 王子今：《中国蜀道·历史沿革》引言"蜀道的名义"，西安：三秦出版社，2015年，第2页。

⑥ 泷川资言：《史记会注考证》卷7《项羽本纪》，北京：新世界出版社，2009年，第37页。

宋范晔《后汉书·张霸传》所云"蜀道阻远"[1]，梁简文帝《蜀道难》诗"巫山七百里，巴水三回曲。笛声下复高，猿啼断还续"，刘孝威《蜀道难》诗"玉垒高无极，铜梁不可攀。双流逆巇道，九阪涩阳关"，陈阴铿《蜀道难》诗"王尊奉汉朝，灵关不惮遥。高岷长有雪，阴栈屡经烧"[2]，再到唐代王勃《入蜀纪行诗序》说他由长安经褒斜道抵达成都，李白《蜀道难》描述的"青泥何盘盘""天梯石栈相勾连"，杜甫安史乱后入蜀纪行诗里的木皮岭、飞仙阁、五盘、龙门阁、石柜阁、剑门等，元稹出使东川或贬谪通州诗中的褒城驿、漫天岭、百牢关等，李商隐入幕东川诗中的大散关，宋代张咏、宋祁、赵抃、文同、陆游、汪元量等人的入蜀诗文中也多抒写行役剑门蜀道或褒斜道、金牛道上之山水与情志。元明清时期也有许多文人有关于蜀道的陈述，如元代曹伯启《南乡子》（四川道中作）所写"石栈天梯三百尺"的蜀道，明代方孝孺《送陈用中司训先生还汉中》所写"万山入汉秦关险"的蜀道，清代王士禛典四川试，不仅有《蜀道驿程记》记载他往来秦蜀道上辨证古事，而且还有《蜀道集》诗写其经行蜀道登望之情，等等。可见唐前文人笔下的蜀道，一般就是指以成都为中心通向四方之路，如东向的水路，西南向的茶马古道，北向通往秦川的道路等。自唐以后，蜀道的概念发生了变化，主要是指从长安穿越秦岭、巴山通往成都的各条谷道的统称，尤其是李白《蜀道难》诗产生的巨大、深远影响，使蜀道的定义有了更为清晰明确的概念。由此，唐代以后至于今，无论是地理交通还是文学史、文化史，把翻越秦岭、巴山，连接川陕之间的道路定义为蜀道，成为社会共识[3]。

　　蜀道从长安（今西安）到成都相距两千余里，其间并没有一条贯通全程的道路，而是由多条道路组成的交通网络系统。历史上虽有因自然环境或社会条

---

① 范晔：《后汉书》卷36《张霸传》，北京：中华书局，1965年，第1242页。

② 郭茂倩：《乐府诗集》卷40，北京：中华书局，1979年，第590—591页。

③ 2011年9月开始的蜀道文化线路保护与申遗活动在西安正式启动，对连接周秦汉唐政治中心与成都盆地的交通动脉——千年蜀道在成都、广元、汉中等地进行了研讨和线路考察活动。2012年10月，蜀道金牛道广元段成功入选《中国世界文化遗产预备名单》。蜀道世界文化与自然遗产2015年7月列入《世界文化与自然遗产预备名单》。2017年5月，广元举办蜀道文化旅游节。蜀道申遗工作正在积极有序地推进。

件发生变化导致其中一些线路出现阻隔或阻断，造成不同历史时期蜀道线路产生一定的改变，但其核心与重点区域变化并不大，基本上沿袭着"北四南三"七条主要线路的交通格局。这七条线路，以汉中为界可划分为南北两段。北段以西安、宝鸡等地为起点，穿越秦岭抵达汉中，从西向东为故道、褒斜道、傥骆道、子午道四条线路。南段从汉中开始，向南穿越大巴山、米仓山，最终到达成都等地，从西向东为金牛道、米仓道、荔枝道三条线路。"北四南三"的线路是蜀道交通网络的主干。①

本书使用的"蜀道"概念就是唐以后形成的广泛流行之定义，也就是基于"北四南三"七条干线、从西安到成都的入蜀之路。

## 二、"文学"视角之切入

作为连接周秦汉唐政治中心关中地区与西南地区的交通动脉，蜀道在古代政治、军事、经济、文化等方面发挥过重要作用，因此引起历代众多学者的关注和研究兴趣。在对蜀道众多视角的研究中，地理交通的研究成就尤为卓著。蜀道的地理区位、交通形成与发展、道路走向与分支、路线开通与嬗变均已得到明确考述，沿途山岭河道、馆驿里程、历史遗迹、线路特点、生态植被等也得到清晰呈现。除了古代史地文献之载录，现当代研究者中，以严耕望、史念海、谭其骧、黄盛璋、李之勤、郭荣章、辛德勇、蓝勇、李久昌、王子今、梁中效、马强、李德辉等学者最为知名。前辈学者始理其源，后来学人又开其流，金声于前，玉振于后，前后激荡，蔚为大观。

与丰硕的交通史地成果相比，蜀道的文学研究成果则显得颇为寥落。近年来，相关蜀道的文学成果：一是资料汇编，如李德辉《唐宋馆驿与文学资料汇编》，冯岁平《中国蜀道·艺文撷英》等；二是单篇论文，如马强《论唐宋蜀道诗的文化史意义》《唐代诗人汉中诗考略》《岑参梁州诗新考》，梁中效《唐代诗人的蜀道之旅》《蜀道文学的壮美历程》《试论陆游对栈道美的体验与抒写》，李锐《蜀道诗文审美张力的构成》，李德辉《唐人行旅的五个三角

---

① 李久昌：《中国蜀道·交通线路》，西安：三秦出版社，2015年，第13—14页。

形及其文学意义》，郑小琼《蜀道文学对李白诗风和人格形成的影响》等；三是硕士学位论文，如方正《蜀道与唐诗》，黄楚蓉《李杜蜀道书写及其山水书写特色》，李一平《〈蜀道集〉研究》等；四是专著中部分文字涉及，如李德辉《唐代交通与文学》，王子今《中国蜀道·历史沿革》，温虎林《杜甫陇蜀道诗歌研究》等。这些成果，或是部分诗文辑录，或是概括简略论及，或是就个体作家而论，或是选取文学史之一段或一部诗集进行研究，虽各有所得，然深入与扩展却有所不足，不仅使人难窥蜀道文学的具体内涵与格局风貌，而且也难以完整展现蜀道的诗意色彩与文化意蕴。以文学系统性的角度而言，蜀道文学的研究还没有完成。

古代文人或因任官之驱遣，或由出使之君命，或受党争之排挤，或遭战乱之逼迫，于游学、游宦（游幕）、出使、贬谪、避乱之际，多有蜀道行旅活动。作为文学创作主体的文人，他们行旅蜀道之上，往往受沿途山川地理风貌与个人际遇之激发，将风云物态与一己情怀感思寄之于笔端，寓之于文字，形之于篇章，遂演为蜀道文学之大观。蜀道不仅是一条千年交通驿道，也是一条文学之路。如果仅从地理交通、政治经济与军事角度来观照蜀道，未免显得太具科学的理性而缺乏生动的感知。千年蜀道能带给人强烈的震撼与审美快感，能引发后来者不断地向它回望，也许只有文学才能达到。从文学的角度切入研究，不仅可以开阔蜀道的研究视阈，而且可以增强蜀道的诗性光芒，建构"诗意蜀道""文学蜀道"的形象，展现出蜀道作为人类文明史上凝聚着精神文化景观大道的丰富内涵。

## 三、"唐宋"断面之选取

古代蜀道文学从先秦时期开始就绵延不绝，源远流长。现在所能见到对蜀道有具体叙写的作品是在汉代，在汉之前的蜀道文学却只能在流传后世的神话传说中窥见其斑驳陆离的影像。到汉魏两晋南北朝，蜀道文学出现了铭、颂、表、诗等各类作品，虽然留存数量不多，但文体已备，略具规模。至唐宋蜀道文学，铭颂之文消退，诗文赋词兴起，其中蜀道诗歌尤为卓著，不仅数量远远多于其他各类文体，而且流传于后世之名篇佳作也多出其间。及元明清，蜀道文学更是兴盛不绝，不仅有众多的诗文作品，还出现了许多纪行笔记，使蜀道文学在唐宋之后不仅没有衰歇，反而呈现出新的文学风貌。

本书选取"唐宋"蜀道文学作为探讨、研究对象，是基于两个因素。其一，从文学上的影响力而言，唐宋蜀道文学的影响最为巨大。古蜀道的神话传说幽远渺茫，虽能在一定程度上展现其精神内涵，但因文献匮乏，难以作系统研究。汉魏两晋南北朝文人虽有作品描写蜀道，然缺乏鲜明强烈的审美感知，且作家与作品都很有限，亦难述论。明清时期的蜀道文学从唐宋演进而来，作家与作品数量颇丰，然其影响力远不及唐宋。唐宋文人在前朝文学的基础上，有因有革，他们鼓其雄辞，夸其俪事，情之所适，发乎咏歌，突显出蜀道文学独特的风格与魅力。他们在文学作品（尤其是诗歌）中，不仅对蜀道进行了多层次、多角度的歌咏与描写，而且将其独具的地理形貌特征与内在的人文历史蕴含混融，并结合社会与个人情事，形成了蜀道丰厚的意象与意义层次，对后世产生了深远而巨大的影响。其二，具有文学形象和意义的"蜀道"概念是在唐宋时期的文学作品中得到彰显和形成的。唐代不仅基本完成了"蜀道"作为川陕交通道路的概念，更是通过大量文人的诗歌书写，构建了蜀道在文学史上的形象和意义。从王勃的行吟低语到李白的高唱振响，从杜甫的推波助澜到李商隐的遗恨忧伤，唐代文人的蜀道行旅吟咏不仅描画出千里蜀道的崇山峻岭、险绝道路，更是揭示出人生之路的曲折艰难与社会情状之变换。宋代文人除了承续唐人对蜀道的吟咏，更多了对历史的感叹与追忆，更多了一份反观自省与现实的深重忧患。唐宋文学作品中的蜀道，不只是一条艰险难行的交通道路，也成为承载文人们喜怒哀乐情感的人生之路。在蜀道之上，唐宋文人赏好生情，刚柔本性，绝足奔放，包罗万象，不仅有荒驿云栈、绵绵青山，更有变换的历史风云、人生的悲欢离合。正是在唐宋文人的作品中，"蜀道"的文学形象得以凸显，其意义得到累积，最终形成深厚内涵，成为文学史、文化史上具有象征性意义的文学性意象。唐宋蜀道文学的成就，令后来者再难超越，明清文人只能追摹其后，承其余绪而难有波骇飞声之作。要之，蜀道文学自汉魏至明清绵延不断，前后相随，但于唐宋这两个时期最为卓著，学术典型性较强，历史阶段性较为明显，前后关联紧密，呈现出鲜明的文学内涵。正是如此，本书选取"唐宋"蜀道文学进行研讨，就具有了学术典型性的作用和意义。

## 四、本书拟写之内容

本书在前人研究成果的基础上，以"唐宋"为时间上的横断面，对唐宋文人在故道、褒斜道、傥骆道、子午道、金牛道、米仓道、荔枝道等七条蜀道线路上的文学进行系统考察，以文人蜀道行旅作品为对象，结合时代风尚、社会情势、作家个体身份及其人生际遇，对其作品进行阐释与解读。因此，本书拟探讨如下内容：

首先，从时间和空间的角度呈现唐宋文人蜀道文学的地理景象与风格特点，阐述唐宋蜀道文学呈现的地理空间特性及其审美特征，突显蜀道的自然与人文地理风貌，呈现文人的审美视点。

其次，从蜀道交通与文人行旅的角度考察文学与蜀道地理空间的关系，展现蜀道丰富的地理意象，揭示蜀道地理对文人生动形象的心灵感发，呈现唐宋蜀道文学的审美特质，观照它在文学史上的地位和价值。

第三，从"唐宋"的时间断面展现蜀道文学的运动过程，观照唐宋文人精神面貌之变化、文学风貌之变迁，探究文学不断增长变化的发展规律和特点。

总之，本书试图通过对唐宋蜀道文学的解读与阐释，了解在历史、地理场景中文人的感受、命运、生活的激变以及忧虑、乡愁、希望、恐惧和犹疑，理解在文学作品中所展示的、充分表现出内心生活实质的鲜活的人类世界，体悟蜀道的历史文化内涵，探求蜀道与文人文学创作之间的密切关系，尝试从交通与文学的角度对中国古代文学进行研究和探讨。

第一章

唐宋蜀道交通的兴盛与文学状况

第一节
唐宋蜀道交通的兴盛


　　蜀道作为穿越秦巴山地、分合多变、通塞不定的道路体系和文化载体，随着历史的演进，自然有其兴衰变化之过程。但就其开辟与修复而言，蜀道交通在唐宋时期最为繁荣兴盛。严耕望、李之勤、黄盛璋、李久昌等先生考证详悉，兹梳理综述如下。

　　由于巴蜀地域在军事地理、政治经济等方面的特殊地位，蜀道在唐宋王朝地域结构和运作空间中具有非常重要的意义。首先，从军事地理上看，蜀道关联着关中、汉中、巴蜀地域，都是古代史上重要的军事区域，战略地位十分重要。顾祖禹说："蜀者，秦、陇之肘腋也。"[①]而言巴蜀，必涉汉中，二者是关中重要的侧翼保障。施和金先生认为，关中只有"取巴蜀为后方求生存，如此方能进退自如，大事可图"[②]。所以，历史上中央王朝都十分看重巴蜀这一战略区域。据统计，自西周以来，蜀道上发生的比较重要的战争就有数十次之多[③]。发生于唐宋时期的，较著名的则有唐元和元年（806）宪宗平定剑南西川之战，五代后唐同光三年（925）后唐灭前蜀之战，北宋乾德二年至三年（964—965）宋灭后蜀之战，南宋建炎四年至绍兴四年（1130—1134）川陕之战等。其次，从地缘政治角度而言，11世纪以前，中国的政治中心始终在黄河流域，长安是建都最久之地。从地缘政治角度看，四川虽偏处西南一隅，但

①　顾祖禹：《读史方舆纪要》之《四川方舆纪要序》，贺次君、施和金点校，北京：中华书局，2005年，第3095页。
②　施和金：《中国历史军事地理研究》，载《中国历史地理研究》，南京：南京师范大学出版社，2000年，第386页。
③　李之勤等：《蜀道话古》，西安：西北大学出版社，1986年，第92页。

有江山险固的地理和民殷物阜的经济，加之西北连秦陇，西南通滇黔，东南接荆楚，使它在王朝地域结构和运作空间中具有特殊的地缘政治意义。隋末唐高祖李渊起兵晋阳、夺取关中后，迅速南下汉中，取巴蜀，收荆襄，奠定了唐开国的后方基地。北宋亦先取四川，然后略定江南。而且，一旦关中动乱，汉中和四川就成为重要的避乱之地。唐中后期，玄宗、德宗、僖宗均经蜀道出奔；宋抗击辽、西夏、金、元，均倚靠蜀中地利人力，方能把战争长期坚持下去。蓝勇先生从唐代区域地理角度分析，认为长江上游在唐代承担了三种身份：中央政权的大后方，控制西南边陲的前沿门户，沟通中原、西北、东南亚和南亚诸国东南西北的枢纽。这一分析虽以唐立论，但同样适用以关中为政治中心时期的四川地区的历史定位。复次，从经济因素来看，四川盆地虽然"其地四塞，山川重阻"①，但在秦汉时期就发展成为全国经济最为发达的天府之国。到唐代，则有"扬一益二"之说。唐代陈子昂有言："国家富有巴蜀，是天府之藏，自陇右及河西诸州，军国所资，邮驿所给，商旅莫不皆取于蜀。"②四川也是宋代主要的经济区之一，宋代章如愚亦云："长江、剑阁以南，民户止当诸夏中分，而财赋所入当三分之二。"③巴蜀土地膏腴，物产繁富，成为唐宋王朝的财源之地。由于财政上的依赖，运输财源的交通线路自然必须保证畅通。王子今先生说，"蜀道使得关中平原与四川平原这两处公认的最早的天府相互连接，形成了中国西部相当长的历史时期内的文化优势和经济强势"，巴蜀富足实力外在的长久影响正是通过蜀道实现的④。正是由于以上因素的影响，唐宋蜀道交通达到了空前繁荣的态势。

　　唐宋时期是我国古代全面繁荣时期，特险而富的四川又是王朝财赋的主要供应区之一和后方基地，因此，蜀道交通线路得到空前发展。首先是蜀道新路的开辟。天宝年间新开荔枝道，这是蜀道七条主干线路最后开通的一条。在褒斜道江口镇以南的东侧，新辟文川道。西侧由武休关向西北，修筑了通往凤州、散关的驿道，即唐宋褒斜道。还有一条名为太白山路的大道以及作为傥骆

①　魏徵：《隋书》卷29《地理志》，北京：中华书局，1973年，第830页。

②　陈子昂：《上蜀川军事》，《全唐文》卷211，北京：中华书局，1983年，第2149页。

③　章如愚：《群书考索续集》卷46，影印文渊阁《四库全书》本。

④　王子今：《秦人的蜀道经营》，《咸阳师范学院学报》2012年第1期。

道和荔枝道联系线的兴道、西乡间的百余里驿道新线等。隋唐时开辟的新线路因选线较为科学，多为后世所继承和发展。其次是旧道的整修。在开辟新线路的同时，原有的蜀道交通线路也得到大规模的整修，仅褒斜道有文献记载的大的整修就有七次之多。部分线路则根据需要加以优化改线，如在金牛道利州至成都间新凿南北并行两道，宪宗、敬宗时整修斜谷路，北宋时修复昭化县驿程，等等。再次是完善驿运系统。隋唐时，从长安到成都的道路是全国最重要的八条驿道之一，唐制三十里一驿①。刘禹锡《山南西道新修驿路记》云褒斜道"自散关抵褒城，次舍十有五"，金牛道"自褒而南，逾利州至于剑门，次舍十有七"。这显然不是金牛和褒斜两道驿站的全部。据蓝勇先生考，仅从金牛驿到成都，可考的驿站即有十七个之多②。经过整修维护，增添驿馆，蜀道由原来"自羊肠九曲之盘"的道路变为"通千里之险峻，便三川之往来"③的大道。复次是慎选蜀道沿线的重要官吏。贞观元年（627），改剑阁以南地区为剑南道，嘉陵江以东地区为山南道。开元二十一年（733）又分山南道为东西二道，乾元元年（758）再分剑南道为东西两川。未几，复把剑南东川、西川和山南西道合称剑南三川。剑南三川大员的选派，朝廷尤其慎重，常以宰相出镇。卢求《成都记序》云："非上将、贤相、殊勋重德，望实为人所归伏者，则不得居此。"④唐后期宰相也主要从三川和淮南节度使中遴选。有学者统计，自宪宗元和元年（806）至僖宗乾符六年（879），担任三川节度使的93人中，先后40人入朝为相，因此，剑南三川被认为是宰相回翔之地⑤。中央朝廷通过蜀道将三大地区连接成了一个牢固的交通网络。皇帝诏命、政府决策、各地奏报由蜀道传递，信使驿卒"急宣之骑，宵夜不惑"。信息量、货流量剧增，加强了国都与四川及西南的联系与沟通。尽管有些交通线路过去已有，但未有如唐代这般繁荣者。有学者认为"当时蜀道繁盛的情况，实为中华人民共和国成立

---

① 刘昫等：《旧唐书》卷43，北京：中华书局1975年，第1836页。
② 蓝勇：《四川古代交通路线史》，重庆：西南师范大学出版社，1989年，第13页。
③ 王溥：《唐会要》卷86，上海：上海古籍出版社，2006年，第1866页。
④ 董诰等：《全唐文》卷744，北京：中华书局，1983年，第7703页。
⑤ 李敬洵：《四川通史》卷3，成都：四川人民出版社，2010年，第77页。

以前的任何历史时期所不及"①。

两宋时期，蜀道在王朝的政治格局和军事地理方面仍然具有重要意义，如北宋苏辙分析北部边防军事形势，就曾引用时人对西夏进犯危及蜀道安全通行的担忧："若弃兰州，则熙河必不可守；熙河不守，则西蕃之马无由复至，而夏戎必为蜀道之梗。"②南宋汪若海也曾经强调"川陕""秦蜀"地方的重要："天下者，常山蛇势也。秦、蜀为首，东南为尾，中原为脊。今以东南为首，安能起天下之脊哉？将图恢复，必在川、陕。"③同时，"蜀地号富饶，产金帛纨锦，中州岁仰给"④，巴蜀地域又是王朝财赋的重要来源地。因此，蜀道交通仍然非常重要。在蜀道交通建设上，宋在唐代的基础上，又采取了许多新措施。一是修筑蜀道。宋太祖伐蜀时，就曾开路、修道，如张晖开大散关路，王全斌修复阁道，等等⑤。平蜀后，又以遣使治道，费多扰民而"道益不修"⑥，"命川、陕诸州长吏、通判并兼桥道事"⑦。真宗时应剑州之请，令"俱当驿路"的梓潼等县，"各增置主簿一员"⑧管理道路，又派武臣充钤辖，统领人夫，专一巡视道路。大中祥符九年（1016），"利州言水漂栈阁万二千八百间，赐监修使臣、役卒缗钱"⑨。宋仁宗天圣四年（1026），又"诏修西川阁道"⑩。这些措施使蜀道交通得到良好的维修和管理。在宋代，

---

① 李之勤等：《蜀道话古》，西安：西北大学出版社，1986年，第69页。
② 苏辙：《栾城集》卷39《论兰州等地状》，曾枣庄、马德富校点，上海：上海古籍出版社，2009年，第861页。
③ 脱脱、阿鲁图：《宋史》卷404《汪若海传》，北京：中华书局，1977年，第12218页。
④ 杜大珪：《名臣碑传琬琰集》卷48，影印文渊阁《四库全书》本。
⑤ 脱脱、阿鲁图《宋史》卷272《张晖传》："乾德二年，大军西下，乃以晖充西川行营先锋都指挥使。督兵开大散关路"，卷255《王全斌传》："王全斌以蜀人断阁道，大军不得进，议取罗川路入蜀，康延泽潜谓崔彦进曰：'罗川路险，军难并进，不如分兵治阁道，与大军会于深渡。'彦进以白全斌，全斌然之。命彦进、延泽督治阁道，数日成，遂进击金山寨，破小漫天寨。"（北京：中华书局，1977年，第9319、8920页）
⑥ 脱脱、阿鲁图：《宋史》卷262《边光范传》，北京：中华书局，1977年，第9081页。
⑦ 李焘：《续资治通鉴长编》卷8，北京：中华书局，2004年，第197页。
⑧ 李焘：《续资治通鉴长编》卷97，前引书，第2247页。
⑨ 李焘：《续资治通鉴长编》卷88，前引书，第2016页。
⑩ 李焘：《续资治通鉴长编》卷104，前引书，第2406页。

蜀道交通的作用，尤其是经济作用，为沿线官吏所认识，于是"川陕多建议修路以邀恩奖"①，"架栈道，以引商贩，冀收其算"②，在蜀道干线上乱开支线。朝廷知其弊端，明令重要栈道的整修事宜，地方官员无得专擅，必须具述利害，提出申请，经朝廷讨论和批准方可施行。神宗熙宁、元丰年间，围绕故道和褒斜道改道之事，前后四五年，秦凤路、利州路、成都府路提刑按察司官员和使臣李稷、刘忱以及三泉县知事黄裳等，先后就两线里程长短、驿馆多少、路况好坏、科差轻重、修葺难易以及兼顾川茶运输等问题展开议论，最后经宋神宗决策，将驿道移回故道。宋神宗亲自做出决策，说明蜀道对北宋王朝的重要意义。二是注重蜀道的经济交通作用。在具体线路改易上，宋朝廷将商旅行路的方便、赋税的运输远近视为道路整修的重要条件。如元丰元年（1078）川陕驿路最终改回故道，关键原因就是"见今官中收买川茶，正由此路经过"。故道是当时西北重镇秦州转输川茶的必经之路，"茶纲见行旧路，商客皆由此出"③。熙宁、元丰年间蜀道线上的茶马贸易最为繁荣，也是促进宋代蜀道走向繁荣的主要动因④。三是建立蜀道沿线植树造林制度。天圣三年（1025）知兴元府褒城县窦充请求在凤州至益州的大道上种植树木，并把种植树木的多少作为考评官吏政绩的依据⑤。宋代蜀道沿线有大面积的森林分布，与宋政府组织在蜀道沿线植树造林不无关系。四是完善蜀道交通设施。宋时联系川陕交通的主要驿道依然是故道和金牛道，政府在驿路上设立了完善的"递铺"制度。宋制十、二十、二十五里设一递铺，后为抵抗蒙古军队，川陕蜀道递铺改为九里一置。对蜀道各"形胜要塞""咽喉之地"则注重"选有武略重臣镇守之"⑥。这些措施保证了蜀道的畅通。随着经济发展和蜀道货流量的增大，北宋中期形成了以蜀道为轴线，以成都府、梓州、兴元府、洋州、京兆府、秦州等为支点的蜀道城市带，沿线的利州、绵州、遂州、三泉、兴州、

---

① 徐松辑录：《宋会要辑稿》，"方域一〇之一"，北京：中华书局，1957年，第7474页。
② 王象之：《舆地纪胜》卷184《利州》，李勇先校点，成都：四川大学出版社，2005年，第5358页。
③ 徐松辑录：《宋会要辑稿》，"方域一〇之四"，前引书，第7475页。
④ 梁中效：《蜀道交通与茶文化传播——立足于宋代的考察》，《成都大学学报》2009年第3期。
⑤ 徐松辑录：《宋会要辑稿》，"方域一〇之二"，前引书，第7474页。
⑥ 李焘：《续资治通鉴长编》卷35，北京：中华书局，2004年，第770页。

凤翔府等一批城市也随之崛起，成为区域经济和交通网络的重要节点①。随着金人的崛起，秦岭散关—汉中成为南宋抗金军事前哨和巴蜀屏障，南宋军民利用蜀道险关要塞，延缓了南宋的灭亡。此一时期蜀道及嘉陵江是南宋西部抗金战场的生命线，正如宋代文人员兴宗诗句所云："奔驰蜀道三千远，控制秦关百二强。"②总之，唐宋时期，就交通线路而言，蜀道以新辟、整修、维护为基本特征，使蜀道的线路、里程、驿站都有了提高，形成密集的交通网络；就政治、军事、经济而言，蜀道也被频繁利用和高度发达，达到了历史上最繁盛的阶段。③

唐宋蜀道交通的兴盛促进了文人蜀道文学创作的勃兴。交通的便利发达，科举考试的选拔，王朝的西南经营，官僚的派遣，使得大量唐宋文人行旅蜀道之上，往来不息，形成中国文学史、文化史上引人注目的"入蜀"现象④。中国古代文学的创作者主要是文人官僚，蜀道文学也不例外，而且关系更为密切。正是由于唐宋蜀道交通的繁荣以及在政治、军事、经济上的重要作用，蜀道文学在唐宋时期才与整个中国古代文学的发展同步。正如中国古代文学在唐宋时期达到成熟与高峰，蜀道文学也在唐宋时期达到繁荣与鼎盛。政治的兴衰、社会的动荡、个人的穷通以及蜀道险峻的地理环境，摩荡着文人的心胸。他们或观察、或思考、或回忆、或感知，比物取象，抽悲慨之幽思，骋旷达之远怀，茹古涵今，发为咏歌，形成独具审美特色的蜀道文学。

---

① 梁中效：《北宋蜀道经济带的盛衰》，《成都大学学报》1995年第3期；梁中效：《宋代蜀道城市与区域经济述论》，《西南师范大学学报》2004年第5期；何玉红：《论南宋蜀道经济带的衰落》，《西南大学学报》2007年第3期。

② 员兴宗：《九华集》卷3《与利州守》，四库全书珍本初集本。

③ 本节内容主要参阅李久昌《中国蜀道·交通线路》，王子今《中国蜀道·历史沿革》，朱士光、朱立挺《中国蜀道·人文地理》等文献综述而成。

④ 伍联群：《试论历史上的文人入蜀现象》，《青海社会科学》2009年第2期；张仲裁：《"自古诗人皆入蜀"小考》，《宜宾学院学报》2009年第9期。

第二节
七条主干蜀道的文学概况

## 一、故道与唐宋文学概况

在蜀道诸线路中，故道的名称最多，还有散关道、陈仓道、青泥路、白水路、沮道、嘉陵道、散关凤兴汉中道、利州兴州达凤翔之路等称呼①。故道的形成较早，在先秦时就已成为川陕间的重要通道。唐宋时，故道不仅是长安通往汉中、巴蜀最主要的一条官驿大道，还是陇右与巴蜀之间的交通要道。公私行旅、帝王巡幸、货物运输通常都取道此路。李久昌先生认为，故道在"唐宋时期作为官方驿路，在关中与巴蜀诸驿道中地位最重要"②。

唐宋故道北起凤翔府，由凤翔府西南行，经潘氏堡，六十里至石鼻。城设石鼻驿，自此故道开始进入山区。顾祖禹《读史方舆纪要》载："石鼻寨，行人自北入蜀者，至此渐入山，自蜀趋洛者，至此渐出山，故苏轼诗云'北客初来试新险，蜀人从此送残山'也。"③出石鼻城向南三十里就是宝鸡县，有陈仓驿。宝鸡自古就是关中通陇蜀的交通要冲。故道一名陈仓道，即因陈仓地处故道北端出口之故，这里历来也是兵家必争之地。由陈仓驿西南行渡渭水七里至模壁，严耕望先生以为由此前行八九里即今益门镇。自益门镇西南行，有玉女潭，距宝鸡县四十余里。再向西南就是散关，即大散关，是关中西入秦岭故道第一关，也是汉中、四川出入关中的门户。宋人郑兴裔云：大散关"为秦蜀往来要道。两山关控斗绝，出可以攻，入可以守，实表里之形势也"。顾祖禹亦云：散关为"秦、蜀之噤喉"，"关当山川之会，扼南北之交。北不得此无以启梁、益，南不得此无以图关中"。④出散关越秦岭西南行，约四十里经

---

① 李久昌：《中国蜀道·交通线路》，西安：三秦出版社，2015年，第57页。
② 李久昌：《中国蜀道·交通线路》，西安：三秦出版社，2015年，第135页。
③ 顾祖禹：《读史方舆纪要》卷55"陕西四"，贺次君、施和金点校，北京：中华书局，2005年，第2643页。
④ 顾祖禹：《读史方舆纪要》卷52"陕西一"，前引书，第2497页。

过黄牛岭，黄牛岭南为黄花县，有黄花驿。故道由黄花驿向南六十里就是凤州治所梁泉县。凤州不仅是故道上的重要城镇，也是联系故道与唐宋褒斜道（连云栈）的起点。两条道路在此分岔，由此向北至宝鸡即故道，折东南行去汉中三百八十里，即唐宋褒斜道。故道由散关向南，山路狭窄，至凤州后，始较为开阔。由凤州向西三十五里是马岭寨，由马岭寨西行，嘉陵江河谷狭窄，故道遂向西折入甘肃境内。马岭寨西行十五里是两当县，有两当驿。《宋会要辑稿》方域一○之三记载，神宗熙宁十年（1077），"成都府路提刑司言，旧路自凤州入两当至金牛驿十程，计四百九里，阁道平坦，驿舍马铺完备，道店稠密"。出两当县向西南七十里是河池县的固镇。固镇是交通军事重镇，其东北通散关至关中，西行经成州通秦州，南入蜀口至成都，地当诸条驿路之枢纽。固镇向西南五十里就是河池县，河池"接壤秦、陇，俯瞰梁、益，襟带东西，称为要地，陇、蜀有事，河池其必争之所矣"①。城内有河池驿。河池县向南二十七里要越过青泥岭，是故道最险要的路段。《元和郡县图志》卷二二《山南道三》兴州长举县载："青泥岭，在县西北五十三里接溪山东，即今通路也。悬崖万仞，山多云雨，行者屡逢泥淖，故号青泥岭。"青泥岭地当南北交通要道。《宋会要辑稿》方域一○之一三《驿传杂录》载："景德二年九月四日，诏兴州青泥旧路依旧置馆驿，并驿马递铺等。"由于青泥岭地势高峻且逢泥淖，在北宋景德元年、至和二年，两次开通白水路，几经曲折，最终在北宋中期以后取代了青泥路的驿路地位，南下四川的道路不再翻越青泥岭。白水路是由河池至大河店，折向南行，沿白水江（今称洛河，大河）再经王家河、白水峡至长举县的白沙渡。杜甫当年在此路过，并写下《白沙渡》诗。故道至兴州长举县重回今陕西境内，长举县设长举驿。出长举东南行一百里是兴州治所顺政县。城南临嘉陵江，地当北入秦，南入蜀，东通楚越，西趋河陇，临江建有兴州江馆，唐人郑谷有《兴州江馆》诗。故道至顺政已经进入汉中盆地。出顺政以后，故道就转向东南，离开嘉陵江干流河谷，溯其支流而行。县东三十里有飞仙阁，杜甫曾经行此处。县东南四十里有接官亭，亭南不远即飞仙岭。从接官亭向南又分出一支线，史称陈平道。宋太宗太平兴国五年（980）该由

---

① 顾祖禹：《读史方舆纪要》卷59"陕西八"，北京：中华书局，2005年，第2858页。

飞仙岭沿陈平水，不再绕行西县（今勉县）。故道继续向东南行四十九里经过大桃戍（大城戍），又东南八十里是分水岭，是汉水与嘉陵江的分水岭，约在今略阳东南的嶓冢山。越分水岭再渡沮水东上就是西县。县设白马驿，又名西县驿，县西南三十里有百牢关，位于故道、褒斜道、金牛道三路交会点上。出百牢关后故道分为两路，一路"趋剑南"，即西县道，由百牢关向西南行五十里，中经嶓冢山，至金牛县，接金牛道入蜀。另一条路则"达淮左"，继续东南行，又西县东行七十里，中经定军山，至褒城县。县置褒城驿，由该驿东渡褒水循汉水北岸三十三里，就是兴元府，有汉川驿。

以上是故道的主干线路，此外还有陈仓古道、唐仓湖田路、沮水道、陈平道、西县道等五条支线。

故道是穿越秦岭诸蜀道中里程最长的一条，长达一千二百余里，但作为长安成都间的直通驿道，不仅比子午道、褒斜道便捷，而且比最近捷的傥骆道也只远一百三十里，它最鲜明的特点就是既"回远"又不甚"回远"①。故道地处秦、陇两地进入四川的核心线路上，既可以与东面的褒斜道、子午道相配合，也可以与西面的祁山道、阴平道相配合，具有较为灵活的特点。就其通行条件而言，它具有道路情况较佳、得嘉陵江水运之便、沿途市镇较多、居民稠密、安全有保障等优势，因此唐宋文人们或漫游、或宦游、或贬谪、或避难，多选择此路，因此于此道之上的文学创作也极为丰富。

唐代各个时期，均有著名文人往来故道，诗歌吟咏尤多。代表性的有：初唐卢照邻有《早度分水岭》《至陈仓晓晴望京邑》诗，王勃有《散关晨度》《晚留凤州》等诗，陈子昂有《西还至散关答乔补阙知之》诗。盛唐王维有《自大散以往深林密竹蹬道盘曲四五十里至黄牛岭见黄花川》诗，苏颋有《陈仓别陇州司户李维深》《晓发兴州入陈平路》诗，贾至有《自蜀奉册命往朔方途中呈韦左相文部房尚书门下崔侍郎》诗，杜甫有《白沙渡》《飞仙阁》等诗。中唐元稹有《百牢关》《青云驿》等诗。武元衡有《元和癸巳余领蜀之七年奉诏征还……途经百牢关因题石门洞》诗，大历诗人卢纶《送张郎中还蜀

① 李之勤：《既"回远"又不甚"回远"——论故道在川陕诸驿道中的特殊地位》，《西北史地研究》，郑州：中州古籍出版社，1994年，第60—69页。

歌》诗中有"黄花川下水交横，远映孤霞蜀国晴"之句，李端《重送郑宥归蜀因寄何兆》诗中有"黄花西上路何如，青壁连天雁亦疏"之句，可见时人均经行故道入蜀，李嘉祐有《发青泥店至长余县西涯山口》诗。晚唐李商隐有《悼伤后赴东蜀辟至散关遇雪》诗，薛能有《西县途中二十韵》诗，薛逢有《题黄花驿》，郑谷有《兴州江馆》，于武陵有《过百牢关贻舟中者》诗，雍陶《到蜀后记途中经历》诗中有"大散岭头春足雨"，可见其经行故道而到蜀，褚载有《陈仓驿》诗，韦庄有《题貂黄岭官军》诗，温庭筠有《过分水岭》诗，等等。宋代，宦游巴蜀文人更为众多，北宋赵抃曾四次入蜀，两次取故道而行，有《过青泥岭》《熙宁壬子至节夕宿两当驿》《过铁山铺寄交代吴龙图》《和六弟过飞仙岭》等诗，苏轼有《壬寅二月有诏令郡吏分往属县减决囚禁自十三日受命出府至宝鸡虢郿鳌屋四县既毕事因朝谒太平宫而宿于南溪溪堂遂并南山而西至楼观大秦寺延生观仙游潭十九日乃归作诗五百言以记凡所经历者寄子由》诗，文同有《夜发散关》诗，南宋陆游曾亲临前线，有《观大散关图有感》《归次汉中境上》《书愤》《南沮水道中》等诗。此外，唐宋文人尚有诏、状、记等文叙述故道修筑情状。如唐德宗兴元元年（784）泾原兵变后得兴元府、洋州、凤州等州县将士百姓修道之助由汉中经故道返回长安，陆贽有《銮驾将还宫阙论发日状》《重优复兴元府及洋凤州百姓等诏》文，记录了对故道的整修治理情况。贞元年间（785—805），柳宗元有《兴州江运记》文记载严砺整修兴州、成州间水陆交通情状，刘禹锡有《山南西道新修驿路记》记载开成四年（839）散关褒城之间的道路修筑情况。宋代则有雷简夫的《白水路记》记载至和元年（1054）利州路转运使李虞卿奏请再修白水新路之事。

　　总之，故道在唐宋时期作为军事、经济的交通要道留下了极为深刻的历史痕迹，而且在文学书写中也留下了丰富的作品。唐宋文人壮游故道，留下众多歌咏诗篇，既展现了故道的地理风景，也显示了故道在文化交流中的重要地位。据严耕望、李德辉、马强、梁中效等先生考证，文人入蜀取道故道之多，仅次于褒斜道。从唐宋蜀道文学作品的留存情况来看，庶几近之。

## 二、褒斜道与唐宋文学概况

褒斜道的得名，主要是因为道路循秦岭山地汉水北侧支流褒水（今褒河）和渭水南侧支流斜水二水的谷道行进之故，又被简称斜谷道或斜谷。在诸蜀道中，褒斜道不仅开辟早，里程比较近，且适应社会经济的发展，其线路也有所变化、扩展。唐宋褒斜道与秦汉褒斜道在道路走向经地及里程方面，都有较大的不同，下面根据前贤时哲的相关研究，对唐宋褒斜道的情况略作综述。

隋唐一统天下，汉中和四川成为隋唐王朝的大后方和物资供应的重要基地，褒斜道被辟为驿路，屡有整修，自唐初到文宗四年褒斜道改线前，先后进行了三次大的整修，一是唐太宗开斜谷水路，一是宪宗时复置斜谷路馆驿，一是敬宗时兴元节度使裴度修斜谷路及馆驿①。唐文宗开成四年（839），山南西道节度使归融修筑山南西道驿路，是褒斜道建设史上的一件大事，因为这次修筑使褒斜道线路发生了重大改移，形成了后人所称的唐宋褒斜道。刘禹锡为之撰写《山南西道新修驿路记》一文，较为详细地记载了修路的经过及其修治结果。这条千余里的川陕驿道，以褒城为界，分为南北两段。北段取宝鸡、凤州至褒城，南段则从褒城而南，逾利州至剑门。这条线路既排除了秦汉褒斜道的途程险峻，又避免了故道的回远曲折，成为最重要的入蜀通道。此道上设置的馆驿很多，自散关至褒城，置馆驿十五座，自褒城至剑门，则有馆驿十七座②。公私行旅往来不绝。而且一旦关中有变，唐天子也往往由此路入蜀，如唐后期德宗由兴元府返回长安，僖宗自长安奔兴元，走的都是斜谷路。唐代开成四年褒斜道的改道，将秦汉褒斜道与故道在汉中地区连接起来，为元明清时期的连云栈道开了先声。五代及两宋时期，褒斜道交通线路沿用唐代褒斜线路，除了时有修整，并无新的建树。

唐宋褒斜道的线路走向，大致是由宝鸡向西南，经凤州折东南，入留坝至武休关，沿褒河河谷南出褒口到汉中。全程分为三段：北段宝鸡至凤州，沿用故道线路，经行之地参见前文故道线路。中段自凤州城越凤岭，经梁泉驿、留

---

① 李久昌：《中国蜀道·交通线路》，西安：三秦出版社，2015年，第180—183页。
② 王开：《陕西古代道路交通史》，北京：人民交通出版社，1989年，第169—170页。

凤关至南星，由南星越柴关岭，经庙台子、留坝至武休关。柴关岭附近的庙台子，设有柴关驿站，北倚柴关岭，西北靠紫柏山，紫柏山下有张良庙。南段自武休关以南，至褒口以达汉中。褒谷口有七盘岭，是褒斜道上最著名的一处险要，也成为唐宋文人吟唱的对象。唐宋褒斜道长九百三十三里，比秦汉褒斜道长一百七十里左右①。就自然条件而言，唐宋褒斜道在里程和道路的艰险程度上并不占绝对优势，但从沿线社会经济发展和政治情况来看，唐宋褒斜道则具有较为明显的优越性②。

褒斜道是继故道之后又一条连接秦蜀的交通线路，具有自身独特的优势。首先，少翻山，路捷近。翻越秦岭的蜀道，故道、傥骆道、子午道都是翻越两处秦岭山梁，唯有褒斜道只需翻越一处。此外，褒斜道线路多半是沿河谷而行。因此，在蜀道北段各线中，褒斜道不仅道路最为平缓，里程也是比较短的。这一线路特色，在西汉时便得到体认："抵蜀从故道，故道多阪，回远。今穿褒斜道，少阪，近四百里。"③其次，典型的栈道结构。褒斜道栈阁密集，嘉庆《汉中府志》记载诸葛亮经由的褒斜道有"栈桥阁道共五千数百所"④，宋《大安军图经》亦云："宋时自宝鸡益门镇入连云栈七百余里，计有桥阁一万九千二百八十间，护险偏栏四万七千一百三十间。"据学者推算，栈道约占褒斜道一半里程⑤。褒斜栈道以险峻著称，唐代陆贽云"褒斜峻阻，素号畏途，缘侧径于颠岩，缀危栈于绝壁"⑥，形象地描述了褒斜道栈道的艰险。因为栈道工程浩大，维修已是艰难，若遇天灾洪水或人为焚烧损坏，则会出现交通不通的状况。因此，唐代中后期开凿了新线，既排除了褒斜道的险

---

① 李久昌：《中国蜀道·交通线路》，西安：三秦出版社，2015年，第216页。

② 李之勤先生认为，相较于其他蜀道，唐宋褒斜道的优越性主要表现在沿线所设州县行政所数目明显多于其他线路，可以对道路的修筑养护、往来人员的安全和供应等，提供更加有力的保证。参见李之勤：《元明清连云栈道创始于北魏迥车道说质疑》，《历史地理》第21辑，上海：上海人民出版社，2006年，第249—261页。

③ 班固：《汉书》卷29《沟洫志》，北京：中华书局，1962年，第1681页。

④ 严如熤主修：《（嘉庆）汉中府志校勘》卷1《舆图·南北栈道图说》，郭鹏校勘，西安：三秦出版社，2012年，第45页。

⑤ 李久昌：《中国蜀道·交通线路》，西安：三秦出版社，2015年，第237页。

⑥ 陆贽：《銮驾将还宫阙论发日状》，《全唐文》卷471，北京：中华书局，1983年，第4811页。

峻，又避免了故道的迂折，从而使褒斜道成为川陕交通的主干线①，历代使用不衰。

经过改进的唐宋褒斜道，由于其近捷的特点，一般行旅、文人墨客大都取道此路以达汉中、巴蜀。唐宋文人现存诗文中，多有言及褒斜道之语。如唐代张说有《再使蜀道》诗，卢照邻有《早度分水岭》《送梓州高参军还京》诗，沈佺期有《夜宿七盘岭》诗，王维有《送杨长史赴果州》《送崔五太守》诗，岑参有《过梁州奉赠张尚书大夫公》《与鲜于庶子自梓州成都少尹自褒城同行至利州道中作》《醴泉东溪送程皓元镜微入蜀》等诗，杜甫有《送李校书二十六韵》诗，元稹有《褒城驿》诗，于邺有《斜谷道》诗，武元衡有《兵行褒斜谷作》诗，羊士谔有《褒城驿池塘玩月》诗，卢纶有《送何召下第后归蜀》诗，顾非熊有《行经褒城寄兴元姚从事》《斜谷邮亭玩海棠花》诗，刘禹锡有《山南西道新修驿路记》文、有《送赵中丞自司金郎转官参山南令狐仆射幕府》诗，雍陶有《到蜀后记途中经历》《西归出斜谷》诗，崔道融有《羯鼓》诗，薛能有《褒斜道中》诗，孙樵有《兴元新路记》《书褒城驿壁》《出蜀赋》等文，许浑有《酬绵州于中丞使君见寄》诗，李频有《寄范郎中》诗，李洞有《乙酉岁自蜀随计趁试不及》诗，胡曾有《咏史诗·褒城》，韦庄有《鸡公帧》诗，等等。宋代欧阳修有《郑十一先辈赴四明幕》诗，文同有《崔觐诗》《送李坚甫中舍奉使还阙》《凝云榭晚兴》《寄褒城宰》《送潘司理秘校》等诗，苏轼有《次韵正辅同游白水山》《二十七日自阳平至斜谷宿于南山中蟠龙寺》等诗，苏辙有《八阵碛》《游泰山四首·初入南山》诗，黄庭坚有《和陈君仪读太真外传五首》诗，曾巩有《送任速度支监嵩山崇福宫》诗，陆游有《鼓楼铺醉歌》《送刘戒之东归》诗，等等。褒斜道沿途之自然地理形势，以及在此条道路之上发生的风云变幻之历史情事，都在唐宋文人的诗文作品中得到书写和表现。由此可见，褒斜道的作用不仅仅表现在政治、军事方面，而且也延伸到文学领域，成为文人文学作品中的构成因素之一。众多唐宋文人的诗文吟咏，赋予了褒斜道生动的文学魅力。

---

① 严耕望：《唐代交通图考》卷3，《"中研院"历史语言研究所专刊之八十三》，台北："中研院"历史语言研究所，1985年，第716—728页。

## 三、傥骆道与唐宋文学概况

傥骆道作为古代长安翻越秦岭通达汉中、巴蜀的重要通道之一，其道因自长安南下先经周至（盩厔）渭水支流的西骆峪水河谷，翻越秦岭后南面出口为汉水支流傥水河谷，因此被称为傥骆道。傥骆道又有"堂光""围谷""骆谷道""骆谷路""骆谷"等名。对傥骆道的兴衰演变、线路变化、走向经地、馆驿设置等问题，不少学者都有考证、论述，如清代的顾祖禹，现当代的严耕望、李之勤、辛德勇、王子今、陈显远、王开、梁中效等，其系统详悉、精当深入的研究，实足令人称道。兹以此为基础略作概述。

傥骆道是关中通往汉中地区的四条主要道路之一，其地位在唐宋时期尤显重要。其经行线路大致为：自长安西南行，经户县向西至周至，西南入骆谷（即傥骆道之北口），越骆谷关往南过老君岭，溯黑河西源至厚畛子镇，越秦岭南梁，进入汉水流域的湑水河谷，沿湑水河谷而进，越秦岭兴隆岭进入洋县境内的华阳镇，又西南越牛岭而出傥谷（即傥骆道之南口），至洋县折向西南渡湑水，经城固县、柳林镇达汉中。

傥骆道的历史非常悠久，据李久昌先生考证，至少在汉初，傥骆道就已经开通，并有了"堂光道"的名字[1]。魏晋时期，由于魏、蜀两国频繁用兵，傥骆道成为战略通道，最为军事家所重视[2]，军事地位攀升。南北朝时期，因南北争夺的重点不在川陕，傥骆道的地位下降。唐代建立以后，于武德七年重新治理开通了傥骆道。《元和郡县图志》卷二关内道京兆府盩厔县载："骆谷关在县西南一百二十里。武德七年开骆谷道以通梁州。"唐玄宗天宝年间，傥骆道上升为官驿大道，其后，德宗建中年间、宪宗元和年间，又对傥骆道进行过整修。唐代对傥骆道的整修，使得其通行能力空前提高，对经济繁荣、文化昌

---

[1] 李久昌：《中国蜀道·交通线路》，西安：三秦出版社，2015年，第250页。

[2] 严耕望：《唐代交通图考》卷3《秦岭仇池区》篇18"骆谷驿道"，《"中研院"历史语言研究所专刊之八十三》，台北："中研院"历史语言研究所，1985年，第687页。

盛起到了重要作用。安史乱起，长安陷落，唐玄宗南幸，经骆谷而入蜀①，群臣也纷纷由骆谷南下，巴蜀地区成为支撑唐王朝的大后方。在此背景之下，唐中后期傥骆道的地位不断上升。贞元二十年（804）柳宗元为其好友韩泰出任馆驿使作《馆驿使壁记》，在当时入蜀驿道中独举傥骆道。元和年间李吉甫撰《元和郡县图志》，也有多条内容言及傥骆道②，可见时人对傥骆道的重视。傥骆道在唐中后期进入了鼎盛时期，是官员商旅南入巴蜀的首要线路，使用最为频繁，也最为繁盛。由于傥骆道近且便③，自是关中多故，朝廷每由骆谷而南。唐德宗避乱梁洋④，唐僖宗逃难入蜀⑤，唐宪宗平定刘辟之乱⑥，皆从骆谷道。实际上，自安史乱后，傥骆道行旅日繁，公私人等皆经此道而行⑦。严耕望先生说："朱泚之乱，德宗由骆谷道幸兴元。自此行旅益盛，朝臣文士取此道者甚多。"⑧杜甫入蜀避乱，肃宗时杜鸿渐出任剑南西川节度使，代宗时岑

① 刘斧《青琐高议》前集卷2载窦弘余《广谪仙怨词》云："玄宗天宝十五载正月，安禄山反，……车驾幸蜀，……行次骆谷，上登高下马，谓力士曰……"（上海：上海古籍出版社，1983年，第27页）董皓《全唐文》卷341颜真卿《颜府君神道碑铭》：十五年，长安陷，舆驾幸蜀，朝官多出骆谷，至兴道。（上海：上海古籍出版社，1990年，第1530页）

② 李久昌：《中国蜀道·交通线路》，西安：三秦出版社，2015年，第261页。

③ 顾祖禹《读史方舆纪要》卷56"陕西五"："宋白曰：自兴元东北至长安，取骆谷路，不过六百五十二里，是往来之道莫便于骆谷也。"（北京：中华书局，2005年，第2669页）

④ 刘昫等《旧唐书》卷133《李晟传》："（德宗）车驾幸梁州。时变生仓卒，百官扈从者十二三，骆谷道路险阻，储供无素，从官乏食。"（前引书，第3665页）

⑤ 刘昫等《旧唐书》卷200下《黄巢传》："十二月三日，僖宗夜自开远门出，趋骆谷，诸王官属相次奔命。"（前引书，第5393页）

⑥ 刘昫等《旧唐书》卷14《宪宗本纪》："甲午，高崇文之师由斜谷路，李元奕之师由骆谷路，俱会于梓潼。"（前引书，第415页）

⑦ 王溥《唐会要》卷86"关市"：宝应元年九月敕：骆谷、金牛、子午等路往来行客所将随身器杖等，今日以后，除郎官、御史、诸州部统、进奉事官任将器杖随身，自余私客等，皆须过所上具所将器杖色目，然后放过。大臣赴任、回朝亦有经此道者，如杜鸿渐赴镇西川，武元衡回朝皆过此道。选人、游幕者，亦有经此道者，如《太平广记》卷421《韦氏》载，孟生与韦生赴选，孟生选授阆州录事参军，携眷从骆谷南下。刘禹锡《传信方》载唐硖州王及郎中充西川安抚使判官，"乘骡入骆谷"。中晚唐左降官赴贬所，亦经此道。如《旧唐书》卷114《来瑱传》载，宝应二年来瑱经此道至贬所播州。元稹贬通州亦经此道。

⑧ 严耕望：《唐代交通图考》卷3《秦岭仇池区》篇18"骆谷驿道"，《"中研院"历史语言研究所专刊之八十三》，台北："中研院"历史语言研究所，1985年，第688页。

参赴嘉州，宪宗时李逢吉出使南诏，白居易出任周至县尉，武元衡出任剑南节度使，权德舆罢山南西道节度使回长安，元稹两次入蜀，等等，皆经傥骆道。

唐代傥骆道上的馆驿，目前可以确定的有细柳驿、钟阳驿、骆口驿、青山驿、白草驿、湑水驿、长柳驿、汉川驿等。傥骆道沿途州县如户县、周至县、洋州真符县、兴道县、城固县等重要地点，也应设有驿馆①。柳宗元《馆驿使壁记》载："自长安至于蓥屋，其驿十有一。"按唐制三十里一驿，七百多里的傥骆道，至少应设驿二十多个。驿站的设置，保障了交通往来的畅通和安全。唐代中期以后的傥骆道，成为关中通向蜀汉的重要驿道，也是傥骆道发展鼎盛的时期，在沟通长安与巴蜀地区的联系方面发挥了重要的政治作用。正如李之勤先生所云："在傥骆道的发展历史上，隋唐五代是个重要时期。作为首都长安和山南、两川之间的重要驿道之一，傥骆道在这一时期使用最频繁，作用最显赫，政治地位大大提高。"②五代以后，国都东迁，政治、经济中心东移南迁，政治社会不安定，傥骆道开始衰落，《读史方舆纪要》亦有"五季以来，骆谷渐成荒塞"③之语，可见不复唐代的繁华。

北宋时期，国都东移，但出于军事和经济方面的需要，傥骆道仍然置驿。据宋敏求《长安志》载，京兆府长安设有秦川驿，户县有户县驿，周至县有周至县驿，再南又有樱桃驿、三交驿、林关驿、大望驿等④，可见傥骆道在北宋时仍保持着官驿大道的地位。不过，傥骆道北段的线路稍有变化，出山之口由西骆峪河谷转向新口峪河谷，其优越之处在于从骆峪关向东，取道较为宽平、开阔的官岭梁上，相较汉唐傥骆旧道，避免了阴暗幽深的峡谷陡崖，亦可免去多次涉渡之劳。李之勤先生认为军事因素仍是北宋修筑傥骆道考虑的重点，

① 李之勤：《唐代傥骆道上的几个驿馆》，《西北史地研究》，郑州：中州古籍出版社，1994年，第82—89页。
② 李之勤：《傥骆古道的发展特点具体走向和沿途要地》，《西北史地研究》，郑州：中州古籍出版社，1994年，第98页。
③ 顾祖禹：《读史方舆纪要》卷56《陕西五》，贺次君、施和金点校，北京：中华书局，2005年，第2669页。
④ 宋敏求：《长安志》，台北：台湾成文出版社，1970年，第461—462页。

"论其所重，似乎仍在于军事"①。熙宁年间知洋州的文同一上任，就上疏《奏为乞修洋州城并添兵状》，即有加强洋州防务的意图。文同还在此篇奏状中，说到傥骆道作为商业贩运交通的状况，"私商暗旅，出入如织"②。可见入宋之后，傥骆道在交通上以军事、政治为主要作用的同时，在经济方面的作用也日趋显现，这对后世傥骆道的发展演变有着重要影响。南宋与金对立，傥骆道被分割在两个政权统治之下，长期阻塞不通，但出于军事目的，傥骆道的一些路段还是有所修整，如南宋在骆谷路的南段修建了石佛堡，成为抗金的北边军事重地。著名诗人陆游入王炎幕府，曾多次至骆谷巡视，并在诗中屡屡提及。元明清时期，傥骆道进入了道路发展史上的转变期，一方面，以军事、政治作用为主的功能未变，另一方面，随着沿线地区村落和集镇增多，经济迅速发展，傥骆道在沟通民间经济联系方面的作用日益显著。

傥骆道全长七百六十里③，是穿越秦岭、由关中至汉中四条蜀道中路程最短的一条古道，具有里程短的优势，因此，有紧急公务的官员和轻装行旅之人多取此道而行。傥骆道虽然里程短，但沿途所需翻越的高山分水岭最多，谷道最短。山高坡陡，道路崎岖，人烟稀少，形成傥骆道极为险恶的通行特点。北宋至和年间在故道上新开白水路，南宋又历经百年抗金，明代创修连云栈，人们避险就易，舍危从安，于是傥骆道在唐代兴盛一个时期之后便逐渐衰落了。傥骆道的作用更多体现在它的应急交通方面，随着国都东迁，政治经济重心东移南迁，巴蜀地区地位下降，傥骆道也渐成荒塞，几至无人问津了。

傥骆道虽然经历了繁荣衰颓的过程，但此线路上的唐宋诗文作品却留存不少，其馆驿、山岭、城镇在文人笔下多见题咏。如唐代王勃有《长柳》诗，卢照邻有《奉使益州至长安发钟阳驿》诗，权德舆有《细柳驿》诗，岑参有《酬

---

① 李之勤：《傥骆古道的发展特点具体走向和沿途要地》，《西北史地研究》，郑州：中州古籍出版社，1994年，第102页。

② 文同：《文同全集编年校注》卷30，胡问涛、罗琴校注，成都：巴蜀书社，1999年，第957页。

③ 李吉甫《元和郡县图志》卷22《山南道三》记载兴元府（汉中）至长安间的里程为"东北至上都七百六十里"（北京：中华书局，1983年，第558页）。《通典》和《太平寰宇记》载为六百五十二里，主要是没有考虑到自天宝十五载（756）迄于两宋，洋州治所已由西乡县移至兴道县。长安至洋州里程为六百四十里，洋州至汉中里程为一百二十里。

成少尹骆谷行见呈》，郎士元有《盩厔县郑礒宅送钱大》诗，李频有《送薛能少府任盩厔》诗，李绅有《南梁行》诗，元稹有《南秦雪》《骆口驿二首》《望云骓马歌》《梁州梦》等诗，白居易有《骆口驿旧题诗》《再因公事到骆口驿》等诗，韩琮有《骆谷晚望》诗，唐彦谦有《登兴元城观烽火》诗，欧阳詹有《与洪孺卿自梁州回途中经骆谷》《题梨岭》等诗，赵嘏《赠馆驿刘巡官》诗，窦裕有《洋州馆夜吟》诗，章孝标有《骆谷行》诗等。元稹《骆口驿二首》诗序云："东壁上有李十二员外逢吉、崔十二侍御韶使云南题名处，北壁有翰林白二十二居易题《拥石》《关云》《开雪》《红树》等篇，有王质夫和焉。"可见，唐人在骆口驿留题遍布四壁。有统计显示，在唐代诗文中，傥骆道见于吟咏之多，仅次于褒斜道，可见唐代文人经过之频繁。北宋时，文同有《骆谷》诗，南宋时陆游有《夜读唐诸人诗多赋烽火者因记在山南时登城观塞上传烽追赋一首》《夏夜》《春日登小台西望》《纵笔》《冬夜闻雁有感》《频夜梦至南郑小益之间慨然感怀》等诗篇进行题咏。宋代文人在傥骆道上的诗文作品大大少于唐代，正与傥骆道在唐宋时期的兴衰情况相一致。

## 四、子午道与唐宋诗文概况

子午道是穿越秦岭的蜀道北段四条主干线路中最东边的一条，因古代习惯上以北方为子，以南方为午，这条道路位于长安以南，呈南北走向，所以被称为子午道。李久昌先生认为，战国时期，秦人就已利用子午道南下与巴人交往，因此，子午道的开通利用时间大致可推定到战国时代[1]。秦汉之际，汉高祖刘邦自关中南入汉中，经行子午道[2]。汉高祖以后，长安与汉中、巴蜀的联系多取故道和褒斜道，子午道因路途涩难受到冷落，直到西汉末年王莽当政，才又发动人力开通子午道。《汉书·王莽传》云："其秋，莽以皇后有子孙瑞，通子午道。子午道从杜陵直绝南山，径汉中。"[3]王莽不仅修整了通行道

---

[1] 李久昌：《中国蜀道·交通线路》，西安：三秦出版社，2015年，第303页。
[2] 严可均辑《全后汉文》卷98杨孟文《石门颂》（建和二年十一月）云："高祖受命，兴于汉中。道由子午，出散入秦。"（北京：商务印书馆，1999年，第982页）
[3] 班固：《汉书》卷99《王莽传上》，北京：中华书局，1962年，第4076页。

路，还通过设置关隘，加强了交通管理，是蜀道建设史上具有标志性意义的重要事件。东汉至南北朝时期，子午道线路得到重要改建，军事作用得到充分发挥，如魏蜀之间多次利用子午道作行军线路，东晋桓温、刘裕的两次北伐都利用子午道，南朝宋萧承之经子午道攻取黄金山，梁魏两国之间在子午道上激烈争战，都突显了子午道的军事地位和作用。

隋唐时的子午道屡被定位为国家驿道，出现了繁盛景象。《法苑珠林》卷三九《神州塔寺三藏感通录》载"子午关南第一驿名三交驿"，可见其道路沿途设有馆驿。唐太宗又在子午道西侧、秦岭北坡建行宫翠微宫。开元年间，李白自长安经子午道南行，登临翠微岭并题诗，晚唐温庭筠也有题咏之作。天宝年间，因杨贵妃嗜生荔枝，于是驿马从涪州（今重庆涪陵）北上经镇巴、西乡、南子午镇，取子午道将荔枝运抵长安。子午道在天宝年间与荔枝道相接，继金牛道之后开辟了由关中入川渝的另一条路径。此外，子午道还是当时佛、道传播、修炼的要道和要地，如高僧玄奘经子午谷入汉川，又随太宗至翠微宫，著名道士卢藏用一度隐居子午谷内，元逸人和新罗人金可记也在子午谷内结茅修道。安史乱后，荔枝道逐渐衰落，子午道交通也受到影响。子午道在六朝以后出现了新旧两路，新路去汉中比较近，旧路去金州（安康）比较近。唐代有不少人循旧路去金州，姜公辅、李翱、姚合赴任金州即经此道。李洞、贾岛、方干、马戴、项斯等也并有吟咏。晚唐杨凝有《送客入蜀》诗，则显示他的友人是经子午道新路至梁州而入蜀。五代时期，子午道分别在两个政权控制下，设置过许多关隘，进行过多次军事活动，后来的南宋与金蒙对峙时期，亦复如是。北宋平蜀后，由于政治经济重心东移，南北向的蜀道逐渐转变为经济交流和军事交通为主，子午道成为商旅由长安去洋州、金州的道路[①]。

史籍中有关子午道的记载不多，其线路的具体走向也较少涉及。现当代的严耕望、李之勤、王开等诸位先生通过精密的考证和研究，对子午道的走向经地作出了明确清晰的判断和说明。子午道自长安始，经杜陵县南而过，行四十余里至子午镇，西南入子午谷北口，进入秦岭山区。子午河经此北流，山谷狭

---

① 李心传《建炎以来系年要录》卷62"绍兴三年正月"有"承平时商旅由子午谷入金、洋"言（北京：中华书局，1988年，第1060页）。

窄，两山壁立高峻。子午谷因谷道短浅，又称直谷。向西南翻土地梁进入沣水河谷，南行约二十里至子午关。出子午关南行，登大岭，顺汉江支流旬水而下，至宁陕江口镇，子午道新旧两线即由此分途。自长安至今宁陕县江口镇这一段线路，新旧线历代沿用，基本没有变化。子午道旧线即魏晋时期的子午道线路。据李之勤等先生的考证，子午道旧线从宁陕江口镇顺旬河西侧支流翻月河梁，南循池河而下至池河镇。子午道在此分为两道，一道向东南，顺汉水支流月河经汉阴县去安康，即古之西城、金州，由此通往襄阳、荆州等地。另一道则向西北越马关岭，溯汉水北侧西行至石泉，由石泉向西北，越饶风岭至西乡县的子午镇（南子午镇）。子午道新旧两线的交叉相接处和唐代荔枝路与子午道相接处都在该镇附近。自子午镇过子午河，进入洋县境内，绕黄金峡经金水镇、铁锁关，折西南至洋县龙亭出山，进入汉中平原，过洋县、城固而达汉中。子午道新线在秦岭以北和南子午镇以西仍依旧道，中间一段则有不同，大致旧线取道月河、池河河谷，新线则取道长安河、子午河河谷。新线在宁陕县江口镇与旧线分途后，折向西南，越平梁河入长安河谷，顺谷而下，经西腰岭关至关口（宁陕县城），再折西行进入石泉县境，过青草关西行，沿子午河东侧而下至西乡县的南子午镇，至此，线路与旧线重合。李之勤先生根据文献记载推算，认为子午道里程大致要超过一千里[①]。

与其他蜀道相比，子午道最大的特点是从长安向正南穿秦岭，同时贯通长安和汉中、安康的道路，长期为行旅、商贩取用，自开辟以来从未断绝。子午道新旧两线并用，旧线桥梁多，新线则多行山路，但道路里程缩短了许多，由长安去汉中，新线最为近捷。子午道并非正南正北，在蜀道北段线路中，子午道里程较长，比故道稍短而比唐宋褒斜道要长，且穿行山间的谷道长达八百八十里，超过了其他线路，而且道路崎岖，山高林密，沿线居民也比较少，物资供应和安全都缺乏保障，因此，子午道在蜀道北段诸线中最受冷落，仅初唐及天宝时因贡荔枝而置驿，其他时期官方行旅不多，利用率较低。

由于子午道的利用率较低，唐宋文人经行此路者也不多，故诗文留存也较少。唐代文人的题咏多有涉及，如李白有《答长安崔少府叔封游终南翠微寺太

---

① 李久昌：《中国蜀道·交通线路》，西安：三秦出版社，2015年，第351页。

宗皇帝金沙泉见寄》诗,杜甫有《玄都坛歌寄元逸人》诗,温庭筠有《题翠微寺》诗,李洞有《送卢郎中赴金州》诗,贾岛有《赠李金州》诗,项斯有《赠金州姚合郎中》诗,马戴有《寄金州姚使君员外》诗,方干有《送姚员外赴金州》《金州客舍》诗,杨凝有《送客入蜀》诗,等等。宋代文人的诗文则少见题咏之作。

## 五、金牛道与唐宋文学概况

金牛道又名石牛道,因发生在战国时期的"石牛粪金""五丁开道"的传说而得名,是汉中通往成都的最大交通动脉。金牛道开辟甚早,名称也有多次变化。秦汉至南北朝,这条道路一直以石牛道相称,唐代宗宝应元年(762)又有了金牛道之名。严耕望先生说:"此道北以金牛县为道口咽喉,故称金牛道。"① 唐宋时,金牛道、石牛道两名并用。清代顾祖禹《读史方舆纪要》卷五六"陕西五"云:"金牛道,今之南栈。自沔县而西南至四川剑州之大剑关口,皆谓之金牛道,即秦惠王入蜀之路也。"从汉中至蜀,无论是故道、褒斜道还是其他道路,均要经过金牛道到达成都平原。

唐宋时期是金牛道发展的繁盛时期。当时入蜀道路,"或由汉中向西南,或由兴州向东南,皆经金牛,为入蜀咽喉"②。因此,唐宋王朝都十分重视,无论是道路整修还是驿馆设置,都出现了繁荣景象。北周末年,隋文帝杨坚当政,废弃经白水关通往大剑的剑阁旧道,沿嘉陵江河谷更开新路,这是金牛道线路从白水河谷转到嘉陵江河谷的第一次大改线③。唐玄宗开元三年(715),韦抗为益州长史,整修金牛道广元千佛崖段驿道。唐文宗开成四年(839),石文颖等整修金牛道北段,使金牛道北段成为正驿。唐宣宗大中六年至八年(852—854),剑州刺史蒋侑整修剑门附近道路,李商隐为之撰《剑州重阳亭铭并序》,详叙其经过。经过唐政府的多次整修,金牛道线路从秦汉的白水关

① 严耕望:《唐代交通图考》卷4《山剑滇黔区》篇贰叁"金牛成都驿道",《"中研院"历史语言研究所专刊之八十三》,台北:"中研院"历史语言研究所,1985年,第865页。
② 严耕望:《唐代交通图考》卷4《山剑滇黔区》篇贰叁"金牛成都驿道",前引书,第863页。
③ 李之勤:《金牛道北段线路的变迁与优化》,《中国历史地理论丛》2004年第2期。

线改走嘉陵江线，此线经金牛驿，西南至阳平关，折南顺嘉陵江岸至朝天驿，再南过广元、益昌（今昭化），去成都，后世称这条线路为唐宋金牛道。除了整修道路，唐政府在道路管理和交通设施上也着力甚多，尤其是驿馆建设进入了一个黄金时代。据蓝勇先生考证，唐代金牛道上有驿站十七个[①]，这只是数量众多的唐代金牛道驿站的可考部分。道路的修治和设施的健全，保障了交通的畅通和安全，金牛道上车马行人，往来频繁，络绎不绝。唐末五代的连年战争，使昔日繁荣的金牛道变得荒凉起来，自是行旅稀少。随着北宋的统一，金牛道又繁盛起来。宋代四川是当时经济文化最为发达的地区之一，又是北部边防前线，所以政府对金牛道的交通十分重视。 北宋时期对金牛道道路的修建，见于文献记载的主要有六次：乾德五年（967）令各地大力修缮道路桥梁，大中祥符五年（1012）诏剑州、利州修栈阁路，大中祥符九年（1016）修利州栈阁，天禧元年（1017）诏川陕转运使修葺桥阁，天圣四年（1026）诏修西川阁道，庆历三年（1043）诏令陕西、益州路转运司于入川路沿官道两旁栽种林木、修葺桥阁。这说明北宋时期对蜀道栈阁的维修已经常态化。不仅如此，道路设施也相当完备，如"自凤州入两当至金牛驿，十程，计四百九里，阁道平坦，驿舍、马铺完备，道店稠密，行旅易得饮食，不为难艰"[②]。在交通管理上，北宋政府不仅加强和完善了金牛道的递铺制度，而且对道路上的重要交通节点和关隘也重点管理，这种经营，使金牛道成为官方物资和人员往来的大驿路。南宋时，川陕先是成为抗金前线，后又为抗蒙基地。顾祖禹《读史方舆纪要》卷五六《陕西五》中云："历南北战争以迄金、元角逐，蜀中有难，则金牛数百里间皆为战场。"此时，金牛道虽循唐以来形成的线路，但其功能则由此前的政治、经济、文化交流为主，转而以边关防守、军机传递、军队人员调动与物资运输等军务交通为主要内容，成为南宋把守西部的大门、恢复中原失地的重要交通道路。南宋对金牛道的经营，带有浓厚的军事色彩，在战乱频仍中，金牛道也远不是昔日的经济繁盛之道。

严耕望、李之勤、蓝勇等先生的研究成果，对金牛道线路变迁、走向经地

① 蓝勇：《四川古代交通路线史》，重庆：西南师范大学出版社，1989年，第13页。
② 徐松辑录：《宋会要辑稿》，"方域一〇之三"，北京：中华书局，1957年，第7475页。

等作了系统翔实的考证和说明，此略述之。金牛道线路分为南北两段，大体以广元昭化为界。

金牛道北段的起点，北魏郦道元指为褒谷，其后，《元和郡县图志》《太平寰宇记》《舆地纪胜》等唐宋史地典籍沿袭此一说法。金牛道北段线路，李之勤、蓝勇、孙启祥等先生考得其线路历史时期有两次大的改线，先后形成了秦汉、唐宋和明清三条不同的线路。秦汉金牛道北段线路走向，李之勤等先生考得大抵是自南郑（今汉中）经沔阳县（今勉县）西南行，过阳平关，渡嘉陵江，抵达白水关，沿白龙江到白水县（今青川），经马鸣阁、石门关至葭萌，继而溯清江河西转，顺大剑溪峡谷，越剑门至大剑镇，接唐宋、明清金牛道。唐宋金牛道北段线路有了大的变化，由汉中西行过褒水至西县，自西县向西，经嶓冢山。过嶓冢山向西就是唐金牛县，唐在此设金牛驿，宋代因之。开元年间，金牛县治由通谷镇东移，此地改设百牢关。唐后期百牢关移设嘉陵江边，三泉县附近，元稹五次往来金牛道，均经过百牢关。由金牛县西南行六十里经阳平关，十里至三泉县。三泉县地当大道，素称"蜀口"，唐宋设有三泉驿。自三泉县西行二里许，驿道之旁，有著名的名胜龙门洞，北宋文彦博、宋祁、赵抃、王素、韩绛等名士皆曾到此游览题诗，苏在廷还撰书《龙洞记》，石碑犹存。陆游也曾三游于此。唐宋金牛道北段线路的最大变化，是出阳平关、三泉县后，不再继续渡嘉陵江西南行，而是折南顺嘉陵江河谷而下至广元昭化。严耕望先生考得驿道自三泉西南沿嘉陵江东岸行约七十里至五盘岭，又西南行经嘉川驿至筹笔驿，凡七十里。又南经龙门阁，再南至朝天岭，共约四十里。又南历望云岭、小漫天岭、深渡驿、大漫天岭至石柜阁，共约三十五里。又南经佛龛即千佛崖至利州治所绵谷县（今广元），约二十五里。利州绵谷有嘉陵驿，由绵谷折西南行四十五里至益昌（今昭化），城东北三里有桔柏渡，杜甫、姚合有《桔柏渡》诗。昭化县置驿，称益昌驿、昭化驿、葭萌驿，陆游有诗词题咏。明清金牛道北段仍然使用秦汉、唐宋金牛道线路，只是其间驿站设置略有不同，因与本书无涉，故不再及。

金牛道出昭化，进入南段。自昭化古城至剑门，历史时期亦有过改易。秦汉金牛道线路是溯清水江上行入剑门，此道迂回曲折，险要难行，涉水较多，唐宋金牛道兴起后便逐步衰落。唐宋金牛道出昭化往剑门，又有两条线路。一条是由昭化向南，沿嘉陵江西岸，经望喜驿、泥溪至大剑镇。另一条是向西南行走剑阁道至大剑。严耕望先生考证：由益昌西南入山区，逾白卫岭至小剑五十一里，又三十里至方期驿、剑门县，又五里至剑门关，又五里至大剑镇。此道险绝，称为剑阁道。除上述两条道路外，唐代还形成了一条称为东川路、东道的道路，此路自昭化经望喜驿折向西南，沿嘉陵江经苍溪、阆州、晋安（今南部县西北），然后折南经射洪、盐亭、梓州、玄武（今中江）至汉州（今广汉）与金牛道主线合，至成都。金牛道出昭化往剑门的两条线路在大剑镇会合后，继续南行，道路逐渐平坦。严耕望先生考，唐代驿路出大剑镇约十五里至青强店，又五里至汉源驿，又西南三十里至剑州治所普安县。出剑州城，经武连、上亭、七曲山至梓潼县。自梓潼西南六十五里至魏城县（今绵阳魏城镇），又西南三十五里至奉济驿，又三十里至绵州治所巴西县（今绵阳），有巴西驿。又西南八十七里至万安县（今德阳市罗江区），县西有万安驿（今罗江驿）。又西南十里至白马关，与德阳鹿头关相对。又南三十八里至德阳县，又西南四十五里至汉州治所雒县（今广汉），近郊有金雁驿。自西南又五里至弥牟镇，又十九里至新都县，又南八里至天回驿，又南二十三里至七里亭，又二里至升仙桥，又五里至成都。自梓潼以下，金牛道进入成都平原，除鹿头关险峻外，道路平坦。金牛道的长度，据《通典》卷一七六《蜀郡》载，唐代西京至成都驿道里程为二千三百七十里。这是文献所记唐代长安至成都的总驿程。若论汉中至成都的里程，严耕望先生考证，自兴元府至金牛县金牛驿，计一百二十里，金牛至成都一千零七十里，两者合计一千一百九十里。

金牛道北段虽两次出现改易，形成三条线路，但原来的线路并未完全废弃，而是得以保留，一直通行。如唐宋以后，秦汉金牛道白水关线并未废弃，只不过不再是金牛道的主干线路而已。

作为蜀道主干线路之一的金牛道在战国秦时已经具备了"栈道千里，无所不通"的交通形态，它与故道、褒斜道的开通利用时间相当，是古蜀道最早开发利用的线路之一。在七条蜀道干线中，金牛道一直是穿越巴山通往成都的最重要的驿道，其地位始终没有变化，无论是承平之时，还是战火频仍之际，都一直保有国家驿道的地位。在蜀道北段翻越秦岭入蜀的四条主干道路变迁虽多，但南端一定要接金牛道入成都。在蜀道南段穿越巴山入蜀的三条主要道路中，米仓道、荔枝道虽曾发挥过重要作用，但都出现衰落，始终没有成为入蜀的主要道路。金牛道能够长期保有国家驿道之地位，成为关中通往成都最重要的道路，是由四川盆地地理形势和古代成都的政治经济地位所决定的①。

金牛道开发早，驿道稳定，经行此道的唐宋文人之多，诗文题咏之富，都远在其他蜀道之上。在这条线路上，沿途之县镇驿馆、山岭关隘、名胜古迹，是唐宋文人诗文吟咏最多的对象。如嶓冢山，就有唐代武元衡的《夕次嶓山下》，胡曾的《嶓冢》，北宋张方平的《嶓冢》，南宋陆游的《怀旧》《独酌有怀南郑》《十月二十六日夜梦行南郑道中既觉恍然揽笔作此诗时且五鼓矣》，李曾伯的《题汉中嶓冢观高祖庙试剑石》诗等作品。五盘岭七盘岭，有沈佺期、杜甫、岑参、钱起、裴夷直、芮挺章、吴融、赵蕃等人的吟咏之作。朝天岭，有宋祁、文同、范祖禹、陆游等人的题咏。剑州剑门，卢照邻、骆宾王、李白、杜甫、王维、岑参、柳宗元、李德裕、戎昱、薛逢、薛能等唐代著名诗人皆有留题。据胡玉平统计，唐代创作过剑门诗的诗人有七十六人②。宋代的张咏、石介、赵抃、苏洵、苏辙、陆游、程公许、度正、洪咨夔、崔与之等亦有剑门题咏。望喜驿，有卢照邻的《至望喜瞩目言怀贻剑外知己》诗，元稹的《使东川·望喜驿》诗，李商隐的《望喜驿别嘉陵江水》诗，薛能的《雨霁宿望喜驿》诗等作品。嘉川驿，则有姚鹄的《嘉川驿楼晚望》，文同的《嘉川》《嘉川道中寄周正孺》，陆游的《嘉川铺遇小雨景物尤奇》等作品。上亭驿，则有罗隐的《上亭驿》诗，张方平的《上亭驿》诗，魏了翁的《题上亭驿》诗，程公许的《自七曲祠下乘马至上亭二首》诗，杨子方的《上亭驿》诗，易士达的《上亭驿》诗等作品。筹笔驿，则有武元衡、李商隐、殷潜之、杜牧、薛逢、薛能、罗隐、石曼卿、文同、李新、孙应时、陆游等人的题诗。总之，金牛道沿途留下无数唐宋文人的足迹和他们丰盛的题咏之作。相较其他线路，唐宋文人在金牛道上的文学留存最为丰富，文学影响力也最为显著。金牛道的远古传说与唐宋文人的众多吟咏，使金牛道成为最具深厚美学内涵的交通道路。

---

① 黄盛璋：《川陕交通的历史发展》，《历史地理论集》，北京：人民出版社，1982年，第201—224页。
② 胡玉平：《唐宋剑门诗文化研究》，西南大学硕士学位论文，2011年。

## 六、米仓道与唐宋文学概况

米仓道居于蜀道南段金牛道和荔枝道两线之间，是一条南北向的入蜀道路，因翻越大巴山脉的米仓山而得名，又有大竹路、巴岭路、大巴路、小巴路之称，但一般通称米仓道。

作为连接汉中与巴中两地的交通线，米仓道在商周时期就已得到发展，周武王联合西南诸国讨伐商纣王的军事行动，应是早期米仓道取用的重要史例。至春秋时期，秦巴间的道路已经比较畅通。秦穆公时，巴人纳贡称臣；秦孝公时，则据米仓道南向与巴交通，可证米仓道在春秋战国时期又有了进一步的发展。汉魏时期，米仓道的交通效能得到充分发挥，使用程度远超以往，进入了兴盛时期。据学者研究考证，萧何追韩信就发生在米仓道上，其线路从兴元府治南郑出发，往南至巴州的途中，在孤云两角的山顶赶上韩信，后人于此立庙纪念，唐代集州刺史杨师谋曾刻有"萧何追韩信至此"石碑立于此，山下的河流因此叫韩溪。宋代文彦博、李新皆有《题韩溪》诗。刘邦项羽的楚汉相争中，米仓道成为重要的饷道。米仓山一带现存有汉王坪、汉王仓、汉王台、韩信庙等地名，说明汉初汉军在此的活动。米仓道在西汉初期为汉帝国的成立和发展作出贡献之后，在东汉至三国时期再次成为重要的军事交通线，军事政治重要性凸显。张鲁雄踞巴汉三十年，因频繁利用米仓道而对之刻意经营，后曹操征伐，张鲁乃经米仓道南奔巴中。曹操刘备对三巴的争夺，米仓道也发挥着重要作用。魏晋南北朝时期，米仓道除了军事政治功能外，作为移民通道和文化通道的交通功能在这一时期也比较突出，最引人瞩目的是巴人两次北迁和五斗米道的传播[①]。总之，汉魏时期，米仓道在政治、军事、文化以及移民等交通效能上有显著表现，为唐宋时期米仓道的繁荣奠定了基础。

唐宋时期米仓道进入了繁盛阶段。从初唐开始，荔枝道、米仓道渐兴，安史乱后，荔枝道衰落，米仓道的交通地位则大为提升，取用也比以前频繁。入唐以后，以成都为中心的巴蜀地区成为唐王朝经济上的主要依赖，汉中乃关中通往巴蜀的交通咽喉。每当关中发生政治动乱，皇帝总是奔逃汉中和成都一

---

① 李久昌：《中国蜀道·交通线路》，西安：三秦出版社，2015年，第502—504页。

带，汉中与巴蜀成为关中政治的大后方。开元年间，川东北、川东大片地区隶属山南西道，政治中心在汉中，米仓道即位于这一范围之内。长安—兴元—成都，或长安—兴元—东川—西川之间往来频繁，米仓道因此逐渐兴起，沿途州郡县的设置增设很快，成为官道。唐宋时期米仓道沿途设有驿站，因文献阙载，庶几无迹可考。不过据学者考证，巴州治所化成县南有清水驿，为出入米仓道的要站。唐代杜甫有《九日奉寄严大夫》诗、宋人姚彦游有《题冰清驿》诗进行题咏，可证唐宋时米仓道曾设驿。米仓道离开米仓山之后，进入巴江水路，唐代诗人皆有行旅诗作记录巴江驿亭风景及其驿馆乡思，如王勃有《江亭夜月送别二首》，杜甫有《巴西驿亭观江涨呈窦使君二首》，李远有《送人入蜀》，罗邺有《巴南旅舍言怀》，孙逖有《送靳十五侍御使蜀》等。唐宋时期主要是沿河谷对米仓道的栈道进行建筑维修。南江河西岸，保存有唐代符阳郡太守郑子信移险造阁题记的摩崖石刻。在南江县上两至桃园一线一段长达百余米的河道上，有连续的栈道孔和若干唐宋时期桥梁的桥桩孔。南江县东北琉璃关一山壁上刻有宋嘉泰三年侯南基修路记的摩崖石刻。这些石刻和孔道遗迹反映了唐宋时期官方民间不同背景修治米仓道的史实。米仓道的建筑维修，推动了道路交通活动的发达。从初唐开始，巴州就成为入蜀官吏和文人停留或寓居之地。安史之乱至唐末，士人纷纷入蜀，有的沿金牛道直接进入成都平原，有的则顺着米仓道暂驻巴州等地，米仓山南麓巴中石窟中现存不少唐代官员的题记，可证当时从米仓道入蜀者不少。严武、杜甫、薛逢、张祎、郑谷等人皆在巴州留下诗章和足迹。官吏文人在米仓道上的事迹和题咏，在相当程度上促进了巴中一带经济、文化的发展。巴中石窟的造像和题记，显示出宗教文化传播的繁荣，也提供了唐宋米仓道繁盛的证明。此外，唐宋时期的米仓道还是一条军事通道。据统计，米仓道上的用兵事件见于史载较重要的有十多次，尤以五代和南宋时期为多[1]，蓝勇先生认为有八次重大取用[2]。宋人文献中有较多米仓道形势的记载。乾道八年陆游任职川陕宣抚司，曾经米仓道南下至巴州，有《十月二十六日夜梦行南郑道中既觉恍然揽笔作诗时且五鼓矣》《西路口山

---

① 陈显远：《"米仓道"考略》，《文博》1988年第1期。

② 蓝勇：《古代交通生态研究与实地考察》，成都：四川人民出版社，1999年，第63页。

店》《感旧》等诗进行吟咏。从宋人的文献可知宋代米仓道的交通作用和军事意义。

元明清时期，国家政治中心远离关中，川陕地区呈边缘化趋势，米仓道的交通形势因此发生改变，由以前的官道转化为官民并用和民间行旅通商的道路。至清代，米仓道北段因长期失修而残毁严重，已与驿路异趣，沦为僻径。清人张邦伸《云栈纪程》卷四称："今驿路由沔入蜀，故米仓道由之者鲜矣。"这是清代米仓道交通的实录。

根据学者的考察和研究，米仓道的线路走向大致为：北起陕西南郑县，循濂水河、冷水河谷南下，翻越大小巴岭、米仓山，再循南江河南行，途经四川南江，抵巴中。巴中以下分为两途，西线经蓬州、南充、阆中、广汉至成都，南线循巴河陆路可至通州（今达州）、渠州（今渠县）、广安、合州（今合川）达渝州（今重庆）。历史上米仓道是由主线和若干支线、延长线等陆路和巴江水路串联起来的多线复合的南北向交通网络，通常视南郑经由南江县至巴中的米仓道为主道。

与金牛道、荔枝道相比，米仓道山高路险，因文献凋零，知名度长期不显。但据学者的研究成果可知，米仓道形成时间早，并以横贯南北、长达千里的大交通为场景，以政治、经济、军事、文化和宗教等事件为主题，描绘出生动激烈的历史画卷。米仓道虽是古代巴、汉之间连接各州郡、府县治所的主要通道，但并非单一线路，它"更像一张联系着古代陕南与巴蜀不同道路、城镇、驿站、文化和族群的庞大网络，一张涵盖这一地区并延伸至成都、重庆等地的政治、经济、军事和文化的交流网络"[1]，线路漫长，内容广泛。受地理环境的影响，米仓道的交通状况不如金牛道畅达，但因谷口较多，故而历来为兵家重视，经常成为奇兵用险的场所。米仓道地区属于穷乡僻壤，经济不发达，并非四川盆地的政治、经济重心，加上道路崎岖险峻，因此，经行此道入蜀的唐宋文人明显不如金牛道众多，文学作品相对较少，且来往其上的文人亦多为迁谪或避乱之人，如唐代的羊士谔贬巴州、元稹谪通州、郑谷避乱等，都经行米仓道上，并有题咏。

---

① 李久昌：《中国蜀道·交通线路》，西安：三秦出版社，2015年，第549页。

## 七、荔枝道与唐宋文学概况

荔枝道其名，因天宝年间杨贵妃喜食新鲜荔枝，唐玄宗特地开辟涪陵至长安的驿路，快马传递荔枝而得名。南宋王象之始称之为"荔枝之路"①。荔枝道由南北两段构成，北段袭用子午道，从长安至西乡县的子午镇，南段则由子午镇至今重庆涪陵，故南段又称洋巴道②，又因穿越巴山，也叫小巴间道。

荔枝道虽然著名于唐代，但并非新辟，三国初期此道就已存在了。这条连接陕南与川东的通道长时期发挥着重要的交通作用，但随着长江水路交通的畅通和川陕之间其他道路的开通发展，荔枝道的重要性逐渐下降而渐为人们忽视，其上发生的史实也因史载阙略而湮没。唐天宝间，荔枝道进入历史上最繁盛的时期，唐政府对此道进行过修复开凿。据蓝勇先生考证，当时荔枝道是在所谓"洋万涪道"和"洋渠道"之间取直而行，路程大大缩短，仅两千里左右，成为四川盆地前往长安的捷径。唐代在荔枝道上设置驿站，具体名称和位置已难以索考，但唐代设有驿站则无疑。《舆地纪胜》卷一百七十九《梁山军》记载有梁山驿和唐玄宗御制碑，又云："高都山距军北一十五里。……高都驿路，乃天宝贡荔枝之路也。"则知唐时梁山军设有高都驿。北宋文人文同《寄子骏运使》诗有"西乡巴岭下，崄道入孱颜。使骑到荒驿，野禽啼乱山"之句，所云荒驿应为唐代废驿。李复《潏水集》卷三《回王漕书》亦云："梁、洋及其东西乃岐雍之南屏，旧有驿路……今商贩亦自长安之南子午谷直趋洋州，自洋南至达州。若两路漕司差官会议于境上，画图以阅，旧迹可见，但山路须有登陟，往日曾为驿程，今虽废坏，兴工想亦不难矣。"乾道八年（1172）正月，陆游自夔州赴南郑，途经万县、梁山、垫江，二月到邻水，作《邻山县道上作》诗，有"微雨晴时出驿门，乱莺啼处过江村"之句，此驿门或为唐代驿站所在。蓝勇先生考察，达县、万源、镇巴一线山势高峻，古代行

---

① 王象之：《舆地纪胜》卷179《梁山军》，李勇先校点，成都：四川大学出版社，2005年，第5279页。
② 黄盛璋先生在《川陕交通的历史发展》一文中认为，洋巴道是洋县、西乡通往万源、达县、万县以至重庆、涪陵等地的一条道路。唐天宝间贡生荔枝，自涪陵入达州，由子午谷路至长安走的就是洋巴道（载《历史地理论集》，北京：人民出版社，1982年，第223页）。

路应多有栈道①。唐代元稹元和年间贬谪通州（今达州），即行此道，白居易有《雨夜忆元九》诗叙其行旅苦况："一种雨中君最苦，偏梁阁道向通州。"唐代荔枝道驿路和交通设施建设有效提高了通行速度。《方舆胜览》卷六十八引《洋川志》云："杨妃嗜生荔支，诏驿自涪陵由达州取西乡入子午谷，至长安才三日，香色俱未变。"②涪陵贡荔枝能在三日内完成，可知沿途驿站之多。苏轼有《荔支叹》诗云："十里一置飞尘灰，五里一堠兵火催。颠坑仆谷相枕藉，知是荔支龙眼来。"③形象地描绘了当年荔枝道上驿卒接力传递、昼夜飞驰的情景。荔枝道在唐代虽是为满足杨贵妃的嗜好而开辟，但也是从陕南到川东的最重要的交通线。安史乱后，荔枝道虽逐渐衰落，但行旅仍多。如唐代韩翃《送巴州杨使君》诗有"白云县北千山口，青岁欲开残雪后。前驱锦带鱼皮鞢，侧佩金璋虎头绶。南郑侯家醉落晖，东关陌上著鞭归"之言，罗邺《巴南旅泊》诗亦有"落帆红叶渡，驻马白云村"之语，可知杨使君、罗邺均是取荔枝道而行。

入宋以后，经济重心南移，政治中心东迁，但荔枝道仍是一条连接长安的重要交通线路。《元和郡县图志》卷三十《涪州》载涪陵至上都（长安）的里程："从万州北开州通宣县，及洋州路至上都二千三百四十里。"④北宋初成书的《太平寰宇记》卷一百二十《涪州》记至长安的里程："自万州取开州、通州、宣汉县及洋州路至长安二千二百四十里。"⑤两书所记唐宋时期涪州至长安的道路里程庶几相同⑥。严耕望先生认为两书并书水陆两程，且详记去长安路程所经州县，此必为一条重要常行之道⑦。由于荔枝道所连接的地区政治、经济地位都不太重要，通过的分水岭又相当高峻，道路艰险，所以入宋以

---

① 蓝勇：《古代交通生态研究与实地考察》，成都：四川人民出版社，1999年，第129页。

② 祝穆：《方舆胜览》卷68 "洋州"，施和金点校，北京：中华书局，2003年，第1194页。

③ 苏轼：《苏轼诗集合注》卷39，冯应榴辑注，上海：上海古籍出版社，2001年，第2028页。

④ 李吉甫：《元和郡县图志》卷30 "涪州"，贺次君点校，北京：中华书局，1983年，第738页。

⑤ 乐史：《太平寰宇记》卷120 "涪州"，王文楚等点校，北京：中华书局，2007年，第2390页。

⑥ 李久昌《中国蜀道·交通线路》则云《元和郡县图志》《太平寰宇记》两书所载涪州至长安里程完全相同（西安：三秦出版社，2015年，第586页）。

⑦ 严耕望：《唐代交通图考》卷4《山剑滇黔区》篇贰柒 "天宝荔枝道"，《"中研院"历史语言研究所专刊之八十三》，台北："中研院"历史语言研究所，1985年，第1034页。

后，道路年久失修，呈现废坏之势，故而李复从军事和交通地理角度建议修复荔枝道，其言虽切切，但终无结果。南宋时也因久不修整，道路颓坏，军队也不由此路出入。虽然军事价值不大，但却成为商贾负贩之路："洋州西乡县茶，旧与熙河、秦凤路蕃汉为市，而商人私贩，南入巴、达州。"①明清以来荔枝道更突出表现在区域商贸交通作用方面。

荔枝道虽然形成较早，但见于记载很晚且简略，严耕望、蓝勇等先生对荔枝道有专题研究，勾画出了荔枝道的基本走向。涪州治所涪陵是荔枝道南段的起点，从涪陵出发，经垫江，至梁山军。梁山军有梁山驿、蟠龙山。宋人范成大途经蟠龙山，有《蟠龙岭》诗。从梁山军向北，到新宁县（今开江县），开江往北，经达州境内的宣汉进入万源，由万源翻越大巴山入陕西，经镇巴至西乡，自西乡向东北过汉江、白沙渡至子午镇南口，循子午道北行至长安，里程长约二千里②。

荔枝道在由关中翻越巴山入巴蜀的三条主要道路中，所联系通达的目的地，指向的是以重庆为中心的峡江地区，这与金牛道通向成都、米仓道通往巴中都不相同，故而在历史上所起的作用也有其独特之处。荔枝道的地位虽然次于金牛道、米仓道，但它却折射出中原文化与巴文化交流、融合的发展历史。它在开元盛世达到鼎盛，又在安史乱后衰落。荔枝与杨贵妃成为唐宋文人诗文中常见的题材，如杜甫的《解闷·其九》诗为唐玄宗征贡荔枝而发，杜牧的《过华清宫绝句》更是广为人知的诗作，钱珝、张祜、鲍防等二十余位中晚唐诗人都有吟咏荔枝之作。两宋时期也有四十首诗词涉及杨贵妃与荔枝，其中苏轼的《荔支叹》最为著名。荔枝道因与杨贵妃的关系，掺杂了许多政治和人为因素，被注入了丰富的文化内涵。这条古道虽然以驿传荔枝而闻名，但通行其上绝不仅限于荔枝的生产、集散和传播，还包含古代巴蜀和关中地区的政治、经济、军事、文化的交往，是联系巴蜀和关中进而连接西南及中原、西北各个地区的纽带。正是如此，荔枝道形成了颇为独特的特征，那就是它既是一条关

---

① 徐松辑录：《宋会要辑稿》，"食货三〇之一六"，北京：中华书局，1957年，第2995页。

② 严耕望：《唐代交通图考》卷4《山剑滇黔区》篇贰柒"天宝荔枝道"，《"中研院"历史语言研究所专刊之八十三》，台北："中研院"历史语言研究所，1985年，第1037页。

中通往巴文化区域的重要交通线路，也是一条促进秦巴地区政治、商贸和文化相互交融的道路。

　　以上就是蜀道各线路在唐宋时期的历史变迁与文学概况。总之，巴蜀地区在唐宋时期政治地理格局中的特殊地位，决定了这一时期的蜀道交通最为频繁发达[①]。蜀道交通的繁荣促进了蜀道文学的兴盛。唐宋文人入蜀出蜀，山水驿程，路途劳顿，功名得失，友朋分别，宦途穷通，社会时事，总是激动着他们的情感波澜，激发他们用诗篇记录下一路所见所感。蜀道山川、关塞驿途，在其诗中一一展现；个人情感、社会时事，在其诗中交错跌宕。在蜀道作为交通体系的文化传播功能中，蜀道的自然地理山水、关塞驿站以及沿途交通频繁地区在文学尤其是诗歌中得到集中描写与表现，即使是蜀道交通线上的边鄙州郡，也因文人的迁移得到书写与反映。蜀道文学（主要是蜀道诗）虽然是唐宋文学中的偏冷领域[②]，但就其反映蜀道沿途山川地理、人情风物而言，既具有重要的历史地理价值，也蕴含着独特的文学审美内涵。尤其是蜀道之险之难与巴蜀地域悠远神秘的文化相互交织钩连，更是使蜀道文学具有一种引人瞩目的光彩。因此，对唐宋蜀道文学进行描述和阐释，既可展现潜藏在文学文本表面意义下的真正张力，也可使蜀道的文化内涵得到丰富。下面本书将对唐宋不同时期的蜀道文学分章论述。

---

① 黄盛璋：《川陕交通的历史发展》，《地理学报》1957年第4期。
② 马强：《论唐宋蜀道诗的文化史意义》，《汉中师范学院学报》1995年第4期。

第二章

初唐蜀道文学
的勃兴

初唐①蜀道文学的作家，主要以王勃、卢照邻、苏颋、张说等人为代表。他们不仅是初唐文学的开拓者，也是唐代蜀道文学的开启者。他们亲历蜀道长途，在诗文中描画蜀道危岭烟云，用关山云雾表达行旅之思，抒写悲欢离忧之情，使其诗文呈现出迷蒙惆怅之音。唐代蜀道文学就在这愁叹低吟声中拉开了帷幕。

## 第一节
## 王勃、卢照邻蜀道文学之生新

### 一、二人蜀道行役线路

王勃（650—676，绛州龙门人）于高宗总章二年（669）五月离开长安，六月抵蜀②，盘旋蜀地两年有余，于咸亨二年（671）秋冬离蜀③。史载王勃因一篇游戏文字被认为有引起王室政治争斗之嫌疑而被斥出宫廷④，并因之入蜀，客游

① 宇文所安先生云："中国诗歌史上的初唐时期，从公元618年唐朝建立开始，大致延伸至713年玄宗即位时。"（宇文所安：《初唐诗》之"导言"，贾晋华译，北京：三联书店，2004年）。彭庆生《初唐诗歌系年考》也是以此时间范围界定初唐（北京：北京大学出版社，2012年）。本书从之。

② 王勃：《王子安集注》卷7《入蜀纪行诗序》，蒋清翊注，汪贤度校点，上海：上海古籍出版社，1995年，第226页。

③ 傅璇琮主编：《唐才子传校笺》卷1，北京：中华书局，1987年，第1册第27—28页。

④ 刘昫等《旧唐书》卷190上《王勃传》："勃年未及冠，应幽素举及第。乾封初，诣阙上《宸游东岳颂》。时东都造乾元殿，又上《乾元殿颂》。沛王贤闻其名，召为沛府修撰，甚爱重之。诸王斗鸡，互有胜负，勃戏为《檄英王鸡文》。高宗览之，怒曰：据此是交搆之渐。即日斥勃，不令入府。"（前引书，第5005页）

蜀地①。这种人生的放逐之感，给其蜀道之行染上了一层灰暗的色调。

王勃在其《入蜀纪行诗序》一文中言："总章二年五月癸卯，余自常安观景物于蜀。遂出褒斜之隘道，抵岷峨之绝径。"②可见其经行蜀道之线路。王勃行于蜀道之上，因蜀道"山川之感召"而多烟霞林泉风月之吟唱，有诗三十首，但多已不存。今从其留存诗文中可见其行踪如下：

散关。此关"扼南北交通"③，乃是入蜀必经之地。王勃有《散关晨度》诗写其关隘险要，表达其扬鞭策马之逸兴。

麻平。有《麻平晚行》诗写其晚行之情景：天色昏暗，道路和山花已经无法辨清了，在风急暮猿声中不觉兴起了"千里倦游情"。

始平。有《始平晚息》诗。诗人憩息此地，不觉兴起蜀道辽远无家可归之感。

扶风。有《扶风昼届离京浸远》诗。此时，诗人因山川殊色而有悠哉之感。

凤州。有《晚留凤州》诗，写其经过仙凤遗迹之地而见青山明月之色。

易阳。有《易阳早发》诗。写其危阁山梁云雾缭绕之景。

长柳。有《长柳》诗。写其樵唱钓歌之闲适风情。

深湾。有《深湾夜宿》诗，既写高山上之村庄，也写其江童山女晚归之风情，不免引起诗人游子思乡之心。

泥溪。有《泥溪》诗，写其江涛翠渚。

卢照邻（637—689？④，幽州范阳人）是四杰中最早入蜀的，且先后三次出入蜀中。其首次入蜀时间为龙朔二年（662）⑤，高宗麟德二年（665）授新都尉，第二次入蜀，总章二年（669）第三次入蜀，咸亨二年（671）秋末离蜀

---

① 宋祁等《新唐书》卷201《王勃传》："勃既废，客剑南。"（北京：中华书局，1975年，第5739页）

② 王勃：《王子安集注》卷7《入蜀纪行诗序》，蒋清翊注，汪贤度校点，上海：上海古籍出版社，1995年，第226页。

③ 严耕望：《唐代交通图考》卷3，上海：上海古籍出版社，2007，第757页。

④ 卢照邻之生卒年，此据闻一多先生《唐诗大系》所考。祝尚书先生则认为"似无确证"，而将其生年系于贞观六年（632）前后，其卒年，则系于武周天册万岁元年（695）或此后数年间。参《卢照邻集笺注》附录四《卢照邻年谱》，上海：上海古籍出版社，2011年，第588、606页。

⑤ 张志烈、祝尚书、张仲裁等人持此观点，李云逸则云显庆二年（657）卢照邻奉邓王命出使益州。

北归。卢照邻曾有司马相如之誉①，可见其长于文辞，有诗文二十卷②。

卢照邻的蜀道行路，据其诗中所记，所经之地如下：

分水岭。其有《早度分水岭》诗，写蜀道之九折七盘，重溪峻峰。

钟阳驿。有《奉使益州至长安发钟阳驿》，既写耳目异赏风烟奇状，也寄其山河凋丧之感慨。

晋安亭。有《宿晋安寺》诗。

望喜驿。有《至望喜驿瞩目言怀贻剑外知己》诗，写青山连绵，碧水萦绕。

陈仓。有《至陈仓晓晴望京邑》诗，写云雾缭绕之拂曙之景。

大剑镇。有《大剑送别刘右史》诗，以蜀道艰难、剑阁云寒表达其惜别之情。

从以上卢照邻诗中所见经行之地，可知其乃是他行走金牛道与陈仓道上之作。

从王勃、卢照邻的蜀道行役诗文作品中已经很难详细了解其入蜀所经之地，不过据李德辉先生所论，唐代文人入蜀，多取道陈仓道和褒斜道，亦即由长安西行，经凤翔越大散关，历兴元府、利州、剑州、绵州、汉州至成都③。由王勃、卢照邻诗文所记，可知他们也沿此线路往来长安与成都之地，不仅用诗文写下所历州县城镇、山水驿馆，也描写出沿途自然地理风光与行旅之情。

## 二、二人蜀道文学之内容

王勃、卢照邻现存蜀道文学作品数量虽然有限，但他们以其特有的蜀道关山行役之抒写，突破了初唐文学宫廷诗风，在唐代文学发展史上具有重要的地位和影响力。

他们的蜀道作品首先是对蜀道山川道路之描绘与感受。危峰急流、风烟云雾让入蜀文人们的蜀道之行变得艰险异常。蜀道之难，是入蜀文人共同的咏叹和感受。他们描写蜀道之寒冷与曲折，"马蹄穿欲尽，貂裘敝转寒。层冰横九折，积石凌七盘。重溪既下漱，峻峰亦上干"（卢照邻《早度分水岭》），

---

① 傅璇琮主编《唐才子传校笺》卷1：卢照邻"调邓王府典签，王爱重，谓人曰：此吾之相如也。"（北京：中华书局，1987年，第1册第46页）

② 卢照邻：《卢照邻集笺注》，祝尚书笺注，上海：上海古籍出版社，2011年。

③ 李德辉：《唐代交通与文学》，长沙：湖南人民出版社，2003年，第81页。

写蜀道石径之长苍山连绵不绝，"陇阪长无极，苍山望不穷。石径萦疑断，回流映似空"（卢照邻《入秦川界》），"重门临巨壑，连栋起崇隈"（王勃《散关晨度》）。写山高水深，云雾缭绕，"云间迷树影，雾里失峰形"（王勃《易阳早发》），山川树木被云雾笼罩显得幽深朦胧。这些高山峻峰、急流巨壑、盘旋曲折的山道，都是阻隔。"烟霞四面，关山千里"的蜀道，不得不让诗人发出"实烟霞之薮泽，风月之津梁者乎！"（王勃《为人与蜀城父老书》）偶尔他们也写蜀路上的蝶戏莺啭、樵唱钓歌，"蝶戏绿苔前，莺歌白云上"（卢照邻《奉使益州至长安发钟阳驿》），"花开绿野雾，莺啭紫岩风"（卢照邻《入秦川界》），"晚风清近壑，新月照澄湾。郊童樵唱返，津叟钓歌还"（王勃《长柳》）。这种风清月明、花红柳绿的田园牧歌风景画，让悲愁疲惫的行客得到心灵的安顿和平静："客行无与晤，赖此释愁颜。"卢照邻行走蜀道，虽然"耳目多异赏，风烟有奇状"，却倍感"辛苦劳疲恙"（《奉使益州至长安发钟阳驿》），所以说："传语后来者，斯路诚独难。"高入云间之危峰，九折之石径，飞湍之奔流，使得诗人们愁颜斑鬓，凄然思归。虽然有清江风月，白云山水，诗人们感到的是"地咽绵川冷，云凝剑阁寒"，地冷云寒，因而更觉"关梁蜀道难"（卢照邻《大剑送别刘右史》）。卢照邻希望传达的并不是蜀地的风华，而是怀念长安的心意，"倘遇忠孝所，为道忆长安"，而王勃更是有一种无所归依之伤感："观阙长安近，江山蜀道赊。客行朝复夕，无处是乡家。"（《始平晚息》）蜀道的漫长，江山之无穷，使诗人觉得天地之宽大，竟无以找到栖身之所的凄惶和迷茫。这种蜀道难行之叹，不仅仅是道路的险峻曲折造成的，同时也是他们的人生之路与政治之途上的挫折感而导致的沉重心理感伤和迷惘。蜀道之行，引发的是诗人的悲愁流落苦辛疲劳，而不是壮怀逸兴的飞扬。这正是他们心远才高的高自期许与实际遭际中的心屈位低、身处下僚贱职之间的差异所导致的心绪失衡的直接反映。

其次，抒写悲愁之叹。王勃游蜀，卢照邻奉使入蜀，虽有差别，然心境却大同小异，皆以愁思为主。在蜀道之上，王勃一则云"此时故乡远，宁知游子心"（《深湾夜宿》），再则云"江汉深无极，梁岷不可攀。山川云雾里，游子几时还"（《普安建阴题壁》），刚离京洛，则思何时归去。被斥逐出京，漫游蜀道，企望有所作为，重新获得政治上进取的希望，然北地鸿雁不来，终究只能是一"恨人"而已。这种异乡为客之感，不独王勃如此。卢照邻亦言"关山客子路"（《送二兄入蜀》），"坐惜春华晚，徒令客思悬……关山悲蜀道，花鸟忆秦川"（《于时春也慨然有江湖之思寄赠柳九陇》），"明月流客思，白云迷故乡"。蜀道是和悲愁哀怨相连的，"一鸟自北燕，飞来向西蜀。单栖剑门上，独舞昆山足。昂藏多古貌，哀怨有新曲"（《赠益府群官》），因此哀怨，致使其衰老相侵，"耿耿离忧积，空令星鬓侵"（《赠益府裴录事》）。

蜀道穷愁之叹，客子他乡之悲，引发了他们对长安帝乡无尽的思慕和怀想。他们总是把长安帝乡与蜀地相对照，表达离开蜀地回归长安帝乡的心愿。这以卢照邻为典型。他说"日夕苦风霜，思归赴洛阳"，并反复表达京城与蜀地之异，"京洛风尘远，褒斜烟雾深。北游君似智，南飞我异禽"（《送梓州高参军还京》），"思北常依驭，图南每丧群。无由召宣室，何以答吾君"（《至望喜瞩目言怀贻剑外知己》），"敛衽辞丹阙，悬旌陟翠微。野禽喧戍鼓，春草变征衣。回顾长安道，关山起夕霏"（《还赴蜀中贻示京邑游好》）。长安大道总是与蜀道关山相对，长安大道是其顾望思归之所，蜀道关山则是其悲伤孤独之旅。他们总是渴望着长安之天子公卿的问怜和宣召。远离长安之地，远宦巴蜀之域，带来的不仅是行役江山的劳苦，而且是政治情怀的失落，不仅是功名富贵的艰难，也是其建功立业壮志的难达。他们心中念念所在，乃是"激俗矫时，独善之风自远。怀材韫价，兼济之道未弘"（骆宾王《秋日于益州李长史宅宴序》），一腔激情，满腹才华，不愿意止于独善其身，而是迫切地想要得到帝王之任用，实现兼济天下之志向。他们不愿意"藏节以遁时"（王勃《慈竹赋》），但蜀道与长安的遥远间隔，让他们所有的愿望和理想都变得迷蒙和难以实现了。王勃感叹道："风物虽同候，悲欢各异伦"，"他乡山谷祗令人悲"。（《游庙山赋》并序）远游蜀道，使王勃深感失时而有穷途之嗟。蜀道之行，使他们感到的是"徒志远而心屈，遂才高而位下"（王勃《涧底寒松赋》），故有"下僚实英俊之场""贱职为老庄之地"（杨炯《益州温江县令任君神道碑》）的愤懑之叹。这是一种失职之不平，失志之悲伤。正是怀着如此用世热望，所以才会昂藏其身，憔悴其心，不肯游心欢快于蜀道风物之清歌欢宴，而是逞思想精神于长安大道之风尘。蜀道成为远离京都的失落悲伤之路，同时是其政治人生的边缘化之路，是其人生富贵的穷途，也是其人生壮志的穷途。因此，他们的蜀道就变得异常难行。卢照邻"一赴清泥道，空思玄灞游"，王勃"托宇宙兮无日，俟鸾虬兮未期"，觉得一旦离开长安，似乎就难以回旋，政治前途无望，也许这就是他们不愿意去蜀道的原因。

　　总之，冷色与悲感是其蜀道诗歌的基调和底色。究其原因，主要与其政治遭际和地位低下有紧密之关系。王勃蜀地无职，漫游求食。卢照邻则是贱职蜀地，也无所用其才智。王勃云其游蜀飘寓之状："下官薄游绵载，飘寓淹时，欢颜相仍，忧虞自积。"（《与蜀城父老书》）因而有"英鉴之稀遇"的嗟叹。卢照邻薄宦边地，有"谁能借风便，一举凌苍苍"（《赠益府群官》）之惆怅，也有"无由召宣室，何以答吾君"（《至望喜瞩目言怀贻剑外知己》）之落寞。这种失志难达、怀才不遇，在他们看来，一是"九州四海常无事"，虽有百胜之策也无所展其才智："大唐之有天下也，出入三代五十余载。月窥来庭，风邱款塞，华旌已偃，羽檄已平，虽有廉白之将，孙吴之兵，百胜无遗策，千里不留行，无所用也。"（卢照邻《对蜀父老问》）二是无人荐引只能空负其才，卢照邻"周游几万里，驰骋数十年"但却"四十无闻"，因此感叹"一朝憔悴无人问，万古摧残君讵知"（卢照邻《行路难》），从而生出江湖之思："形骸寄文墨，意气托神仙。"（卢照邻《于时春也慨然有江湖之思寄赠柳九陇》）因为缺乏伯乐的荐引，诗人们只能困顿下寮，徘徊蜀道关山之间。蜀道山川，虽有风烟奇状可供耳目之赏，但"怀道术于百龄，接风期于四海"的诗人们更渴望的是"拾青紫于旦暮，取功名于俄顷"，"演文物而动寰中，腾声名而振天下"，希望的是"激俗矫时"而并非"独善之风"。诗人生命价值的最高实现，是功名之建立而并非人生之享乐。他们"心若涉六经，眼若营四海"，怀抱着雄心壮志，但蜀道上的征尘与飘寓却无助于这种抱负的实现，反而使他们容颜憔悴、有淹留长途之恸哭。王勃言"攀翠崿而形疲，指丹霄而望绝"（《涧底寒松赋》），卢照邻云"形容憔悴，颜色疲怠"（《对蜀父老问》），因而他们的蜀道吟咏，最显著的特点就是"昂藏多古貌，哀怨有新曲"（卢照邻《赠益府群官》）。

二人蜀道之文，唯有王勃《入蜀纪行诗序》一篇。在这篇序文中，诗人记录其入蜀之时间，入蜀之线路，可与其蜀道行旅之诗相互印证。诗人以"隘道"形容褒斜道，以"绝径"言岷峨之路途，可见蜀道之险峻。诗人又以俊朗之笔赞美蜀道沿途之"绝观"，认为是"采江山之俊势，观天地之奇作"，既有丹壑争流陵涛鼓怒，又有青峰杂起天壁横立，因此，诗人受此山川感召而生情思，并写成诗篇三十首。此篇序文，文字简短，概言蜀道山川之险峻，虽未能穷形尽态但却已传其神韵。其行文之间，多杂典故，不脱六朝骈俪之风，但在内容语词文气之中，却已显出朗畅健笔而不显绮丽雕琢之态。这篇序文在情感基调与风格上与王勃蜀道行旅诗之悲感颇有不同。但因仅此一篇，尚难代表其蜀道文学之主要风貌。

王勃、卢照邻的蜀道文学，无论是写蜀道峻峰巨壑，还是抒发其焦虑彷徨与惆怅，都体现出鲜明的情感特征。他们更加关注的是蜀道自然山川云雾之奇状，而对蜀道历史人文景观却极少言说。尽管不乏蜀道难行之叹、穷愁之悲，但却与雍容华丽的宫廷诗风迥异。在蜀道高峻的山峰、林壑风云之间，显示出清旷宏放之气质与阔大雄壮之气象。总而言之，他们变六朝宫廷文学之善于描摹为个人言情书志、直接风雅之传统。其蜀道文学将宫廷台阁文学那种雕章绘句、揣合低昂的应制模式打破，有了低回与怅惘，严肃与激昂。语象则"江送巴南水，山横塞北云"，语境则"风月清江夜，山水白云朝"，语气则"山川崩腾以作气，星象磊落以降精"，语致则"都护新封万里侯，将军稍定三边地"。王世贞云："卢骆王杨，号称四杰。词旨华靡，固沿陈隋之遗。翩翩意象，老境超然胜之。"[①]此言正可为二人蜀道文学风格之的评。积极向上的时代精神与社会风尚给予诗人强烈进取用世的拔俗之志气灌注于诗文之内蕴，蜀道地域玄霄峻岳九折长途之烟霞风月赋形于诗文之外表。诗人们轻诉短怀，俯仰山川，"承风郭外，撰缀江幽"，于迢递边远之地承接长安王化之风，寄心于蜀道的巨壑林泉，碧岫丹岑，往来烟液。诗人之逸兴飞思，志深笔长，芳词华藻，皆得益于蜀道地域的危峰香城，洪涛赤岸，霜露时华，紫叶苍条，磊落殊状。烟波阻绝，风流雨散，俗态之多浮，触动诗人掷札援笔。他们"殷忧明

---

① 王世贞：《艺苑卮言》卷4，丁福保辑《历代诗话续编》，北京：中华书局，2006年，第1003页。

时，坎壈圣代"，禀受"天地不平之气"，将深沉的使命之感与蜀道的山川风月打成一片，将险峻的道路，烟雾迷蒙与气朗风清的风景变换纳入诗文，以情韵的抒写代替了声韵的讲求，正所谓"流涕写怀，魂驰意与"，使文学创作突破了六朝唐初宫廷诗风板滞无力的旧习，为绮靡之声注入了山野气息，使其文学呈现出风云变幻的清新风貌。

## 第二节
## 苏颋、张说蜀道文学之雍容

苏颋、张说是初唐文学发展最后阶段的重要人物。他们以自身的政治地位和文学影响，为此后洪钟大吕般巨响的盛唐文学开启了闸门，宣示着唐音即将奏响。殷璠叙唐代诗风之发展，云："武德初，微波尚在。贞观末，标格渐高。景云中，颇通远调。开元十五年后，声律风骨始备矣。"[①]清人叶燮也论及唐诗之变云："繁辞缛节，随波日下，历梁、陈、隋以迄唐之垂拱，踵其习而益甚，势不能不变。小变于沈、宋、云、龙之间，而大变于开元、天宝高、岑、王、孟、李。"[②]开元十五年之后声律风骨兼备的盛唐之音得以英姿间出，律调一新，朝野影从，谣习浸广，正是得力于神龙、景云之际苏颋、张说、沈佺期、宋之问、陈子昂诸人的不断开拓与完备。

苏颋、张说二人均曾奉使多次入蜀，他们的蜀道纪行与山水吟咏，体现出不同程度的变化。这种变化，正是唐代文学在神龙、景云之间"小变"的体现。

---

① 殷璠编：《河岳英灵集注》原序，王克让集注，成都：巴蜀书社，2006年，第1页。

② 叶燮：《原诗》内篇，霍松林校注，北京：人民文学出版社，1979年，第4页。

## 一、苏颋的蜀道文学

苏颋（669—727，雍州武功人）少敏悟，一览千言辄覆诵，"十七游太学，对策甲科"①，第进士。神龙中，拜中书舍人，与其父瑰同在禁苑。明皇爱其文，由工部侍郎进紫微侍郎。知政事，与李乂对掌书命。袭父封爵，号小许公。卒谥文宪。苏颋在政治上秉道敷奏，不以远近废忠节，能与宋璟同心辅政，翼成开元之治，宋祁赞其"再世称贤宰相，盛矣"②。在文学上，他文词敏赡，以文章显，与燕国公张说称望略等，世称燕许。

苏颋曾两次入蜀，一次是开元九年（721），时年52岁。一次是开元十一年（723），时年54岁③。苏颋出为益州大都督长史，在蜀能扶凋敝，寝蛮谋，颇有政绩④。苏颋入蜀线路，据其诗文所载，应该是走陈仓道一线。其所经之地有：

陈仓。有《陈仓别陇州司户李维深》诗，写其暮春时节出守蜀城。

兴州。有《晓发兴州入陈平路》《兴州出行》诗，表达其报恩朝廷的忠臣之心，以及旅客哀情。

方骞驿。有《晓发方骞驿》诗，写因阴雨而生愁苦之情。

三泉县。有《夜发三泉即事》《经三泉路作》诗，写其力困衰竭之状。

利州。有《利州北题佛龛记》文、《利州北佛龛前重于去岁题处作》诗。

苏颋用诗文记录了行走蜀道上的所经之地。这些蜀道纪行诗清晰地显示出苏颋入蜀的线路。他从长安出发，经陈仓、兴州、方骞驿、三泉、利州等地到

① 董诰等：《全唐文》卷295韩休《苏颋文集序》，上海：上海古籍出版社，1990年，第1320页。

② 宋祁等：《新唐书》卷125，前引书，第4412页。

③ 陈钧：《苏颋年谱（五）》，《盐城师专学报》1993年第4期；吴明贤《苏颋入蜀考》亦云苏颋两次入蜀，时间与陈钧同，见《四川师范大学学报》2006年第1期。

④ 宋祁等：《新唐书》卷125《苏颋传》："八年，罢为礼部尚书，俄检校益州大都督长史，按察节度剑南诸州。时蜀凋敝，人流亡，诏颋收剑南山泽盐铁自赡。颋尚简静，重兴力役，即募戍人，输雇直，开井置炉，量入计出，分所赢市谷，以广见粮。时前司马皇甫恂使蜀，檄取库钱市锦半臂、琵琶捍拨、玲珑鞭，颋不肯予，因上言：遣使衔命，先取不急，非陛下以山泽赡军费意。或谓颋：公在远，讵得忤上意。颋曰：不然。明主不以私爱夺至公，我可以远近废忠臣节邪？巂州蛮苴院与吐蕃连谋入寇，获谍者，吏请讨之，颋不听，移书还其谍曰：毋得尔。苴院羞悔。不敢侵边。"（前引书，第4402页）

达蜀中。

此组纪行诗首先描绘了蜀路之云月、山花、藤蔓。如《兴州出行》："危途晓未分，驱马傍江渍。滴滴泣花露，微微出岫云。松梢半吐月，萝翳渐移曛。"花朵上的滴滴露珠，山岩间飘动的云朵，在松梢尖移动的月亮，渐渐褪去的藤萝的阴翳，描绘的是诗人早行山路之上的景色。《晓发方骞驿》诗："传置远山蹊，龙钟蹴涧泥。片阴常作雨，微照已生霓。"这是写蜀路上的阴雨泥路。《经三泉路作》诗："三月松作花，春行日渐赊。竹障山鸟路，藤蔓野人家。"弯曲难行的蜀路已被翠竹阻隔，山间人家也被藤蔓覆盖，描写的是人烟稀少、山路难有人行的荒凉与阴霾之景象。

其次写蜀道之艰险。如写三泉路令人惊心之危惧："北林夜鸣雨，南望晓成雪。祗咏北风凉，讵知南土热。沙溪忽沸渭，石道乍明灭。宛若银碛横，复如瑶台结。指程赋所恋，遇虞不遑歇。重纩濡莫解，悬旌冻犹揭。下奔泥栈楷，上觐云梯设。传颊羸马顿，回眸惴人跌。憧憧往复还，心注思逾切。冉冉年将病，力困衰怠竭。天彭信方隅，地势诚斗绝。"（《夜发三泉即事》）北林夜雨，早晨南望如雪。北风寒冷，南土炎热。沙溪奔涌如沸水，石道弯曲高耸，穿行山中云间，忽明忽灭，宛若通向天上瑶台的银色链条。行泥栈，攀云梯，衰弱的马匹停顿不前，回首则让人惊吓跌落。不仅如此，且常有飞石而下："透石飞梁下，寻云绝磴斜。"（《经三泉路作》）蜀路上独特的气候、河流、石道、飞石、绝磴，让诗人"力困衰怠竭"。他感叹蜀地确乃方隅之地，"地势诚斗绝"。因此，入蜀之前离家的轻愁变而为蜀道上的行役之悲。看到旅雁北飞，自己因"事戎机"而奔走在暮色昏暗、川长人稀的蜀道，更加深了诗人的"客悲"之感："客悲逢薄暮，况乃事戎机。"诗人蜀道之行，不是赏玩山水，而是因军务。蜀道难行与国家重任，让诗人深感愁苦和迷茫："鬓发愁氛换，心情险路迷。"至此方才真切体味到前人蜀道难行之愁叹："方知向蜀者，偏识子规啼。"（《晓发方骞驿》）因为心情悲愁迷惘，因此落日映照的旌旗也涂上了惨淡之色："落日惨旌麾。"（《边秋薄暮》）行役之悲，因听闻猿吟而肠断，"旅客肠应断，吟猿更使闻"（《兴州出行》），以致泪下，"此中谁与乐，挥涕语年华"（《经三泉路作》）。虽然诗人有蜀路悲愁之叹，但也有作为朝廷使臣的忠诚之心。他说："旧史饶迁谪，恒情厌苦辛。宁知报恩者，天子一忠臣。"（《晓发兴州入陈平路》）厌倦迁谪的辛苦是人之常情，但作为一个忠臣为了报答天子之恩情，怎能畏却呢？因此，诗人充满自信地言道："忝曳尚书履，叨兼使臣节。京坻有岁饶，亭障无边孽。归奏丹墀左，骞能俟来哲。"（《夜发三泉即事》）这种富国定边、海内清平之理想正是我辈之功业，岂能待之来者！苏颋此正大豪壮之自信力，正是作为盛唐之风代表的李白那种"海县清一"舍我其谁气概之先声！

　　苏颋出任益州长史经行利州之时，曾敬造佛龛一尊，并为之作《利州北题佛龛记》文一篇。在文中，诗人既描绘了此地山连水合路险之状："吾见夫山连岷嶓，水合江沱，山兮水兮路穷险。"也描写了日落惨淡之景："阳景颓兮翠改色，阴风起兮自增波。"此文名记，实为赋体。诗人履山水穷险之路，见日落风起波翻之暮色，起檀那空有之思，又忆古昔之人因怀忠信而历艰危不惧而敦促自己继续前行。这篇文之"情多"，与其诗歌正相一致。

　　苏颋两次入蜀，其蜀道行役之作留存不多，但颇有成就。虽然也有蜀道行役之悲，但亦有雄壮杰特之气，明显突破了他那些宫廷应制诗的规范而有了新的变化。他在《授樊侃益州司马制》文中称巴蜀："峨眉作镇，鳖灵开国。惟巴蜀之险，接西南之夷。"[1]对巴蜀之地的了解仅仅只是概念性的认识，而无亲切之实感。但在经历蜀道之行后，他的认识已有很大不同。在《初至益州上讫陈情表》中，他说益州乃是"西南重镇，巴蜀奥壤。爰杂县道，且联军戎"[2]，对巴蜀的认识不再停留在抽象的历史经验中，而是有了真切的现实考量。因此对任官的选择从"尤择时望"变而为致命尽力、临事敢当的效忠之臣，其职责也从"式遏抚循"变为"静人蠲役，惩吏抑强"，巴蜀之政，成为"国之政"。对于以国之政自勉而出任益州长史的苏颋，虽有行役辛苦之叹，却无失职之悲。蜀道沿途的危峰入云之高峻、山路曲折之难攀、树木藤萝层层之幽密、南北气候之冷暖、云雨倏忽之变化、泥栈深涧之惊心，全都出现在苏颋诗中，成为苏颋构造其诗的意象，与其宫廷诗中"车如流水马如龙"的"宸游风景"之物象迥然异趣。巴蜀之遥隔与蜀道之难行，也诱发了诗人的多种情

---

① 董诰等：《全唐文》卷253，上海：上海古籍出版社，1990年，第1128页。
② 董诰等：《全唐文》卷255，前引书，第1142页。

思，如离家辞亲之惆怅，羁旅行役之苦辛，感恩报国之壮怀，清平天下之豪情，这些真情实感与其"微臣复何幸，长得奉恩私"①的感激涕零之应承逢迎亦有云泥之别。江山自然景物之取象与个体真实情感之流露，使苏颋的蜀道诗与宫廷诗具有自然清新与华丽绮靡之别，有灵动飞扬与板滞沉闷之异。这种变化和特点正是苏颋对初唐宫廷诗风的新变。那种庙堂变山川、壮怀化愁情的交织混杂，使苏颋的蜀道文学既带着庙堂朝臣典雅雍容之气韵，也熏染着蜀道山川苍翠变动之声光，这正是"光英朗练、骨气端详"之盛唐先声。

## 二、张说的蜀道文学

张说（667—731，洛阳人）出身"近代新门"②，自谓"门非代禄，数叶单绪，族无亲房"③，"家贫，佣文以取资"④。武后制举，张说对策第一，授左补阙擢凤阁舍人。后忤旨，配流钦州。中宗召还，累迁工部兵部侍郎，修文馆学士⑤。睿宗拜为中书侍郎，知政事。开元初，进中书令，封燕国公。张说为人敦气义，重然诺，喜延纳后进，朝廷大述作，多出其手，与苏颋号燕许大手笔。文集现存二十五卷。

张说历仕四朝，"三登左右丞相，三作中书令"⑥。作为朝廷重臣，张说写了许多宫廷诗，但他在远离朝廷、出使地方之时，写下了较具个性的诗篇，蜀道诗文就是其中之一。

张说天授三年（692）春首次使蜀，秋返归长安。天册延载元年（694），奉命再使蜀中⑦。他两次出使之线路，具体所经之地，已不详，其诗文中常常

---

① 高棅：《唐诗品汇》卷58苏颋《奉和圣制九日侍宴应制》，上海：上海古籍出版社，2012年，第522页。
② 封演：《封氏闻见记校注》卷10"讨论"，赵贞信校注，北京：中华书局，2005年，第94页。
③ 董诰等：《全唐文》卷222张说《让起复黄门侍郎第三表》，前引书，第991页。
④ 董诰等：《全唐文》卷232张说《张氏女墓志铭》，前引书，第1037页。
⑤ 宇文所安先生说，虽然张说被认为曾任修文馆学士，但名单中没有他的名字。《初唐诗》第24章"张说"，北京：三联书店，2004年，第297页。
⑥ 董诰等：《全唐文》卷292张九龄《张公墓志铭》，前引书，第1311页。
⑦ 彭庆生：《初唐诗歌系年考》，北京：北京大学出版社，2012年，第222、228页。张说两次使蜀，史书不载，其诗乃见其经历。

统言"蜀道""蜀路"，不过从其《再使蜀道》《深渡驿》《古泉驿》诗中可知，其经行之地有褒斜谷、葭萌关、古泉驿、深渡驿，由此可知他应是走褒斜道而入蜀。

张说的蜀道行役之作，首先写蜀道路途之艰险："披林入峭壁，攀蹬陟崔嵬。白云半峰起，清江出峡来。"（《过蜀道山》）"眇眇葭萌道，苍苍褒斜谷。烟壑争晦深，云山共重复。"（《再使蜀道》）次写蜀道驿站之荒凉清冷："旅宿青山夜，荒庭白露秋。洞房悬月影，高枕听江流。猿响寒岩树，萤飞古驿楼。"（《深渡驿》）再写蜀路云烟萧瑟："云埃夜澄廓，山日晓晴鲜。叶落沧江岸，鸿飞白露天。磷磷含水石，羃羃覆林烟。"（《蜀路二首》）正因蜀道如此艰险、寒冷、烟云重重，诗人常常想起出行时之春光："我行春三月，山中百花开。""忆昨出门日，春风发鲜荣。"京都三月的艳丽春光与蜀道上满路的秋风，让诗人客心无绪，兴起别家离忧之怀、还京思阙之感："徭蜀时未改，别家乡念盈……及兹旋辕地，秋风满路生。昏晓思魏阙，梦寐还秦京。"（《蜀路二首》）浓郁的念家忧思，急迫的思阙归京之情，是张说蜀道诗突出的特色之一。这种强烈的情感显露，与年轻的张说在政治上的急切进取之渴求有相当密切之关联。天授元年（690）正是大周革命之时，张说以文思清新、艺能优洽而居高科之首，受到武则天的恩宠。随后两次使蜀，也只有二十余岁。这正是他初入仕途、意气风发之时。出使蜀道、远离朝堂让他颇感难以有进取之机会，不免时时兴起念家归阙之情。"山川长返覆"使得"轺车倦驰逐"，"青春客岷岭"也使他深具"岁月正羁孤"的风尘感。他以"鱼游恋深水，鸟游恋乔木"为喻，表达自己对秦京魏阙的思归，只有那里才是他眷恋游息之所。烟壑晦深、云山重复的蜀道风光在他眼里是凄凉而孤独的，以富丽雄文著称的巴蜀之地也非他心之向往，他不禁自问："如何别亲爱，坐去文章国？"情志与现实的违背，使他愁思深重。美好的青春时光在蜀道山川之间消磨，而以才华自重的诗人却因"艺业为君重，名位为君轻"的高才失位而惆怅。"物外岂能轻"之名位渴求，让心怀功名热望的张说难以抑制其"调苦"之音。这里更多体现的是张说作为文人的一面。但《送宋休远之蜀任》则更鲜明体现出士大夫的政治角色和情感："求友殊损益，行道异穷申。缀我平生气，吐赠薄游人。结恩事明主，忍爱远辞亲。色丽成都俗，膏腴蜀水滨。如何从宦子，坚白共缁磷。日月千龄旦，河山万族春。怀铅书瑞府，横草事边尘。不及安人吏，能令王化淳。"结恩明主，静息边尘，宣令王化，这是张说对入蜀任官的宋休远的嘱托，也正是张说自身出使蜀地的职责。虽有宦游之悲，也有承当之勇气。

除了蜀道行役诗之外，张说还有《畏途赋》一文，描写其蜀道之行：青泥路，白马关，陟羊肠，临鸟道，搏绝岸，援蔓草，蹑云攀霞，悬梁虚阁，崩泉险湍，林黝人少，山幓地寒。蜀道的确可谓"畏途"，唯有忠臣孝子往还其上。诗人栉风沐雨，其心忧伤不歇，不觉白发暗生。此文格调正与蜀道诗中的秋风一样令人悲愁。

张说蜀道诗文是以"调苦"之音为其显著特征的，这既是他对宫廷文风的新变，也是他"凄清"的个性化文学风格形成的初现。蜀道秋风与京城百花、烟壑云山与朱第紫缨形成明显差异，这种特殊的景物与个性化情感的结合，正是对宫廷诗平衡单一板滞情感的变异。而蜀道山川的深谷沟壑、云烟猿啼正如贬谪之地的山水风月一样感发了诗人辞家离京失位之悲，尽管蜀道之行，既非张说政治失意之时，亦非张说年老远宦之际。虽然境遇穷通有别，但诗歌情感之表现却有意脉勾连之处。这或许可以说，凄清哀怨之美，正是张说文学审美的趣味所在。

初唐宫廷文人习惯于精巧的描写和巧妙的比喻，但张说却以抒情式或叙事性的语句与之相抗，正如他的《蜀道后期》诗之结句是其明显表现。这使他的诗不再以罗列细碎的景物为主，而是以自然朴素的表达和新奇的构思见长。这种平稳流畅的风格，反映了初唐后期文学趣味的变化[①]。

张说蜀道文学的调苦之声，虽然不免有矫饰之态，但他在诗中将朴素的景物描写与现实复杂的情感相结合，构思的巧妙较之于技巧更为重要，突破了妙语只是宫廷诗的点缀这一局限。这正是随意自然、注重个性化构造诗歌意象的盛唐诗之先声。

---

① 吴功正先生认为张说感应时代，得风气之先，矗立在初盛唐交界点上，是初盛唐诗歌美学的转捩人物。见其文《张说：初盛唐诗歌美学的转捩人物》，《东南大学学报》2002年第4期。

## 第三节
### 沈佺期、宋之问等人蜀道文学之吟咏

初唐时期蜀道文学，除了前面所述代表性文人之外，尚有一批当世文学声名甚著但作品留存较少的文人，如陈子良、李百药、张文琮、沈佺期、宋之问等，他们的蜀道创作，共同构成了初唐蜀道文学的风貌。

陈子良（？—632，吴人）在隋时为杨素记室，入唐官右卫率府长史。集十卷，今存诗十三首。武德九年（626）六月，李建成被诛，陈子良乃出为相如县令，至贞观六年（632）二月仍在相如县令任上[1]。陈子良诗文虽然留存不多，但生前文学声望很高，被称为"文学雄伯，群伦仰戴"[2]，可见其影响甚大。他现存诗歌，多为宫廷诗作，蜀道诗唯有《入蜀秋夜宿江渚》一首，诗云："我行逢日暮，弭棹独维舟。水雾一边起，风林两岸秋。山阴黑断碛，月影素寒流。故乡千里外，何以慰羁愁。"[3]此诗首写日暮系舟晚泊，次写江渚夜色，最后写思乡的旅愁，构思上并无多少新奇之处，但相较其宫廷诗的气色华靡则表现出清新幽旷之境，蜀道山野的生新气息冲淡了宫廷金粉浓艳之习。

李百药（565—648，定州安平人），隋内史令李德林子。七岁解属文。开皇初授东宫通事舍人，迁太子舍人，兼东宫学士。太宗重其才名，贞观元年召拜中书舍人。百药以名臣之子，才行相继，又性好引进后生，提奖不倦，四海名流，莫不宗仰。有集三十卷[4]。李百药藻思沈郁，尤长于五言诗[5]。唐太宗曾叹其诗精妙，云："卿何身之老而才之壮，何齿之宿而意之新乎！"[6]可见其文学之才甚高。李百药是太宗朝最著名的诗人之一，他写于隋末的诗篇与宫

---

[1] 董诰等《全唐文》卷134陈子良《平城县正陈子幹诔》文中有"余以贞观六年二月十日夜于相如县梦见尔灵"之语（上海：上海古籍出版社，1990年，第595页）。

[2] 智昇：《开元释教录》卷8上"释法琳"，影印文渊阁《四库全书》本。

[3] 曹寅、彭定求：《全唐诗》卷39，北京：中华书局，1999年增订本，第500页。

[4] 刘昫等：《旧唐书》卷72《李百药传》，北京：中华书局，1975年，第2577页。

[5] 王钦若等编修《册府元龟》卷777："谢偃善为赋，李百药工为五言诗，时人称为李诗谢赋。"（影印文渊阁《四库全书》本）

[6] 刘昫等：《旧唐书》卷72《李百药传》，前引书，第2577页。

廷诗迥然不同。然进入宫廷之后，他的应制诗则与太宗和其他朝臣之诗没有区别，从自我表现转向了歌功颂德。不过他的蜀道诗则体现了早期诗风的回归。

李百药曾入蜀为夹江令①，在其现存诗中，《晚渡江津》和《途中述怀》被认为是李百药与蜀道相关的诗作②。《晚渡江津》以描绘景物为主，长波、风叶、飞鸿、夕阴、寒雾，营造出秋气悲怀的意境，突出诗人怀归之愁绪。《途中述怀》则以历史上蔡邕与崔骃之迁谪入诗，抒写其途遥道穷之悲，而最后通过道德的决心战胜了自己的绝望和悲伤。这种在放逐和逆境中的诗歌不是宫廷风格的，而是具有自我表现的诗歌。诗人并不注重对蜀道路途险难的描写，只是借蜀道之景物来抒写悲愁之怀。

张文琮（生卒年不详，贝州武城人），高宗相张文瓘之兄③。贞观中为侍书御史。永徽初，献皇帝颂，优诏褒美。拜户部侍郎，坐房遗爱从母弟，出为建州刺史，卒于官。有集二十卷，今存诗六首。有《蜀道难》诗一首。诗云："梁山镇地险，积石阻云端。深谷下寥廓，层岩上郁盘。飞梁架绝岭，栈道接危峦。揽辔独长息，方知斯路难。"④险要的梁山，入云的积石，寥廓的深谷，盘纡的层岩，绝岭之间的飞梁，连接危峦的栈道，这些对蜀道的细致描绘，与张说的《畏途赋》可相互映照，只是张说的情调更显哀婉。

沈佺期（656—714⑤，相州内黄人），上元二年擢进士，神龙中拜起居郎、修文馆直学士，历中书舍人、太子少詹事。集十卷。善属文，工五言，尤长七言之作。与宋之问齐名，时人称为沈宋。他有《过蜀龙门》《夜宿七盘岭》两首蜀道诗，可知其曾经行金牛道上。《过蜀龙门》诗描绘龙门诡怪之象乃天功而非人力所致，并对龙门急流喷薄、彩虹当空的奇观进行了生动的描绘："长窦亘五里，宛转复嵌空。伏湍煦潜石，瀑水生轮风。流水无昼夜，喷

---

① 曹学佺：《蜀中广记》卷48，影印文渊阁《四库全书》本。《四川通志》卷7亦云："李百药，贞观中为夹江令，有政声，尤富于文学。尝撰《北齐书》五十卷。"（影印文渊阁《四库全书》本）

② 林静：《初唐文士入蜀现象与诗歌关系研究》，北京大学博士学位论文，2013年，第153页。

③ 曹寅、彭定求《全唐诗》卷39张文琮小传言文琮乃张文瓘之弟（前引书，第507页）。《旧唐书》卷85《张文瓘传》则言文琮乃其兄（前引书，第2816页）。

④ 曹寅、彭定求：《全唐诗》卷39，前引书，第507页。

⑤ 沈佺期生年，还有650年说；其卒年，尚有713、715、716等年之说。

薄龙门中。潭河势不测,藻蓷垂彩虹。"面对昼夜不息的流水和险要的山崖,诗人生出息机炼药的出世之心:"势将息机事,炼药此山东。"《夜宿七盘岭》则写诗人高卧七盘岭之上,似乎晓月、天河近在咫尺,以此状写山岭之高峻。诗人以"浮客"自许,暗示他的漂泊不定,颇为含蓄婉转。沈佺期是以宫廷诗人而著称,其诗靡丽,锦绣成文,且音韵婉转,属对精致。他的两首蜀道诗,既无靡丽繁复之声,也无板滞堆砌之病,而表现出清丽流畅的特点。这是他的蜀道之行所带来的诗歌情感和风格的转变。

宋之问(656?—712?,虢州弘农人①)弱冠知名,累转尚方监丞,后坐附张易之,左迁泷州参军。武三思用事,起为鸿胪丞,景龙中再转考功员外郎。时中宗增置修文馆学士,与薛稷、杜审言首膺其选。睿宗即位,徙钦州,寻赐死。有集十卷。宋之问现存诗歌中有四首和蜀道相关的诗作,其中《送田道士使蜀投龙》《送赵司马赴蜀州》《送杨六望赴金水》三首是送人入蜀的作品,都提到蜀道重山绝壁、崎岖遥远的特点,如"蜀门峰势断,巴字水形连"(《送田道士使蜀投龙》),"饯子西南望,烟绵剑道微"(《送赵司马赴蜀州》),"借问梁山道,嵚岑几万重。遥州刀作路,绝壁剑为峰"(《送杨六望赴金水》)。蜀道的曲折难行,在其诗中一再言说,包含着对友人入蜀的担忧。《汉江宴别》则是其在汉水之上嬉游之作,既写汉水之广阔,"汉广不分天,舟移杳若仙",又写江上之风景,"秋虹映晚日,江鹤弄晴烟"。在如仙美景宴乐之中,诗人有嬉游无极之遗憾:"嬉游不可极,留恨此山川。"蜀道之险远,与汉水之行乐,恰成对比。

沈佺期、宋之问等文人以文学之才成为朝堂之上的宫廷文学侍从,靡不下笔成文,文藻焕烂,声名播于天下。他们或高居庙堂之上,苍珮华缨,雕章缛句,"韵谐金奏,词炳丹青",创作出具有"庙堂之容"的宫廷诗。或因迁谪而行于蜀道,故乡千里,日暮秋风,路遥云连,危峦绝岭,书写出各自的羁旅愁情。他们的蜀道抒写,带有较为显著的身世际遇之感。

① 游国恩主编《中国文学史》(二)谓其为虢州弘农人,郭预衡主编《中国古代文学史》(二)云宋之问为汾州人。

## 小　结

　　王勃、卢照邻、张说、苏颋、沈佺期、宋之问，既是初唐文学发展、变化的代表作家，也是蜀道文学的主要创作者。他们借助蜀道的山川风云，星月层林，来渲染自身的情感起伏。张说、苏颋、沈佺期、宋之问等人，他们大多位高权重，在初唐政治舞台上颇有作为，偶因政治原因出使蜀地，思家念亲、复归京城是他们诗歌的主要内容，虽然不乏哀婉的情感倾诉，却并无深悲怨愤。王勃与卢照邻则有别于这一类文人。他们在诗文中常常因政治前途的阻塞和不达、才秀而位卑深感不平，诗中的情感往往比较激越，颇多蹭蹬之声。他们代表的是在唐代生长起来的一大批中下层文士的遭遇，满怀青云之志，却路穷迹滞。或沉沦下寮，窘困一生；或浪迹江湖，与白云烟霞为伴。对政治功名的执着与始终蹇困不达的际遇在他们心中交织纠缠，这种矛盾的痛苦发而为诗，就表现为跌宕起伏的不平之鸣，多愤激之调而少典雅温厚之态。他们对蜀道山川的崎岖难行尽管也多有描绘，但并不是笔力重心所在，情感的表达显得更为高亢。在他们的作品中，蜀道还仅仅只是作为一种自然地理的山川路途而存在，其间的风情物态也只是大致的勾勒，并无浓墨重彩的刻画和描摹，对于蜀道含藏的历史文化底蕴更是极少吟咏。这种现象，实际上正说明蜀道及巴蜀地域在初唐时期政治、经济以及文化建设中的地位和作用尚未突显。因此，无论是在文人的意识中还是在他们的诗文中，蜀道仅仅只是一种外在环境的存在，而它的历史文化韵味及其在现实政治经济中的意义尚未能被文人所认识。尤其是蜀道直接指向的巴蜀地域，其历史文化更是被文人们所忽略。因此，他们的蜀道书写，除了和个人的情感直接关联之外，缺乏更丰富的底蕴，没有取得令人瞩目的成就。尽管如此，王勃诗中的丹壑青峰，苏颋诗中的泥栈云梯，张说诗中的飞鸿林烟，沈佺期诗中的伏湍瀑水，宋之问诗中的巴水绝壁，既呈现出蜀道地理空间的险峻与苍茫，也如一股凛冽之风冲击着高台茂苑、绮原霞城、飞阁朱楼的宫廷文学，带着充满活力的生新山野气息，开启了唐代文学的新变。

　　初唐文人的蜀道文学虽然难以尽变宫廷文学之习，但他们远离京城，文学的题材范围开始扩大，使其创作逐渐摆脱宫廷文学板滞的修饰技巧与华丽的词藻堆砌，在蜀道山水之间抒发个人情怀，创作出具有浓郁抒情特色的文学作品。初唐蜀道文学这种较为明显的个性抒情特征，既体现了他们对蜀道地理的悲愁感知，也是对初唐宫廷文风的突破。

第三章

盛唐蜀道文学
的衍变

唐代文学经过初唐近百年的徘徊和酝酿，终于展现出最具魅力的光芒。以玄宗和肃宗为中心的这一时代，是文化繁荣和文学天才幸运地巧合的时刻，伟大的诗人和他们的作品流光溢彩，使后来者无法忽视①。与此相应，蜀道文学也在这个时期呈现出耀眼的光芒。李白的蜀道高唱、杜甫的蜀道感激、岑参的蜀道丽声、王维的蜀道清吟，谱写出蜀道文学的壮丽篇章。


## 第一节
## 李白蜀道文学之气象


　　李白（701—762）不仅在理论上继续了陈子昂的复古理论，而且在创作实践上完成了诗歌革新的任务。李阳冰《草堂集序》云："今朝诗体，尚有梁陈宫掖之风，至公大变，扫地并尽。"对李白的诗歌成就给予了高度评价。李白的蜀道抒写，不仅为他赢得了文学上的显赫声名，而且，自此开始，蜀道的险峻与神秘悠远的巴蜀地域向世人展示出迷人的魅力，吸引着文人的目光，成为文学书写引人注目的对象。

　　李白的蜀道文学，主要体现在他的诗作上，其中最著者就是他的乐府诗《蜀道难》。《蜀道难》一诗，历来论李白之诗者莫不称扬，世人皆颂其雄放奇特，但于其创作旨意，则异说纷纭，莫衷一是②。在此不言旧说之是非，且就诗文本身而论之。

---

① 宇文所安：《盛唐诗·导言》，北京：三联书店，2004年，第1页。

② 历来杂说，可参见詹锳主编《李白全集校注汇释集评》卷3李白《蜀道难》之集评、备考（天津：百花文艺出版社，1996年，第301—315页）。

　　《蜀道难》是古曲，梁陈已有作品，作者只言其险而不及其他。如阴铿有《蜀道难》诗云："王尊奉汉朝，灵关不惮遥。高岷长有雪，阴栈屡经烧。轮摧九折路，骑阻七星桥。蜀道难如此，功名讵可要。"初唐文人的蜀道抒写在沿袭前朝文人写作之时，将蜀道山川之高峻险难与自身客思悲愁的情感相结合，突显出个体浓郁的悲情。但李白在诗篇中既浓墨重彩渲染蜀道山峰之高峻与流水之激荡，又将蜀国悠远的历史神话与现实政治之严峻相勾连；既写蜀道开凿之壮烈，也写后来者之追思叹息。倒挂绝壁的枯松，悲号林间的飞鸟，即是蜀道历史的见证者与述说者。在诗中，诗人既书写出蜀国历史的深邃，又写出蜀道开凿的悲壮；既有峥嵘崔嵬的高峰巉岩，又有冲波逆折的飞湍瀑流；既有愁苦的黄鹤猿猱，也有抚膺长叹的行人；既有历史的陈迹，也有现实的残酷。在久远的时间中，感受到历史的幽眇和神秘；在壮阔的空间中，又感受到自然的雄壮与苍凉。李白在诗中，将历史与现实、时间与空间交错，将自然的雄峻奇观与人类的奋进与弱小杂糅，显得既深广又厚重，既充满浩荡的激情又饱含着深沉的忧伤，荡人心魄，也令人深思。正是诗篇中蕴含着如此丰厚的内容与情感，才使得《蜀道难》成为历代文人永久不衰的探究话题。

　　李白的《蜀道难》无论是形式还是内容都已完全突破了此前蜀道书写的格局，而且也完全超越了此前传统的中国诗，找不到与其相似的作品。赵执信言："青莲集他作尚多，此种实鼻祖也。"[1]此诗虽采张载《剑阁铭》"一人荷戟，万夫趑趄。形胜之地，匪亲弗居"等语用之，然则声调与形式上则显示出"奇之又奇"的特点。李白既在诗中描绘由秦入蜀途中雄伟奇险的山川，又杂入蜀国悠远的开国历史与悲壮的传说，出鬼入神，惝恍莫测，虚实相间，达到了内容、情感与艺术的高度融合。全篇喑呜叱咤，构法严密，铺叙有条，起止有法，首尾顾盼跌宕，实乃"唐诗之绝唱"[2]。就艺术而言，刘须溪云："妙在起伏，其才思放肆，语次崛奇，自不待言。"就诗人才力而言，田雯亦云："太白以纵横之才，俯视一切，《蜀道难》等篇，长短句奇而又奇，可谓

---

① 赵执信：《声调谱》卷3，影印文渊阁《四库全书》本。殷璠《河岳英灵集注》卷上亦云："至如《蜀道难》等篇，可谓奇之又奇。然自骚人以还，鲜有此体调也。"（王克让注，成都：巴蜀书社，2006年，第36页）

② 詹锳主编：《李白全集校注汇释集评》卷3，前引书，第302页。

极才人之致。然亦唯青莲自为之，他人不敢学，亦不能学也。"①

李白的《蜀道难》既有气象阔大、纵横变幻之态，又有讽世立教的风雅比兴之旨②。丰富的想象，夸张的手法，凄厉的气氛，雄健奔放的语言，强劲激烈的情感呼叫，构成了诗歌动人的力量，使其诗歌超越了宫廷文学的评价标准，突破了文学艺术旧的界限。它给同时代的人留下了最深刻的印象，李白因此被称为"谪仙人"③。此后，李白驰骋笔力，以其狂放的激情与创造自我的姿态，自成一家。他不仅是唐代文学中最粲然的诗人，也是中国文学史上最伟大的人物之一。每个时代都可以清楚地听到李白的回响。因此，《蜀道难》对李白的创作而言是一个飞跃，标志着他独具特色的文学个性风格的形成，同时，也彰显出蜀道雄奇险峻的自然景观与悲壮的历史文化含蕴。正如杨义先生所言，李白的《蜀道难》是"一篇为蜀地山川道路的姿态和性格、历史和未来立传"的奇诗，是"一篇有关蜀道的生命史"，是"怀着对蜀史的寻根意识和盆地世界与中原世界交流的热切愿望，从地层深处发出在青天引起回响的声音"。④正是因此浑厚的力量，千载之下，仍然令人感受到无限动人的魅力。从此，蜀道作为连接政治文化中心的秦川中原地区与封闭僻远的巴蜀地域的交通之路，在文学中日益凸显，成为文人诗文中不绝的主题意象。

李白与此诗内容基本相同的还有被称为五律正宗的《送友人入蜀》⑤。方

---

① 田雯：《古欢堂集杂著》卷2，郭绍虞编选《清诗话续编》（二），富寿荪校点，上海：上海古籍出版社，1983年，第700页。

② 弘历《唐宋诗醇》卷2引桂临川语："词旨幽深，雄浑飘逸。"（冉苒校点，北京：中国三峡出版社，1997年，第19页）关于《蜀道难》之取意何在，自来异说纷纭，莫衷一是。詹瑛先生主编《李白全集校注汇释集评》卷3《蜀道难》之"备考"对历来解说有辑录，可参见（第304—315页）。安旗先生在《蜀道难求是》文中说，《蜀道难》的主题有两层意义，表面写蜀道艰难，实质是指仕途坎坷，是封建盛世的"失路人"之歌。此后之解读，大多没有突破此种观点。见安旗：《李白研究》，西安：西北大学出版社，1987年，第126页。

③ 傅璇琮主编《唐才子传校笺》卷2："天宝初，自蜀至长安，道未振，以所业投贺知章，读至《蜀道难》，叹曰：子谪仙人也。"（前引书，第1册第385页）王定保《唐摭言》卷7则云："李太白始自西蜀至京，名未甚振，因以所业贽谒贺知章。知章览《蜀道难》一篇，扬眉谓之曰：公非人世之人，可不是太白星精耶？"（北京：中华书局，1959年，第81页）

④ 杨义：《李杜诗学》，北京：北京出版社，2000年，第278页。

⑤ 弘历：《唐宋诗醇》卷7，前引书，第103页。

回认为此诗虽沈宋不能加①。此首诗首言蚕丛所开之路，崎岖难行，"见说蚕丛路，崎岖不易行"，接着承"崎岖"言行之不易："山从人面起，云傍马头生。"山高则云多，山之叠嶂当前，每从人面而起；云之发生甚峻，又傍马头而生，蜀道何其高峻！路虽险绝，景非不佳，故又以芳树春流慰友人之忧："芳树笼秦栈，春流绕蜀城。"鸟道不可度，架木为栈，今有芳树覆笼之；春流旋涨，涌动绕于蜀城之间。君既历蜀道之崎岖而入蜀，荣辱升沉，正如行路有上下，崎岖既然已经历过，应知升沉有定，不必再问卜于严君平而始知矣，故云："升沈应已定，不必问君平。"李白此诗能状奇险之景而无艰深刻画之态，结句蕴含牢骚而又抑遏不露。此篇虽无《蜀道难》之铺叙夸张、纵横捭阖之态，感情含蓄蕴藉，声调趋于平缓，但仍然具有太白独有之气象。

　　《上皇西巡南京歌》②乃是李白为唐玄宗奔蜀之事而作，十首诗"述当时事，何等明白！可作诗史"③。确然，十首诗以蜀道的两极即长安与成都并举，略及剑阁石门、秦川云山，虽皆是概括言之，但却借此为媒介较为完整地叙述了唐玄宗奔蜀、返长安之情事。如其一云："胡尘轻拂建章台，圣主西巡蜀道来。剑壁门高五千尺，石为楼阁九天开。"安禄山陷长安，胡尘轻拂于建章之台，天子蒙尘，西巡于蜀。剑门高峻，石作楼阁，倚于九天之上，可见蜀地之形胜。其二则盛赞成都之草树云川似画图锦绣，堪与长安相比："九天开出一成都，万户千门入画图。草树云山如锦绣，秦川得及此间无。"其三则续写华阳之景物，柳如秦地之柳，花如上阳之花，宛似长安之旧宫。第十首则言肃宗即位之事："剑阁重关蜀北门，上皇归马若云屯。少帝长安开紫极，双悬日月照乾坤。"日月双悬，正谓唐明皇自西蜀归长安，肃宗灵武即位。李白除了在诗中描绘蜀道之风物，亦对明皇奔蜀略有所讽。其四云："谁道君王行路难，六龙西幸万人欢。地转锦江成渭水，天回玉垒作长安。"渭水长安隐寓故都之感，胡震亨引王弇州语，谓"地转锦江"等句不异宋人东狩钱塘故事，讥

---

① 方回：《瀛奎律髓汇评》卷24，李庆甲集评校点，上海：上海古籍出版社，2005年，第1023页。
② 詹锳主编《李白全集校注汇释集评》卷7《上皇西巡南京歌十首》题解云："天宝十五载六月己亥，禄山陷京师。七月庚辰，次蜀郡（成都）。八月癸巳，皇太子即皇帝位于灵武。……十二月丁未，玄宗还长安，戊午以蜀郡为南京。"（前引书，第1178页）
③ 弘历：《唐宋诗醇》卷5，前引书，第63页。

论尤切①。应时则批此诗首二句"究是伤心语"②，可见其诗人幽微之旨。这十首诗作虽然于蜀道险峻之描画不如前两首那么细致详尽，但蕴含其中的现实感慨却有过之。蜀道在这里成为唐王朝现实政治的展现舞台，它所触发的是诗人沉痛的现实悲感，虽与豪翰苦藻的咏史不同，却在空间交错、跌宕吹嘘之间，既写出诗人之性情与政治批判，又展现出蜀道在王朝政治变局之中的政治地位与作用。

此外，李白尚有《剑阁赋》。此赋虽名《剑阁赋》，但并不以描写蜀道剑阁为主，而是重在写与友人分别之愁情，故虽写剑阁"倚青天而中开"的高峻崔嵬之形势，却并不铺排夸张，只以松风萧瑟、巴猿相哀、飞湍汹涌、苍波东注、白日西匿、鸿雁秋声、愁云暝色等一系列意象来渲染其离别之悲。实际上，这种写法失去了《蜀道难》那种深厚的历史韵味，而与张说、苏颋、张文琮等人的蜀道诗文同一格调。

总之，李白的蜀道诗赋，既体现出诗人鲜明的文学个性，又蕴含着丰富的内涵。他对蜀道自然山川的夸张描写，突显了蜀道雄奇壮伟的自然特色。一个"难"字，正是蜀道最显著的自然地理特征。同时，这个"难"字，又展示出人类历史进程的艰难困境，展示出中原地区与巴蜀地域之间不仅仅是道路交通的阻塞，更是政治文化沟通的艰难阻隔。可以说，蜀道所承载的这种文化含蕴，是李白第一次发掘和表现出来的。而巴蜀地域悠远神秘的悲壮历史，也第一次由李白在其诗中大声喧呼而引人注目。同样，李白还在其蜀道诗文中，借蜀道之崎岖难登寄寓人生功名的艰难。理想壮志以及用世功业不是青天大道，而是险峻难攀的蜀道。虽然阴铿也说过"蜀道难如此，功名讵可要"，但其意并不是借蜀道来象征寄托。就赋予蜀道功名难成的意义而言，李白也是第一人。因此，无论是就突显蜀道的自然地理景观而言，还是就赋予蜀道的象征寓意而言，抑或就展现神秘幽眇的巴蜀地域历史文化而言，李白的蜀道文学都可谓是成就最高者。此后的蜀道诗篇，都难以逾越李白之成就。《蜀道难》成就了李白的诗名，李白也赋予了蜀道鲜活的生命感，使"蜀道"在文学上得到彰显。

① 胡震亨：《唐音癸签》卷25，上海：古典文学出版社，1957年，第219页。
② 詹锳主编：《李白全集校注汇释集评》卷7集应时《李诗纬》之评语，前引书，第1185页。

## 第二节
## 杜甫入蜀行役诗之写生

如果说李白对蜀道的抒写是夸张与想象,那么杜甫则是临摹与写生;如果说李白对蜀道饱含着历史悲慨,寄寓着人生功名之感,那么杜甫则是真切抒写社会战乱带给个人和家庭的无限苦痛与灾难。李白未曾亲历蜀道[1],所以他用神奇的想象来表现蜀道的地理物象和历史深邃感;杜甫亲履蜀道之天梯石栈,观其高标回川,所以他用写生的诗笔来勾画出蜀道上的关山峡谷。

杜甫(712—770,巩县人)于乾元二年(759)秋十月从秦州出发到同谷,又于十二月一日携妻将子从同谷出发[2],翻山渡水,历经辛苦,于岁杪抵达成都。一路之行,诗人皆以诗记之,清晰地描画出他的蜀道行路图。

### 一、杜甫蜀道行役线路

杜甫从秦州(今甘肃天水)出发到同谷县(今甘肃成县),再从同谷到成都,经过祁山道(甘肃到陕西的官道)、嘉陵道、金牛道而入蜀。他有纪行诗二十四首,清晰地反映出他行走蜀道的线路[3]。据其诗中所记,可知所经之地有:

---

[1] 裴斐先生在《李白山水诗中的情与景》文中说:"长江南北,黄河上下,你很难举出一处李白没到过。可是,非常有趣,恰恰是《蜀道难》这篇阅千二百年举世公认的绝唱,竟是诗人凭空想象虚构的产物!"(见《裴斐文集》卷2,北京:人民文学出版社,2013年,第96页)

[2] 仇兆鳌《杜诗详注》卷九《发同谷县》题下原注:"乾元二年十二月一日,自陇右赴成都纪行。"《木皮岭》诗云:"季冬携童稚,辛苦赴蜀门。"(北京:中华书局,1979年,第705、707页)

[3] 杜甫诗歌虽然记其行路较为确切,但对于所经之地之先后以及地名所属,却引发不少学者的讨论,如孙士信《杜甫客秦州赴两当县考——关于杜甫由秦陇入蜀路线的质疑》(《兰州大学学报》1986年第4期)、梁福义《试对杜甫〈飞仙阁〉诗的考订——兼谈杜甫自秦入蜀的路线》(《西秦纵横》1994年第2期)、温虎林《杜甫蜀道纪行诗论略》(《甘肃高师学报》2010年第3期)、苏海洋《杜甫入蜀行程北段新考》(《天水师范学院学报》2010年第4期)等,几位学者对于杜甫是否经过两当县、什么时间经过两当县持不同看法。此问题于本书而言并非要点,故暂且不论。

赤谷：有《赤谷》诗写赤谷险峻及其饥寒之事。

铁堂峡：有《铁堂峡》诗写其形势与深峻之貌。

寒硖：有《寒硖》诗写峡中势险而气寒之象。

法镜寺：有《法镜寺》诗写崖寺之苍古与佳胜。

青阳峡：有《青阳峡》诗记其危石林立之景。

龙门镇：有《龙门镇》诗写其峰峦密集之景。

以上皆是由秦州南行所经秦州地界内之各处。

积草岭：有《积草岭》诗写其山叠多阴之景。此岭已近同谷界。

青泥岭、泥功山：有《泥功山》诗写其泥泞难行。

凤凰台：有《凤凰台》诗，借景寓意。

以上是进入同谷县境内所经之处。

河池县：有《木皮岭》诗写岭之远景和近景。据《方舆胜览》所记，木皮岭在同谷县东二十里，河池县西十里。杜甫从同谷出发，南入郡界，过木皮岭，由白水峡而入蜀。

剑州：有《白沙渡》《水会渡》诗言其渡口登舟之事与景，有《飞仙阁》诗记其阁道形势及所见景物。据《方舆胜览》所记，白沙渡、水会渡、飞仙阁俱在剑州境内①。由此可见，杜甫登舟沿嘉陵江而下，又舍舟登岸，走连云栈道。

利州：有《五盘》诗写五盘岭之风景，有《龙门阁》诗写其阁道之细微曲折，有《石柜阁》诗写蜀道之冬景与暮景，有《桔柏渡》诗写渡桥之景，有《剑门》诗写剑门之形势。

汉州：有《鹿头山》诗写远望成都千里原野。

成都：有《成都府》诗写其初见成都风物之心情。

从以上经行之地可知，杜甫翻山越岭，水陆交替并行，历秦州、同谷、剑州、利州、汉州而抵达成都，既攀登过高山峻岭，又亲履连绵曲折的石栈阁道，也顺嘉陵江乘舟而行，尽览蜀道山川奇险风景。

---

① 祝穆：《方舆胜览》卷67"隆庆府"之山川，施和金点校，北京：中华书局，2003年，第1167页。

## 二、杜甫蜀道行役诗的内容与特点

杜甫经行蜀道，途中写诗二十四首，清晰地勾勒出诗人的入蜀线路和行走过程，形象地展现了雄奇峻伟的蜀道山水①。苏轼言："老杜自秦州越成都，所历辄作一诗，数千里山川在人目中，古今诗人殆无可拟者。"②确然，蜀道的山川，在杜甫的笔下一一展现，铁堂峡、青阳峡、积草岭、泥功山、木皮岭、白沙渡、水会渡、飞仙阁、五盘岭、龙门阁、石柜阁、桔柏渡、剑门、鹿头山，接踵而至，进入眼帘。诗人登绝岭，穿峡谷，经栈道，渡急流，过剑门，最后来到沃野千里的成都府。诗人用组诗的形式描绘了千里蜀道的雄姿和险峻。蜀道之险与道路之难是贯穿其诗的主要内容，但每首诗又各有侧重，融入了许多其他内容，使这些诗在内容上显得丰富充实，毫无雷同之感。

《发秦州》是杜甫赴同谷县之序诗，叙述自己为谋生而奔赴同谷之事。秦州因无物产之饶而难以久留，同谷则有风景之幽、物产之美而可驻足。诗人用秦州之劣势与同谷之优势来说服自己的此次之行，由此可见，在面对"悠悠"长道之时，诗人内心的挣扎与无奈。诗人对行路艰难的担心一点也不多余。因为在路途上，有"乱石无改辙，我车已载脂""悄然村墟迥，烟火何由追"的赤谷，有"径摩穹苍蟠，石与厚地裂""水寒长冰横，我马骨正折"的铁堂峡，有"云门转绝岸，积阻霾天寒"的寒峡，有"林迥硖角来，天窄壁面削。礤西五里石，奋怒向我落"的青阳峡，有"连峰积长阴，白日递隐见"的积草岭，有"哀猿透却坠，死鹿力所穷"的泥功山，有"山峻路绝踪，石林气高浮"的凤凰台。诗人或言赤谷之险艰，或言铁堂峡之险绝，或言寒峡不可度，或言青阳峡岩崩倾仄，所行之路途艰险难行可知。诗人经行险途之上，常有飘零凄婉之感，虽有厌山道恶之辛苦行役，但想到百里之外"佳主人"的"深

① 陈贻焮《杜甫评传》第十二章"入蜀图经"将秦州到同谷的十二首诗也当作是"入蜀纪行组诗"（北京：北京大学出版社，2011年）。温虎林《杜甫蜀道纪行诗论略》将杜甫从秦州到同谷的十二首以及在同谷所作的《同谷七歌》与《万丈潭》，与从同谷到成都所作的十二首诗，全部作为其蜀道纪行诗（见《甘肃高师学报》2010年第3期）。
② 朱弁：《风月堂诗话》卷上引，吴文治主编《宋诗话全编》，南京：江苏古籍出版社，1998年，第2948页。

眷"可以依托，又不免勉力跋涉前行。

《发同谷县》是杜甫入蜀行程的序诗，讲述自己因为迫于"物累"，不得不"远适"千里之遥的"绝境"[1]。诗人一步步行来，将蜀道山水之奇险用文字描绘出来。他写山，则有"汗流被我体，祁寒为之暄"的木皮岭，亦有"五盘虽云险，山色佳有余"的五盘岭。写栈道，则有"土门山行窄，微径缘秋毫"高危阴森的飞仙阁，亦有"滑石欹谁凿，浮梁袅相拄"奇巧的龙门阁。既有让人疲累不堪、头晕眼花的险绝阁道，亦有早花奇石环绕、群鸥回翔清晖之上的石柜阁。写水，既有"大江动我前，汹若溟渤宽"（《水会渡》）的浩浩高浪，亦有"水清石礧礧，沙白滩漫漫"（《白沙渡》）的清波缓流。杜甫笔下的蜀道山水，不只是阴森险恶、令人畏惧恐怖的，亦有令人愉悦赏心的美景。如白沙渡的水清沙白，诗人对之爽心，故觉愁洗病散："迥然洗愁辛，多病一疏散。"五盘岭之水清多鱼、巢居之民，让诗人"坦然心神舒"（《五盘》）；石柜阁清晖日落群鸥之暮景，引发了诗人优游放浪之自由心性；登临鹿头山，给诗人的则是惊喜之感："及兹险阻尽，始喜原野阔。"蜀道山水不仅给诗人带来忧惧、爽心、惊喜等各种不同的心理体验，也让诗人的眼界进一步扩展了。如他翻越木皮岭，"始知五岳外，别有他山尊"（《木皮岭》）；过水会渡，"迥眺积水外，始知众星乾"（《水会渡》）；经过飞仙阁后，"歇鞍在地底，始觉所历高"（《飞仙阁》）；而到了绵谷县的龙门阁，"终身历艰险，恐惧从此数"（《龙门阁》）。诗句里的"始知""始觉""从此数"，表明蜀道的经历带给诗人新的地理感知和人生感悟。

到了剑门，雄伟的剑门引起诗人对现实的忧虑和思考。面对"一夫怒临关，百万未可傍"的剑门，诗人一方面悲叹"珠玉走中原，岷峨气凄怆"，"后王尚柔远，职贡道已丧"；另一方面，又感慨当今英雄以力相争而成割据之势："至今英雄人，高视见霸王。并吞与割据，极力不相让。"（《剑门》）诗人用八句来写剑门地理形势之险要，后面十四句另开议论，自三皇五帝至今，包举数千年治乱兴亡。诗人览古观今，担心复有"英雄人"凭险吞并割据，因此，对成为割据者之屏障的剑门，欲"罪真宰"而"铲叠嶂"，

---

[1] 仇兆鳌《杜诗详注》卷9："奈何迫物累，一年四行役。"（前引书，第705页）

形象地表达了诗人渴望国家统一、天下太平的愿望。胡夏客曰："《剑门》诗因《剑阁铭》而成，但铭词出以庄严，此诗尤加雄肆。用古而能胜于古人，方称作家。"①杨伦亦言："以议论为韵言，至少陵而极，少陵至此等诗而极，笔力雄肆，直欲驾《剑阁铭》而上之。"②杜甫的《剑门》诗除了雄肆，还有浓重的沉郁。登上德阳的鹿头山，诗人想起了三国汉先主刘备的霸业，汉代司马相如和扬雄的文章，这些都是千载垂名者，而今已不见往日遗踪。蜀地本是膏腴之地，豪侠之场，自经丧乱，须得老臣仗钺，方能播宣风教。蜀人何其有幸，得到裴冕镇抚此邦（《鹿头山》）。至此，杜甫蜀道行役之诗的声调为之一变，进入了别一世界。李长祥云："自秦州至此，山川之奇险已尽，诗之奇险亦尽，乃发为和平之音，使读者至此，别一世界。"③确然，从千岩崩奔、长风怒号、耳闻虎豹斗的危岭栈道，至此变而为广阔平原之膏腴；从蜀道之艰险惊心、头晕目眩，至此变而为"悠然想扬马"，诗人的心情变了，诗歌的关注点与情调也随之发生改变。当诗人到达成都府时，眼前呈现的就是一个暂时升平、表面繁荣的都会："喧然名都会，吹箫间笙簧。"（《成都府》）此时的诗人，开始怀念中原和故乡，兴起一种游子漂泊之感："我行山川异，忽在天一方。但逢新人民，未卜见故乡。大江东流去，游子日月长。"成都的歌吹繁盛，却让诗人意不自适而动乡关之思："信美无与适，侧身望川梁"，"成都万事好，岂若归吾庐"。这种感觉情思是诗人在蜀道上急于奔命时来不及也无暇顾及的怅然情怀。稍作安顿，羁旅之心伤就涌上心头。由此可见，战乱带给诗人逃离家园的苦难何其深重，于今"中原杳茫茫"，归之不得，所以诗人只得聊为自宽："自古有羁旅，我何苦哀伤。"此诗寄意含情，复有悲壮之态。

　　杜甫从秦州到同谷，再从同谷到成都，所写之诗相对前期的诗歌而言，发生着较大的变化。首先，在内容上，社会时事不再是诗歌的主要表现内容，而是成为诗歌的背景。诗人的蜀道之行，乃是由于中原战乱所导致的背井离

---

① 仇兆鳌：《杜诗详注》卷9，前引书，第722页。
② 杨伦：《杜诗镜铨》卷7，上海：上海古籍出版社，1981年，第309页。
③ 仇兆鳌：《杜诗详注》卷9《鹿头山》，前引书，第724页。

乡。诗人将沿途所经之山川险阻与景物奇观，皆写入诗中。同时，在山水的描写中，也融入了诗人自身心绪的咏叹。如"西崖特秀发，焕若灵芝繁"，景色焕然秀绝，但有"对此欲何适？默伤垂老魂"之黯然神伤（《木皮岭》）；有"万壑欹疏林，积阴带奔涛"之奇景，但有"叹息谓妻子，我何随汝曹"之叹（《飞仙阁》）；又有"仰凌栈道细，俯映江木疏"之佳景，然亦有"东郊尚格斗，巨猾何时除。故乡有弟妹，流落随丘墟"之时事忧念与对亲人的担忧。杜甫在这些诗里固然描画了蜀道奇绝之景，但他将山水之奇与行程之艰、世路之难的咏叹交织在一起，使诗歌呈现出复杂的面目。在这些诗里，诗人成了社会悲剧的主角。其次，自然山水成为诗歌的主要部分。这与他前期主要以社会时事为主要材料的诗歌相比有了明显的变化。这些山水诗不仅内容丰富，而且结构也变化多端，打破了谢灵运山水诗"首多叙事，既言景物，结之以情理"（黄节《读诗三札记》）的固定模式。在描写山水的手法上也比较灵活多样，既有概括性的粗加勾勒，也有具体的工笔细描。如写飞仙阁之形势"土门山行窄，微径缘秋毫。栈云阑干峻，梯石结构牢"（《飞仙阁》），就是工笔刻画飞仙阁栈道的狭窄、高峻，用石头搭建的阶梯。而写石柜阁之景则是"石柜曾波上，临虚荡高壁"，就是粗笔勾勒阁道高壁影荡。杜甫对山川景物的描写具体而明确，体现出不同的特点。如写白沙渡的特点是水清石多，水会渡则是江水汹涌宽阔，而桔柏渡的水流异常湍急；写木皮岭言其千岩耸立之势，五盘岭则言其地僻俗朴，鹿头山则是俯见千里原野；写飞仙阁是高栈连云、长风怒号，龙门阁则是道路萦绕盘旋如线缕，浮梁袅空等等。正是杜甫善于抓住山川景物鲜明的个性，予以不同的描写，所以总是给人新的感受，让人读其诗而能欣赏不同的美景，毫无厌倦之感。杨伦评杜甫山水间诗："大处极大，细处极细，远处极远，近处极近，奥处极奥，易处极易，兼之化之，而不足以知之。"[①]这正是杜甫刻画蜀道山水景物多样化的巧妙笔法。第三，杜甫的蜀道行役诗具有写实性的特点，无论是描绘山水景物，抑或是个人情感。杜甫总是在诗里描绘他登山渡水时的所见所历所感。山水的奇与险，在杜甫笔下都得到具体的描写；而蜀路上的惊恐、畏惧、爽心、忧虑，无奈的自嘲与自解、历

---

① 杨伦：《杜诗镜铨》卷7《成都府》，前引书，第311页。

史的咏思、时事的戒惧，以及漂泊异乡的伤感，都在诗里得到真实的表达。正如浦起龙评《龙门阁》一诗中所云："危途四句，栈道图未必能尔。太白《蜀道难》，亦未免虚摹多，实际少。"①杜甫的成功正在于写实。他在具体描写时也使用了夸张和想象，但只是辅助性质的艺术手段，总体上是用写实手法来描摹真山实水的，而李白则长于虚构和想象。王嗣奭云："李善用虚，而杜善用实。用虚者犹画鬼魅，而用实者工画犬马，此难易之辨也。"②虚可以忽略许多细节，勾勒大体而不必显示其个性，写实则必须刻画出真实山水的个性，需要更细致的观察和更雄强的笔力，更能体现山川的千姿百态而避免笼统和雷同。杜甫的入蜀纪行诗使读者觉得"分明如画"③，而且犹如与杜甫一起杖屦而行，这正是杜甫的独到之处。诚如李因笃所云，这组诗"万里之行役，山川之夷险，岁月之暄凉，交游之违合，靡不曲尽，真诗史也"④。实际上，这些诗歌不只是"诗史"而已，还是蜀道山川的工笔绘图，更是杜甫在乱离之世奔逃的心灵史。此外，杜甫总是在诗里融合进多种情绪与格调。读者可以在一首诗里感受到情绪和风格的明显转换。如《石柜阁⑤》："季冬日已长，山晚半天赤。蜀道多早花，江间饶奇石。石柜曾波上，临虚荡高壁。清晖回群鸥，暝色带远客。羁栖负幽意，感叹向绝迹。信甘屡儒婴，不独冻馁迫。优游谢康乐，放浪陶彭泽。吾衰未自安，谢尔性所适。"此诗前面八句写蜀道上的山花，江水间的奇石，水波之上的栈阁，清晖中的鸥鸟，暮色中的远行客，其间的情感是宁静闲适的，格调是恬淡而稍许有点暖意的。然而正当读者沉浸其平静之时，诗人忽然兴起羁旅之叹，这声叹息犹如一滴水珠落进平静之水面，在心中荡起层层涟漪。面对如此山色景物，诗人想到喜爱山水田园的谢灵运和陶渊明，自己想要像他们一样放浪优游林泉山间，但却不能，不仅仅是因为迫

---

① 浦起龙：《读杜心解》卷1之3，北京：中华书局，1961年，第86页。

② 王嗣奭：《杜臆》卷首《杜诗笺选旧序》，上海：上海古籍出版社，1983年。

③ 黎靖德：《朱子语类》卷140，王星贤点校，北京：中华书局，1986年，第3326页。

④ 杨伦：《杜诗镜铨》卷7《成都府》引，前引书，第311页。

⑤ 祝穆《方舆胜览》卷66云："石栏桥，在绵谷县北一里，自城北至大安军界，营管桥阁共一万五千三百一十六间，其著名者为石柜、龙门焉。"（祝洙增订，施和金点校，北京：中华书局，2003年，第1157页）

于生计，冻馁缠身，还因为诗人身体孱弱而有负山水幽意，不能搜奇览胜。视角一下从江山之景转到自身之情状，江山之胜迹因自身条件所限而不能尽情欣赏，令人感到沮丧。情感由悦心爽目而变为哀伤叹息，格调亦由静美转而为沉郁。诗人最后说"吾衰未自安，谢尔性所适"，我实因身弱不能像你们那样适性于山水之间，只能羡慕你们随性而得自由了。其间含有一丝不甘，但又无可奈何。此间的情感又转为萧散旷达。可以看到，诗中的情感由宁静变为动荡，再归之释然，视角由山水景色转向自身情状，风格由清新淡泊变为沉郁萧散，这种不断变化的风格，在杜甫的蜀道行役诗中是比较普遍的特点。不仅一篇诗中表现出变化，就是篇章之间的情绪也是变化间杂的。如《飞仙阁》写其苦，《五盘》则言其悦，《龙门阁》复言其惧，而《石柜阁》又言其兴，一张一弛，起伏变化。正所谓"四篇一苦一愉，以相间成章，总见章法变化处"[1]。这种变化多端的艺术表现，不仅是诗人真实的情感流露，也使诗歌超越了谢灵运以来传统山水诗的呆板结构，而变得姿态多样，生动有趣。

总体而言，杜甫的蜀道行役诗在很多方面都与此前诗作不同，发生了改变。究其原因，除了社会时事的影响之外，蜀道山水的影响也十分关键。江盈科言："少陵秦州以后诗，突兀宏肆，迥异昔作。非有意换格，蜀中山水，自是挺特奇绝，独能象景传神，使人读之，山川历落，居然在眼。所谓春蚕结茧，随物肖形，乃为真诗人，真手笔也。"[2]蒋金式亦云："少陵入蜀诗，与柳州柳子厚诸记，剔险搜奇，幽深峭刻，自是千古天生位置配合，成此奇地奇文，令读者应接不暇。"[3]这些评价皆指出杜诗与蜀道自身雄奇俊伟的特色紧密关联。蜀道山水景物与诗人文学之才相互映发，蜀道山水得诗人描绘之笔而呈彩，诗人之才又得山水激发而展现。李长祥云："少陵诗，得蜀山水吐气；蜀山水，得少陵诗吐气。"[4]此语正道出蜀道山水与杜诗之间相得益彰之状。峻奇雄伟的蜀道山水，得诗人之诗笔而彰显其貌，增光添彩；诗人之诗文，则得蜀道山川气息之熏染而有峭拔苍凉、沉郁宏肆之风神。蜀道上的艰难跋涉，

---

① 杨伦：《杜诗镜铨》卷7《石柜阁》，前引书，第307页。
② 仇兆鳌：《杜诗详注》卷8引江盈科《雪涛诗评》，前引书，第685页。
③ 杨伦：《杜诗镜铨》卷7引，前引书，第311页。
④ 仇兆鳌：《杜诗详注》卷9引，前引书，第727页。

使杜甫真切地体验了蜀道山川之面貌。诗人不仅用诗笔为蜀道山川绘形图貌，而且在蜀道行役与山水之间写出个人在战乱中的痛苦与哀伤，既是社会苦难的反映，也是诗人个体心灵的记录。

## 第三节
## 岑参、独孤及等人蜀道文学之唱作

盛唐时期的蜀道诗，除了前面所述诗人作品之外，尚有岑参、王维、高适、严武等著名文人，他们也留有蜀道吟咏之作。

岑参（715—770[①]，荆州江陵人[②]）家族声望卓著[③]，但到他时，社会地位与权势已不再显赫。代宗永泰元年（765）十一月，岑参出为嘉州刺史[④]，十二月至梁州，因蜀乱而滞留此地。因不能成行，故年底返京城度岁[⑤]。大历元年（766），以职方郎中兼侍御史入杜鸿渐幕府，于二月同杜鸿渐一起从长安出发，至梁州后滞留不进。随后进发，经五盘岭，出龙阁道，进至利州。在利州

---

[①] 关于岑参生年，说法众多，有开元六年、开元四年、开元二年、开元五年之说，今以闻一多开元三年之说从之（参见廖立：《岑嘉州诗笺注》附录四之《岑参年谱》，北京：中华书局，2004年，第856—860页）。岑参卒年，有769、770两说，异说主要因旧历公历算法不同而致，大历四年十二月则是五年元月（见廖立：《岑嘉州诗笺注》，前引书，第940—941页）。李厚琼《岑参研究》就岑参卒年亦有考辨，认为岑参于大历四年秋冬之际卒于成都旅舍，依违旧说，并无新说（参见其2004年四川师范大学硕士学位论文，第10—14页）。

[②] 廖立认为岑参版籍究属何县，难以的定，但其不隶江陵，则可无疑问（见《岑嘉州诗笺注》附录四之《岑参年谱》，前引书，第856页）。

[③] 廖立《岑嘉州诗笺注》载杜确《岑嘉州诗序》："南阳岑公……代为本州冠族。曾大父文本，大父长倩，伯父羲，皆以学术德望，官至台辅。"（前引书，第1页）

[④] 关于岑参刺嘉原因，王勋成《岑参刺嘉缘由考》认为与郭英乂、崔旰掀起的蜀中之乱有关，并非贬官（见《西北民族学院学报》1992年第2期）。李厚琼则认为岑参出任嘉州刺史含有贬谪之意（见其硕士论文《岑参研究》，第4页）。

[⑤] 此从廖立说，见其《岑嘉州诗笺注》第935页。李厚琼则认为岑参并未返回长安，而是留在了梁州（见其硕士论文《岑参研究》，第5页）。

滞留至夏，六月，从利州益昌郡出发，过剑门，七月至成都①。

岑参的蜀道行役诗，多写沿途山水物候以及与人游赏酬唱。如写栈道层崖、石道深林："栈道笼迅湍，行人贯层崖。岩倾劣通马，石窄难容车。深林怯魑魅，洞穴防龙蛇。"（《与鲜于庶子自梓州成都少尹自褒城同行至利州道中作》）还有斗崖群峰、烟景云树："江回两崖斗，日隐群峰攒。苍翠烟景曙，森沈云树寒。松疏露孤驿，花密藏回滩。栈道溪雨滑，畲田原草干。"（《早上五盘岭》）也有剑阁云巴江雨以及山花川柳："朝登剑阁云随马，夜渡巴江雨洗兵。山花万朵迎征盖，川柳千条拂去旌。"（《奉和相公发益昌》）他也写剑门之险要："不知造化初，此山谁开坼。双崖倚天立，万仞从地劈。云飞不到顶，鸟去难过壁。速驾畏岩倾，单行愁路窄。平明地仍黑，停午日暂赤。凛凛三伏寒，巉巉五丁迹。"（《入剑门作寄杜杨二郎中时二公并为杜元帅判官》）蜀道的层崖群峰、烟雨深树以及孤驿窄路，虽然有云都难以飞到顶的高绝，有鸟都难以越过的险峻，但却看不到诗人的愁颜和畏惧，即使千里辞家游宦，却因有友人同行而忘记了羁旅之恨："言笑忘羁旅，还如在京华。"（《与鲜于庶子自梓州成都少尹自褒城同行至利州道中作》）又说："此行为知己，不觉蜀道难。"（《早上五盘岭》）一路行来，诗人已经被巴川胜景所迷，因此说要把蜀道胜事写下来寄给京城的朋友，与他们共同分享："岂料巴川多胜事，为君书此报京华。"（《赴嘉州过城固县寻永安超禅师房》）岑参进入剑门，亲历剑门的奇险，亲见"地处西南僻"的蜀地风物，他的感觉是独特的："陡觉烟景殊，杳将华夏隔。"剑门内外烟景之差异，让诗人明显感觉到巴蜀之地不同于中原的特殊色彩。虽然地域烟景有别，但"圣朝无外户，寰宇被德泽。四海今一家，徒然剑门石"（《入剑门作寄杜杨二郎中时二公并为杜元帅判官》）。蜀地虽有据险割据之人，但都已败绩颠覆，如不修德行，则恃险亦无益。可见岑参对于杜鸿渐入蜀平定蜀乱之信心。岑参曾经两度出塞，但都无所成功。此次随杜鸿渐入蜀平乱，定是怀着建功之热望和期许而来，他说："良筹佐戎律，精理皆硕画。"因此蜀道之险峻山峰、危栈湍流，诗人不觉其难。他的游赏酬唱之作的情调也充满着明朗的色彩。如《与鲜

---

① 廖立：《岑嘉州诗笺注》，北京：中华书局，2004年，第936—937页。

于庶子泛汉江》："急管更须吹，杯行莫遣迟。酒光红琥珀，江色碧琉璃。日影浮归棹，芦花冒钓丝。山公醉不醉，问取葛强知。"红色的琥珀酒，碧色的琉璃江，日影归棹，芦花钓丝，沉醉其间的诗人，一派闲适安乐之图景。他在春景江云、锦席玉盘之间，满怀着进取之心："戎幕宁久驻，台阶不应迟。别有弹冠士，希君无见遗。"（《过梁州奉赠张尚书大夫公》）岑参的蜀道行役诗，不同于前人写蜀道的愁苦与惆怅，而是充满着乐观明丽的声调和情怀。蜀道的飞阁深流没有让岑参变得畏惧和忧叹，相反，这些都成了他眼中的殊景，笔下的胜事。蜀道风景虽然没有如西域塞外奇异风光那样使岑参大肆描画和吟唱，飞扬雄浑奇丽的格调变而为明朗秀丽沉着，也褪去了早年淡淡的惆怅，而多了一份宁静和闲雅。这不仅是岑参不同的人生阶段带来的性情沉淀，也是蜀道之行给诗人带来的艺术感悟和风格呈现。

要之，岑参的蜀道诗未能鲜明地体现出他的显著个性特征与风貌。生动的描写，奇特的比喻，宏大的气势，从他的蜀道作品中消失了，而那些才是岑参的特性和个性风格所在。宇文所安先生说岑参"是最后一位广泛描写边塞生活的盛唐诗人"，但他"缺乏盛唐最伟大诗人的高度"。[①]的确如此，岑参是以追求诗歌的技巧和创造奇峻的效果而著称的[②]，并因此建立了个人的风格和特性。但他的蜀道诗在这方面却并不突出。尽管岑参蜀道诗之笔力难以追摹李杜[③]，但他在一片"蜀道难"的咏叹声中，却说"不觉蜀道难"。此种情怀与豪气，使得他的个性得到体现，也使得他的蜀道诗表现出一种积极明丽的特色。

---

① 宇文所安：《盛唐诗》，北京：三联书店，2004年，第201、208页。宇文所安先生将高适放在盛唐第一代诗人的行列，而将岑参放在盛唐第二代诗人里，认为他或许是第二代诗人最突出的代表。甚为有见。

② 殷璠编《河岳英灵集》卷中："参诗语奇体峻，意亦造奇。至如'长风吹白茅，野火烧枯桑'，可谓逸才。又'山风吹空林，飒飒如有人'，宜称幽致也。"（前引书，第201页）杜确也称之为"属辞尚清，用意尚切，其有所得，多入佳境"（见《岑嘉州诗集笺注》之杜确《岑嘉州诗序》，第1页）。

③ 陆游《夜读岑嘉州诗集》称扬岑参诗"豪伟"，"笔力追李杜"（《剑南诗稿校注》，钱仲联校注，上海：上海古籍出版社，2005年，第332页）。

　　王维（701—761，蒲州人）曾于开元二十一年前入蜀[①]。他的入蜀，既非奉命出使，亦非宦游，而是个人出游。《自大散以往深林密竹蹬道盘曲四五十里至黄牛岭见黄花川》《青溪》《纳凉》《戏题盘石》俱是其入蜀途中所作。诗中写道路曲折盘旋之状："危径几万转，数里将三休。回环见徒侣，隐映隔林丘。"（《自大散以往深林密竹蹬道盘曲四五十里至黄牛岭见黄花川》）写溪水奔流之态："随山将万转，趣途无百里。声喧乱石中，色静深松里。漾漾泛菱荇，澄澄暎葭苇。"（《青溪》）有静丽之深林，有蒙密之密竹，有声喧之石流，有悠悠之白鼋，有沃躬之翻涛，有濯足之漱流，还有如"飒飒松上雨，潺潺石中流""乔木万余株，清流贯其中"之如画景象。蜀道上种种山水趣味，令诗人心胸旷然而消忧。诗人登黄牛岭而有"长啸高山头"之放旷，对清澹溪水而生"垂钓将已矣"之闲情，临川口长风则有"偃卧磐石上"之自在。其诗情澹然高古，诗风淡雅清丽而无烟火气，已然体现出王维晚年辋川诗的风貌。

　　王维还有六首送人入蜀的作品，皆涉及蜀道地理风物。一是送人赴蜀任职。如《送崔五太守》，崔五，即崔涣，天宝末出为剑州刺史，后转牧绵州[②]。诗中叙写一路所经由之地，有黄花县、五丈原、褒斜谷、子午山、嘉陵水，然后经剑门到益州："剑门忽断蜀川开，万井双流满眼来。雾中远树刀州出，天际澄江巴字回。"全诗似一篇入蜀线路图，移步换景，不显堆垛。《送梓州李使君》写蜀地风土，深山冥晦，晴雨相伴，开篇四句，尤为人称赏："万壑树参天，千山响杜鹃。山中一半雨，树杪百重泉。"此四句写梓州山境，天然入妙，未易追摹。王士禛云此四句"兴来神来，天然入妙，不可凑泊"[③]，沈德潜则云"一气赴之，尤为龙跳虎卧之笔"[④]，朱庭珍则谓之"高格响调"，"可为后学法式"[⑤]。《送杨长史赴果州》写蜀道艰险："褒斜不

① 谭优学：《王维生平事迹再探》，《西南师范学院学报》1982年第2期；郑铁民：《王维集校注》，北京：中华书局，1997年，第89页。

② 王辉斌：《王维诗歌之系年考辨》，《太原师范学院学报》2008年第4期。

③ 王士禛：《带经堂诗话》卷18，北京：人民文学出版社，1963年，第518页。

④ 沈德潜：《说诗晬语》卷上，霍松林校注，北京：人民文学出版社，1979年，第215页。

⑤ 王维：《王维集校注》卷7引朱庭珍之语，陈铁民校注，北京：中华书局，1997年，第608页。

容幰，之子去何之。鸟道一千里，猿啼十二时。"次写果州风物："官桥祭酒客，山木女郎祠。"后结以望归："别后同明月，君应听子规。"鸟道猿声，官桥祠宇，乃是深感长史远宦跋涉之苦。其间险怪凄凉，味在言外。两地凄楚别情，以景语出之。此诗借景寓情，正如黄生所云："寓意俱在言外，笔意高人十倍。"①而其简洁精练之处，亦如纪昀所称："一片神骨，不比凡马空多肉。"②二是送人还蜀。《送严秀才还蜀》先叙严秀才还家之意："宁亲为令子，似舅即贤甥。"次写还蜀之路："别路经花县，还乡入锦城。"再写经行山川之景："山临青塞断，江向白云平。"最后以司马相如比严："献赋何时至，明君忆长卿。"《送王尊师归蜀中拜扫》诗云："大罗天上神仙客，濯锦江头花柳春。不为碧鸡称使者，惟令白鹤报乡人。"此诗以神仙客称许王道士得道归乡。这类诗歌虽然在技巧上颇为精致，但更多体现的是应酬交际诗的特点，缺乏作者个人心性。三是送人游蜀。如《送崔九兴宗游蜀》："送君从此去，转觉故人稀。徒御犹回首，田园方掩扉。出门当旅食，中路授寒衣。江汉风流地，游人何处归。"崔兴宗是王维的内弟，全诗表达出对崔兴宗的深切关怀之情。

　　由上可见，王维的蜀道诗，在描写蜀道山川险要之时，也涉及了巴蜀的历史人物与独特风情，这一点是初唐蜀道文学中少见的。也许可以说，这是受到李白蜀道抒写的影响所致。不过，无论是描写蜀道之险，还是状其蜀地之情，都体现出王维独具个性的诗歌风貌。那种闲雅清丽、简洁自然，对情感的抑制与隐含，正是王维蜀道诗的特点所在。与李白的张扬与奔涌，与杜甫的苍凉与深重，都迥然不同。

---

① 王维：《王维集校注》卷6引黄生之评语，前引书，第517页。
② 方回：《瀛奎律髓汇评》卷4引，李庆甲集评校点，上海：上海古籍出版社，2005年，第153页。

高適（704—765[①]，渤海蓨人）在文学史上是以边塞诗的成就获其声誉，与岑参齐名并称。乾元二年（759），高適出任彭州刺史，上元元年（760）转蜀州刺史，进成都尹、剑南西川节度使。广德二年（764）正月，高適回长安，为刑部侍郎，进封渤海县侯。永泰元年（765），病卒[②]。

高適五十六岁出任彭州刺史而入蜀，其蜀道诗留存较少，不过，他现存作品中有几首应是其入蜀途中所作。如《赴彭州山行之作》："峭壁连崆峒，攒峰叠翠微。鸟声堪驻马，林色可忘机。怪石时侵径，轻萝乍拂衣。路长愁作客，年老更思归。且悦岩峦胜，宁嗟意绪违。山行应未尽，谁与玩芳菲。"写蜀道之山峰，仅以峭壁、攒峰概括之。蜀道之景物，仅以鸟声悦耳、林色幽静、怪石侵径、轻萝拂衣描绘之。后六句虽然说入蜀堪愁而年老思归，然山峦胜景足以平复其愁闷意绪了。诗中虽有路长人困、嗟老叹愁的意绪，但其格调却较为高昂，诗人没有用惊心动魄的词语描绘蜀道艰险，也没有抒写浓重的悲愁情怀，在峭壁叠嶂、怪石轻萝之外，还有引人驻马而听的鸟鸣，有使人息心

---

① 关于高適的生年，史无明文，历代研究者亦无定论。学界有十数种说法，影响较大者有八种：1.公元700（武后久视元年）说。陆侃如、冯沅君《中国诗史》和郑振铎《插图本中国文学史》等主此说。证据不详。复旦大学中文系古典文学组和学生集体编著的《中国文学史》、北京大学中文系五五级集体编著的《中国文学史》均从之。2.公元702年（武后长安二年）说。闻一多《唐诗大系》将高適生年定为约公元702年。囿于体例，未提出证据。高文《试论高適》认为高適生年不应早于公元702年，并谓生于公元702年是较为合乎事实的。中国科学院文学研究所编《中国文学史》和刘大杰《中国文学发展史》等均从之。徐无闻《高適诗文系年稿》亦同意此说，并为之作了补证。3.公元696年（武后万岁通天元年）说。王达津《诗人高適生平系诗》在否定公元700年、公元702年两说的基础上，持此说。4.公元706年（中宗神龙二年）说。彭兰《高適系年考证》在明确反对公元700年、公元702年两说的基础上，论证此说。郭沫若《李白与杜甫》与《辞海·文学分册》均从之。5.公元700年—公元702年之间说。傅璇琮《高適年谱中的几个问题》一文在对王达津《诗人高適生平系诗》、彭兰《高適系年考证》、孙钦善《高適年谱》以及刘开扬《试论高適的诗》等文关于高適生年说法一一考辨的基础上，认为高適的生年虽然不易确定，但比较起来，以生于公元700年—702年的可能性较大。6.公元704年（武后长安四年）说。刘开扬《高適诗集编年笺注》卷首《高適年谱》在订正其旧说的同时，主此说。陈铁民在其与乔象钟共同主编的《唐代文学史》上册中，也推测高適当生于公元703年至704年之间。7.公元701年（武后长安元年）说。孙钦善《高適年谱》主此说。8.公元700年（武后久视元年）说。周勋初《高適年谱》主此说。余正松《高適研究》在否定其他说法的前提下，为周说作了补证。本书关于高適生年，依从刘开扬先生之说。

② 高適行迹，皆依从刘开扬《高適年谱》，参见其《高適诗集编年笺注》卷首，北京：中华书局，1981年。

忘机的林色,有悦目之胜景,有可玩之芳菲。与前人同类蜀道行役诗作相比,高適此诗显得质朴而又不乏气骨,和平婉厚,音调不促。此外,尚有《同河南李少尹毕员外宅夜饮时洛阳告捷遂作春酒歌》《同鲜于洛阳于毕员外宅观画马歌》二诗。此二诗应为应酬之作,对蜀道全无描述,但却记载了自己入蜀途中被劫之事:"今年复拜二千石,盛夏五月西南行。彭门剑门蜀山里,昨逢军人劫夺我,到家但见妻与子,赖得饮君春酒数十杯,不然令我愁欲死。"(《同河南李少尹毕员外宅夜饮时洛阳告捷遂作春酒歌》)乱兵为盗,竟然劫掠赴任之官员,可见当时盗贼猖獗、形势动荡之社会情状。

高適对蜀道道路的险阻已无更多描写,他的蜀道诗虽然在内容与情调上有别于以前诗作,但战乱现实的刺激仍然在其作品中有所反映,这使其前后诗风一脉相续。他的蜀道诗,大部分仍然是采用了他最擅长的古诗体式,即使使用律调,但也"终是古诗手段"①。其诗中体现出来的和平婉厚,正如王应麟所言:"已失盛唐雄赡,渐入中唐矣。"②

严武(726—765,华州人)于756年从明皇入蜀,擢谏议大夫。乾元元年(758),因房琯朋党之罪贬巴州刺史③。上元二年(761),任剑南东川节度使兼绵州刺史,寻为成都尹、剑南节度使,节制东西两川。宝应元年(762),召拜兵部侍郎,离蜀赴京。广德二年(764),复镇剑南,以破吐蕃功,进检校吏部尚书,封郑国公。永泰元年四月,以疾终,时年四十。严武虽为武将,但亦能诗。现存诗8首④。

严武的蜀道诗,主要是他奉诏入朝之时,在途中与杜甫的两首酬答诗。一

---

① 胡震亨:《唐音癸签》卷10,前引书,第85页。

② 王应麟:《诗薮》内编卷5,上海:上海古籍出版社,1979年,第84页。胡震亨《唐音癸签》卷10亦云:"岑之败句,犹不失盛唐,高之合调,时隐逗中唐。"(前引书,第79页)

③ 《旧唐书》严武传不载此事,《新唐书》卷129严武传记载了此事:"……已收长安,拜京兆少尹。坐琯事贬巴州刺史。"(北京:中华书局,1975年,第4484页)司马光《资治通鉴》卷220的记载就详细了:"太子少师房琯既失职,颇怏怏,多称疾不朝,而宾客朝夕盈门,其党为之扬言于朝云:'琯有文武才,宜大用。'上闻而恶之,下制数琯罪,贬邠州刺史。前祭酒刘秩贬阆州刺史,京兆尹严武贬巴州刺史,皆琯党也。"(北京:中华书局,2012年,第7175页)

④ 《全唐诗》卷261著录严武诗6首,《全唐诗续补遗》卷3增补1首,曹学佺《蜀中广记》卷25著录严武《巴江喜雨诗》1首,《全唐诗》及补遗漏辑。

是《酬别杜二》，此诗首叙入朝之事："独逢尧典日，再睹汉官时。未效风霜劲，空惭雨露私。"次写临别情景："夜钟清万户，曙漏拂千旗。"最后写叙别后之情："只是书应寄，无忘酒共持。"并自述己志："但令心事在，未肯鬓毛衰。"二是在巴山收到杜甫寄诗，作《巴岭答杜二见忆》。严武在诗里表达了朋友分别之后的悲愁："江头赤叶枫愁客，篱外黄花菊对谁。跛马望君非一度，冷猿秋雁不胜悲。"红红的枫叶，黄色的菊花，冷猿秋雁，表达出对朋友孤独之怜悯以及相念之意浓，可见二人交情之深厚。因是酬答，故主抒情达意，而难见对蜀道之描画。当然，仅此两首，亦难窥其风貌。不过，蜀道道路之险难亦并非其关注之重点，则较显明。

孟浩然（689—740，襄阳人）的一生以漫游隐逸为主，其游历之处，除了江淮吴越各地，也有巴蜀之区①。孟浩然曾于开元年间由长安入蜀②，在途中有《途中遇晴》诗。诗云："已失五陵道，犹逢蜀坂泥。天开斜景遍，山出晚云低。余湿犹沾草，残流尚入溪。今宵有明月，乡思远悽悽。"斜影，晚云，残流，既是雨后日暮之景，也是其路途之上孤独凄凉之心境的折射。雨过天晴，明月可见，可对之寄托思乡之情。此后，诗人沿江出蜀。孟浩然到江夏后，写下《行出东山望汉川》诗，叙写他在蜀川所见山川、民俗与气候："异县非吾土，连山尽绿篁。平田出郭少，盘坂入云长。万壑归于汉，千峰划彼苍。猿声乱楚峡，人语带巴乡。石上攒椒树，藤间缀蜜房。雪余春未煖，岚解昼初阳。"孟浩然入蜀之行，应有不少诗作，正如陶翰在送其入蜀的序文中所言，"至广汉城西三千里，清江夤缘，两山入剑，中有微径，西入岷峨，有奇幽，皆感子之兴矣"，蜀道的峻峰清江，奇特幽深之景物，皆可感发诗人之兴，然今所存孟浩然蜀道之诗甚少。在以上所作诗中，孟浩然亦言蜀道之连山盘坂、千峰万壑，但他同时也注意到语音、气候的不同。正是这种语音、气候的差异，让他有强烈的异乡之感。他在晚云残流、夕阳孤舟、猿声潭影中融入旅思、乡恋、客愁，表现出一种凄清的意境。孟浩然的蜀道诗只是以一种清晰明

---

① 李昉等：《文苑英华》卷270陶翰《送孟六入蜀序》，影印文渊阁《四库全书》本。
② 关于孟浩然入蜀时间，有不同之论，可参见王辉斌《孟浩然生平研究综述》文中之"入蜀的年代"（《四川大学学报》1995年第1期）。孟浩然入蜀线路，可参见王辉斌：《孟浩然入蜀新考》，《襄樊学院学报》1999年第1期。

确的感受描写情境，注重的是此地风土人物与家乡之差异，而于其峻峰曲水并不感到惊奇。

李颀（生卒年不详，东川人①）生平难以考定，两《唐书》无传，《唐诗纪事》与《唐才子传》亦言之不详，谭优学先生根据李颀诗文，疑其游踪曾及川蜀②。李颀早年有过狂放游侠的生活，与王维、高适、岑参、王昌龄等诗人都有交游。现有《临别送张谭入蜀》诗。张谭隐居嵩山时与李颀友善，为诗酒丹青之契③。此诗情调悲凉，如悲张谭四海漂泊之苦："四海维一身，茫茫欲何去。经山复历水，百恨将千虑。"感叹剑阁乃是其断肠之地："剑阁望梁州，是君断肠处。"并说："蜀江流不测，蜀路险难寻。"蜀路艰难，所以劝张谭尽早归故乡。此诗与岑参《招北客文》有异曲同调之妙，句句写出门为客之难而要张谭速速归去。其间写法与李颀其他的赠别诗颇为不同，似乎并没有脱出离愁别绪的窠臼。

此外，崔颢（？—754，汴州人）亦有赠送入蜀文人之诗。卢象④（？—763？，兖州人）为果州长史，崔颢作《赠卢八象》诗相送："客从巴水渡，传尔溯行舟。是日风波霁，高堂雨半收。青山满蜀道，绿水向荆州。不作书相问，谁能慰别愁。"概言蜀道青山连绵而不言其险，虽然说有别愁，但格调较为轻快而并不沉重。《赠梁州张都督》诗，梁州虽在蜀道，但崔颢已经无一言及之，只是抒发边塞报国之志："风霜臣节苦，岁月主恩深。为语西河使，

---

① 关于东川之地属，有不同说法，可参见谭优学先生《李颀行年考》关于东川之考辨。见谭优学：《唐诗人行年考》，成都：四川人民出版社，1981年，第55—57页。

② 谭优学先生有《李颀行年考》一文，对其生平勾其轮廓。见《唐诗人行年考》，前引书，第55页。

③ 傅璇琮主编：《唐才子传校笺》卷2："张谭，永嘉人，初隐少室山下，闭门修肆，志甚勤苦，不及声利。后应举，官至刑部员外郎。明《易》象，善草隶，兼画山水。诗格高古，与李颀友善，事王维为兄，皆为诗酒丹青之契。"（前引书，第1册第358—359页）

④ 卢象与王维、崔颢皆为当时才名之士，刘昫等《旧唐书》卷92《韦陟传》："于时才名之士王维、崔颢、卢象等，常与陟唱和游处。"（前引书，第2958页）

知余报国心。"孙逖（696—761，潞州涉县人）在当时颇有文名①，有《送靳十五侍御使蜀》一诗。诗中有"驿绕巴江转，关迎剑道开"两句描写蜀道之关驿。

除了以上文人的蜀道诗之外，这个时期的蜀道文，可见者仅有独孤及的两篇送人入蜀之序文。独孤及（725—777，洛阳人）是唐代古文运动的先驱者之一，尚儒学，为文意在褒贤贬恶，立法诫世，"重大义而不为章句之学"，因此不以文辞取胜。著有《毗陵集》。他在《送成都成少尹赴蜀序》中，首称其人"温良而文，贞固能干，力足以参大略，弼成务"而可任成都少尹，次言成公受命卜日出行，修饮饯其行，座中有人赋《蜀道难》者，而成公对之曰："士感遇则忘躯，臣受命则忘家。姑务忠信，夷险一致，患己不称于位，于行迈乎何有？"公忠体国之正大节气慨然可见。于是作者生发议论，认为强学修业、积行取位，"赴知己不为名，适四方不违亲"，乃是"卿大夫之孝也"，赞扬成公忠信使蜀，抚慰岷峨，并言"天听自民，谁谓蜀远？"其为国镇抚一方之豪情自然流露。在《送吏部杜郎中兵部杨郎中入蜀序》文中，针对时人易大难细、以出使行役为劳苦之论，认为"择佐命介，宜先才者、贤者，事孰大焉！"又以"受王命者不言勤，赴知己者不怆离"之壮言送别二公，刚正雄健之气溢于言表。这种壮别的豪情，与王维《送郑五赴任新都序》中"悲哉此时，相送千里"之哀伤迥然有别。独孤及这两篇序文，叙事简洁明了，言简意赅，毫无芜杂之病，既显文辞简练之精，又显严正刚大雄健之气。在此，对蜀道之辽远与行役之艰险的感官体验升华为道德忠信之精神与行为之实践。

总之，以上文人的蜀道诗文虽然留存不多，但他们的作品共同构建了盛唐蜀道文学的声容样貌。在他们的诗文中，对蜀道艰险之描绘已经大大减少了。

---

① 刘昫等《旧唐书》卷190中《孙逖传》："逖幼而英俊，文思敏速……登文藻宏丽科，拜左拾遗。张说尤重其才，逖日游其门……逖掌诰八年，制敕所出，为时流叹服。议者以为自开元已来，苏颋、齐澣、苏晋、贾曾、韩休、许景先及逖，为王言之最。逖尤善思，文理精练，加之谦退不伐，人多称之。以疾沉废累年，转太子詹事。上元中卒。广德二年，诏赠尚书右仆射，谥曰文。有集三十卷。"（前引书，第5043—5044页）《新唐书》卷202有传："开元间，苏颋、齐澣、苏晋、贾曾、韩休、许景先及逖典诏诰，为代言最，而逖尤精密，张九龄视其草，欲易一字，卒不能也。"（前引书，第5760页）《唐才子传校笺》卷1亦有载录："与颜真卿、李华、萧颖士皆同时称海内名士。"（前引书，第1册第172页）

他们的蜀道诗文并不突出，这显然与他们作品的散佚严重密切相关。即使如此，也可见出，随着时代的发展变化，诗人心境的不同，蜀道行役似乎也不那么令人恐惧了。

## 小 结

在盛唐蜀道文学中，李白因《蜀道难》而独标其格，彰显出蜀道与巴蜀地域的历史生命意蕴与重要的政治、军事价值和地位，使"蜀道难"成为蕴含丰富的文学意象。杜甫则以入蜀行役诗工笔渲染描画蜀道山川之险难，以蜀道山川之险为主线，以个人飘零痛苦为底色，晕染出社会动乱带来的灾难。他的诗既是蜀道山水的行旅记录，也是个人生命历程的展现。岑参、王维、高适、孟浩然、李颀、崔颢、独孤及等一批文人也以其各具特性的作品表现蜀道地理影像。但在他们的诗文中，蜀道山川之艰险已经不是主要的描写对象了。那些山水云雾、沟壑杂树、青山剑关，都只是抒发离别情思的媒介物，只是构成诗歌情感的一个意象而已。他们的蜀道诗在李杜的光辉之下已经很难再闪现出惊人的光芒。不过，他们或大声呼叫，或悲愤长吟，或忧伤自叹，或超然清远，或气盖云天，或幽音变调，既体现出个性之风，亦以其蜀道吟咏构成时代风格的丰富性与多样性。总之，盛唐蜀道文学因其天才诗人的抒写，使得蜀道自然地理形态与历史生命意蕴得到突显和张扬。盛唐蜀道文学的雄壮浑厚与感激歌唱，使蜀道文学摆脱了初唐文人的屏弱低吟，发而为大声镗鞳之声，成为最引人注目的文学华章。

第四章

中唐蜀道文学
的承续

中唐蜀道文学作家甚众，蜀道行役之人亦多，但其作品留存较少，就其文学成就而言，不能形成中兴之势。战乱之后社会的衰弊，使中唐蜀道文学不复盛唐蜀道文学激动感发之气，而是呈现出幽怨深细之貌。大历诗人蜀道诗中的暮云夜雨、荆棘乱石、秋猿孤鸿，元稹蜀道上的心惊销魂之泪，武元衡蜀道诗中的空蒙烟雨，都显示出中唐蜀道文学的萎弱之象。不过，欧阳詹、刘禹锡、柳宗元等人的蜀道之文中贯注着一种儒学之道与社会忧患意识，正与中唐古文运动相应，突破了诗歌中的低沉哀叹，显示出一种劲正激昂之风。

## 第一节
## 大历诗人蜀道诗之纤秀

大历（766—779）是盛唐和中唐的分界，此时的诗歌处于两个高潮之间，代表人物是刘长卿、韦应物与大历十才子。他们大多经历了安史之乱，其诗既有盛唐遗响，亦逐渐体现出一种变化。他们的蜀道诗也呈现出相应的特点。

刘长卿（726？—786？ [①] ，宣州人），开元二十一年（733）进士。他先后与李白、李嘉祐、耿湋、皇甫冉、秦系、严维等诗人唱和，"以诗驰声上元、宝应间" [②] 。又以五律见长，自以为"五言长城" [③] 。刘长卿有两首与蜀道相关的诗作。一是《送孙莹京监擢第归蜀觐省》。诗人称扬孙莹的才学，"礼闱称独步，太学许能文"，然后想象其行路之景："征马望春草，行人看暮云。

---

① 刘长卿生卒年及其生平行迹，诸家意见不一，可参蒋寅：《大历诗人研究》下编《刘长卿生平再考证》，北京：北京大学出版社，2007年，第397—415页。

② 计有功：《唐诗纪事校笺》卷26，王仲镛校笺，北京：中华书局，2007年，第870页。

③ 董诰等：《全唐文》卷490权德舆《秦征君校书与刘随州唱和诗序》，前引书，第2216页。

遥知倚门处，江树正氛氲。"诗歌紧扣孙莹擢第与归蜀，尤其是写孙莹归蜀，用征马、春草、行人、暮云、江树、氛氲这些意象叙述之，描绘似画，体现出一种细淡之风。蜀道的险难在及第而归的人眼里已经不那么尖锐了。第二首是《过李将军南郑林园观妓》。诗中描绘林园之景亦颇显萧散："鸦归长郭暮，草映大堤春。客散垂杨下，通桥车马尘。"这是对南郑交通景象的描绘。刘长卿的两首蜀道诗作，和他的其他诗作一样，清雅幽远，颇似王维之风。宇文所安先生说："刘长卿的诗均衡，清晰，技巧完美，似乎保持了盛唐风格的延续。"①刘长卿的两首蜀道诗也具此特点。蜀道的崇山峻岭，在其诗中变为暮云江树，诗歌的气象骨力已"降开宝诸公一等"②。贺贻孙言其"能以苍秀接盛唐之绪，亦未免以新隽开中晚之风"③。观其对蜀道风物之描写，秀丽有之而苍隽不见。

韦应物（737—792？④，京兆长安人）出生于显宦之家，天宝末，以三卫郎事明皇，出入宫闱，扈从游幸，生活放浪⑤。安史乱中，流落失职，折节读书，清静高洁。韦应物的人格转换，自然与其生活的时代变化有密切之关系⑥。他在至德年间避乱居梁州，曾入蜀至嘉陵江⑦，有《听嘉陵江水声寄深上人》诗。诗人言夜宿听到江水喧哗之声不能"安席"，从而引发其思："水性自云静，石中本无声。如何两相激，雷转空山惊。"而最后说要从道门中去寻求此中之理："贻之道门旧，了此物我情。"韦应物还有两首送人入蜀的诗

---

① 宇文所安：《盛唐诗》，前引书，第295页。

② 乔亿：《剑溪说诗》下编，续修《四库全书》本，第224页。

③ 贺贻孙：《诗筏》，见郭绍虞、富寿荪编《清诗话续编》第1册，上海：上海古籍出版社，1983年，第185页。

④ 韦应物生平事迹之考证文献颇多，可参蒋寅：《大历诗风》附录"大历诗研究参考文献一览"，南京：凤凰出版社，2009年，第255—256页。

⑤ 韦应物在其《逢杨开府》诗里对他早年的生活有自我写照："少事武皇帝，无赖恃恩私。身作里中横，家藏亡命儿。朝持樗蒲局，暮窃东邻姬。司隶不敢捕，立在白玉墀。骊山风雪夜，长杨羽猎时。一字都不识，饮酒肆顽痴。"孙望校笺：《韦应物诗集系年校笺》卷6，北京：中华书局，2002年，第267页。

⑥ 孙望先生对韦应物人格转化的原因有细致分析，可参见其《韦应物诗集系年校笺》前言，前引书，第2页。

⑦ 张仲裁：《唐五代文人入蜀编年史稿》，成都：巴蜀书社，2011年，第71页。

作。《送阎寀赴东川辟》写与朋友相别"不得携手欢"的遗恨，希望朋友"当念反穷巷，登朝成慨叹"。诗人描写蜀道行路之难云："上陟白云峤，下冥玄壑湍。"白云峤，玄壑湍，既可见蜀道之高峻幽渺，又体现其绘景之朴素清淡。近人藤元粹评此诗有"盛唐遗韵"①。《送颜司议使蜀访图书》写蜀道则云："轺驾一封急，蜀门千岭曛。讵分江转字，但见路缘云。"蜀门千岭，江如转字，道路傍云，可见蜀道之迢递高峻。"山馆夜听雨，秋猿独叫群"二句形容颜司议蜀道之寂寞凄冷，最后劝其早归："无为久留滞，圣主待遗文。"韦应物的三首蜀道诗虽也表现出简古淡雅的特点，但尚无凄楚之调。其中《听嘉陵江水声寄深上人》一首颇有哲理诗之意味，与其他二首之趣味迥异。韦应物与盛唐风格和主题有着千丝万缕的联系，但他的许多诗篇传达的是下一代的诗歌趣味。

钱起（722—780？②，吴兴人）。虽然其人生的青壮年时期是在开元天宝年间度过的，但一般都把他放在中唐诗人之列，故本文将其置于此进行讨论③。

钱起曾奉使入蜀④，途中经七盘岭，写下了《七盘岭阻寇闻李端公先到南楚》诗："日暮穷途泪满襟，云天南望羡飞禽。阮肠暗与孤鸿断，江水遥连别恨深。明月既能通忆梦，青山何用隔同心。秦楚眼看成绝国，相思一寄白头吟。"日暮，途穷，孤鸿，别恨，整首诗不写七盘岭之险难，只是抒写日暮途穷之悲与友朋别恨。相反，在他的一些送人入蜀的诗中，却有诗句对蜀道进

---

① 孙望：《韦应物诗集系年校笺》卷5，前引书，第250页。

② 关于钱起生卒年，大部分文学史皆不注明，唯有游国恩等主编的《中国文学史》标注其生卒年为722—780年，本书从之。《中国历代人名大辞典》注钱起生卒年为约710—约780年；《唐诗大辞典》则注为710？—782？年；蒋寅《大历诗人研究》注为722？—785？年；张仲裁《唐代文人入蜀编年史稿》以钱起生卒年为718—782？年。

③ 钱起一般是被放在中唐诗人行列的，不过，阎若璩在《潜邱劄记》卷5《题刘随州诗集》中曾辨析道："刘长卿之为盛唐也无可疑，而分刘为中，尝推其故，盖高棅误读《中兴间气集》，以中兴为中唐，于是所迁钱起、刘长卿等二十六人，除孟云卿外，尽从而中之。此致误之由。"（影印文渊阁《四库全书》本）

④ 傅璇琮主编《唐才子传校笺》卷4：钱起"尝采箭竹奉使入蜀"，"钱起奉使入蜀事，诸书未载，可于其诗见之……其确切时间不可考，或亦在天宝末。"（北京：中华书局，1989年，第2册第40页）

行描写，如《赋得青城山歌送杨、杜二郎中赴蜀军》，以"蜀山西南千万重"来形容蜀道的重山叠峦，《送薛判官赴蜀》以"路极巴水长，天衔剑峰缺"来写蜀道之曲折绵长与剑山之险峻，《送友人入蜀》[1]开篇即言蜀道路远"远路接天末"，然后描写蜀道路途之景物："客程千嶂里，鸟道片云飞。树色连青汉，泉声出翠微。"千嶂鸟道，言道路之险要；青汉翠微，言景物之清丽。钱起虽然亦言蜀道之辽远与险阻，但多取水长云飞、树色泉声之物象，失去了蜀道雄浑险峻之气象，同时，其诗呈现出理致清赡、深细工巧之风。

韩翃与钱起一样，都是属于大历十才子中较为年长者[2]。他字君平，南阳人，少负才名[3]，建中初，以诗受知德宗，除驾部郎中知制诰，建中末或贞元初，卒于中书舍人任[4]。曾有集五卷。韩翃在送人入蜀之作中有对蜀道之描写，如，《赠别成明府赴剑南》写蜀道之县道驿站："县道橘花里，驿流江水滨。"《送巴州杨使君》写蜀道之千山残雪："白云县北千山口，青岁欲开残雪后。"《送长史李少府入蜀》写蜀道无尽千山："行行独出故关迟，南望千山无尽期。"韩翃未尝践履蜀道，更多的是对蜀地辽远的印象，故而在其诗中，对蜀道只有无尽千山、江水驿程的描述，蜀道的形象显得极其单薄。

皇甫冉（约718—约771，润州丹阳人）亦颇有诗名，在其《送令狐明府》诗中也写到蜀道的荒林乱石："闻道巴山远，如何蜀路难。荒林藏积雪，乱石

---

① 陈尚君：《全唐诗续拾》卷16，北京：中华书局，1999年，第11129页。

② 李昉等《太平御览》卷600："李端登进士第，工诗。大历中，与韩翃、钱起、卢纶等文咏唱和，驰名都下，号大历中十才子。时郭尚父少子暧，尚代宗升平公主，贤明有才思，尤喜诗人，而端等十人多在暧之门下。每晏集赋诗，公主坐视帘中，诗之美者赏。"（夏剑钦等校点，石家庄：河北教育出版社，1994年，第724页）宇文所安《盛唐诗》云："钱起和韩翃代表了较年长的一辈，他们与十才子中其他较年轻诗人的惟一可能聚会的场合，是代宗女儿升平公主的诗歌宴会。所以，十才子的并称可能就是出自这些聚会。"（前引书，第290页）

③ 曾慥《类说》卷28："天宝中，韩翃有诗名。"（影印文渊阁《四库全书》本）

④ 王士禛《香祖笔记》卷6："韩翃中唐诗人眉目，两邀人主特达之知，晚在藩镇幕，后生至目为恶诗。讵文章耆宿，例宜取侮后进小生耶？"（上海：上海古籍出版社，1982年，第113页）王士禛《分甘余话》卷3："偶感韩翃君平事，作一绝句，云：寒食东风散蜡时，姓名早被九重知。如何白首依戎幕，刚遣儿童笑恶诗。"（张世林点校，北京：中华书局，1989年，第70页）这是韩翃早年入幕时事，并非晚年事。韩翃入幕之事，元陶宗仪《说郛》卷80孟棨《本事诗》"情感第一"有详细之记叙。蒋寅《大历诗人研究》对韩翃之生平经历亦有所考，可看看（前引书，第213—217页）。

起惊湍。"蜀路之远之难，惊湍乱石，已足够让人心惊胆寒了。诗人在写蜀道荒寒之后，却以"君有亲人术，应令劳者安"绾结诗篇，与一般送人之作抒发相思离别之情不同。"令劳者安"，既是皇甫冉对令狐明府的期许，也表达了诗人的忧民之心，可见出他对社会现实及民生的关注。

戎昱（740？—801？[①]，荆南人[②]）遭遇安史之乱，流离颠沛[③]。他久任幕宾，游宦各地，其诗歌题材广泛，反映社会生活面也较为广阔。戎昱自长安客游入蜀[④]，有《入剑门》一诗："剑门兵革后，万事尽堪悲。鸟鼠无巢穴，儿童话别离。山川同昔日，荆棘是今时。征战何年定，家家有画旗。"诗人在此并不刻画剑门地理形势之险，而是描写战乱后剑门万事堪悲的荒芜景象。戎昱入剑门后，曾在罗江停留，留下《罗江客舍》诗。在茅亭暮雨的寒秋之中，诗人不仅兴起羁旅客愁之伤，亦起思念京都之梦："自伤庭叶下，谁问客衣单。有兴时添酒，无聊懒整冠。近来乡国梦，夜夜到长安。"戎昱亲履蜀道，不以蜀道地理山川之景入诗，而是以战乱景象与客愁为主，唯有在《送严十五郎之长安》诗中以路远山回言及蜀道："路远征车迥，山回剑阁斜。"寂寞，眼泪，日暮，路远，天低，是戎昱蜀道诗的常见用语，满目所见皆是其个人情感的哀婉凄怆。由此可见，戎昱的蜀道诗是以反映蜀中现实及其个人羁旅为客之悲为主的，他用纤巧的笔调抒写着哀婉的情感，已具晚唐诗风之先兆[⑤]。

---

① 关于戎昱生卒年的具体时间，没有定论。历代不同之说法，可参见何旭：《中唐诗人戎昱生卒年考辨》，《宜宾学院学报》2011年第4期。

② 杨军在其《戎昱籍贯考辨》中认为戎昱籍贯应为长安，见《铁道师院学报》1996年第6期。

③ 戎昱生平事迹，可参蒋寅：《大历诗人研究》，前引书，第105—106页。

④ 戎昱入蜀时间，众说纷纭。《唐才子传》称戎昱晚年客剑南；周绍良《〈唐才子传·戎昱传〉笺证》认为戎昱应严武之邀入川就幕职，严武逝世，戎昱改应卫伯玉之邀，亦行离去（见《文献季刊》2004年第2期）。傅璇琮先生《戎昱考》认为戎昱入蜀当在其青年时代，也即大历三、四年前；蒋寅则说戎昱是大历元年春由剑门入蜀（见《戎昱的诗品与人品》，《中国韵文学刊》1993年总第7期）。黄慕白则认为戎昱入蜀是在贞元三年以后（见其《戎昱入蜀前后行踪及部分诗歌的系年》，《绵阳师专学报》1994年第1期）。

⑤ 严羽《沧浪诗话校释》："戎昱在盛唐为最下，已滥觞晚唐矣。戎昱之诗，有绝似晚唐者。"（郭绍虞校释，北京：人民文学出版社，1961年，第159页）

卢纶（748？—799[1]，河中蒲州人）家世不显，自曾祖以下都只是地方县以下的低级官吏，他亦屡次在诗中自称"禀命孤且贱""未识公与卿"，较低的社会地位与自身的不遇，使他能接触较广的社会现实，有可能写出当时屡经战乱的社会破败的情景。卢纶的蜀道文学，亦多是送人入蜀之作，或写蜀道之深长："褒谷通岷岭，青冥此路深。"（《送从舅成都县丞广归蜀》）或写蜀道之关隘："浪依巴字息，风入蜀关清。"（《送从叔程归西川幕》）或写蜀道之曲栈重江："曲栈重江初过雨，前旌后骑不同山……黄花川下水交横，远映孤霞蜀国晴。"（《送张郎中还蜀歌》）或写蜀道之树林："蜀道蔼松筠，巴江盛舟楫。"（《秋中野望寄舍弟绶兼令呈上西川尚书舅》）或写褒斜栈道："褒斜行客过，栈道响危空。路湿云初上，山明日正中。"（《送何召下第后归蜀》）或写泥坂浮云："泥坂望青城，浮云与栈平。"（《送李校书赴东川幕》）等等。卢纶将蜀道之上的山岭栈道、重江浮云与亲情、友情相连结，既写出蜀道之上苍山栈道之高危与青冥浮云相重叠之空阔，也写出人行蜀道之上的登涉之劳与离别惆怅。

李端（生卒年不详[2]，赵郡人）诗颇具特色，前人称之"诗更高雅，于才子中名响铮铮"[3]。据傅璇琮先生考证，李端曾赴东川幕[4]，现存诗中有数首送人入蜀、还蜀、游蜀的诗作，均以写蜀道景象为主，如"飞阁蝉鸣早，漫天客过稀"（《送少微上人入蜀》），"剑门千转尽，巴水一支长"（《送郑宥入蜀迎觐》），"蜀门云树合，高栈有猿愁"（《送成都韦丞还蜀》），"黄花西上路何如，青壁连天雁亦疏"（《重送郑宥归蜀因寄何兆》），"石滑羊肠险，山空杜宇悲"（《送夏侯审游蜀》），飞阁高栈，青壁连天，羊肠道险，客稀雁疏，猿愁杜鹃悲鸣，蜀道不仅难行，而且令人堪悲，真是一

---

① 闻一多先生《唐诗大系》定卢纶生年为748年，后多因之。傅璇琮先生《唐代诗人丛考》提出异议，认为748年之说不能成立，其生年应在开元二十五年（737）或之前（北京：中华书局，1980年，第341—342页）。刘初棠《卢纶诗集校注》定卢纶生卒年为748？—798？（上海：上海古籍出版社，1989年）。

② 闻一多先生《唐诗大系》定李端生卒年为743—782？年。傅璇琮先生《唐代诗人丛考》认为所定卒年不确（前引书，第518页）。蒋寅《大历诗人研究》则注为738？—786年（前引书，第181页）。

③ 傅璇琮主编：《唐才子传校笺》卷4，北京：中华书局，1989年，第2册第78页。

④ 傅璇琮：《唐代诗人丛考》，北京：中华书局，1980年，第519页。

派愁苦景象。所以无论是游蜀还是还蜀，都是无限悲苦，"本是风流地，游人易白头"（《送友人游蜀》），"远别长相忆，当年莫滞留"（《送成都韦丞还蜀》），"琴心正幽怨，莫奏凤凰诗"（《送夏侯审游蜀》）。李端的蜀道诗，在蜀门高栈、蝉鸣猿愁之间，尽显凄苦之音。他所表现出的退避姿态，以及诗风的衰飒之气，已与盛唐声气迥然相隔。

司空曙（生卒年不详①，广平人）初仕为主簿，后从韦皋于剑南②。司空曙在《送崔校书赴梓幕》中或写蜀道之栈霜江雾："栈霜朝似雪，江雾晚成云。"或写褒城乃巴庸分路之地："想出褒中望，巴庸方路分。"从霜雪、雾云之象，可见其深微而工巧的特点。

耿㴚（生卒年不详③，河东人）久经乱离，在其诗中都有反映，辛文房谓其"诗才俊爽，意思不群"④。他有三首送人入蜀之作，对蜀道景象均有描写。或写蜀道山川雾绕："远雾开群壑，初阳照近关。霜潭浮紫菜，雪栈绕青山。"（《送崔明府赴青城》）或写蜀地阻塞不与秦川相通："暮峰和玉垒，回望不通秦。更问蜀城路，但逢巴语人。"（《送夏侯审游蜀》）或直言蜀道之难："万峰深积翠，路向此中难。"（《送蜀客还》）对于蜀道的描写，耿㴚很少用修饰之语，而是用质朴的语言进行叙写。实际上，耿㴚对蜀道雪栈万

---

① 闻一多先生《唐诗大系》将司空曙生卒年推定为740—790? 年，790年即贞元六年，傅璇琮先生认为其卒年不可确考，但在贞元六至十年前后大致不差（见《唐代诗人丛考》，第513页）。季平在《司空曙生平与创作考论》文中推测司空曙大约生于开元（713—741）中期，卒于贞元（785—805）年间（见《新乡师范高等专科学校学报》2000年第3期）。文航生在《司空曙卒年及行迹新考》中将司空曙卒年推定为顺宗永贞元年（805）秋天以后（见《西华师范大学学报》2012年第4期）。张仲裁《唐五代文人入蜀编年史稿》将司空曙的生卒年定为730? —789年（前引书，第112页）。
② 司空曙入蜀的时间，傅璇琮先生据符载《剑南西川幕府诸公写真赞并序》文推测，贞元四年以前，贞元元年以后的几年中，司空曙即已从长林县丞应聘来到韦皋幕中。陈伯海认为司空曙贞元初佐剑南西川节度使韦皋幕，杨世明亦持说此，文航生《司空曙卒年及行迹新考》则认为司空曙至迟于德宗建中二年（781）十二月之前已入西川节度使张延赏幕府，后再入韦皋幕府，并认为他供职西川幕府时间长达十四年（见《西华师范大学学报》2012年第4期）。
③ 闻一多先生《唐诗大系》定期生年为734年，傅璇琮先生认为并无根据。耿㴚卒年，傅璇琮先生据卢纶诗推定，约贞元三年以后的数年间去世，确切的卒年无考（见《唐代诗人丛考》，前引书，第493、499页）。
④ 傅璇琮主编：《唐才子传校笺》卷4，前引书，第2册第34页。

峰的叙写，其意旨并不在言蜀道之难，而是在表达功业的失落方面。如崔明府入蜀，他说"当似遗民去，柴桑政自闲"，夏侯审游蜀，则云"若访严夫子，无嫌卜肆贫"。以遗民政闲形容崔明府，希望夏侯审不要嫌弃严君平的贫困，这两种取向，表明耿沣失去了对政治积极作为的心态。这种心态在《送蜀客还》中表现更加明显："欲暮多羁思，因高莫远看。卓家人寂寞，扬子业荒残。唯见岷江水，悠悠带月寒。"无论是如卓家的富贵繁华，还是如扬子著述的功业，都已沉寂荒残了，唯有岷江水映照着月光，带着冰冷寒气。其间沉积的落寞与凄凉，正如江月的寒气，袭人而来。

李益（748—829，凉州姑臧人）虽然才名播于天下，但仕途失意，曾"从事十八载，五在兵间"[1]，因此，其诗多军旅之思，虽不乏慷慨意气之声，但更多却是幽怨宛转之调。李益描写蜀道的作品，主要是《奉和武相公春晓闻莺》。诗云："蜀道山川心易惊，绿窗残梦晓闻莺。分明似写文君恨，万怨千愁弦上声。"对蜀道山川的峻伟难行仅有一句，更多则是以莺声写其万怨千愁。

此外，尚有郎士元（约公元766年前后在世，中山人）、李嘉祐（？—780，赵州人），他们当时有诗名，亦有相关蜀道诗作。郎士元与钱起齐名，有《奉和杜相公益昌路作》诗。这是唱和杜鸿渐蜀道之诗。诗中想象路途之景："南去猿声傍双节，西来江色绕千家。风吹画角孤城晓，林映蛾眉片月斜。"猿声江色，孤城画角，颇显蜀道之凄冷孤寂。李嘉祐自蜀道南下游蜀[2]，一路之上应作诗不少，现仅存五言《登郡北佛龛》与七言《谒倍城县南香积寺老师》，以及《发青泥店至长余县西崖山口》残句。或写蜀道之物候："千峰鸟路含梅雨，五月蝉声送麦秋。"（《发青泥店至长余县西崖山口》）或写蜀道上之佛塔："古龛千塔佛，秋树一山僧。清磬和虚籁，香泉吐暗藤。"（《登郡北佛龛》）意象颇为婉丽。

从以上文人的蜀道创作可见，无论是韦应物、刘长卿，还是大历十才子，他们的蜀道诗正如整个文坛的风貌一样，也在发生着显著的改变。蜀道山川的

---

① 计有功：《唐诗纪事校笺》卷30引其从军诗自序，前引书，第1017页。

② 张仲裁对李嘉祐入蜀事有考，可参见其《唐五代文人入蜀编年史稿》，前引书，第303页。

雄伟气势在他们诗中不复显现，他们更多选取的则是残雪千山、猿声蝉鸣、霜雪云雾、栈道之空响、蜀关之风清。这种蜀道意象的选择，不仅让蜀道蒙上了凄冷的浓雾，也让他们的诗风显得萧瑟。这种变化，不仅显示出社会的衰败对文人心灵的影响，也反映了文学审美风尚的转变。早期诗歌中激烈的情绪已变为平和潇散，杜诗中的忧国情怀、岑参诗中的功名追求，在他们的诗中都已逐渐暗淡下去，转而代之以个人的轻愁离恨、羁旅伤情，显现出气骨萎顿的倾向。在诗歌的艺术方面，他们注重用清丽的语言来构造较为凄冷的意境，更加注意对句的精细工巧。他们的蜀道创作，不仅仅昭示着"蜀道"形象的改变，也标志着蜀道文学书写的转向。

## 第二节
## 元稹蜀道文学之情思

元稹（779—831，河南人①）是元和诗坛的主盟人物之一，诗文创作甚为丰富②。元稹两次入蜀，第一次是元和四年（809）三月，以监察御史充剑南东川详覆使，按任敬仲狱，并弹劾剑南东川节度使严砺等③，五、六月，回到长安。第二次是元和十年（815）三月，因触怒权贵，被贬为通州司马④。六月，元稹达到通州。九月底，因"染瘴危重"而赴兴元疗疾。十二月，自兴元返回通州。次年三四月，通州刺史卒，元稹权知州务。元和十三年年底，迁虢州长

---

① 周相录言："至迟至隋代，元氏已迁居长安。大历十四年元稹即出生于长安靖安坊之祖宅中。"（见《元稹集校注》上册之"前言"，上海：上海古籍出版社，2011年，第1页）

② 刘昫等《旧唐书》卷166《元稹传》："所著诗赋、诏册、铭诔、论议等杂文一百卷，号曰《元氏长庆集》。又著古今刑政书三百卷，号《类集》，并行于代。"又史臣曰："元和主盟，微之、乐天而已。"（前引书，第13册，第4336、4360页）

③ 元稹：《元稹集校注》卷37《弹奏剑南东川节度使状》，周相录校注，上海：上海古籍出版社，2011年，第977页。

④ 刘昫等《旧唐书》卷166《元稹传》："既以俊爽不容于朝，流放荆蛮者仅十年。俄而白居易亦贬江州司马，稹量移通州司马。"（前引书，第4331—4332页）

史。至此，元稹绕道涪州沿长江而下离蜀①。元稹两次入蜀皆是自长安出发，取道骆谷而赴东川②。他多次来往于蜀道之上，写下数量丰富的蜀道诗歌。

## 一、出使东川时的诗文

元和四年，元稹出使东川，虽因公务繁忙，行程匆匆，但也创作了不少诗歌。他在《使东川》诗序中云："元和四年三月七日，予以监察御史使东川，往来鞍马间，赋诗凡三十二章。秘书省校书郎白行简为予手写为东川卷。"③可见他当时写作了三十二章。这部分的诗作已有散佚，集中仅留存了二十二首④。这组纪行诗，不仅详细记录了元稹的出行线路，也写下一路之上的所见所感。诗人一路之上，往往见物起兴，思念友朋。如行至骆口驿，见壁上李逢吉、崔韶的题名以及白居易的题诗，不觉生出孤独之感："邮亭壁上数行字，崔李题名王白诗。尽日无人共言语，不离墙下至行时。"诗人徘徊故人题名墙下，直到重启行程。行至汉上，"忆与乐天、知退、杓直、拒非、顺之辈同游"，作《清明日》诗："常年寒食好风轻，触处相随取次行。今日清明汉江上，一身骑马县官迎。"往年寒食大家相随行游，今日却是独自骑马行走汉江之上。看见褒城驿的桃花使诗人想起与白居易的往岁游赏而"深所怆然"（《亚枝红》），夜宿汉川驿，则"梦与杓直、乐天同游曲江兼入慈恩寺诸院"，却被邮吏传呼声惊觉："梦君同绕曲江头，也向慈恩院院游。亭吏呼人排去马，忽惊身在古梁州。"（《梁州梦》）至嘉川驿望月，则"忆杓直、乐天、知退、拒非、顺之数贤居近曲江间，夜多同步月"，不禁有无常之思："诚知远近皆三五，但恐阴晴有异同。万一帝乡还洁白，几人潜傍杏园东。"（《江楼月》）蜀门夜行，想起与顺之在司马炼师坛上相约"深结白云俦"之语，而今却因问狱而带月夜行蜀门路："那知今日蜀门路，带月夜行缘问

---

① 元稹：《元稹集校注·前言》，前引书，第2页。
② 元稹赴蜀行程所经之地，可参见郑枚梅硕士论文《元稹入蜀和蜀中诗歌创作考论》中关于元稹两次入蜀考（2008年四川师范大学硕士论文，第4—9页）。
③ 元稹：《元稹集校注》卷17，前引书，第528页。
④ 元稹：《元稹集校注》卷17，自《骆口驿》至《望驿台》，前引书，第528—537页。

囚。"（《惭问囚》）夜宿西县白马驿闻笛声而"忆得小年曾与从兄长楚写汉江闻笛赋"而怅然："今夜听时在何处，月明西县驿南楼。"（《汉江笛》）于青山驿而忆崔韶持"人生昼务夜安"不愿做"步月闲行"之事而怆然有思："今夜山邮与蛮嶂，君应坚卧我还行。"（《邮亭月》）诗人行路之上，或睹物而思人，或思人而起兴，虽有羁旅之劳，却无宦游之悲。诗人按狱东川，颇思有所作为，因此蜀道艰难也只如等闲："嘉陵江上万重山，何事临江一破颜。自笑只缘任敬仲，等闲身度百牢关。"（《百牢关》）诗人积极用世之情怀于此可见，只因可以为朝廷效力，因此就视身度"万重山"为等闲之事了。诗人勤于政务之状，于《望喜驿》诗中可见："满眼文书堆案边，眼昏偷得暂时眠。子规惊觉灯又灭，一道月光横枕前。"

元稹此次出使东川，或清明独行，或梁州惊梦，或蜀门夜行，或白马闻笛，或江楼望月，或骑马峨眉，或夜深绕行，或怅望江边，或灯前草文，或眼昏暂眠，或终宵不寐，如此种种，皆是诗人自身心绪的表达与抒写，而蜀道的山川险阻不再是诗人的关注点。蜀道虽有万重山，有骆谷春寒，有奔流不息的汉江、嘉陵江，有难度的百牢关，但这些对诗人而言，似乎已不是那么难以逾越了。诗人常常在路途之上想起与朋友们的过往交游与乐事，从而使他常常为之做梦，对于蜀道险阻也可以是"等闲"翻越。由元稹此次东川之行的蜀道创作可见，万山叠嶂与千里栈道的蜀道于他而言已并非难事，在其作品中更多表现的是诗人的个体性情感。元稹虽有行役孤独寂寞之轻愁，但却不见对职事繁杂辛劳之怨叹；虽有独眠之思、春尽之叹，但并无伤情衰惫之感。这不仅反映出元稹早年对政治参与的热情与心态，也可谓是贞元时期以来士人政治精神面貌之反映。不过他的蜀道创作，沿袭的是大历时期文人的抒写方向，只是他更加淡化了蜀道雄壮峻伟山川的描写以及蜀道难行的哀叹，而是进一步强烈抒写个人情感，蜀道的地理特征在他的作品中隐没了。

## 二、贬谪通州之诗

元和十年（815），元稹贬谪通州。此次蜀道之行与他出使东川时之身份与心境迥然有别。政治上的失意与愤懑郁积于心，故而"全盛之气，注射语

103

言"，使其诗文带上了浓重的阴郁色彩。

　　首先是行路抒怀之作。诗人因穷身滞志，故其行路抒怀之作特多，《遣行十首》可为代表。或因"七过褒城驿"而有身世如梦之感，检索往年诗章而有岁月惊心之悲，不觉令诗人有"终夜绕池行"之焦虑（《遣行十首》之七）；或见褒县驿南堤衰柳，闻西寺晚钟，顿起"风波心已惊"之畏惧，又有老大而"不得自由行"之拘束（《遣行十首》之八）；或明月之夜听"江石夜滩声"而生愁，感其"独自入山行"（《遣行十首》之六）；或怀友朋儿女之别情而感岁月惊心异乡送老，"不堪身渐老，频送异乡行"（之四）；或见竹间萤火听窗外雨声，辗转枕上闻鸡鸣而惊心（之三），或因离别而倍感风雨惨切，因蝉声而觉心惊，因此有"不如元不识，俱作路人行"之激切（《遣行十首》之一）；等等。诗人行路之上，常常感离别而怀悲，常常闻雁闻鸡思量岁月而心惊，暗泪凄惶，风雨沉吟，白发秋蓬，反映出贬谪之路上诗人的精神萎靡恐惧之状。遭受政治打击的诗人，一再说"苦辛行""异乡行""独自行"，其心境情怀显然可见。怀着如此灰暗低落心情的诗人，异乡的风物景象在他眼里也令人兴致索然。巴地风俗僻陋，芦管猿声，羌笛竹鸡，人烟稀少，栈道险窄，人行其上犹如"贯鱼"："每逢危栈处，须作贯鱼行。"（《遣行十首》之九）阴平郡也是荒僻冷落：麋鹿通行桥上，鼙鼓之声在山间回荡，人闷闷已极，却只能沿江而行，"只傍白江行"（《遣行十首》之十），既写出山地之狭隘，也写出诗人独行之孤寂。不仅行路上所见所闻令人惊心易感，春景秋色也常触发诗人之悲。如因秋来夜去而生失志之悲，"良辰日夜去，渐与壮心违"（《景申秋八首》之二），或因丁丁窗雨而消魂，"强眠终不着，闲卧暗消魂"（《景申秋八首》之三），或到处寻觅早春之地，但却说"春生老病中""春生客思中""春生云色中""春生漫雪中"（《生春二十首》）。诗人不仅因秋天春天而感怀，也会因梦而有感。元稹有两首感梦诗，即《长滩梦李绅》《感梦》。前者为律诗，写其入蜀途中夜宿长滩而梦李绅事："孤吟独寝意千般，合眼逢君一夜欢。惭愧梦魂无远近，不辞风雨到长滩。"梦中欢聚以慰路途独寝，有感梦魂无论风雨远近皆能相见。后者是元稹自通州赴兴元疗疾途中因梦见裴垍有感而作。这是首长篇古体诗，诗中详细描写梦中与裴垍相见情状："忽然寝成梦，宛见颜如珪。似叹久离别，嗟嗟复悽悽。问我何病痛，又叹何栖栖。"然后写觉后之悲凉："觉来身体汗，坐卧心骨悲。闪闪灯背壁，胶胶鸡去埘。倦童颠倒寝，我泪纵横垂。泪垂啼不止，不止啼且声。"又追忆裴垍对自己的拔擢之恩："拔我尘土中，使我名字美。美名何足多，深分从此治。吹嘘莫我先，顽陋不我鄙。"而今裴垍已逝，深感途穷："前时予掾荆，公在期复起。自从裴公无，吾道甘已矣。"梦中关爱之情厚，醒后独坐泪落之凄凉，复归朝堂之无望，娓娓道来。梦中的殷勤勉励与现实遭遇的道孤谗谤，使诗人"不觉泪歔欷""挥涕满十指"。

其次是咏物寄意之作。咏物诗主要是刻画一物，托物寄怀，寄情于讽，傍见侧出其中。元稹在贬往通州的路上，创作了多篇咏物诗，或摹形状物，寄托幽思，主要以《紫踯躅》《山枇杷》为代表。《紫踯躅》写于元和十年赴通州途中。诗人叙其对紫踯躅一见倾心："我从相识便相怜，但是花丛不回目。"去年湘水别，今年青山再见，但却迢迢远隔，难以接近。因此，诗人愿作朝日和煦映照，愿为轻风默默吹拂："愿为朝日早相暾，愿作轻风暗相触。"爱怜之情毕现。但而今，我却要去向通州了，只能留下幽独的你，不知道何时才能再来此地："尔踯躅，我向通川尔幽独。可怜今夜宿青山，何年却向青山宿。"月照空山，山花已经隐没于月光山色之中，无法看见其所在了："山空月午夜无人，何处知我颜如玉。"诗歌看似咏花之幽独，实则写失志之痛。山花随处幽独却有多情的诗人爱怜相惜，而走向流放之地的诗人又有谁来相怜呢？《山枇杷》一诗也写于元和十年赴通州途中。诗人先写往年乘传过青山正值山花烂漫的时候，那时山枇杷花"压枝凝艳已全开，映叶香苞才半裂"，繁花朵朵压得花茎都要折断了，而今重经此地，却已消歇，难见昔日秾姿秀色。诗人嗔怪道："山枇杷，尔托深山何太拙，天高万里看不精，帝在九重声不彻。"山枇杷托身深山，不为人所知，不如园中杏树陌上柳枝那么招人注目，虽有幽芳之质却只能冷坐僻远山中。诗人咏山枇杷花的秾姿幽芳，实则喻己满腹才华；叹息山枇杷托身深山无人欣赏，实则喻己遭贬通州无人救援。这两首诗运用比兴寄托，继承屈原"香草美人"的骚怨传统，通过对山花幽芳品质的描写，借物遣情，道出诗人对遭受政治贬谪的孤愤与哀怨。

贬谪通州，对元稹的打击是巨大的。此时的天地对于诗人而言，不再是自由广阔的，而处处是网罗："终天升沉异，满地网罗设。"（《酬乐天赴江州路上见寄三首》）天地如此之广阔，但诗人却感到毫无出路，不得自由，所以他在诗中反复咏叹的都是别离悲情与行路艰辛，尽情地宣泄出心中的悲苦与失意，展现出诗人贬谪通州的真实情感，正所谓"观其流离放逐之意，靡不凄惋"①。或抒愤，或述情，或嗟老，或叹苦，表现出元稹在遭遇政治挫折时的心态和情感。这种被放逐的凄凉哀伤，正是元稹贬谪之路上的情感基调。

元稹对于贬谪通州怀着如此深重的哀伤，不仅与他的政治抱负遭受打击相关，也与他对通州地域的感知有关。在他尚未到达通州之时，就曾听闻通州之地环境之荒陋险恶："授通之初，有习通之熟者曰：通之地，湿垫卑褊，人士稀少，近荒札，死亡过半。邑无吏，市无货，百姓茹草木，刺史以下，计粒而食。大有虎、豹、蛇、虺之患，小有蟆蚋、浮尘、蜘蛛、蛒蜂之类，皆能钻啮肌肤，使人疮痏。夏多阴霪，秋为痢疟，地无医巫，药石万里，病者有百死一生之虑。"通州如此险恶，令诗人不觉深感老天待之何其薄也："夫何以仆之命不厚也如此，智不足也又如此，其所诣之忧险也又复如此！"（以上见元稹《叙诗寄乐天书》）诗人既怨天之不厚，又怨己之不智，贬谪如此险恶之地，定是难以保持万全之身，故而生出浓重的生命之忧。正是如此，诗人的行路变得如此艰难辛苦。

总之，元稹出使东川之诗与贬谪通州之诗，具有明显不同的特征。他作为监察御史巡查东川是极为积极踊跃的，他与周围之人的冲突和龃龉是有的，然而因政治因素唤起的感伤和乡愁是没有的。在从长安到东川的来往路途中，触发于各种事物，在多愁善感的情绪之中驰骋于怀旧追忆的思绪中，语言柔软而细腻。这是元稹本来的性格，也是他独特的抒情方式。而左迁通州，从以长安为中心的价值框架中被驱逐出来，陷于绝望的深渊。仕途的挫败，通州的绝境，令诗人的蜀道迁谪之途如此漫长而又艰辛，诗文之中除了浓重的悲哀，就是以天命强自慰解。秋风秋雨之惨切，哀怨低徊之情绪，正是其诗文的表与里。正如诗人在其《叙诗寄乐天书》中说："每公私感愤，道义激扬，朋友切磨，古今成败，日月迁逝，光景惨舒，山川胜势，风云景色，当花对酒，乐罢哀余，通滞屈伸，悲欢合散，至于疾恙躬身，悼怀惜逝，凡所对遇异于常者，

---

① 刘昫等：《旧唐书》卷166《元稹传》，前引书，第4332页。

则欲赋诗。"生活遭遇与情感起伏，诗人皆形之于诗文之中。蜀道山川之光景，诗人情感之滞屈，正是元稹蜀道文学的书写内容。元稹的蜀道行役之作体现出鲜明的个性特征，个人情感的书写和表达更为突出显著，显示出情长语绮的风格。

## 第三节
## 武元衡、羊士谔等人蜀道诗之雅丽

武元衡（758—815，河南缑氏人）不仅在政治上颇有才能，"纲条悉举，人甚称重"，而且也工诗，其诗为"好事者传之，往往被于管弦"[1]，被誉为"达宦而诗工者"[2]。元和二年十月，武元衡以检校吏部尚书兼门下侍郎平章事出任成都尹、充剑南西川节度使[3]，元和八年奉诏而还长安[4]。

武元衡入蜀离蜀，途次有诗。至褒斜谷，有《兵行褒斜谷作》诗，前半篇用五言写秋风起而兵马聚集褒斜谷："霜明草正腓，峰逼日易晏。集旅布嵌谷，驱马历层涧。"后半篇用七言抒写出兵平患凯旋之愿望："注意奏凯赴都畿，速令提兵还石坂。三川顿使气象清，卖刀买犊消忧患。"虽然秋风猎猎，但在肃杀的气氛中有雄壮之象，尤其是"卖刀买犊消忧患"更是直接反映了士卒之心声和百姓之愿望。近蜀驿时，获赠宝刀有感而作奉寄李吉甫郑绸（《途次近蜀驿，蒙恩赐宝刀，及飞龙厩马使还，奉寄中书李郑二公》），表达恋恋不舍却不得不行役匆匆而赴蜀任职，既感激皇帝之宠信而不辞辛劳，又因不能

① 刘昫等：《旧唐书》卷158《武元衡》本传，前引书，第4161页。
② 孙映逵：《唐才子传校注》卷4，北京：中国社会科学出版社，2013年，第209页。
③ 刘昫等：《旧唐书》卷14，前引书，第422页。
④ 刘昫等《旧唐书》卷158本传云"八年自蜀再辅政"（前引书，第4161页）。《新唐书》卷152亦云"八年召还秉政"（前引书，第4834页）。《资治通鉴》卷239云元和八年三月"甲子，征前西川节度使同平章事武元衡入知政事"，并云："元和二年，武元衡出镇西川，至是召还。"（前引书，第7822页）武元衡诗《元和癸巳，余领蜀之七年，奉诏征还。二月二十八日清明，途经百牢关，因题石门洞》亦可证其离蜀时间乃元和八年。

和二公同应皇帝之问而遗憾，即景写怀，颇见情致。夜宿青阳驿，作《宿青阳驿》诗："空山摇落三秋暮，萤过疏帘月露团。寂寞银灯愁不寐，萧萧风竹夜窗寒。"空山秋深，月露萤飞，诗人在秋风寒窗中夜不能寐。至嘉陵驿，又作《题嘉陵驿》诗："悠悠风旆绕山川，山驿空蒙雨似烟。路半嘉陵头已白，蜀门西上更青天。"山川笼罩在烟雨之中，诗人行至嘉陵驿却已头白了，而去蜀门之路更为艰难。可见出武元衡赴蜀之任的重负与忧虑。诗人一路行来，既有雄壮之声，亦饱含寂寞愁苦之思。后奉诏回京，途经百牢关，作《元和癸巳，余领蜀之七年，奉诏征还。二月二十八日清明，途经百牢关，因题石门洞》。开首即言其入蜀还蜀之事："昔佩兵符去，今持相印还。"次写眼前时节景物："天光临井络，春物度巴山。鸟道青冥外，风泉洞壑间。"最后想到投笔从戎的班超平定西域："何惭班定远，辛苦玉门关。"这应该是武元衡对自己七年镇蜀之比拟，在自谦中不免也有一丝自负。行次嶓山下，又有《夕次嶓山下》诗，危栈，云迷，烟岚，晚照，诗人在此暮色中忽闻杜鹃鸟的啼声："旅情方浩荡，蜀魄满林啼。"不觉引出其怆然之感。入蜀出蜀，南来北往，诗人故而有游宦之叹："南征复北还，扰扰百年间。自笑红尘里，生涯不暂闲。"（《途中即事》）来来往往，百年如此，而自身也在红尘中奔忙不得休息，透露出明显的疲惫感。

此外，在一些送别诗中，武元衡也有对蜀道的描写。如写送人还朝，"蕙兰秋意晚，关塞别魂惊"（《送徐员外还京》），"落日河桥千骑别，春风寂寞旆旌回"（《送柳郎中裴起居》），"珠履会中箫管思，白云归处帝乡遥。巴江暮雨连三峡，剑壁危梁上九霄"（《同幕中诸公送李侍御归朝》），"笛怨柳营烟漠漠，云愁江馆雨萧萧"（《送张六谏议归朝》），等等。在潇潇暮雨、纷纷箫管声中，诗人送一个又一个同僚离蜀还朝，而自己却在相送中容颜老去了："岁月不堪相送尽，颓颜更被别离凋。"（《同幕中诸公送李侍御归朝》）诗人一说"会有归朝日，班超奈老何"（送柳郎中裴起居），又说"归去朝端如有问，玉关门外老班超"（《送张六谏议归朝》），渴望归朝不甘老于巴蜀的心情显然可见。在这些送别诗中，抒写离别之愁、身在蜀地之惆怅是其主调，而蜀道风物则略及之。

要之，武元衡作为中唐政治家兼诗人，这种双重身份使他的蜀道诗体现出较为复杂的特点。一方面，作为感情丰富的诗人，自然界及其外在事物常常触动他的内心，掀起他的情感波澜。因为社会的动荡，诗人敏感的心常常体味到世事的无奈，仕途上的奔波沉浮也让他时时感受到生涯之苦，故而在某种程度上他能禀受着中唐凄凉感伤的审美基调而创作出凄迷感伤的诗歌。其蜀道诗作无论是寄赠送别还是感春秋时序之变，亦多呈现出恨忧悲愁的色调，这正是其作为诗人特性的表现所在。另一方面，武元衡又不仅仅是一个纯粹的诗人，他还是中唐政坛上著名的政治人物，台阁任职与镇抚一方，也使他在政治上有所担当。因此，这种政治上的地位与自我期许，使他的诗作又表现出雄壮雅健的特点。不过，其蜀道行役诗的主体风格正与初唐张说、苏颋相似，更多表现出的是愁情哀思。也许这正是政治上的失意对于其诗风的显著影响。

羊士谔（约762—约820，泰山人）元和三年（808）十月，因与窦群、吕温诬论宰相李吉甫，贬资州刺史，途改巴州刺史，元和八年移资州刺史。辛文房谓其工诗，其诗"妙造梁《选》，作皆典重"[1]，可见其诗歌颇具雅丽之风。

羊士谔入蜀行至褒城驿，作《褒城驿池塘玩月》之诗。其间描绘池塘月下夜色典雅精致："北渚清光溢，西山爽气多。鹤飞闻坠露，鱼戏见增波。"清冷月光四溢，空气凉爽宜人。白鹤飞动可以听见夜露坠落的声音，水中鱼儿游戏可见层层波动，幽静之中可见诗人心中涟漪，所以诗人最后有回首家园之思："千里家林望，凉飙换绿萝。"诗人入蜀行程的艰难辛苦，在银色的月光下似乎已经得到涤洗，内心的烦乱困扰却在鹤飞鱼戏间微妙地显现出来。又有《赴资阳经嶓冢山》诗。诗人赴任资州经行嶓冢山而思汉朝张骞出使之事："宁辞旧路驾朱轓，重使疲人感汉恩。今日鸣驺到嶓峡，还胜博望至河源。"诗人以"疲人"自称，不仅是身体的疲劳，亦是心灵的疲倦。嶓冢之地已属僻远，但比之张骞使至河源却又胜之。蜀道之行的辛苦，诗人借此比较而得慰藉。

羊士谔出任巴州和资州，常怀思归，他在《暮秋言怀》诗中云"驰晖三峡水，旅梦百劳关"，想象自己或乘舟三峡而下，或旅经百牢关而北上，回到长安。羊士谔的蜀道行役诗可见者极少，但从留存之作可见，他在诗文中多写其

---

① 傅璇琮主编：《唐才子传校笺》卷5，北京：中华书局，1989年，第2册第363页。

感受而不见蜀道风物之描画，蜀道地理特征并不明显。

欧阳詹（757—801[①]，晋江人）既是福建文化史上开风气之先的人物[②]，也是中唐古文运动的积极参与者。他与韩愈、李观相友善，以古文相砥砺，其文深切明辨，颇具古格[③]。欧阳詹虽以文见称，但其文集中诗文赋铭序等多种文体并存，著述甚富。

欧阳詹于贞元年间曾游历巴蜀[④]，并有相关诗文留存。他的蜀道诗，或写蜀道之险，或写蜀中思乡。如《自南山却赴京师，石臼岭头即事寄严仆射》："鸟企蛇盘地半天，下窥千仞到浮烟。因高回望沾恩处，认得梁州落日边。"蜀道逶迤旋绕，山峰高峻入云，诗人站在高岭之上回望，心中所念已在天边。行走蜀道的艰难与对友人的牵念之情均婉曲道出。诗人行走蜀门，看见山川似闽中，不觉兴起故乡之情："村步如延寿，川原似福平。无人相共识，独自故乡情。"（《蜀门与林蕴分路后，屡有山川似闽中，因寄林蕴，蕴亦闽人也》）途次嘉陵江，闻听越鸟声，亦不禁有离乡之感伤："正是闽中越鸟声，几回留听暗沾缨。伤心激念君深浅，共有离乡万里情。"（《与林蕴同之蜀，途次嘉陵江，认得越鸟声呈林，林亦闽中人也》）因为思乡情切，所以诗人虽然玉食在前也要辞别归乡："宁体即云构，方前恒玉食。贫居岂及此，要自怀归忆。在梦关山远，如流岁华逼。明晨首乡路，迢递孤飞翼。"（《蜀中将归留辞韦相公贯之》）此外，欧阳詹亦有颂美之作，如他游利州，"睹人安俗阜钦"，故作《益昌行》而美兴元少尹陆长源，他赞美陆长源"贤哉我太守，在古无以过。爱人甚爱身，治郡如治家"，这位太守治郡，乃是以德化、恩怀加

---

① 欧阳詹的生卒年颇有分歧，各种观点参见杨遗旗《韩门弟子欧阳詹研究综述》（《周口师范学院学报》2011年第4期）。本书所据乃张伟民《欧阳詹年谱及作品系年》（2005年华中科技大学硕士论文）。
② 宋祁等《新唐书》卷203《欧阳詹传》："闽人第进士，自詹始。"（北京：中华书局，1975年，第5787页）
③ 宋祁等《新唐书》卷203《欧阳詹传》言："其文章切深，回复明辩。"（前引书，第5787页）《四库全书总目》卷150《欧阳行周集》亦只言其文"与李观相上下，去愈甚远"，"然詹之文实有古格，在当时纂组排偶者上"。
④ 张伟民《欧阳詹年谱及作品系年》认为欧阳詹于贞元十三年（797）春夏之际游于四川一带（2005年华中科技大学硕士论文）。

之，故使益昌之地风俗和畅，人丰物饶。

欧阳詹的蜀道诗，多是他"敦教化，正雅颂"①文学观念之反映。在内容上，多以歌功颂德为主，持论端正，主德义，故其为诗也如为文，较为周详质实而缺乏意境的构造。由此可见，其诗文创作已然有别于纯粹文人营构意境之创作，而更具儒学之士的议论之风。

中唐蜀道诗人，除了上述作家之外，尚有畅当、王建、张籍、陆畅、鲍溶、章孝标、顾非熊等人。他们都有诗章表达蜀道行役之感。如畅当晨发平阳馆驿，见月沉江水、山雾缭绕，不觉想起自己的职责："奉恩谬符竹，伏轼省顽鄙。何当施教化，愧迎小郡吏。寥落火耕俗，征途青冥里。德绥及吾民，不德将鹿矣。擒奸非性能，多愍会衰齿。恭承共理诏，恒惧坠诸地。"（《自平阳馆赴郡》）章孝标行走在千寻万仞的蜀栈道上，感叹名利之路的艰险比蜀道更险恶："若比争名求利处，寻思此路却安宁。"（《骆谷行》）顾非熊则于褒川路上而心期与友饮酒话情："心期一壶酒，静话别离情。"（《行经褒城寄兴元姚从事》）亦在斜谷邮亭赏花忘归："驻骑忘山险，持杯任日斜。"（《斜谷邮亭玩海棠花》）或送人入蜀，想象蜀路风景，如王建《送李评事使蜀》描写蜀道的云栈猿影："转江云栈细，近驿板桥新。石冷啼猿影，松昏戏鹿尘。"张籍则写成都的江流与浣花溪："行尽青山到益州，锦城楼下二江流。杜家曾向此中住，为到浣花溪水头。"（《送客游蜀》）徐凝则将泥坂雨雪与锦城烟花对比："雨雪经泥坂，烟花望锦城。"（《送马向入蜀》）一寒苦，一温丽，对比鲜明。这些文人的蜀道诗歌，多以抒怀为主，对蜀道的风物描写不多，往往概括言之。即使如此，也在一定程度上反映出蜀道在中唐时期的交通繁盛与诗文创作的丰富状况。

① 欧阳詹：《欧阳行周文集》卷9《别柳由庚序》，影印文渊阁《四库全书》本。

## 第四节
## 柳宗元、刘禹锡等人蜀道记铭文之立意

中唐蜀道文学除了上述文人的诗歌之外，尚有柳宗元、刘禹锡、欧阳詹、李德裕、于邵等人创作的数篇蜀道之文。

柳宗元（773—819，河东人）未曾有入蜀之经历，但其留存的文中却有数篇关涉蜀道之文。首先是《剑门铭并序》。此文乃是为平定刘辟之乱、叙高崇文之功而作，包括序言和铭文两个部分。文章之序首言蜀地"重险多货，混同戎蛮"，因地理形式险阻，加之民族混杂，风俗剽悍，故"嗜为寇乱"。其后韦皋卒而其部曲刘辟作乱，"帅丧众暴，群疑不制，妖孽煽行"，刘辟"凭负丘陵，以张骛猛"，攻陷他部，气焰嚣张，于是梁州守严砺帅师征讨。接着叙王师之纪律，主帅之仁信："推仁仗信，不待司死，而人致其命；立义抗愤，不待喋血，而士一其心。悉师出次，祗俟明诏。"复叙破贼之状："右师逾利州，蹈寇地，乘山斩虏，以遏奔冲。左师出于剑门，大攘顽嚣，谕引劫胁，蚁溃鼠骇，险无以固，收夺利地，以须王师。"再叙高崇文之功："由公忠勇愤悱，授任坚明，谋献弘长，用能启辟险厄，夷为大涂，衰沮害气，对乎天意。帝用休嘉，议功居首。"最后乃说明撰写此文之目的："愿刊山石，昭著公之功，垂号无穷。"此序言多用四字句，叙事简洁，用词古雅，显得庄重宏丽。其铭文与序相互映发，如言巴蜀地理则云"井络坤垠，时惟外区。界山为门，环于蜀都。丛险积货，混并羌髳。狂猾窥隙，猖猖啸呼"，言破贼之状则云"右逾岷山，左直剑门。攻出九地，上披重云。攀天蹈空，夷视阻艰。破裂层垒，殄歼群顽"，最后言为铭文之目的则云"铭功鉴乱，永代是观"，其铭文显得慷慨激昂，音调激壮。柳宗元之《剑门铭》与张载之作虽都有戒惧后来者之意，但柳宗元较少述蜀道山川艰险之状况而多叙平乱之事，这是因为柳作乃是针对具体事件而发，其首言蜀地"嗜为寇乱"，不仅仅是刘辟之乱而已，古代有凭险为乱之徒，将来亦可能有恃险行暴之人。柳宗元为《剑门铭》之用意即在于此。

柳宗元为此《剑门铭》后，将之献给了东川节度使严砺，作《上严东川

寄剑门铭启》。他在此启文中，重言严公剑门用兵之功勋，"取其险固，为我要冲，王师得以由其门而入，彷徉布濩，遂无留滞"，赞扬严砺此功"著于万世而不已也"，并言撰写《剑门铭》之文乃是希望因严公之功烈而能使其文"传于世"。柳宗元说，此文"无以称宏大之略"，但"足以发平生之心"。柳宗元平生之心，乃是可以为国平难、建立万世之功勋。由此可见，柳宗元在《剑门铭》中那种激烈雄壮的情怀与声调，正是来自他内心这种强烈的志气和渴望。

《兴州江运记》是为御史大夫严砺歌功颂德的一篇记事碑文。如果去除文中的称颂文字，最有价值者乃是关于兴州长举至成州一段蜀道路况及其修筑的情况记叙。文中借曾为兴州守的严砺之口言说长举到成州的交通路线及其艰险情况："自长举北至于青泥山，又西抵于成州，过栗亭川，逾宝井堡，崖谷峻隘，十里百折，负重而上，若蹈利刃。"平常行路尚且如此艰难，若遇涨水下雪，则更是难行："深泥积水，相辅为害。颠踣腾藉，血流栈道。"道路难行如此，致使运送的粮草牛马多坠落山谷之中："糇粮刍藁，填谷委山。马牛群畜，相藉物故。"陆路如此艰难危险，严砺决定从长举西导江而下，开辟新的江运路线抵达成州。文中详述其决土之法："转巨石，仆大木，焚以炎火，沃以食醨，摧其坚刚，化为灰烬。畚锸之下，易甚朽坏，乃辟乃垦，乃宣乃理。"又略言疏江之术："随山之曲直以休人力，顺地之高下以杀湍悍。"既言开凿辛劳，又显示出智慧技能。此路开通之后，言其快速则云"雷腾云奔，百里一瞬"，言其便利则云"烝徒讴歌，枕卧而至，戍人无虞，专力待寇"，江运与陆路形成鲜明比照，优劣自现。

此外，柳宗元尚有《馆驿使壁记》文，其中也专门提到长安到汉中的蜀道驿馆及其关隘情况，如长安到鳌屋，"其驿十有一，其蔽曰洋州，其关曰华阳"。此路设置了十一个驿馆，是天下七条道路中驿馆最多的，据此可知，至迟在中唐时期，蜀道交通更加便利繁忙，人员往来众多，也因此形成中唐蜀道文学创作的盛况。

总之，柳宗元的蜀道文，不仅记载了蜀道的线路情况，也留下了此路上发生的战争与交通的历史，既具有重要的历史地理文献价值，也彰显了蜀道在交通、战争中的作用，增强了蜀道的历史文化底蕴。

刘禹锡（772—842，河南人）有《山南西道节度使厅壁记》《山南西道新修驿路记》两篇关于蜀道修筑之文。前篇是开成二年（837）刘禹锡应山南西道节度使令狐楚之邀而作。文中首叙山南西道之建制，并言其"县道带蛮夷，山川扼陇蜀"的地理位置，尤其是在战争之际更显重要："兵兴多故，其任益重。"建中末年，又升州为府，益显其地大人重："地既尊大，用人随异。"然后概述自兴元至大和五十年间，此地官员登庸入相之众，"以勋庸佩相印者三，以谟明历真相者九，由台席授钺未几复入相者再焉。磊落震耀，冠于天下"，再叙令狐楚镇守此地之政，"道同气协，无所改更，如鼓和琴，布指成韵。羌夷砥平，旱麓发生。人无左言，乐有夏声。俗既富庶，居多闲暇"。此文虽是美令狐楚而作，但对山南西道建制之变化、重要的军事地理位置皆有明晰之叙述，以其地之大之要，而显其任之重，用人之重。后篇则是开成四年（839）为山南西道新修驿道之事而作。文中先述梁州蜀道驿途危隘不利于王政教化："华阳黑水，昔称丑地。近者尝为王所，百态丕变，人风邑屋与山水，俱一都之会，自为善部矣。惟驿邅之途，欹危隘束，其丑尚存，使如周道，在公颐指耳。"于是趁是年秋"军逸农隙"，州府无事，乃行修路之事。或叙准备之状：垦山刊木，揆攒凿撞柲之用、具异辇畚插之器，募力庀工膺其要，"鼙鼓以程之，糗醪以犒之"。或言令下众行之状，"说使之令既下，奋行之徒坌集"，修筑驿道。此驿道，分两路进行修筑，一是从"我之提封踞右扶风，触剑阁千一百里。自散关抵褒城，次舍十有五"；二是"自褒而南，逾利州至于剑门，次舍十有七"。或摹写山石之状、水路之险，"并山当蹊，顽石万状；坳者垤者，兀者铦者，磊落倾敧，波翻兽蹲"，或写栈道凌空峭壁之上，"栈阁盘虚，下临欲呀"，人们在悬崖峭壁上"枘木亘铁"，"限以钩栏"，广之拓之，使道路可以通行无碍。作者在此文中既渲染修筑道路之艰难，也勾画出栈道之崎岖高危，以及栈道修通之后带来的交通便利。最后作者归之于利义之别："伊彼金其牛而诱之以利，曷若我子其民而来之以义乎？"表现出爱民重义而轻利的思想意识。刘禹锡在这两篇文章里，无论是对梁州军事作用的认识，还是对蜀道道路的险要以及在交通上的重要意义的描述，都显得明晰简洁而又形象生动，虽然最后都不乏颂美其人之意，但都体现出一种庄重严正的姿态。

　　除了蜀道诗，欧阳詹也有一篇专门描写蜀道之险的《栈道铭》。他在序文中首先述及因为道路险绝致使秦蜀两地"五万年间夐不相接"的隔绝状态，接着言人凿石架梁修筑栈道，"南之北之，踵武汤汤"，万年隔绝的秦蜀之地由此相通，礼乐、威力也由此相继而达。接着作者针对"受琢之石长存，可构之材无穷"的言论申发其德义之论，并言为此铭文之目的正在于"敢陈两端之要，铭诸斯道之左，庶主德义者存今日之所履，踵武汤者荷古人之攸作"。欧阳詹在文中以"巉岩冥冥，麋鹿无蹊，猿猱相望，自三代而往，蹄足莫之能越"言蜀道之险绝，此乃与李白《蜀道难》之描绘实同。后文申发"圣贤创物之意""明德义固物之道"，较之李白"所守或匪亲，化为狼与豺"之意则显直接，且立论见解已然更进一步。欧阳詹借"栈道"而论治天下之道，并以此"勒石道左"，令今日和后来者为之借鉴与思考，这与张载作《剑阁铭》是为免后世"覆车之轨"而"勒铭山阿，敢告梁益"之目的相同。总之，欧阳詹此篇铭文，在内容上虽是对张载《剑阁铭》、李白《蜀道难》的沿袭，但在立论上则有进一步的申发与提高，显示出他对晚唐政治与社会形势的忧虑与思考。

　　陆贽（754—805，吴郡嘉兴人）是中唐时期卓越的政治家。为了挽救唐王朝崩溃之势，其执政之时，指陈时弊，公忠体国，励精图治，向德宗建议轻徭薄赋，以民为本。后谪居忠州而卒。陆贽文集，今传《翰苑集》。

　　陆贽曾随唐德宗避李怀光之乱经行蜀道到过梁州，但不见相关诗文。今仅见《重优复兴元府及洋凤州百姓等诏》一篇。虽是代皇帝所写的诏书，不过文字乃陆贽所作。文中言德宗"巡守"山南经行蜀道之状，"躬履畏途，绝涧萦回，危栈绵亘，时经霖雨，道阻且长"，可见当时奔亡凄惨情形。皇帝所至，地方无论老幼皆不得安宁，"工徒造舟，县人葺路，靡幼靡耋，莫获宁居"，老百姓不仅要造舟修路，还要为军队运送粮食，"而又赍负糗粮供备顿舍，涉于千里，饫我六师"，以致使百姓"居人露处以罔依，宿麦过时而不获"。百姓的穷困劳顿，令朝廷不得不再次减免兴元府、洋州、凤州等地百姓的徭役赋税，"以纾大劳"。此篇诏书体察民苦，委曲含情，不尚辞藻，不事激烈，但却恻然动人，不仅体现了陆贽以民为本之思想，也反映出其为文情词恳切动人的特点。

　　李德裕（787—850，赵郡人）是牛李党争中李党的领袖，历仕四朝，一度为相，又多次被排挤出京。大中三年，在贬所崖州病逝。太和四年（830）十月，李德裕被李宗闵、牛僧孺排挤，出任剑南西川节度使、成都尹。太和六年（832），离蜀入朝。李德裕不仅以器业自负，也好著书为文，有《会昌一品集》传世。

李德裕现存诗文中，与蜀道相关的，仅有《剑门铭》一文。文中首先铺排描绘群山波积之状："层岑峻壁，森若戈戟。万壑奔东，双飞高阙。翠岭中横，黯然黛色。树兹雄屏，以卫王国。"剑门雄奇秀丽的山水景色如在目前。复言天运之道，"运有隆替，地无险厄。闭于昏顽，开于有德"，表达以德守土的观念，再以秦魏伐蜀之事明之："马错西伐，蜀侯败绩。艾出阴平，禅亦来格。"最后以剪灭蜀乱、靖安蜀道之事结束。此篇铭文既彰显蜀道剑门之雄奇，也表达了以德守地才能保国靖安的观念。篇幅虽短，但亦体现出李德裕文辞瑰丽、明辨俊伟的文风。

于邵（生卒年不详①，京兆万年人）曾为巴州刺史、梓州刺史、西川节度使崔宁支度副使②，可知其曾多次行走蜀道之上。于邵长于议论著述，虽也常行蜀道，但其相关蜀道诗文却不多见。今可见者，有《唐剑南东川节度使鲜于公经武颂》与《剑门山记》两篇。《经武颂》是为剑南东川节度使鲜于晋镇守西南之武功而作。首叙唐朝八代之制，复言剑南之地与中原国家之关系，再言天宝中天下大乱，西南群盗蜂起之害，于时鲜于公"拥旄仗钺，总统东川八州之地"，为国家镇守剑南。鲜于公治东川之政，"其始也凛之以威，其渐也济之以恩"，"作之君师，为之父母"，恩威并施，由是"远者来，来者安"，甲兵大振，边境安定，致使"无暴可禁"。《剑门山记》则是为鲜于晋平定蜀地之乱的龙安之役而作。首言剑阁"孕川含陆"为山、为路、为门之象，"首以峨嵋，足以荆巫，前褒斜而后灵关，横亘乎数千里之间"，指出其处乃为全蜀之门，"趋蜀之路，必由是山"。次言剑门山势之状："连峰戛天，上绝飞鸟，极于此也。峭壁中断，两崖相嵌，如门斯辟，如剑斯植。"再言圣人设置险隘之意："必因山川之固，为设堡障以安之，恐其自绝于一方也，虽有高深

---

① 孟祥娟《于邵生平考》，考证其生卒年为约生于717年，卒于797年（《天中学刊》2013年第1期）。
② 于邵仕宦履历，参见孟祥娟：《于邵生平考》。

之阻，必启行路通之。"并言"观乎剑阁，见圣人之德焉"。复言其山之象："抉连山，开积阻，剖盘石，擘崇峦。呀然洞烈，斗绝千仞，远迹奇伏，神灵怪异。谓之天造之资，则有攻凿之形矣；谓之人力之用，则无掎拔之势矣。"又言其路径之象："若乃迫隘之所容，邅回而后通，翕巴汉之万辙，总岷嶓之重险。"复言其为蜀门之象："一夫而御之，则三军无所施其勇；覆篑而防之，则逸足不能逾其阻。"又以汉高祖、唐玄宗平定取天下，蜀王、公孙述无道被灭之事说明剑门之险"所以助顺，不以兴乱"之理，再详述鲜于公平定寇乱之功，再次申明"仁者由剑门，以之为福，不仁者由剑门，以之生祸"。此篇记文极力描写剑门之险要，其目的不过是要说明其险并不可据，须仁者守之方为国之福。此论亦是李白《蜀道难》中"所守或匪亲，化为狼与豺"一语之同调。蜀道在于邵的观念里，突显的是它的重要的军事地位和价值。

## 小　结

中唐蜀道文学不仅作家众多，而且在诗歌之外还出现了以蜀道为题材的记文与铭文。刘长卿、韦应物与大历十才子虽然在一定程度上延续着盛唐诗歌的某种技巧与风格，但他们更多展现的是晚唐诗坛的审美趋向。元稹是中唐蜀道文学的代表，他的诗歌和其人生际遇紧密相连，或清新俏丽，或哀怨凄凉，既描绘蜀地的僻陋险恶，亦展现其个人的悲伤忧叹。武元衡、羊士谔等人的蜀道诗亦因其政治际遇而多温丽之气。此期的蜀道文，虽然数量不多，但却表现出不同于诗歌的风格特征。刘禹锡的蜀道文简质庄重，柳宗元的蜀道文严重激壮，于邵的蜀道文辞藻繁复，陆贽的蜀道文含情动人，李德裕的蜀道文瑰丽俊伟。虽然这些文人性情各异，审美取向也各不相同，蜀道山水在他们笔下有苍凉凄冷之美，亦有旖旎温丽之态，他们的蜀道文学在万千姿态中亦呈现出一些共同的特质。宦途的坎坷曲折带给诗人们精神和肉体上的深刻伤害，即使如元稹那样的强直，武元衡那样的雍容，刘禹锡那样的豪爽，羊士谔那样的平和，他们的诗中亦处处充满着贫病苦寒的悲歌。对个人穷通悲喜的关注，对人生磨难的逃避，通过诗文酬唱寄赠来摆脱心灵上的孤寂，在蜀道山水中寻求人生的慰藉，成为诗人们吟咏的主题。他们通过内心的自我观照，细致地描绘出所感所历，致使诗歌缺乏英风豪气和博大的胸襟。正如贺裳所云："中唐人故多佳诗，不及盛唐者，气力减耳。"[①]因此其诗雅淡而不能高深，平静而不能雄奇，清新而不能深厚，盛唐时期的壮大气象与积极事功的奋进精神，此时已经余音袅袅，正如蜀道山峰之间的云雾一般，逐渐消散于山涧天际。中唐文人带着政治的烙印、社会的衰弱气息以及他们的文学主张与审美趣味，在蜀道山川的雄壮与潺缓的碰撞与激发之中，创作出既具有地理特征，又具有个性审美特色的蜀道诗文。蜀道的山川奇丽，不仅映射着文人们的情感，也更加凸显出它在国家政治、军事方面的价值和意义。这标志着蜀道已经突破了纯粹的交通路线与自然景观的局限，而具有了更浓厚的人文色彩和现实意义。

---

① 贺裳：《载酒园诗话又编》，郭绍虞编选《清诗话续编》，上海：上海古籍出版社，1983年，第340页。

第五章

晚唐五代
蜀道文学的繁荣

当唐王朝摇摇欲坠之时，剑南西川之地成为文人避乱最具吸引力的几个地区之一，越来越多的文人开始投向社会状况相对安定的剑南西川藩镇幕府，形成了文人入蜀的高潮，蜀道行役之作丰富，从而呈现出蜀道文学的繁荣景象。五代十国时期，则因政权割据"在一定程度上限制了人员的自由流动"，故而此期行走蜀道之人少①，蜀道文学也自然呈现出寂寥状态。

晚唐五代文人经受的时代灾难和人生困境往往直接在文学中反映出来，从而使其蜀道文学呈现出浓重的飘零哀伤之色。此期除了众多的蜀道行役诗作，还有孙樵、蒲禹卿的蜀道之文。

## 第一节
## 李商隐蜀道文学之沉郁

李商隐（812—858，怀州河内人）是晚唐诗坛的巨擘。大中五年（851）七月，柳仲郢任剑南东川节度使，辟李商隐为节度书记。他因料理家事，迟至九月初始启程赴梓州，十月末抵达，改任节度判官。其间来往于西川、渝州、长安等地，直至大中九年（855）岁末，随柳仲郢返京。李商隐往来蜀道之上，所作诗文皆有留存。

---

① 张仲裁《唐五代文人入蜀考论》论及晚唐五代时期文人入蜀的情况，以及两蜀时期入蜀文人人数迅速回落之因，可参看（北京：中国社会科学出版社，2013年，第29—30页）。

## 一、李商隐的蜀道行役诗

李商隐行走蜀道之上，所经之地皆有诗。

从长安出发时，有《饯席重送从叔余之梓州》诗："莫叹万重山，君还我未还。武关犹怅望，何况百牢关。"以己之梓州之辽远安慰从叔，不免有同病相怜之感慨。于此可见李商隐赴梓之心情。

至洛阳，与韩瞻相别，而有《赴职梓潼留别畏之员外同年》诗。昔日二人同登高第，同为幕僚，而今自己却是"乌鹊失栖长不定"，即将远行，行踪飘忽不定。最后以"京华庸蜀三千里，送到咸阳见夕阳"作结，情怀黯然，言有尽而意无穷。《留赠畏之》①首章亦是自叹时命不如韩瞻："清时无事奏明光，不遣当关报早霜。中禁词臣寻引领，左川归客自回肠。"居禁中者际会清时，不须早霜趋朝；沦使府者飘零万里，更加以蜀道艰险，所以一日九回肠。次章言"五更又欲向何处，骑马出门乌夜啼"，三章又言"潇湘浪上有烟景，安得好风吹汝来"，皆以韩之得意与己之失意对举。畏之居中禁而闲适，诗人涉左川而崎岖，穷通各异，云泥之别。昔荣今悴、人荣己悴之慨尽在言外，真可谓是愁肠婉转。

至陈仓，有《西南行却寄相送者》诗"百里阴云覆雪泥，行人只在雪云西。明朝惊破还乡梦，定是陈仓碧野鸡"，阴云广漠低迷，相送者相隔已经很远了，梦中却恍惚仍在故乡，然明朝被鸡声惊醒而悟已在陈仓，身在逆旅，颇有行迈靡靡中心摇摇之情态。

至大散关，有《悼伤后赴东蜀辟至散关遇雪》"剑外从军远，无家与寄衣。散关三尺雪，回梦旧鸳机"，处境之孤单，远行之辛苦，身世之飘零，尽露于笔端。纪昀评此诗气格高远，"犹存开、宝之遗"②。

至利州，有《利州江潭作》。利州乃武则天出生之地，李商隐泊舟江潭有感于龙人交合而生武后之传说，如今却是雨满空城、蕙叶凋衰之景象，颇有怀

---

① 刘学锴先生认为李商隐在大中五年九月至九年十一月整个梓幕期间，曾有一次自梓归京，又自京返梓之行。《留赠畏之》三首即为李商隐大中八年春自京返梓前留赠韩瞻之作（见刘学锴、余恕诚：《李商隐诗歌集解》，北京：中华书局，2004年，第1454页）。

② 刘学锴、余恕诚：《李商隐诗歌集解》笺评，前引书，第1227页。

古怅然之意。

至望喜驿,作《望喜驿别嘉陵江水二绝》。此诗以别嘉陵江水之情寄托思乡念友之意,次章言"今朝相送东流后,犹自驱车更向南",蜀道行程之远可想。

过梓潼而作《张恶子庙》,斥责张恶子神贤愚不辨,实际上亦是暗指唐王朝听任藩镇把军权私相授受的现实,见出李商隐对现实政治的关注。又有《梓潼望长卿山至巴西复怀谯秀》:"梓潼不见马相如,更欲南行问酒垆。行到巴西觅谯秀,巴西惟是有寒芜。"诗人行途访古而古人不见,诗人穷老失路,友朋阔绝,而兴世无知音同调之慨、无人荐己之悲。

以上李商隐的入蜀行役之诗,思乡念友之情、行路遥远之叹、孤单飘零之悲,给诗人的蜀道之旅笼罩上浓浓的愁云密雾。个人的失意与流落之悲压倒了对现实政治的关注,蜀道的险峰深壑已经被诗人沉重愁苦的心绪所代替,唯余下漫漫长途和一路无奈的心绪。

大中八年暮春,李商隐自长安返梓州途中,行至金牛驿,又作《行至金牛驿寄兴元渤海尚书》。此诗乃是诗人随笔应酬之作,全诗颂美山南西道节度使封敖及其门下从事与诸生,纪昀言其"太应酬气"[1]。

李商隐随柳仲郢还京之时,途次筹笔驿,作《筹笔驿》诗,咏诸葛亮志业不遂而伤之。首言此地气象至今凛然,猿鸟犹畏,风云常护:"猿鸟犹疑畏简书,风云常为护储胥。"次言诸葛空费筹划而蜀终亡:"徒令上将挥神笔,终见降王走传车。"诸葛亮以管、乐自比,又有何益?关张无命,汉祚终移,其奈之何!今诗人于此驿不能无所感,而为武侯抱遗恨者,不独今日为然矣。此诗"直是一篇史论"[2],沉郁顿挫,一唱三叹,有杜诗之风神。又有《井络》诗讽喻奸雄之辈,言剑门天险不足道:"井络天彭一掌中,漫夸天设剑为峰。"而在此割据称雄的君主皆已失败,故劝诫将来怀抱野心的奸雄不要心生妄想:"将来为报奸雄辈,莫向金牛访旧踪。"此篇也不啻一篇史论矣!

李商隐在妻子王氏逝世后入东川幕府,低落哀伤的心情时时映射在其蜀道

---

① 刘学锴、余恕诚:《李商隐诗歌集解》笺评,前引书,第1460页。
② 刘学锴、余恕诚:《李商隐诗歌集解》引陆昆曾评语,前引书,第1477页。

行役诗中。风云月露，细草繁花，林泉碧池，寒蛩旅雁，仙梯绛坛，虽与以往诗风之迂曲其指、诞谩其辞、奥博瑰谲有同工之妙，然受蜀道地域风物之感染与个人身世遭遇之触发，在绮靡柔丽之中更多了一分时光流逝、年老衰败之感伤，多了一份人生无奈的悲凉。这种感伤，也反映在他对历史人物功名成败的议论之中。由此观之，其诗并非徒以绮靡香艳称闻，那种流旋荡复的情感，真有所谓春蚕到死、蜡炬灰干方能熄灭断绝之深长。

总之，李商隐经历了人生的种种失意与磨难，又在妻子王氏去世不到半年的情况之下，抛子别家，只身入蜀。诗人过陈仓，越散关，沿嘉陵江而下，至利州，入剑门关，至梓潼，顺涪江抵达梓州。一路之上，陈仓的碧鸡惊梦，散关的雪夜回梦，利州的雨满空城，嘉陵江的水色烟月，梓潼不见相如的怅惘，或述怀，或咏史，自身的孤单羁旅与对历史的追忆慨叹交织，形成诗歌沉重与感伤的情调。心灵永恒的悲感使他已经无法看到春物之美，只看到日落西山的黑暗，也看不到雪中梅花蕴藏的生机活力，他的眼睛更多看见的是凋伤与颓败，他的心灵更多感受到的是寂寞与悲凉，因此，在李商隐的眼里，在他的笔下，无往而非伤心之境。即使面向佛道空门，伤心的怀抱亦不得释然。李商隐的诗魂正如那只流泪的啼莺，将其悲凉的泪珠洒向了那挂在枝头的寂寞的最高花。清人徐德泓将时代之特点与李商隐个人之命运结合起来考察其诗，颇为有见："义山生平，历宪、文、武、宣之朝，时多变故，且党祸倾轧，仕途萎顿，宾主僚友间，亦多不偶。抑郁之志，发为歌诗。"[①]其间的抑郁之志，既有个人前途阻塞的悲叹，当然也不乏殷忧世变、不忘忠爱之旨意。"虚负凌云万丈才，一生襟抱未曾开。"[②]辗转幕府，流浪书记，浍受排斥，忠愤抑塞，李商隐的悲哀，已经越过了对自身不遇而感到悲伤的有限范围，而有了一种人类生命与命运本质上的悲感，是个人的命运与国家命运的融合。在唐王朝日薄西山的国运中，李商隐的个人命运也将无可奈何地倍感哀伤。正是如此，蜀道的山岭关驿也处处染上了诗人的伤心哀愁之色。

---

① 刘学锴、余恕诚：《李商隐诗歌集解》附录之徐德泓《李义山诗疏序》，前引书，第2272页。
② 刘学锴、余恕诚：《李商隐诗歌集解》附录之崔珏《哭李商隐二首》之二，前引书，第2259页。

## 二、李商隐的蜀道文

大中五年七月，李商隐受柳仲郢之辟而作《上河东公谢辟启》。启文首叙自己为文读书却"罕遇心知，多逢皮相"之"艰屯"，次叙柳仲郢出任剑南东川节度使设席招幕，东川则是"俗擅繁华，地多材隽"，自己受命为记室"抚怀自惊"，自称"终无喻蜀之能，但誓依刘之愿"，用司马相如与王粲的故事，表达对记室之职的态度与依柳仲郢之意。叙述自己平生遭际之艰难阻滞，语淡而悲；对柳仲郢东川幕府记室之聘，词典而雅。全文用语清丽典雅，迂曲委婉，既表达自己身世坎坷难遇知音的沉郁，亦婉转地表达对幕府之聘的犹豫与谢意，可以见出李商隐对此次入幕并不热衷，直到后来柳仲郢赐钱三十五万"以备行李"，才整理行装入蜀①。

大中六年春，李商隐因柳仲郢唱和其诗而有《谢河东公和诗启》②。文中首先叙述自己出游西溪"既惜斜阳，聊裁短什"，其间"徘徊胜景，顾慕佳辰"，"为芳草以怨王孙，借美人以喻君子"，说明自己写诗之旨。其次以隋朝杨素与薛道衡之唱和比拟今日柳仲郢之唱和。启文既剖白自己为诗之深曲情意，也赞扬柳仲郢之唱和可继前人之高致声尘。大中七年，李商隐于梓州长平山慧义精舍经藏院金字勒《妙法莲华经》七卷，请柳仲郢作记而写《上河东公第二启》③。文中首叙"虽从幕府，常在道场"，表达自己对佛教的欣悦，虽然长时间地断酒长斋，却未能脱离俗情破除邪见，接着叙自己石壁勒字，"既成胜果，思托妙音"，柳仲郢有"夫子之文章，备如来之行愿"，所以恳请柳仲郢"伏希道念，特降神锋"。柳仲郢为之作《金字法华经记》，李商隐表达感激之情又作《上河东公第三启》④，文中称颂柳仲郢兼通儒释，既是儒宗，又通释典，并说要将柳仲郢之记刻在佛寺："刻之鸟篆，置彼龙宫。"虽然这些启文皆为交往应酬文字，充满着颂美之词，不过也从侧面反映了李商隐在东

---

① 刘学锴、余恕诚：《李商隐文编年校注》之《上河东公谢聘钱启》，北京：中华书局，2002年，第1875页。

② 刘学锴、余恕诚：《李商隐文编年校注》，前引书，第1961页。

③ 刘学锴、余恕诚：《李商隐文编年校注》，前引书，第2158页。

④ 刘学锴、余恕诚：《李商隐文编年校注》，前引书，第2169页。

川幕府中的生活情状。

大中七年十一月十日夜，李商隐在梓州为自己的《樊南乙集》写了一篇序文，是为《樊南乙集序》①。序中简要叙述自己自南郡归后之经历，言自桂林至今，"所为已五六百篇，其间可取者四百而已"。他叙述自己近年之情状云："三年以来，丧失家道，平居忽忽不乐。"因为家庭变故，情绪低落，故"于文墨意绪阔略"，"涂涫破裂，不复条贯"。后杨本胜到东川幕府，"恳索其素所有"，李商隐才"强连桂林至是所可取者，以时以类"，为二十编，"名之曰《四六乙》"，以别于大中元年所编之《四六》二十编。李商隐在文中说"此事非平生所尊尚"，不过是"应求备卒"，"以塞本胜多爱我之意"。李商隐虽然无意编辑自己的文集，但想必在去取之间触动其平生情怀，故而在序文末尾说"书罢，永明不成寐"，可谓韵味悠长。

李商隐自述其在梓州"始克意事佛"，实际上，他不仅耽于佛禅，也深于道教。此间，他不仅作《唐梓州慧义精舍南禅院四证堂碑铭并序》②，也写了《梓州道兴观碑铭并序》③《道士胡君新井碣铭并序》④。在《四证堂碑铭》中，李商隐对益州静众无相大师、保唐无住大师、洪州道一大师、西堂智藏大师以心印证、法嗣相继之身范诠义作了详尽叙述，对四人求法成道、利益众生之行迹表达了由衷的赞美。《道兴观碑铭》则是因女道士冯行真等在道兴观树立石阙而来求铭文而作。李商隐在文中阐述了道教之义理及其发展历史，还说自己在弱龄之年就已经阅读了道教的经典秘文，"载念弱龄，恭闻隐语"，不仅"道心结课""沈研胜韵"，还与高洁的杰出道侣来往，"蕙缠兰佩，鸿俦鹄侣"。《道士胡君新井碣铭》则是为紫极宫道士胡宗一开凿新井而作。李商隐在文中叙述胡宗一禀质之秀、造微之术、寄情之远、绝累之至，"非一端可定，二教能拘"，"能持慈宝，不蠹玄枢"，表达了对胡宗一的赞美。这三篇碑铭，既体现了李商隐深厚的佛道修养，亦反映出他对巴蜀地域深具修为的佛道人士衷心的颂扬和倾慕。正是在与佛道之人的交往中，加深了李商隐对佛道

① 刘学锴、余恕诚：《李商隐文编年校注》，前引书，第2176页。
② 刘学锴、余恕诚：《李商隐文编年校注》，前引书，第2068页。
③ 刘学锴、余恕诚：《李商隐文编年校注》，前引书，第2016页。
④ 刘学锴、余恕诚：《李商隐文编年校注》，前引书，第2127页。

义理的探求和理解，亦慰藉着他那颗孤独悲凉的漂泊心灵。李商隐早岁即受佛教濡染，梓幕期间，始克意事佛①。大中七年，他自出俸财在梓州长平山慧义精舍经藏院特创石壁五间，金字勒成《妙法莲华经》七卷，并请幕主柳仲郢作记②。不仅如此，他在梓州期间还曾以弟子礼奉事眉州洪雅人知玄法师③。于此种种，可见李商隐对佛法虔诚的态度。李商隐在现实生活中，无论是爱情还是功业都已成空，只能转而归向佛教的虚妄而求得身心的安放。正如龚鹏程先生所言："（李商隐）在情感上、在事业上、乃至于在对仙佛的向往上，都不只是纯粹的沉溺、发泄或遭遇挫折后的逃避，而是为了寻找内在安顿的人生渴求。"④

　　大中八年，剑州刺史蒋侑于东山建重阳亭，李商隐为之作《剑州重阳亭铭并序》⑤。文中称扬蒋侯"讲天子意，三年大理"，"田讼断休，市价平，狱户屈膝，落民不识胥吏"，剑州大治，致使"四方宾颇来系马靡牛"。为便于人员车马交通来往，蒋侯又"大铲险道"，拓宽道路，沟通南北，建南北亭，"以经劳饯"。又于东山筑重阳亭，"以醉风日"。惠民之政，使蒋侯赢得地方民众的爱戴，三年后，"民走乞留"。对于蒋侯之政，李商隐称之为"以仁为归"，而且李商隐认为"惟仁之归，有世在下"。可见，此铭文虽是颂美蒋侯，但其间亦反映了李商隐鲜明的政治主张与理念，那就是以孔子的仁政来治理民众，使他们"乐以康"。李商隐为此铭，通篇文字只是赞扬蒋侯的仁政，并没有如前人诗文那样明确警示统治者注意剑门关的重要军事地位和作用，但实际上，开篇所言"识天子理意，尺度尧、舜，不差毫撮"，以仁爱治理巴

① 李商隐《樊南乙集序》："三年以来，丧失家道，平居忽忽不乐，始克意事佛，方愿打钟扫地，为清凉山行者。"（《李商隐文编年校注》，前引书，第2177页）
② 李商隐：《上河东公第二启》，《李商隐文编年校注》，前引书，第2159页。
③ 赞宁《宋高僧传·悟达国师知玄传》："有李商隐者，一代文宗，时无伦辈，常（尝）从事河东柳公梓潼幕，久慕玄之道学，后以弟子礼事玄。"（范祥雍点校，北京：中华书局，1987年，第132页）张采田《玉溪生年谱会笺》考证，李商隐与知玄东川相遇，当在大中八年，则李商隐以弟子礼事玄，必在其时（上海：上海古籍出版社，2010年，第197页）。
④ 龚鹏程：《李商隐与佛教》，《中国诗歌史论》，北京：北京大学出版社，2008年，第47页。
⑤ 刘学锴、余恕诚：《李商隐文编年校注》，前引书，第2187页。

蜀，其目的就是以此"绝远人意"①。李商隐此铭的深层意义于此豁然。他是要提醒天子，要以仁政来治理巴蜀之地，使其民安乐和平，方能保持天子的统治稳定。

清人徐炯称李商隐之文"香丰不如徐、庾，而体要独存；宏壮不逮四杰，而风标独秀"②，可谓的评。李商隐蜀道文之特点，大体亦如此，俪偶长短，繁缛过之。虽多为代人所写启表，然亦颇能曲尽人情。给柳仲郢的启文，虽亦不乏应酬颂美之词，然亦有直陈己怀之意。为巴蜀佛寺道观所写之碑铭，虽典故繁复，不乏獭祭之疵，然亦可窥其宗教情怀之深厚。如能披开层层繁词丽句，其间旨意亦颇能感人。这些文章的风格，正如其诗的风格，在繁复的丽句之间总是蕴藏着作者落寞低回的人生痛感；在一丛丛才情焕发的语言之间，总有一股无法掩抑的悲哀无奈气息澎湃欲出。

## 第二节
## 薛能、雍陶等人蜀道诗之英气

薛能（生卒年不详③，汾州人④）治政严察，耽好于诗，晚尚浮屠，有集十卷。咸通五年（864），李福出任剑南西川节度使，薛能因其荐举"自副"而入蜀，在蜀三年，于咸通八年归朝⑤。薛能耽于吟诗，其蜀道诗创作较为丰富。

薛能由秦入蜀，沿途有诗叙其行程和情怀。诗人经褒斜道入蜀，用诗记

---

① 这与其《井络》诗中所云"将来为报奸雄辈，莫向金牛访旧踪"同意。

② 刘学锴、余恕诚：《李商隐文编年校注》附录之徐炯《李义山文集笺注序》，前引书，第2336页。

③ 闻一多《唐诗大系》定薛能生年为元和十二年（817），谭优学从之。其卒年，谭优学先生认为在中和二年（882）后，具体时间难以确定（见其《唐诗人行年考（续编）》，成都：巴蜀书社，1987年，第225—248页）。

④ 赵素清《晚唐诗人薛能研究》认为薛能的籍贯应为蒲州汾阴人，汾州说不足为信（2008年四川师范大学硕士学位论文，第2—5页）。

⑤ 吴明贤先生对薛能入蜀时间及入蜀线路均有考证，可参见其《薛能入蜀考》，《四川师范大学学报》2009年第3期。

下路途之上的所见所感。褒斜道中有江水不断山峰连绵："江遥旋入旁来水，山豁犹藏向后峰。"有险恶的鸟道与独特的民俗："鸟径恶时应立虎，畲田闲日自烧松。"（《褒斜道中》）西县途中则有"黄鸟当蚕候，稀蒿杂麦查。汗凉风似雪，浆度蜜如沙。野色生肥芋，乡仪捣散茶"（《西县途中二十韵》）之景物，至分水岭则见高耸入云的峭壁和荒凉无松的灵宝峰（《分水岭望灵宝峰》），至嘉陵驿则见"江涛千叠阁千层"（《题嘉陵江驿》）。诗人不仅观赏蜀道之上的野色，也常常驻足前人旧题之前，如褒城驿站墙壁上的元稹旧题（《褒城驿有故元相公旧题诗因仰叹而作》），嘉陵驿的贾岛旧题（《嘉陵驿见贾岛旧题》）等。诗人面对山长水遥的蜀道，不似前人那般生发出羁旅愁苦，而是有一种潇洒英气。如他行走褒斜道虽经"十驿"，却说"行吟却笑公车役，夜发星驰半不逢"（《褒斜道中》），毫无半点疲劳厌倦之态。因旧曾听闻褒城驿池馆美景，至此踟蹰其上，却是佳赏不再，不觉兴起修葺之念："西川吟吏偏思葺，只恐归寻水亦枯。"（《题褒城驿池》）行至西县，落日休憩，"焰樵烹紫笋，腰簟憩乌纱"（《西县途中二十韵》），悠然之状可见。宿望喜驿，听闻浩荡江水声，回想走过的坎坷不平之路，不是心生悲感，而是充满成功的希望："将来道路终须达，过去山川实不平。闲想更逢知旧否，馆前杨柳种初成。"（《雨霁宿望喜驿》）正是充满着信心和希望，所以当诗人到达剑门关时，他说道："前程憩罢知无益，但是驽蹄亦到来。"（《蜀路》）诗人入蜀路上不仅有看风景之闲情逸致，也常有咏怀之思。褒城驿见到元稹旧题之诗，而今身历其地，风景殊异："鄂相顷题应好池，题云万竹与千梨。我来已变当初地，前过应无继此诗。"诗人感叹人非景异，也许以后还会更加破败："敢叹临行殊旧境，惟愁后事劣今时。闲吟四壁堪搔首，频见青苹白鹭鸶。"（《褒城驿有故元相公旧题诗因仰叹而作》）嘉陵驿见到贾岛旧题，则充分表达了对贾岛诗歌成就的肯定："贾子命堪悲，唐人独解诗。左迁今已矣，清绝更无之。毕竟吾犹许，商量众莫疑。嘉陵四十字，一一是天资。"（《嘉陵驿见贾岛旧题》）薛能不仅以"清绝"赞许贾岛之诗，更以"天资"推崇其嘉陵之诗，可见其对贾岛的尊崇。薛能在蜀路上，不仅对元稹贾岛这些诗人表达其喜爱之意，也对诸葛亮深致批评。他在西县途中批评诸葛亮贪功黩武："葛侯真竭泽，刘主合亡家。陷彼贪功吠，贻为黩武夸。阵图谁许可，庙貌我揄揶。闲事休征汉，斯行且咏巴。"（《西县途中二十韵》）经过筹笔驿时，对诸葛亮更是讥刺有加："葛相终宜马革还，未开天意便开山。生欺仲达徒增气，死见王阳合厚颜。流运有功终是扰，阴符多术得非奸。当初若欲酬三顾，何不无为似有鳏。"（《筹笔驿》）诗人认为诸葛亮并非王佐之才，如果要报答当初刘备的三顾茅庐之恩德，只应无所作为就好。后来，薛能在嘉州开元观闲游，想到诸葛亮之事，更为直白地说："当时诸葛成何事，只合终身作卧龙。"（《游嘉州后溪》）薛能在此一反此前唐人对诸葛亮的深切赞美，对其一生行事加以全盘否定。薛能发此议论，固然有其特定时代因素使然①，然标新立异之意亦显而易见。对诸葛亮的讥评，正是其性格傲忽轻佻②的表现。无论是"溢目看风景"，还是"清怀啸月华"，薛能对于宦蜀是充满着高昂的希望和热情的，他认为自己终将是有所作为不会滞留巴蜀之地的："移文莫有诮，必不滞天涯。"（《西县途中二十韵》）正是带着这样的情绪和希望，诗人来到了蜀地。

咸通八年（867），薛能解职嘉州北返。有《初发嘉州寓题》："劳我是犍为，南征又北移。唯闻杜鹃夜，不见海棠时。在暗曾无负，含灵合有知。州人若爱树，莫损召南诗。"诗人以召公自比，认为自己有惠政于嘉州人民，此次北归，是"不负嘉州只负身"（《监郡犍为将归使府登楼寓题》）。诗人一路北行，至平羌有"平羌无一术，候吏莫加笻"（《舟行至平羌》）之恤民语；至汉州，又有"坐阻湘江谪，谁为话政声"（《题汉州西湖》）之功名语；至三学山则有"何因将慧剑，割爱事空王"（《三学山开照寺》）之禅语；至西县，又有"从此渐知光景异，锦都回首尽愁吟"（《西县作》）之离别语。至望蜀亭，诗人回望巴蜀之地，不觉有无限依依不舍之情："树簇烟迷蜀国深，岭头分界恋登临。前轩一望无他处，从此西川只在心。"（《望蜀亭》）诗人离别巴蜀的复杂情感和意绪在这些诗中得到真切的表现。

---

① 白雪莲在《晚唐诗人薛能研究》文中说，薛能对诸葛亮的讥刺，是因为晚唐时期藩镇割据，地方兵变不断，薛能将社会危机归罪于地方割据势力而对此深恶痛绝。诸葛亮效力的正是这种地方势力，对其讥刺，并非针对本人，而是怒斥割据势力（2008年南京师范大学硕士论文，第38页）。
② 傅璇琮主编《唐才子传校笺》卷7言其"性喜凌人"，"资性傲忽，又多轻佻忤世"（前引书，第3册第316、317页）。

薛能的蜀道诗，或雕琢咏物，或豪情述怀，或标新立异，或浅吟愁绪，一切皆从自身情感与体验出发，进行多方面的叙写，虽然细致入微，但缺乏阔大气象。这是晚唐的时代风气使然，虽然薛能性情自负，但也未能脱离时代氛围之影响。胡震亨评其诗云："其诗借异色为景，寄别兴写情，尽废前观，另辟我境，而排奡之笔，浩荡之襟，复足沛赴之，不病雕弱。"①此言大体得当。于其蜀道诗而言，"尽废前观，另辟我境"，虽不全然如此，然于诸葛武侯之评可当之；"浩荡之襟""不病雕弱"，亦多可称之，但其间亦并非全是气势充沛之语，留滞巴蜀壮志难成的惆怅也常常使诗人充满伤心悲苦之音。其蜀道诗并不因其生活惬意而不具有哀怨感伤②，而是因其闲置无可作为而使诗人生发出羁旅天涯的飘零之感。薛能于晚唐一派柔弱的诗风格调中，尚能灌注一股英气豪情，可谓晚唐的异响。也正是因此一股英逸之气概，被北宋张咏称为"诗人之雄"③。此气概灌于诗中，使其诗呈现出雄健之风，故又为此获得晚唐诗坛"杰出一家"的称誉④。薛能的翻陈出新之语，虽然获致"妄自尊大"⑤的批评，但其间在很大程度上可见薛能冲破前人的勇气和尝试，这也未尝不是薛能可资借鉴之处。后来者对薛能的尊崇和学习，也未尝不说明薛能在诗

---

① 胡震亨：《唐音癸签》卷8，上海：上海古籍出版社，1982年，第78页。
② 白雪莲：《晚唐诗人薛能研究》，2008年南京师范大学硕士论文，第40页。
③ 张咏：《许昌诗集序》，《张乖崖集》，张其凡整理，北京：中华书局，2000年，第88页。
④ 乔象钟、陈铁民：《唐代文学史》，北京：人民文学出版社，1995年；胡震亨《唐音癸签》卷8亦称薛能为"末季名手"，前引书，第78页。
⑤ 洪迈《容斋随笔》卷7："薛能者，晚唐诗人，格调不能高，而妄自尊大。"（上海：上海古籍出版社，1978年，第95页）魏庆之《诗人玉屑》卷10亦有此评。莫砺锋《大家阴影下的焦虑——唐代诗人薛能论》亦认为薛能缺乏足够的才力而以妄自尊大的自赞来满足称霸诗坛的野心（《中国文学研究》2005年第2期）。薛能的狂傲之言，招致许多讥评，南宋刘克庄可为代表："薛能诗格不甚高，而自称誉太过。……不但自誉其诗，又自誉其材。然位历节镇，不为不用矣，卒以骄恣陵忽，偾军杀身，其才安在？妄庸如此，乃敢妄议诸葛，可谓小人无忌惮者。"（刘克庄：《后村诗话》前集卷1，王秀梅点校，北京：中华书局，1983年，第16—17页）

歌创新方面的成就和影响①。薛能的蜀道诗在李商隐的哀婉之外另具一种劲节之气。

薛逢（生卒年不详②，蒲州河东人）自大中十二年（858）起③，先后为巴州、蓬州、嘉州、绵州刺史，直到咸通七年（866），才以太常少卿召还。其文词峻拔，学力亦赡，有诗集十卷，又别纸十三卷，赋集十四卷，然今唯余诗文各一卷④，十佚其九，可见散失之严重。

薛逢在《镊白曲》中写到他入蜀时合家恸哭相送的情景："妻儿骨肉愁欲来，偏梁阁道归得否。长安六月尘亘天，池塘鼎沸林欲燃。合家恸哭出门送，独驱匹马陵山巅。"蜀道的辽远与艰险，使诗人的妻子儿女与之已做好死别的心理准备。诗人匹马翻山越岭，独自踏上入蜀的路程。但离别的哀伤与行程的孤独并没有熄灭诗人的诗情。行至白马驿，诗人离家乡已渐行渐远，离家之苦也被历史兴亡荣辱之愁代替："满壁存亡俱是梦，百年荣辱尽堪愁。胸中愤气文难遣，强指丰碑哭武侯。"（《题白马驿》）王朝存亡俱已成梦，百年荣辱却引人愁思，想到此胸中愤懑之气难以用文字排遣，只能在武侯墓碑前放声一哭。诗人之哭，一是感叹诸葛亮之功业有成，留下百年英名，而自己却无所成就。二是即便如诸葛亮之功业成就亦终将湮灭成空，令人生梦幻之悲。行

---

① 莫砺锋先生认为薛能的诗歌成就与其名声并不相符，他在当时和后代所享有的诗名并不像他自己所认为的那样高（《大家阴影下的焦虑——唐代诗人薛能论》，《中国文学研究》2005年第2期）。实际上，无论是对薛能的推崇还是贬抑，都说明薛能的影响。岳五九云："从晚唐郑谷以及北宋张咏、范仲淹和王安石等人的点滴叙述中，其思想和心态在唐宋思想转型过程中也曾留下对后世可以探求的痕迹。"（《从薛能看晚唐文人的思想和心态》，《安顺学院学报》2014年第2期）此语虽就思想和心态言，然亦可当作是就薛能在诗歌史上的影响而论。

② 闻一多《唐诗大系》认为其约生于元和元年（806），谭优学考之可信。见傅璇琮主编：《唐才子传校笺》卷7，前引书，第3册第287页。

③ 王红霞《薛逢蜀中诗简论》认为薛逢出刺巴州时间是大中十三年（859）（见《四川师范大学学报》2005年第4期）。王林《薛逢诗歌研究》认为薛逢贬刺巴州的时间是大中十二年（858）（2008年河北大学硕士学位论文，第5页）。王同亮《薛逢及其诗歌研究》则认为薛逢出刺巴州的时间是咸通元年（860），咸通三年（862）任嘉州刺史，咸通六年（865）任绵州刺史（2008年陕西师范大学硕士学位论文，第9页）。此番考证，皆从吴在庆《唐五代若干作家生平琐考》之观点（见《固原师专学报》1994年第4期）。谭优学认为薛逢出刺巴州时间应在大中十二年正月后、五月前（见傅璇琮主编：《唐才子传校笺》卷7，第3册第292页）。

④ 傅璇琮主编：《唐才子传校笺》卷7，前引书，第3册第296页。

至筹笔驿，诗人再次缅怀诸葛亮之雄心壮志，"身依豪杰倾心术，目对云山演阵图"，然其功业未就而命已先殒："赤伏运衰功莫就，皇纲力振命先徂。"在叹惋之中，诗人却起雄壮之声："出师表上留遗恳，犹自千年激壮夫。"（《题筹笔驿》）面对诸葛亮的遗迹，个人功名之建立，身后百年之荣辱，王朝兴亡之更替，种种历史兴衰之感涌上诗人心头，使诗人生出虚幻之悲感，然诸葛亮《出师表》之耿耿忠诚之心，又感发了诗人满腔雄心，激发出无限壮心豪情。从"旅人"到"壮夫"，表现出诗人面对诸葛亮遗迹之时的心态变化。因此激励，诗人摆脱了离家的哀情与只身入蜀的孤独凄凉，尽管有"孤戍迢迢蜀路长，鸟鸣山馆客思乡"的羁旅之叹，但更有"更看绝顶烟霞外，数树岩花照夕阳"（《题黄花驿》）之浪漫情怀。诗人临嘉陵江，看百川东去，而兴国家振作、自己得志之希望："但教清浅源流在，天路朝宗会有期。"（《嘉陵江》）而在《题上皇观》诗里更是表达出对国家靖乱的感怀："狂寇穷兵犯帝畿，上皇曾此振戎衣。门前卫士传清警，砌下奚官扫翠微。云驻寿宫三洞启，日回仙杖六龙归。当时丹凤衔书处，老柏苍苍已合围。"经过剑门关，诗人对剑门的地理形势与作用作了深刻剖析："峭壁横空限一隅，划开元气建洪枢。梯航百货通邦计，键闭诸蛮屏帝都。西詟犬戎威北狄，南吞荆郢制东吴。"（《题剑门先寄上西蜀杜司徒》）剑门以其峭壁横空在地势上隔断了巴蜀与中原，使巴蜀成为独立一隅。它既是经济往来交通之要道，也是中原帝都阻挡蛮夷的屏障；既能威胁约束西北戎狄，也能控制东南之荆楚东吴，所以诗人称剑门为"管钥"，也就是中央朝廷的钥匙。诗人尚未到成都，就先写作此诗寄给了当时掌管西蜀之政的杜司徒，可见诗人对时政与国家的热切关怀之情。薛逢在家人的恸哭声中孤独凄凉地独自入蜀，虽然也有思乡羁旅之叹，但他却很少描写蜀道之艰难，更多的是抒写历史感怀，表达自身穷通感愤与功名期待，格调高朗而不低沉。

薛逢的蜀道诗，虽然也抒发苦闷、伤感与愤懑，情调低沉而哀伤，但也时时有健笔豪气，回环流荡在低吟浅唱的声调之外。其中，既有他个人功名期许的无奈，也有其对国家前途关怀的热情，当然也有辽远的巴蜀地域带给他政治边缘化的失落。他的悲叹和愁苦，不仅仅是"命运坎坷的怅惘"①，还是"美人迟暮"式的哀伤。他的豪情和雄气，与其说是"欲罢不能的愤懑""锐气犹存的不平之音"②，还不如说是"老骥伏枥，壮心未已"的志气所向③。蜀道上的瘴烟溪声，宴席上的巴歌丝竹，西蜀的楼台风雨，剑外的秋风春月，镜中的白发苍鬓，引发出诗人种种情感意绪，形成了其诗歌或高或低、或浅或深、或沉郁或高昂、或明亮或灰暗的复杂格调。薛逢所呈现出的雄健之气，与大多数晚唐诗人"低沉衰飒"④的精神面貌不同，被称许为"犹有盛唐人气息"⑤，这种风调在其蜀道诗中也得到较为显著的表现。

雍陶（生卒年不详⑥，成都人）太和八年（834）进士及第。大中八年（854），自国子毛诗博士出刺简州⑦，后隐于庐山而卒⑧。雍陶早年因蜀乱而转徙流离于洞庭岳阳、楚州、荆襄一带。自登第至出刺简州二十年之仕履及行踪，据梁超然先生考证，雍陶曾游湘中，或应辟岳州、兖州，又曾经出使边塞⑨。雍陶先是游历长江中下游一带，后到长安，和当时诗坛上的名辈交往⑩，得到他们

① 王红霞：《薛逢蜀中诗简论》，《四川师范大学学报》2005年第4期。

② 王红霞：《薛逢蜀中诗简论》，《四川师范大学学报》2005年第4期。

③ 刘昫等《旧唐书》卷190下《薛逢传》："逢文词俊拔，论议激切，自负经画之略。"（前引书，第5079页）《新唐书》卷203本传亦云其"持论鲠切，以谋略高自标显"（前引书，第5793页）。《四川通志》卷6："薛逢，巴州刺史。百姓歌曰：日出而耕，日入而归。吏不到门，夜不掩扉。有孩有童，愿以名垂。何以字之，命曰薛儿。"可见薛逢平生志气与才干。

④ 乔象钟、陈铁民：《唐代文学史》，北京：人民文学出版社，1995年，第432页。

⑤ 沈德潜：《唐诗别裁集》卷16，上海：上海古籍出版社，1979年，第521页。

⑥ 雍陶生卒年之讨论，参见李彦：《晚唐诗人雍陶研究》，2008年四川师范大学硕士学位论文，第3—7页。谷慧：《雍陶及其诗歌研究》，2011年首都师范大学硕士学位论文，第3—7页。

⑦ 宋祁等：《新唐书》卷60，北京：中华书局，1975年，第1612页。傅璇琮主编《唐才子传校笺》卷7则云雍陶"大中末，出刺简州"（前引书，第3册第251页）。

⑧ 傅璇琮主编《唐才子传校笺》卷7："闲居庐岳，养疴傲世，与尘事日冥矣。"（前引书，第3册第253页）

⑨ 傅璇琮主编：《唐才子传校笺》卷7，前引书，第3册第248—250页。

⑩ 据梁超然先生考证，雍陶交往之名辈有裴度、姚合、贾岛、殷尧藩、刘得仁、姚鹄、无可、宗静上人、裴璋、章孝标、白居易、朱庆馀、徐凝等（梁超然：《雍陶交游考》，《贵州大学学报》1986年第4期）。李彦君《晚唐诗人雍陶研究》对雍陶的交游人员分为文士、官员、僧人及其他，并对此有详细考证（2008年四川师范大学硕士学位论文，第8—32页）。

的称赏。雍陶工于诗赋①，在世即有诗名②。其诗清丽浅畅，颇有特色。

雍陶一生出蜀入蜀，羁旅感怀，常有吟咏。他写蜀道途中种种情绪，或闲情逸致："风香春暖展归程，全胜游仙入洞情。一路缘溪花覆水，不妨闲看不妨行。"（《春行武关作》）风香春暖，游溪玩水，比之游仙而有过之，诗人回乡心情闲适之态可见。或写对前途之期待："落日回鞭相指点，前程从此是青云。"（《路中问程知欲达青云驿》）青云，既是指蜀道途中青云驿，也是诗人对仕途青云直上的心理期待。诗人落日挥鞭的姿态，一扫驿路行愁而颇具指点江山前程的豪情壮志。或见秋风秋景而生愁："离思茫茫正值秋，每因风景却生愁。今宵难作刀州梦，月色江声共一楼。"（《宿嘉陵驿》）正值秋天，诗人离家远出，秋风秋景引发了诗人愁绪。但诗人却说，今夜无暇再作故乡之梦了，因为月色江声已经充满了驿路上的这座小楼。或闻杜鹃啼叫之声而生思乡之情："蜀客春城闻蜀鸟，思归声引未归心。却知夜夜愁相似，尔正啼时我正吟。"（《闻杜鹃二首》之二）杜鹃鸟的思归啼鸣之声引起诗人的未归之心绪，使诗人夜夜乡愁不得平静。或见平川而散愁："行过险栈出褒斜，出尽平川似到家。万里客愁今日散，马前初见米囊花。"（《西归出斜谷》）翻过了艰险的栈道，平川尽显眼前，似乎已经回到了家乡，万里羁旅客愁忽然之间消散了，心情也豁然开朗。诗人路途之上听闻鸟啼江声，缘溪过栈，迎风带月，或喜或愁，把驿路之上羁旅心绪表达得真切而动人。他虽然怀抱青云之志，但在"乱峰碎石"的金牛路上，在落日余晖中，诗人亦生茫然之感："青云何处问前程。"蜀道的艰难，使诗人对人生宦途亦生出艰难之叹："蹇步不唯伤旅思，此中兼见宦途情。"（《蜀路倦行因有所感》）正是因为蜀道艰难，人生宦途亦如此艰险，所以诗人回到家乡后回顾途中所经历的"处处难"，仕宦之心不觉顿息："自到成都烧酒熟，不思身更入长安。"（《到蜀后记途中经历》）古人望峰息心，诗人可谓是望蜀道而息心了。诗人自少漂泊无依，一生多奔波在路途之上，思乡虽浓却只能以旅馆僧房为家："旧里已

---

① 黄鹏《贾岛诗集笺注》卷6《送雍陶及第归成都宁亲》："不唯诗著籍，兼又赋知名。"（成都：巴蜀书社，2002年，第188页）

② 傅璇琮主编《唐才子传校笺》卷7："一时名辈，咸伟其作。"（前引书，第3册第246页）《全唐诗》卷518辑录雍陶诗一卷，本书引用其诗，皆出自此书，不再注明。

悲无产业，故山犹恋有烟霞。自从为客归时少，旅馆僧房却是家。"（《旅怀》）虽然不免飘零之悲，却亦有豁达之态。此类羁旅感怀之作，清新浅切，既有淡淡的乡思之愁，亦含蕴着四海为家的平和心态；既有处处难的悲哀感慨，亦有花香风暖的愉悦与乍见平川似家乡的惊喜。

雍陶为诗，亦有境界狭小、气象萧瑟冷清、多写伤感悲情的特点，这在他的蜀道诗里也有明显体现。但其蜀道诗在个人情感的哀愁中还有对时事的悲悯，在秋风萧瑟中还有春色，在冷清中还有对故土的爱恋关怀，在悲情中还有骤然的惊喜，在灰暗之中还有些许亮色。正由于此，雍陶显得比他同时代的诗人多了几分热度，也因而使其诗歌不只是蛩蝉的哀鸣。

温庭筠（801—866）祖籍太原，居住鄠郊[1]。温庭筠薄行无检[2]，数举进士不第，终国子助教，流落而死[3]。温庭筠天才雄赡，著述颇多[4]，"尤长于诗赋"[5]。其才思艳丽，韵格清拔，与李商隐齐名，称温李。

温庭筠入蜀[6]，过利州，写下《利州南渡》诗："澹然空水对斜晖，曲岛苍茫接翠微。波上马嘶看棹去，柳边人歇待船归。数丛沙草群鸥散，万顷江田一鹭飞。谁解乘舟寻范蠡，五湖烟水独忘机。"斜晖淡淡，曲岛苍茫，舟行舟往，鸥散鹭飞。如此情景，诗人不觉想到泛舟五湖的范蠡，而世间中人又有多少人能如范蠡般摆脱名利束缚优游湖海之间呢！就是诗人自己也未能放下功名之心。温庭筠的蜀道行役诗作仅此一首，显示出与其绮艳词风不同的萧散简淡之风。

---

① 此据梁超然之考辨，见傅璇琮主编：《唐才子传校笺》卷8，前引书，第3册第434页。

② 《旧唐书》卷190下本传："初至京师，人士翕然推重，然士行尘杂，不修边幅，能逐弦吹之音，为侧艳之词，公卿家无赖子弟裴诚、令狐缟之徒，相与蒱饮，酣醉终日。"（北京：中华书局，1975年，第5079页）关于温庭筠的人品，万文武先生曾撰文《千古沉冤须昭雪》为之正名（见《长沙理工大学学报》2009年第3期）。

③ 傅璇琮主编：《唐才子传校笺》卷8，前引书，第3册第433—442页。

④ 傅璇琮主编《唐才子传校笺》卷8记载其著述情况云：今有《汉南真稿》十卷，《握兰集》三卷，《金荃集》十卷，诗集五卷，及《学海》三十卷。又《采茶录》一卷，及《乾馔子》一卷（前引书，第3册第446页）。

⑤ 刘昫等：《旧唐书》卷190下，前引书，第5079页。

⑥ 史籍均无温庭筠入蜀行迹之记载，但诗中却有蜀道相关诗作，表明其有过入蜀行迹。徐甸有《温庭筠入蜀考辨》一文为之发明（《汉中师范学院学报》1984年第2期）。

刘沧（生卒年不详，鲁人①）大中八年（854）进士第，调华原尉，迁龙门令，诗一卷②。辛元房谓其人"尚气节"，"慷慨怀古，率见于篇"③。刘沧白发苍苍始及第，又长期羁旅在外，为诗具有浓郁的感伤忧愤的寒士气息。他长于怀古，格调类于许浑。

刘沧曾漫游巴蜀地域④，并作有相关诗文。他春日泛游嘉陵江，在芳草落花中思念故乡和洛阳："独泛扁舟映绿杨，嘉陵江水色苍苍。行看芳草故乡远，坐对落花春日长。曲岸危樯移渡影，暮天栖鸟入山光。今来谁识东归意，把酒闲吟思洛阳。"（《春日游嘉陵江》）在春日落花、山光暮色中，无人能体察诗人内心的东归之意，使其倍感寂寞寥落，因而深觉春日漫长。他也曾夜宿苍溪孤馆："孤馆门开对碧岑，竹窗灯下听猿吟。巴山夜雨别离梦，秦塞旧山迢递心。满地莓苔生近水，几株杨柳自成阴。空思知已隔云岭，乡路独归春草深。"（《宿苍溪馆》）孤馆猿吟，巴山夜雨，满地莓苔，愈增诗人羁旅孤寂之情。他伤叹贾岛"巴山孤客寒""苦吟思归难"（《经无可旧居兼伤贾岛》），实际上也正是他的自伤。但他在《送友人游蜀》诗里，一反其孤寂之叹而显示出一股劲健之气："北去西游春未半，蜀山云雪入诗情。青萝拂水花流影，翠霭隔岩猿有声。日出空江分远浪，鸟归高木认孤城。心期万里无劳倦，古石苍苔峡路清。"早春时节，巴蜀地域尚是冰雪料峭，不仅不令人难过，而是正可入诗。青萝拂水，翠霭猿声，显示出蜀地春天的景象。诗人对友人说，如果心中充满壮志，就不会觉得旅途的疲惫了，而蜀地的古石、苍苔、迢递的峡路也显得清澈明朗了。刘沧的蜀道诗，不是他所长的怀古诗，而是写景抒怀，思乡念友，表达游宦的酸辛。既有自伤，亦有激励与慰解，格调与其怀古诗一样"悲而不壮，语带秋意"⑤，在清丽的景物中透出无尽的愁思与孤寂。

---

① 梁超然考其系青州临朐人，见傅璇琮主编：《唐才子传校笺》卷8，前引书，第3册第411页。

② 《全唐诗》卷586辑录其诗101首。本书所引刘沧诗，皆出自此书，不再注出。

③ 梁超然认为此乃辛氏据齐鲁英豪之气概而想当然耳，并认为刘沧现存诗慷慨者少，怀古者有之（傅璇琮主编：《唐才子传校笺》卷8，第3册第411页）。

④ 张仲裁：《唐诗人入蜀考》，《湖北函授大学学报》2009年第2期。

⑤ 胡震亨：《唐音癸签》卷8，上海：古典文学出版社，1957年，第64页。

## 第三节
## 贾岛、李洞蜀道诗之寂冷

贾岛（779—843[1]，范阳人）数应举而不第，备尝场屋之苦[2]。文宗开成二年（837）冬，授遂州长江主簿[3]。三年任满迁普州司仓参军，后卒于蜀地[4]。有集十卷，传于世[5]。贾岛一生历经七朝，终身不第，穷困潦倒，却醉心于诗，虽行坐寝食，苦吟不辍，成为唐诗"岛瘦"风格的典范[6]。

贾岛离京之时，有《谢令狐绹相公赐衣九事》[7]诗。诗人离京时已是寒冷时节，令狐绹以厚衣相赠，诗人作诗以谢。诗人因"坐飞谤"[8]被逐贬到飞鸟之外的长江县任主簿，因此自言为"逐客"。他祝愿令狐绹早秉大政而能辨分是非，"即日调殷鼎，朝分是与非"，应含有能为其辨明曲直之意。诗人骑驴行走蜀道之上，作《寄令狐绹相公》[9]诗。诗中既叙其入蜀情境，"山馆中宵起，星河残月华。双僮前日雇，数口向天涯"，也怀与令狐相公相得之情："良乐知骐骥，张雷验镆铘。谦光贤将相，别纸圣龙蛇。"最后也再言其所受之飞谤，"岂有斯言玷，应无白璧瑕。不妨圆魄里，人亦指虾蟆"，以明月尚

---

① 贾岛生年，闻一多《唐诗谱系》、李嘉言《贾岛年谱》均定于大历十四年（779），蒋寅在《贾岛与中晚唐诗歌的意象化进程》文中则定为780年（见《文学遗产》2008年第5期，第45页）。

② 詹福瑞先生言贾岛从三十四岁的青年到五十九岁的老人，蹭蹬科场凡二十五载，终未中第（张震英：《寒士的低吟——贾岛诗歌艺术新探》序二，北京：中国社会科学出版社，2006年）。

③ 贾岛授长江主簿之因，张震英先生有《贾岛坐飞谤责授事迹考辨》一文进行考辨（《学术论坛》2008年第5期）。

④ 计有功《唐诗纪事校笺》卷40："普州有岳阳山，岛葬于此。"（前引书，第1358页）

⑤ 贾岛有《长江集》十卷，存诗379首。贾岛集的版本及源流情况，吴汝煜、胡可先对此有所考辨（傅璇琮主编：《唐才子传校笺》，前引书，第2册333—335页）。齐文榜先生在其《长江集校注》前言中亦有考述，蔡心妍也撰文《长江集版本源流》进行梳理（《广西师范大学学报》"研究生专辑"2000年第1期）。

⑥ 蒋寅：《贾岛与中晚唐诗歌的意象化进程》，《文学遗产》2008年第5期。

⑦ 黄鹏《贾岛诗集笺注》认为，赠衣之人乃令狐楚（成都：巴蜀书社，2002年，第191页）。

⑧ 宋祁等：《新唐书·贾岛传》，前引书，中华书局，2000年，第4078页。苏绛《贾司仓墓志铭》亦云贾岛"穿杨未中，遽罹诽谤"（董诰等：《全唐文》，北京：中华书局，1983年，第7937页）。

⑨ 黄鹏《贾岛诗集笺注》认为诗题应以无"绹"字为是，令狐相公应是指令狐楚（前引书，第217页）。

有指瑕自解。

行长江道中，又寄诗令狐楚表达其入蜀心绪："策杖驰山驿，逢人问梓州。长江那可到，行客替生愁。"（《寄令狐相公》）此诗又作《赴长江道中》，可知是贾岛入蜀途中所写。策杖，既表其年老，也表蜀路难行。长江县如此遥远，似乎难以到达。面对迢迢路程，诗人不禁心生愁苦。年老而终得一职，淡淡的喜悦似乎已经被蜀道的山驿磨去了，留下的只是漫漫长路带来的疲惫和艰辛。

到任地之后，贾岛又寄诗令狐绹，表达其于人生已无所求之态度："不无濠上思，唯食囷中蔬。梦幻将泡影，浮生事只如。"（《寄令狐绹相公》）①伴随着蜀地的澄澈江水与星河月华，诗人遭受贬逐的愤激不平已经消歇平复了。

除了蜀道行役之诗，贾岛还有数首送人入蜀之作描绘蜀道行旅之景。如《送穆少府知眉州》，全诗以蜀境山水景物而成咏："剑门倚青汉，君昔未曾过。日暮行人少，山深异鸟多。猿啼和峡雨，栈尽到江波。一路白云里，飞泉洒薜萝。"诗人将蜀道行路之孤独寓于清冷凄清之景中，虽然纯为写景，但景中寓情。此诗与其说是对穆少府入蜀之旅的想象之辞，不如说是贾岛蜀道之行的心情和感受。在《送李余及第归蜀》诗中遥想李余归途之景，"津渡逢清夜，途程尽翠微。云当绵竹叠，鸟离锦江飞"，因李余已及第，故其归程之景物似乎也变得清新可爱、轻扬飞动。在《喜李余自蜀至》诗中写李余蜀路行程之凄寒："迢递岷峨外，西南驿路高。几程寻崄栈，独宿听寒涛。白鸟飞还立，青猿断更号。"寒江幽咽之涛声，青猿断断续续之号啼，独宿无眠之旅人，真是凄冷孤绝之至。即使盼望的友人来到，喜悦之情也被幽寂清冷的环境过滤掉了："鸟度剑门静，蛮归泸水空。步霜吟菊畔，待月坐林东。"（《喜雍陶至》）不惟蜀地之山水带着月光的寒冷，就是司马相如与扬雄也已淹没凋零："卓家人寂寞，扬子业凋残。"（《送友人游蜀》）蜀中名士寂寞如斯，山川凄冷亦可想而知了。

贾岛善于使用悲愁苦闷之词来营造空寂清冷的苦境，使他的诗歌表现出较

---

① 黄鹏认为此诗题也应以无"绹"字为是，这也是贾岛写给令狐楚的（前引书，第227页）。

为鲜明的清苦幽奇的风格特征。其蜀道诗之特色，也正在于此。

李洞（生卒年不详[①]，京兆人）多次应举不第，仕途失意，贫困潦倒，布衣终身。足迹多来往于长安、巴蜀之间，后寓蜀而卒[②]。李洞诗酷似贾岛，而"新奇或过之"，时人多不赏，唯吴融称之[③]。

李洞多次往返蜀道之上，纪行之诗留存不多。其《赠可上人》诗，是在景福元年（892）离京返蜀途经陕西凤县西之河池，与僧可止相遇而作；《和淮南太尉留题凤州王氏别业》诗，是在凤州见韦昭度返京时留题王氏别业诗时唱和之作[④]。李洞应举失意而归，在蜀道河池与可止相遇，也在凤州见到韦昭度的题诗，可见其乃是经陈仓道返蜀。又有《乙酉岁自蜀随计趁试不及》诗，有"文昌一试应关分，岂校褒斜两日程"句，此时的李洞尚在绵州，他出蜀应举，应打算走褒斜道。

李洞将之蜀与友人相别，写蜀道山川景象云"嘉陵雨色青，澹别酌参苓。到蜀高诸岳，窥天合四溟"，嘉陵雨色，高岳窥天，皆言蜀道之高峻寒冷，又云"书来应隔雪，梦觉已无星"，此言蜀道之长，阻隔之遥。尽管对蜀道之难想象如此，但却并不言其艰难辛苦，而是说："若遇多吟友，何妨勘竺经。"蜀道虽然山高路远，但却并不妨碍与友朋吟诗谈经，显示出一种旷达之气。经行蜀道，听闻杜鹃声，既写出杜鹃鸟叫声之尖锐寒彻，"长疑啄破青山色，秪恐啼穿白日轮"，又写出玄宗杜甫之情事，"花落玄宗回蜀道，雨收工部宿江

---

① 吴在庆考李洞卒年或在乾宁四年（897）左右（吴在庆：《李洞生平系诗》，《铁道师院学报》1995年第4期）。胡筠《李洞蜀中诗作考论》推测李洞生年约在宪宗元和十四年（819）左右（《宜宾学院学报》2007年第11期）。胡筠《李洞蜀中诗歌创作研究》说李洞卒于天复七年（907）（《绵阳师范学院学报》2007年第3期）。蹇玉青《李洞诗歌校注》推测李洞生年约在会昌年间，卒年在乾宁四年（897）之后（2010年西北大学硕士学位论文，第14页）。杨贺《李洞及其诗歌艺术研究》则推测李洞生年在大和九年（835）左右，卒于昭宗光化年间，即卒于900—904年间（2012年南京师范大学硕士学位论文，第6—7页）。

② 吴在庆《李洞生平系诗》认为李洞于中和元年（881）避战乱入蜀，寓居龙州，后至成都、梓州、涪江等地，此后数次往返长安、巴蜀。杨贺《李洞及其诗歌艺术研究》考李洞曾三次赴蜀，时间分别为865、881、891年，最后终老于蜀（2012年南京师范大学硕士学位论文，第17—18页）。

③ 傅璇琮主编：《唐才子传校笺》卷9，前引书，第4册第214页。

④ 李洞往来蜀道多次，但甚少纪行之作，有可能是散佚之故。此两首依吴在庆《李洞生平系诗》之系年时间（前引，第47页）。

津"（《闻杜鹃》）。前代君王、诗人蜀道之上的身影，在杜鹃鸟声声凄凉的叫声中，令诗人兴起无限惆怅与落寞。

李洞为应举也曾奔走蜀道之上。《赠可上人》《和淮南太尉留题凤州王氏别业》是其落第返蜀经凤州所作。这两首诗写秋天物象，或言月吐秋光，或言清秋看长，对可上人则言行旅狼狈之状，"模糊书卷烟岚滴，狼籍衣裳瀑布缄"，直言虽然会吟诗但却无由及第的郁闷，"不断清风牙底嚼，无因内殿得名衔"。唱和韦昭度之诗，既写房屋清冷景象，"节屋折将松上影，印奁移锁月中声"，也写出唱和吟诗可增声名胜事，"野人陪赏增诗价，太尉因居著谷名。闲想此中遗胜事，宿斋吟绕凤池行"。此两首虽是蜀道行旅所作，但于蜀道山川景象却着墨甚少。《乙酉岁自蜀随计趁试不及》是其龙纪元年（889）出蜀应试留滞涪江之作，写到了蜀道的漫长与艰难："寒梅折后方离蜀，腊月圆前未到京。风卷坏亭赢仆病，雪糊危栈蹇驴行。"坏亭危栈，风卷雪糊，赢仆蹇驴，行路艰难与凄清，慨然可见。

此外，李洞在一些送人行旅之诗中对蜀道景象也有所涉及。如《寄太白隐者》诗写山岭高寒之状："云凝藏碛雁，寒嗫入川人。栈阁交冰柱，耕樵隔日轮。"云凝冰柱，碛雁雪藏，春天很少到来，一派冰雪世界。《送东宫贾正字之蜀》则云蜀道长栈疏峰："长栈怀宫树，疏峰露剑州。半空飞雪化，一道白云流。"《送卢郎中赴金州》则云天岭危栈："云明天岭高，刺郡辍仙曹。危栈窥猿顶，公庭埽鹤毛。"《送舍弟之山南》则云听猿吹角："下马云未尽，听猿星正稠。印茶泉绕石，封国角吹楼。"《龙州送人赴举》则写踏月转栈："挈囊秋卷重，转栈晚峰齐。踏月趋金阙，拂云看御题。"《送龙州田使君旧诗家》则云度关挂栈："度关云作雪，挂栈水成澌。"在这些送人之作里，蜀道景象显示出高危、寒冷，是云与雪的世界，因此，在蜀道的长栈白云、峰岭猿声之间，诗人或抒远宦之无奈，或发忆京之苦吟，或搜诗集歌，或自伤困顿，写出其落魄愁苦之怀。

李洞既困顿于科场，又自负于诗坛吟咏，人生落魄失意之痛苦，使他沉醉于"苦吟"，希求飞鸣而声传四海，但现实总是令人悲伤："为话门人吟太苦，风摧兰秀一枝残。"（《寄东蜀幕中友》）虽然苦吟不休，人生仍被寒风吹折。于是，霜月寒云，湿烟柳絮，孤城乱云，长栈叠嶂，这些凄冷愁苦的意象，既构成李洞蜀道诗的清苦声调，也象征着诗人艰难冷重的飘零人生。

### 第四节
### 郑谷、罗隐等人蜀道诗之飘零

郑谷（生卒年不详[①]，袁州宜春人）光启三年（887）擢第。景福二年（893）后方被授京兆府鄠县尉[②]，后以诗名拜右拾遗，历都官郎中。郑谷蹭蹬科场十六年[③]，艰难方登一第；入第七年，才授一尉；长年漂泊巴蜀、荆楚、吴越等地，备尝战乱之苦；仕宦时间短暂，又常奔走在外；昭宗车驾西奔，后于天复二年、三年（902—903）秋归隐宜春，开平四年（910）后离世[④]。郑谷早慧，幼即能诗，后与薛能、李频等交游，名盛唐末。有《云台编》《宜阳集》等文集。广明元年（880），黄巢攻破长安，郑谷初奔巴蜀[⑤]，首尾六年。光启元年（885）十二月至光启三年（887）春，郑谷二次奔避巴蜀，及第之后

---

[①] 郑谷生卒年，学界说法颇多，未有定论，各种意见，可参阅舒越：《晚唐诗人郑谷及其蜀中诗研究》之"郑谷生年考"，2005年四川师范大学硕士学位论文，第2页。王宁：《关于郑谷研究的几个问题》之"郑谷生平记略"之脚注一，2006年厦门大学硕士学位论文，第2页。

[②] 郑谷《结绶鄠郊縻摄府署偶有自咏》诗有"莺离寒谷七逢春"句。郑谷为鄠县尉的时间，谭优学先生认为是及第后不久。赵昌平先生则认为郑谷得第后未能授官，因遭逢蜀中之乱而沿江下荆州，东游吴越，景福二年春入蜀探望柳玭，于同年秋返长安，不久释褐为京兆鄠县尉。王利军认为郑谷在景福元年（892）春释褐鄠县尉，摄京兆府参军。分别见谭优学：《唐诗人行年考（续编）》，前引书，第292页。赵昌平：《郑谷诗集笺注》前言，上海：上海古籍出版社，2009年，第2页。王利军：《郑谷奔亡诗研究》，2006年安徽大学硕士学位论文，第7页。

[③] 郑谷《云台编》序："游举场凡十六年。"

[④] 赵昌平先生将郑谷一生分为五个时期，即早年时期、十年长安时期、漂泊巴蜀荆楚吴越时期、仕宦时期以及归隐时期。参见赵昌平：《郑谷诗集笺注》之"前言"，前引书，第1—3页。

[⑤] 谭优学先生认为郑谷入蜀当在僖宗中和元年（881）（谭优学：《唐诗人行年考（续编）》，成都：巴蜀书社，1987年，第284页）。

为搬取家小三入巴蜀。景福二年（893）春又四入蜀中往探柳玭①。郑谷多次往返巴蜀，流寓蜀中各地，多所题咏。

　　郑谷入蜀，是因为避乱奔亡，故漂泊离乱之情的抒写就成为其蜀道诗的显著内容。诗人首写自身遭受的奔走流离之苦。因为兵乱，众人纷纷奔亡巴蜀，诗人也是其中一员，"乱来奔走巴江滨，愁客多于江徼人"（《巴江》），虽然明知入蜀亦是前途黯然，但也是无可奈何，"所向明知是暗投，两行清泪语前流"（《游蜀》）。诗人暂宿驿馆，因愁闷而一夜未眠，"愁眠不稳孤灯尽，坐听嘉陵江水声"（《兴州江馆》）。行走在细雨迷蒙的嘉陵江边，诗人已经是愁肠欲断，"春愁肠已断，不在子规啼"（《嘉陵》）。诗人一路愁肠来到蜀中，成都的海棠与和暖的锦江也未能让他略展愁怀："海棠风外独沾巾，襟袖无端惹蜀尘。和暖又逢挑菜日，寂寥未是探花人。不嫌蚁酒冲愁肺，却忆渔蓑覆病身。何事晚来微雨后，锦江春学曲江春。"（《蜀中春日》）心绪的烦乱，热闹中的寂寞，酒侵愁肺，茫然无端，诗人的心情可见。蜀中也并非清静之地，诗人入蜀之后奔波于巴蜀各地。他到过巴寰，"惊秋思浩然，信美向巴天"（《巴寰旅寓寄朝中从叔》），奔亡已使人忘记了时节的变化，蓦然来临的秋天带给诗人心灵的震荡，使他在落日蝉声里悲思往事；也在巴山与亲友相遇，"巴山偶会遇，江浦共悲凉"（《颜惠詹事即孤侄舅氏谪官黔巫舟中相遇怆然有寄》），亲友谪宦远地，自己则是穷游瘴村，舟中偶然相逢，俱是怆然。诗人在晚春时节孤舟潼江之上，"潼江水上杨花雪，刚逐孤舟缭绕飞"（《东蜀春晚》），也在花落之时奔走阆州，"云横新塞遮秦甸，花落空山入阆州"（《游蜀》）。也曾流落渠江，"谋身非不切，言命欲如何"（《渠江旅思》），急切谋身却命运坎坷；客舍通川，"渐解巴儿语，谁怜越客吟"（《通川客舍》），长年漂流巴蜀，已经熟悉巴人语言，但却无人能理解诗人的愁苦之声。诗人在岁暮也曾驻留梓潼，"酒美消磨日，梅香著莫人"（《梓潼岁暮》），美酒风物未能解诗人愁怀，反而缭乱了精神，"老

---

① 　赵昌平先生对郑谷四次往来蜀地之情况均有详细考证，可参见傅璇琮主编：《唐才子传校笺》卷9，前引书，第4册第160—166页。王利军在《郑谷奔亡诗研究》文中认为郑谷曾三次入蜀（前引，第6—7页）。

吟穷景象，多难损精神"（《梓潼岁暮》）。停舟通泉，"劳倦孤舟里，登临半日间"（《舟次通泉精舍》），在遂州遇裴晤员外与之话旧，"今日重思锦城事，雪销花谢梦何殊"（《将之泸郡旅次遂州遇裴晤员外谪居于此话旧凄凉因寄二首》），经过普州又去探访贾岛之墓，"水绕荒坟县路斜，耕人讶我久咨嗟。重来兼恐无寻处，落日风吹鼓子花"（《长江县经贾岛墓》），坟墓荒芜，唯有落日余晖映照，风吹落花，只恐怕以后重来时就连荒坟也已经无处可寻了。诗人辗转两川，匹马孤舟，飘零寄食，闻鸟啼巴歌，听孤馆秋声，历瘴雨蛮烟，看寒江落照，梅黄麦绿，或愁眠，或寂寥，或劳倦，或悲凉，或肠断，吟穷景象，却是永夜难消，白发秃鬓，病眼昏昏。诗人虽然厌倦了多年漂泊，却不知道归向何方，正如那只在万顷白波中找不到路途的鹭鸟，眼前只有一片残破的景象："万顷白波迷宿鹭，一林黄叶送残蝉。"（《江际》）其次，诗人在漂泊之中，将国事艰难与战乱未息之叹也贯注在诗文中，使其诗具有了较为明显的时代气息。他在奔走巴江诗中云："诏书罪己方哀痛，乡县征兵尚苦辛。鬓秃又惊逢献岁，眼前浑不见交亲。"（《巴江》）此诗作于黄巢攻陷长安、僖宗奔避兴元时。诗人所云"诏书"，是指僖宗至兴元，下诏诸道出师收复京师，于是各道纷纷征兵。因为遭逢战乱，诗人交往亲近之人也是各自东西，不复相见。在惊惶恐惧的奔亡中，诗人由自身的流离尚能念及国家的不幸与人民的痛苦。诗人还就孟昭图斥责宦官而罹害，特作《蜀江有吊[①]》诗表达其悲伤哀吊之情："孟子有良策，惜哉今已而。徒将心体国，不识道消时。折槛未为切，沈湘何足悲。苍苍无问处，烟雨徧江蓠。"对孟昭图的遭际有惋惜，有愤激，也有对国事的无奈与迷惘。但诗人更多的时候，却是抒发战乱未息带来的生活流落之苦。中秋之时，诗人已无心欣赏圆月美景，而是忧乱，"乱兵何日息，故老几人全"（《中秋》）；在渔舟芦苇之间流落，仍然是兵乱所致，"兵车未息年华促"（《江际》）。不仅中原战乱未息，蜀地亦是兵火时起。诗人说："十口漂零犹寄食，两川消息未休兵。黄花催促重阳近，何处登高望二京。"（《漂泊》）两川交兵，诗人一家飘零寄食，重阳

---

① 赵昌平《郑谷诗集笺注》卷3："僖宗幸蜀，时田令孜用事，左拾遗孟昭图疏论之，令孜矫贬嘉州司户，使人沈之蟆颐津，事见令孜传。"（上海：上海古籍出版社，2009年，第407页）

将近，诗人欲登高望京，却觉得无处可登。其实并非无处登高，而是因为战乱流离使得诗人心绪缭乱而彷徨。淹留蜀地并非其本心所愿，诗人已"渐有还京望"，但由于战乱，道路阻绝，不能遂其心愿，因此诗人希望"绵州减战尘"（《梓潼岁暮》），这不仅是诗人一己之心愿，更应是遭受战火之苦的天下人共同之愿望。诗人说自己"十年五年岐路中，千里万里西复东"（《倦客》），多年漂泊，使得诗人常常渴望能踏上归路，然而战事不断，使其归路断绝了，"更闻归路绝，新寨截荆门"（《奔避》）。诗人反复吟咏无法归去。黄菊清秋之时，诗人孤立渔舟之上，"故溪归不得，凭仗系渔舟"（《蓼花》）；江梅纷飞之际，诗人痴立梅前，"吟看归不得，醉嗅立如痴"（《江梅》）。巴人的竹枝歌让诗人思乡泪尽，"引人乡泪尽，夜夜竹枝歌"（《渠江旅思》）；蜀地的梅黄麦绿又让诗人深感无处可去，"梅黄麦绿无归处，可得漂漂爱浪游"（《游蜀》）。诗人因为"道阻归期晚"，不仅担心"故人衰飒尽"（《蜀中寓止夏日自贻》），更是已令诗人"白发不胜簪"（《通川客舍》）。如此漂泊蹉跎，令诗人感到的不仅仅是年华逝去的悲哀，更是骚雅精神消散的孤独与惆怅："乱离未定身俱老，骚雅全休道甚孤。"（《将之泸郡旅次遂州遇裴晤员外谪居于此话旧凄凉因寄二首》）国家衰落，个体为求生存四处奔亡，忧国伤民的吟唱已经消息了，平生所求之"道"也无从实现，愁闷途穷，白发未尝甘心，但也只能做一个心知"道在"的达士，寻求一种醉翁的隐居之路："达士由来知道在，昔贤何必哭途穷。闲烹芦笋炊菰米，会向源乡作醉翁。"（《倦客》）这种心存道念但身已退隐的生存状态，正是晚唐文人面对现实无可奈何的生活选择，也正是骚雅精神萎缩的反映。

郑谷经历了唐末战乱带来的社会动荡和奔亡漂泊流离之苦，他用诗歌记录漂泊流落的踪迹，也在诗中抒发吟咏流落路途中的无尽的悲愁与哀伤：有对年华匆匆逝去的焦虑，有对身已老而志成空的悲哀；有对战乱阻隔归路的愁闷，有对亲朋近交的挂念；有对国势衰微的伤叹，有对自身流落的伤悲；有对"道孤"的寂寥，也有息心林泉的无奈。诗人或怆然，或悲凉，或愁闷，或凄迷，却始终没有愤然与激昂。虽然也有战乱造成的痛苦，但却没有杜甫的深广与阔大,诗歌中的情感常常是叹息与悲苦①。"声调悲凉"②不仅是郑谷诗歌的总体特征,也是他蜀道诗最为显著的特点。就此而言,郑谷之诗的境界较为狭小,唯搜眼前之景物而刻画之,缺乏高远阔大之境,未能突破晚唐诗风的气息。诗人在朝为官欲进直言,却是"直言无所补"(《顺动后蓝田偶作》),只留下无可奈何之叹息;在国家危难之际欲思拯救,却是"兵革未休无异术"(《奔问三峰寓止近墅》),只落得惊魂奔走,一樽凄凉。面对危局,诗人或是"来谒行宫泪眼昏"(《奔问三峰寓止近墅》),或是"沾洒望銮舆"(《顺动后蓝田偶作》),只能徒然洒落一行忠君忧国之热泪却无任何可实行的救时补弊之策。也正如此,诗人感到强事宦途已无意义,唯有归隐紫阁峰南之旧村消度长日(《自遣》)。在乱离之际,郑谷虽然只有"两鬓年深一镜霜"之"非才"(《感怀投时相》)之叹,只能选择归隐作为人生之归向,在诗歌吟咏之间寄托其精神情怀,但却能立乱朝而洁身自好,亦不苟合取容,已属可贵。正因如此,郑谷之诗虽然兴象无多但却风骨稍具。诗人此时对蜀道山川已无心欣赏其奇异险峻,唯有奔亡的忧伤洒落在蜀道路途之上。

罗隐(833—909③,杭州新城人④)虽英敏能文,却十上不中第⑤,浪迹天涯,从事湖南、淮、润,无所合,最后东归吴越,投靠钱镠,始受器重,屡

① 王利军认为郑谷与杜甫的生活经历极其相似,对社会、人生有相同的感受和认识,其情感低沉,颇近杜甫沉郁之诗风(王利军:《郑谷奔亡诗研究》,前引,第31页)。实际上,郑谷的诗风并非杜甫之沉郁,而只是凄凉。

② 薛雪:《一瓢诗话》第227条,杜维沫校注,北京:人民文学出版社,1979年,第155页。

③ 章培恒、骆玉明主编《中国文学史》以为罗隐卒年为910年(上海:复旦大学出版社,1996年,第257页)。

④ 罗隐籍贯,众说纷纭,有余杭、钱塘、新城之说。谢先模《罗隐籍贯考辨》一文进行辩证,认为罗隐籍贯应为新城(今杭州市富阳区)(《江西师范大学学报》1985年第4期)。李之亮《罗隐年谱补正》则言钱塘新登人(《郑州大学学报》1986年第6期)。刘云霞在《江东三罗考论》中认为罗隐里居的确切说法应该是杭州府余杭郡新城县(2006年厦门大学硕士学位论文,第2页)。陈鹏认为罗隐乃浙江新登人(见陈鹏:《罗隐年谱及作品系年》,《古籍整理研究学刊》2011年第2期)。李定广《罗隐年谱新编》认为罗隐乃杭州新城县人(见李定广:《罗隐集系年校笺》附录七,北京:人民文学出版社,2013年,第1132页)。罗俊卓《罗隐及其诗歌研究》亦持新城之说(2014年四川师范大学硕士学位论文,第1页)。可见新城说已逐渐为学界所认同。

⑤ 李定广言罗隐科举生涯长达二十八年,共考了十多次,终未登第(见《罗隐集系年校笺》前言,前引书,第1页)。

迁官职，终老故乡①。罗隐性格简傲，高谈阔论，感遇辄发，一生诗文著述有十六种之多，但散佚严重。今存诗集《甲乙集》、小品文集《谗书》等，诗文总量在晚唐五代作家中仅次于李商隐②。

罗隐于大中十一年（857）春天经江陵西上，历铜梁入成都。又北上剑门，途中拜见自蜀入江陵任职的丞相白敏中③。大中十二年（858）秋，罗隐离蜀南游④。中和三年（883），罗隐又自长安入蜀，沿蜀道南下，入剑门，至成都。中和四年（884）年底，罗隐自蜀东归⑤。罗隐两次入蜀，足迹所至，皆留下诗作。

罗隐经行蜀道，经筹笔驿，写诗咏叹诸葛亮。面对诸葛亮之遗迹，诗人既有讴歌，也有惋惜："抛掷南阳为主忧，北征东讨尽良筹。时来天地皆同力，运去英雄不自由。"诸葛亮一生心事与谋略，皆遭受挫折，诗人对此感慨颇深："唯余岩下多情水，犹解年年傍驿流。"（《筹笔驿》）既是历史兴亡之叹，亦是自身境遇之感。途经漫天岭，作《漫天岭》诗表达其愤激之情："西去休言蜀道难，此中危峻已多端。到头未会苍苍色，争得禁他两度漫。"两度漫，说明罗隐两次翻越漫天岭。经绵州魏城驿巧遇故人而作《魏城逢故人》，诗歌首先追叙曾两度锦江旧游，"一年两度锦江游，前值东风后值秋。芳草有情皆碍马，好云无处不遮楼"，春秋两度游于锦城，当时草皆碍马，云尽遮楼；后写别情："山将别恨和心断，水带离声入梦流。今日因君试回首，澹烟乔木隔绵州。"与君相别以来，山色与别愁俱断，水声入离梦而长流，思君回

① 《吴越备史》卷2："初从事湖南，历淮润，皆不得意，乃归新登。"《十国春秋》卷84："已而遇罗尊者，以相术劝隐曰：君志在一第，官不过簿尉耳。若能罢举东归霸国，富贵必矣。隐由是从事湖南，历淮润诸镇，复多龃龉不合。"罗隐《答贺兰友书》自述："少而窃禄，自出山二十年，所向摧沮，未尝有一得幸于人。"后归钱镠，则得重用，沈崧《罗给事墓志》记云："及遇我王，录为上介，致之大僚，存没加恩，冀燕可托，原田赒赠，式表初终，儒士于时，亦谓达矣。"按《墓志》所云罗隐官历秘书省著作郎，镇海军节度掌书记，司勋郎中，充镇海节度判官，给事中，盐铁转运使。
② 李定广：《罗隐集系年校笺》前言，北京：人民文学出版社，2013年，第1页。
③ 《罗隐集系年校笺》之《投盐铁裴郎中启》："东经海峤，受下馆于诸侯，西出剑门，泣危途于丞相。"（前引书，第910页）
④ 李定广：《罗隐集系年校笺》附录7《罗隐年谱新编》，前引书，第1140—1141页。
⑤ 李定广：《罗隐集系年校笺》附录7《罗隐年谱新编》，前引书，第1158—1159页。

首相望，唯见烟树茫茫阻隔绵州而不见。游览之景色，知交相思之情致，可谓情韵相胜。经梓潼上亭驿，感唐明皇之事而自伤："山雨霏微宿上亭，雨中因想雨淋铃。贵为天子犹魂断，穷著荷衣好涕零。"（《上亭驿》）唐明皇贵为天子犹遭坎坷，何况穷著荷衣的自己，前途更是令人伤悲。由以上诗作可见，罗隐往来蜀道之上，既感怀时事，亦多自伤，情调颇为沉郁。

罗隐的蜀道行役诗是他前期尚未宦达时期的作品，因此多是抒写个人羁旅穷途的感怀，充满着哀伤、愤懑的情调。在诗人看来，蜀道虽然艰险，但亦好过人世的艰辛曲折。

吴融（？—903①，越州山阴人）龙纪初及进士第②。韦昭度讨蜀，表掌书记，累迁侍御史。去官依荆南成汭，久之，召为左补阙，拜中书舍人。昭宗反正，进户部侍郎。天复三年，召还翰林，迁承旨，卒于是官。有集四卷③。

吴融于龙纪元年（889）佐韦昭度而入蜀，大顺二年（891）随韦昭度离蜀东还④，入蜀路途均有诗作。他应韦昭度聘请入幕，在赴职途中，有《赴职西川过便桥书怀寄同年》诗写其思乡之情："平门桥下水东驰，万里从军一望时。乡思旋生芳草见，客愁何限夕阳知。"万里从军，使诗人生发无限客愁。在愁绪满怀的诗人眼里，所见蜀道之景即是烟锁秦陵浪打汉墙："秦陵无树烟犹锁，汉苑空墙浪欲吹。"又有军中忆江南兄弟之诗，或言离家到剑山征战之事，"二年征战剑山秋，家在松江白浪头"，望关月而流泪，见戍烟而起乡愁，"关月几时干客泪，戍烟终日起乡愁"，关月、戍烟，既是战场境况，亦是诗人心绪愁苦之情，客泪乡愁如此绵长，是因为战事不知何时方能结束，故而不觉羡慕南飞大雁能风雨无阻可到江南："独羡一声南去雁，满天风雨到汀洲。"（《坤维军前寄江南弟兄》）听闻子规鸣声，不觉兴起旧国繁华逝去之悲："举国繁华委逝川，羽毛飘荡一年年。他山叫处花成血，旧苑春来草

① 柏俊才《吴融年谱》定其生年为会昌六年（846）（《文献》1998年第4期）。吴融卒年，岑仲勉《补唐代翰林学士两记》定为天复三年（903），学者多从之。

② 周祖譔、吴在庆先生考吴融虽颇负时望，仍艰于一第，至困举场达二纪之久方等第入仕（傅璇琮主编：《唐才子传校笺》卷9，前引书，第4册第224页）。

③ 傅璇琮主编：《唐才子传校笺》卷9，前引书，第4册第231页。

④ 柏俊才：《吴融年谱》，《文献》1998年第4期。

似烟。"（《子规》）暗雨斜月，愁杀行人。从戎军中，诗人全无一丝壮志豪情，只有满目烟树满心客愁。

乾宁二年（895），吴融去官南迁，经分水岭、七盘岭，皆有诗抒写南迁之悲愁。经分水岭，岭头流水似乎就是那不停息的别离之情，"两派潺湲不暂停，岭头长泻别离情"，流水向南随马通向巴山栈道，向北又随归人抵达渭城，"南随去马通巴栈，北逐归人达渭城"，水流澄清之处可见山峰倒影，而阻隔潺湲之时正如离别断肠幽咽之声："澄处好窥双黛影，咽时堪寄断肠声。"（《分水岭》）①登上七盘岭，诗人更是悲痛难忍："七盘岭上一长号，将谓青天鉴郁陶。近日青天都不鉴，七盘应是未高高。"（《登七盘岭二首》之二）诗人呼天明鉴自己所受之委屈，可是青天不应，应该是七盘岭还不够高吧。诗人如此之悲，是因为他深知此次贬官南去，很难再回到长安了："从此自知身计定，不能回首望长安。"（《登七盘岭二首》之一）吴融受韦昭度之累而贬官②，内心深觉冤屈，故有此悲愤之声。其渡汉江，初尝鳊鱼，也令他惭愧没有早知先机隐退而落得如今穷途恓惶："啸父知机先忆鱼，季鹰无事已思鲈。自惭初识查头味，正是栖栖哭阮涂。"（《渡汉江初尝鳊鱼有作》）又有《涂中偶怀》诗表达其经行路途之上的凄凉哀伤之情："无路能酬国士恩，短亭寂寂到黄昏。回肠一寸危如线，赖得商山未有猿。"

吴融的蜀道诗，反映的是在时事飘荡之际的个人低徊之悲怀。入幕韦昭度的军旅生活，没有激动起诗人壮怀激烈，关月戍烟引起的是客泪乡愁；贬官南迁，更使诗人感受到人生之路的阻隔与绝望。蜀道戍烟与梁山斜月交织在诗歌中，使吴融的蜀道诗呈现出与"靡丽有余"③而暮气沉沉的悲婉之风。

---

① 张淑玉《吴融及其诗歌研究》认为《分水岭》诗是吴融即将进入蜀地所作（2012年四川师范大学硕士学位论文，第10页）。此说应误。此诗有"南随去马通巴栈，北逐归人达渭城"句，"北逐归人"与吴融入蜀情事不合，而与去官南迁相宜，故应是南迁过此而作。《登七盘岭二首》其一有"才非贾傅亦迁官"句，可知《分水岭》诗与《登七盘岭二首》应为同时所作。柏俊才《吴融年谱》将《登七盘岭二首》认为是南迁之作，周祖譔、吴在庆亦认为《七盘岭》诗是吴融南迁过之所作（见《文献》1998年第4期；《唐才子传校笺》卷9，前引书，第4册第226页）。

② 吴融贬官之因，参见柏俊才《吴融年谱》之考证，第37—38页。

③ 傅璇琮《唐才子传校笺》卷9言吴融"为诗靡丽有余而雅重不足"（前引书，第4册第230页）。

高骈（821—887<sup>①</sup>，幽州人）是南平郡王高崇文之孙，家世禁卫，幼颇修饬，折节为文学。僖宗立，迁剑南西川节度，进检校司徒，封燕国公。广明初，进检校太尉，东面都统，京西京北神策军诸道兵马等使，封渤海郡王，为部将毕师铎所害。《全唐诗》卷598收其诗一卷，《全唐文》卷802存其文五篇<sup>②</sup>。高骈颇具文武将略，在战乱的时代立下勋名，是晚唐政坛赫赫有名的人物。他又属情赋咏，雅好文学，诗名在晚唐能文的武臣中位居第一<sup>③</sup>。

咸通十五年（874）十月，南诏侵犯巂州，"渡泸肆掠"，"乃以骈为成都尹、剑南西川节度观察等使"<sup>④</sup>。可见高骈因西川战事紧急，从郓州调离，出任西川节度，入蜀镇抚<sup>⑤</sup>。乾符五年（878）正月，高骈由西川节度使调任荆南节度使<sup>⑥</sup>。

高骈入蜀途中，留下三首诗作。在《赴西川途经虢县作》一诗中，他以周亚夫自比："亚夫重过柳营门，路指岷峨隔暮云。红额少年遮道拜，殷勤认得旧将军。"岷峨路远，西川在暮云深处，红额少年纷纷迎拜于路，表达对诗人的倾慕。在这样的氛围中，诗人不觉豪气顿生。在《蜀路感怀》诗中表达出对时政的关心以及自己的志意："蜀山苍翠陇云愁，銮驾西巡陷几州。唯有萦回深涧水，潺湲不改旧时流。"以深涧之水之萦回不改抒写自身对朝廷之忠诚不

---

① 高骈生年，学者有不同意见，见邵明凡《高骈年谱》，2011年辽宁大学硕士学位论文，第5页。此从邵明凡之说。

② 《唐文拾遗》卷33又辑录高骈文三篇。本文所引高骈诗，皆出自《全唐诗》增订本，不再注出。

③ 李昉等编《太平广记》卷200"高骈"："唐高骈幼好为诗，雅有奇藻。属情赋咏，横绝常流，时秉笔者多不及之。故李氏之季，言勋臣有文者，骈其首焉。"（北京：中华书局，1961年，第1507页）

④ 刘昫等：《旧唐书》卷182本传，前引书，第4703页。高骈任职西川的时间，邵明凡认为是咸通十五年的十二月（见邵明凡：《高骈年谱》，前引书，第16页）。

⑤ 刘昫等《旧唐书》卷182本传记载高骈入蜀后："蜀土散恶，成都比无垣墉，骈乃计每岁完葺之费，鬵之以砖甓，雉堞由是完坚。传檄云南，以兵压境，讲信修好，不敢入寇。"（前引书，第4703页）《资治通鉴》卷252：乾符二年春正月丙戌，"以高骈为西川节度使。辛巳，上祀圆丘，赦天下。高骈至剑州，先遣使走马开成都门"，又"高骈至成都，明日，发步骑五千追南诏，至大渡河，杀获甚众，擒其酋长数十人，至成都，斩之。修复邛崃关、大渡河诸城栅，又筑城于戎州马湖镇，号平夷军，又筑城于沐源川，皆蛮入蜀之要路也，各置兵数千戍之。自是蛮不复入寇。"（前引书，第8297、8298页）

⑥ 司马光《资治通鉴》卷253：乾符五年春正月"庚戌，以西川节度使高骈为荆南节度使兼盐铁转运使"。（前引书，第8317页）

变。在《入蜀》诗里，高骈又表达了对京都的强烈眷恋："万水千山音信希，空劳魂梦到京畿。漫天岭上频回首，不见虞封泪满衣。"梦魂到京，频频回首，不见而泪流满衣，深切地表达出诗人身虽入蜀而心恋京畿的情怀。

高骈的蜀道行役诗，更多反映的是他个人的生活和情绪，国家和时代的危难、社会现实的苦痛，唯有依稀仿佛之态。其诗并无晚唐清苦之音，却多清丽之调。高骈虽为朝廷重臣，却较少关注国家之危局；虽有诗才文笔，却难以抒写民生之苦难。虽有雄才武略，其诗歌却少豪杰雄壮之气。因之，其地位虽高，文学创作于文学风尚却不能发挥应有之作用与影响，"横绝常流"之誉，似为过评。而写蜀道之景，不过是岷峨路隔、蜀山苍翠、深涧潺湲，亦少雄浑之色。

罗邺（生卒年不详①，余杭人②）累举不第，无成而卒。光化中以韦庄奏，追赐进士及第，赠官补阙拾遗③。有诗集一卷传于世。罗邺曾自大散关、凤州入蜀，足迹至彭州、成都、简州、梓潼等地，在蜀逾年以上④。

罗邺入蜀过散关，有《大散岭》诗："过往长逢日色稀，雪花如掌扑行衣。岭头却望人来处，特地身疑是鸟飞。"日色苍白，雪花密飞，人似鸟飞，山岭高峻寒冷，人之微弱凄凉，凄恻之感油然而生。经凤州，登楼北望，则有山水图画之感："城上层楼北望时，闲云远水自相宜。人人尽道堪图画，枉遣山翁醉习池。"（《凤州北楼》）蜀道上的白遥岭不仅令人犹如穿云而过，复又历经春冬二季："鸟道穿云望峡遥，羸蹄经宿在岩峣。到来山下春将半，上

---

① 罗邺生年，闻一多先生《唐诗大系》定为宝历元年（825），《中国文学编年史·唐五代卷》则定于大和五年（831）前后。罗邺卒年，则当在光化三年（900）之前。梁超然先生认为，罗邺生年殆在大和中，卒年当在乾宁间（傅璇琮主编：《唐才子传校笺》卷8，前引书，第3册第477页）。

② 罗邺籍贯，梁超然先生认为应是苏州吴县（见傅璇琮主编：《唐才子传校笺》卷8，第3册第474页）。刘云霞《江东三罗考论》认为罗邺的里贯当为越州（2006年厦门大学硕士学位论文，第3页）。

③ 韦庄：《乞追赐李贺皇甫松等进士及第奏》，见聂安福《韦庄集笺注》，上海：上海古籍出版社，2002年，第462页。

④ 傅璇琮主编：《唐才子传校笺》卷8，第3册第476—477页。刘云霞考罗邺入蜀有两次，一是咸通十二年至十三年，入彭州武宁军节度郭铨幕，二是僖宗光启三年入蜀，投谒东川节度使顾彦朗、梓桐县令韦德孙（见刘云霞：《江东三罗考论》，前引，第12、14、15页）。程至则认为罗邺在蜀确曾游历多地，但彭州、简州、成都三地，在其诗歌中并无反映（见程至：《诗虎罗邺及其诗歌研究》，2013年上海师范大学硕士学位论文，第13页）。

得林端雪未消。"山岭之奇险令诗人不禁讥讽王尊阮籍之胆小:"返驾王尊何足叹,哭途阮籍谩无聊。未知遇此恓惶者,泣向东风鬓欲凋。"(《春过白遥岭》)诗人的豪气与坚韧在蜀道的艰难路程之上得到展现。

罗邺入蜀,曾投赠东川节度使顾彦朗与梓桐县令韦德孙。他在《上东川顾尚书》诗中称颂顾尚书轻财重义、谋略可继诸葛亮:"轻财重义真公子,长策沈机继武侯。龙节坐持兵十万,可怜三蜀尽无忧。"也赞美韦德孙怀才重义有诗才:"前代高门今宰邑,怀才重义古来无。笙歌厌听吟清句,京洛思归展画图。"(《赠东川梓桐县韦德孙长官》)即使如此忍耻颂美,但诗人并没有受到重用:"到来门馆空归去,羞向交亲说受知。层构尚无容足地,尺波宁有跃鳞时。到头忍耻求名是,须向青云觅路岐。"(《留献彭门郭常侍》)诗人辗转流寓巴蜀各地,或迷茫:"一星残烛照离堂,失计游心归渺茫。不自寻思无道路,为谁辛苦竟时光。"(《春夜赤水驿旅怀》)或乡愁:"花开只恐看来迟,及到愁如未看时。家在楚乡身在蜀,一年春色负归期。"(《看花》)或漂泊伤叹:"红泪罢窥连晓烛,碧波休引向春杯。后时若有青云望,何事偏教羽翼摧。"(《巴南旅舍言怀》)或物是人非之悲:"巴山惨别魂,巴水彻荆门。此地若重到,居人谁复存。"(《巴南旅泊》)蜀中求名的失败,使诗人不得不离蜀北上。他在《自蜀入关》诗中叙述其惆怅无依的落寞与凄惶:"匹马出门还怅望,孤云何处是因依。斜阳驿路西风紧,遥指人烟宿翠微。"诗人虽然"文战连输未息机",不甘心功名无成,但却始终是"无人一为棹扁舟"(《嘉陵江》)。诗人无从得举,离家日远,终年不得归家,只能梦里还乡,徒羡南飞雁可以年年到故园了:"却羡南飞雁,年年到故园。"(《巴南旅泊》)

罗邺的蜀道诗,很少关注现实政治的离乱,更多抒写自身的哀愁与失落。科举落第,干谒受挫,入幕冷遇,长期漂泊,无地落脚,"此地又愁无计住,一竿何处是因依"(《夏晚望嵩亭有怀》)的凄惶无依,正是诗人自身境况的真实写照。胡震亨言:"罗邺名场无成,无一题不以寄怨。"[1]正是人生的流离辗转与失意,导致了诗人诗歌风格的悲怨情调。因此,诗人对蜀道的描写,

----

[1] 胡震亨:《唐音癸签》卷8,前引书,第66页。

亦多斜阳驿路、羸蹄孤云。

唐彦谦（生卒年不详[①]，并州晋阳人[②]）咸通时举进士，十余年不第[③]，乾符末携家避地汉南。中和中，王重荣镇河中，辟为从事。光启末贬汉中掾曹，杨守亮镇兴元，署为判官。乾宁、光化年间，任阆州刺史，天复年间，任壁州刺史[④]。后卒于汉中。唐彦谦博学多艺，文词壮丽，至于书画音乐，无不出于辈流，号鹿门先生。有《鹿门集》[⑤]。

唐彦谦在兴元时，有《兴元沈氏庄》《登兴元城观烽火》《奏捷西蜀题沱江驿》《南梁戏题汉高庙》四首诗[⑥]。《兴元沈氏庄》写沈氏庄不仅有水绕藤缠的自然清幽环境，"清浅萦纡一水间，竹冈藤树小跻攀"，而且亦有苍茫厚重的历史人文积淀，"江绕武侯筹笔地，雨昏张载勒铭山"，诗人在此意兴高昂，忘记了愁苦："异乡一笑因酣醉，忘却愁来鬓发班。"《登兴元城观烽火》则写出了雄壮的军威声势，"汉川城上角三呼，扈跸防边列万夫"，如此声势，当令褒姒破颜一笑了："褒姒冢前烽火起，不知泉下破颜无。"《奏捷

———————

① 罗敏中《唐彦谦年谱》定唐彦谦生年为大中二年（848），卒年无考（《中国文学研究》1995年第4期）。周祖譔、吴在庆考其唐彦谦卒年在景福二年（893）左右（见傅璇琮主编：《唐才子传校笺》卷9，前引书，第4册第50页）。郭预衡主编《中国古代文学史》亦从其说，认为唐彦谦于景福二年（893）左右卒于汉中（上海：上海古籍出版社，1998年，第424页）。罗敏中《唐彦谦年谱》则认为唐彦谦在梁唐换代之际还健在（《中国文学研究》1995年第4期）。

② 唐彦谦之籍贯，有晋阳、襄阳、邠州、北海之说，参见金野：《唐彦谦研究》，2010年辽宁师范大学硕士学位论文，第5—6页。

③ 唐彦谦及第与否，存在两说。周祖譔、吴在庆对之考证，认为唐彦谦及第实未可信（傅璇琮主编：《唐才子传校笺》卷9，前引书，第4册第43—44页）。

④ 周祖譔、吴在庆认为唐彦谦任壁州刺史或在景福二年左右，并卒于是任（见傅璇琮主编：《唐才子传校笺》卷9，第4册第50页）。

⑤ 唐彦谦作品真伪及其版本的流传情况，可参见刘莹莹：《唐彦谦及其诗歌研究》之"作品流传考述"，2008年南京师范大学硕士学位论文，第17—22页。

⑥ 杨慎《升庵集》卷55"唐彦谦诗"："唐彦谦绝句，用事隐僻而讽谕悠远，似李义山。如《奏捷西蜀题沱江驿》云'野客乘轺非所宜，况将儒服报戎机。锦江不识临邛酒，幸免相如渴病归'，即李义山'相如未是真消渴，犹放沱江过锦城'之意也。其余如《登兴元城烽火》云'汉川城上角三呼，护跸防边列万夫。褒姒冢前烽火起，不知泉下破颜无'，《邓艾庙》云'昭烈遗黎死尚羞，挥刀砍石恨谯周。如何千载留遗祠，血食巴山伴武侯'，此即唐人题《吴中范蠡庙》云'千年宗国无穷恨，只合江边祀子胥'之句也。《汉殿》云'鸟去云飞意不通，夜坛斜月转桐风。君王寂虑无消息，却就真人觅钜公'。首首有酝藉，堪吟咏。"（影印文渊阁《四库全书》本）

西蜀题沱江驿》则是他参与讨伐陈敬瑄战事的记录:"野客乘轺非所宜,况将儒懦报戎机。锦江不识临邛酒,且免相如渴病归。"之后回到兴元,作《南梁戏题汉高庙》:"数载从军似武夫,今随戎捷气偏粗。汉皇若问何为者,免道高阳旧酒徒。"诗人因参加战事并获胜而气雄。这几首诗之风格并无唐彦谦一贯的轻绮与凄清,也没有迷茫的喟叹与绝望的哀吟,而是表现出与其所谓软媚的"艳情"诗不同的风格情调。虽然如此,但其《罗江驿》诗则体现出哀婉的一面:"数枝高柳带鸣鸦,一树山榴自落花。已是向来多泪眼,短亭回首在天涯。"鸣鸦,落花,泪眼,正是其内心凄怆的现实感受的吟唱。由此可见,唐彦谦的蜀道诗虽然留存不多,其写军威之声势,战事捷报之欣喜,个人意兴之高扬,以及天涯之悲怆,表现出不同的诗歌风貌,显示出诗歌风格的多样化特征。

胡曾(生卒年不详①,邵阳人)咸通中举进士不第。咸通十二年(871),西川节度使路岩辟为掌书记。高骈镇蜀,亦辟入幕府。有《安定集》十卷。

胡曾经金牛道入蜀,有《金牛驿》诗写蜀道:"山岭千重拥蜀门,成都别是一乾坤。五丁不凿金牛路,秦惠何由得并吞。"(《金牛驿》)因为千重山岭的阻隔,巴蜀地域与北方中原地区成为不同的两个世界。由于五丁凿山通路,秦惠王得以并吞巴蜀。胡曾行走金牛道上,既感蜀路之重阻、蜀地之新异,也深味蜀路开通的历史意义。他由秦惠王并吞巴蜀的历史故事来表达蜀路行役之思,增强了蜀道的历史文化意蕴。

胡曾行至剑门,有《剑门寄上路相公启》。他在文中既述潦倒之悲:"感潘生之岁日,已叹二毛。"又抒发应路岩之聘入蜀之心情:"既蒙蜀顾,敢望秦留。"由此可见,胡曾入蜀与其他文人入蜀颇感悲戚的情怀是不同的,蜀道之艰险,于他而言则是"不知剑阁之艰,岂觉刀州之远",故而在他的蜀道诗文中亦难见其悲,反而体现出一种劲健之气。

---

① 蔡镇楚曾考胡曾生年为唐文宗开成四年(839)(见蔡镇楚:《论胡曾的咏史诗》,《邵阳师专学报》1994年第4期)。

崔涂（生卒年不详[①]，江南人[②]）光启四年（888）登进士第。崔涂生逢唐末乱世，穷年羁旅漂泊，流转各地[③]。中和元年（881）七月，唐僖宗避乱至西蜀，崔涂亦避地渠州[④]。崔涂滞留蜀地三年，至中和四年（884）秋离蜀[⑤]。

崔涂入蜀，经行巴山、梓州，留下不少诗作。或夜宿巴江，写其夜色影声，"影摇云外树，声袅月中秋"，也写其闻猿声而悲，"曾向巴江宿，当时泪亦流"（《秋夜僧舍闻猿》）。或奔走巴山道中，深感道路漫长，"迢递三巴路，羁危万里身"，而路途景色乃是乱山孤灯："乱山残雪夜，孤烛异乡人。"（《巴山道中除夜书怀》）除夕之夜，尚在异乡；孤灯之下，其情堪想。漂流蜀道的悲酸真是令人泪下[⑥]。长年的路途行役，令诗人已经厌倦了，"久客厌岐路，出门吟且悲"，因"芳草不长绿"而想到"故人无重期"（《途中感怀》），雪霜危栈堪愁，但却是"鳞鬣摧残志未休"（《途中感怀寄青城李明府》），故而虽已白头却依然行旅不停。诗人在春天感叹"水流花

---

① 崔涂的生年，闻一多先生定为大中八年（854），谭优学先生认为闻说可信（谭优学：《唐诗人行年考（续编）》，巴蜀书社，1987年，第317页）。周祖譔、吴在庆先生定为大中四年（850）（傅璇琮主编：《唐才子传校笺》卷9，前引书，第4册第192页）。张译丹《崔涂及其诗歌研究》则定为大中四年到八年之间（2014年西南大学硕士学位论文，第5页）。何苇《晚唐诗人崔涂研究》则认为其生年当在843—852年之间（2014年安徽大学硕士学位论文，第8页）。崔涂卒年无考，唯何苇推测其卒于大顺二年（891）之后（见何苇：《晚唐诗人崔涂研究》，前引，第9页）。

② 周祖譔、吴在庆先生考证崔涂籍贯为浙江桐庐，学者多从之（见傅璇琮主编：《唐才子传校笺》卷9，前引书，第4册第188—189页）。谭优学先生则认为崔涂籍贯是浙江富阳（见谭优学：《唐诗人行年考（续编）》，前引书，第317页）。

③ 傅璇琮主编《唐才子传校笺》卷9云其"穷年羁旅，壮岁上巴蜀，老大游陇山"（前引书，第4册第191页）。周祖譔、吴在庆先生考其足迹所至，多在江湘巴蜀一带，亦曾游至陇上、申州等地（见傅璇琮主编：《唐才子传校笺》卷9，第4册第193页）。

④ 崔涂《渠州冲相寺题名》云："中原黄贼煽乱，前进士崔涂避地于渠州。春日独游冲相寺，由此登眺，翌日乃归。"

⑤ 傅璇琮主编：《唐才子传校笺》卷9，第4册第192页。周祖譔、吴在庆先生认为《夷陵夜泊》诗是崔涂入蜀途中所作，可见崔涂乃是沿长江经三峡而入蜀。谭优学先生认为崔涂应是中和二年（882）从富阳或湖湘溯江而入蜀，光启元年（885）出峡（见谭优学：《唐诗人行年考（续编）》，前引书，第322—323页）。张译丹认为崔涂是从浙江沿长江一线入蜀，于中和二年春抵达成都，客居蜀地三年，于光启元年离蜀（见张译丹：《崔涂及其诗歌研究》，前引，第8—10页）。

⑥ 贺裳《载酒园诗话又编》云此诗"读之如凉雨凄风飒然而至"，"尤觉刻肌砭骨"（郭绍虞主编：《清诗话续编》，前引书，第388页）。

谢两无情"（《春夕旅怀》），华发丛生；在秋天则见"江上正秋鸿"（《秋宿鹤林寺》），而又须离别远行了。诗人离家万里，唯有梦中归去，其心境如此哀怨低沉，但又无可奈何："力善知谁许，归耕又未能。此怀平不得，挑尽草堂灯。"（《秋宿天彭僧舍》）求仕途而无人引荐，归耕也不可得，只剩下一副"憔悴身"。

避乱奔逃与屡次落第，使崔涂的蜀道行役倍增愁苦和悲伤。诗人落日独行的背影，乱山雪夜孤灯下的异乡人，正是晚唐乱世中文人悲戚命运的映照。崔涂的蜀道诗，正如谭优学先生所云是"开在寒风中的一朵惨淡小花"，可"看作大唐王朝要亡国了的一种时代折光反映"①。

于邺（生卒年不详），唐末进士，有诗一卷②。从留存诗作可见其曾经褒斜道、过百牢关而入蜀。行之褒中，写其雨后之景，"风吹残雨歇，云去有烟霞。南浦足游女，绿苹应发花"，清新而又生气勃勃的景色令诗人忘记了远离故乡的哀愁，直至半夜明月升起远钟声响，方才惊觉已远离京都而在异地了："远钟当半夜，明月入千家。不作故乡梦，始知京洛赊。"（《褒中即事》）斜谷道上所见又有不同，一有千里绵绵山峦，"乱峰连叠嶂，千里绿峨峨"，二有骤雨风多，"远烟当驿敛，骤雨逐风多"（《斜谷道》③），即使路途如此崎岖，但依然是"西南千里程，处处有车声"（《涂中作》）。蜀路上行人车马不断，定当是有利可图，"若使地无利，始应人不营"（《涂中作》），因此只要有利，那么必定是"天涯犹马到，石迹尚尘生"，如果长此奔忙不息，蜀山终究可变平地："如此未曾息，蜀山终冀平。"（《涂中作》）在车马行人的奔忙声中，诗人油然而生出高蹈隐逸之情，"独忆紫芝叟，临风歌旧歌"，并觉悟到只要放下名利则可求得悠闲适意："不因名与利，尔我各应闲。"（《过百牢关贻舟中者》④）和其他诗人的蜀道诗所表现的凄楚音调不同，于邺虽然也有蜀路艰难不平之叹，亦有千里为客的异乡之感，但他更具游赏的乐趣与理性的思考，使其诗歌在唐代末期蜀道诗的衰飒风格中显得别具一格。

---

① 谭优学：《唐诗人行年考（续编）》，前引书，第317页。
② 宋祁等：《新唐书》卷60著录"于邺诗一卷"，前引书，第1613页。
③ 曹寅、彭定求《全唐诗》卷595又著录为于武陵诗（前引书，第6951页）。
④ 曹寅、彭定求《全唐诗》卷595又著录为于武陵诗（前引书，第6951页）。

　　许棠（生卒年不详①，宣州泾县人）奔走场屋三十年，于咸通十二年始登
进士第，时已知命之年。后授泾县尉，又曾为江宁丞，仕途也颇为潦倒。许棠
落第后曾游蜀②，经分水岭，写分水岭之高峻，"陇山高共鸟行齐，瞰险盘空
甚蹑梯。云势崩腾时向背，水声呜咽若东西。风兼雨气吹人面，石带冰棱碍马
蹄"（《过分水岭》），盘空的石梯，奔腾的云势，呜咽的流水，带着雨丝的
冷风，还有冰棱的石道，处处令人胆寒，非亲历不足以描绘真切如此。诗人说
"自古西南路，艰难直至今"（《送友人游蜀》），诗人不仅仅是感叹蜀道的
艰难难行，更是有感于人生仕途之困顿。如此艰险，也正如诗人所言"此去秦
川无别路，隔崖穷谷却难迷"（《过分水岭》），也只此一条道路可通秦川
了。末世文人出路之狭窄与艰难，于此可见。但诗人送樊使君任职龙州，张员
外任职西川，却并不作如此苦寒之语，而是说"曾见邛人说，龙州地未深。碧
溪飞白鸟，红旆映青林"（《送龙州樊使君》），"为郎不入朝，自是赴嘉
招。豸角初离首，金章已在腰。剑横阴绿野，栈响近丹霄"（《送张员外西川
从事》），西南路也并非那么艰难难行了。也许因为樊使君、张员外之进入仕
途正是诗人一直所渴望的机会，因此所表现的情调自是有所不同。

　　张乔（生卒年不详③，池州人④）久困名场，亦难于一第⑤。早年曾隐居，
后漫游各地⑥，以诗驰名。张乔有《谷口作》一诗，可证其曾经蜀道。诗云：
"巴客青冥过岭尘，雪崖交映一川春。晴朝采药寻源去，必恐云深见异人。"
其所表达的情绪与他人的愁苦颇为不同。他送人游蜀的诗也不见凄苦之声，如

---

① 吴在庆《咸通十哲三论》推测许棠约生于长庆二年（822），卒于中和二年（882）或稍后（《中州学刊》1992年第6期）。聂乐根《许棠生平及其诗歌考论》认为许棠约生于长庆元年（821），卒于中和二年（882）以后的某年，寿年至少六十二岁以上（2002年湘潭大学硕士学位论文，第1—2页）。

② 张乔：《送许棠下第游蜀》诗，见《全唐诗》卷638，第7357页。

③ 汤华泉《张乔考论》推测张乔生于文宗开成元年（836）前后，卒年或在昭宗乾宁二年（895）前，或在僖宗末、昭宗初（889年前后），活了五十多岁（见《阜阳师范学院学报》1985年第1期）。王水根《张乔研究》推测其生年当在文宗大和四年（830）左右，卒年最迟不过于大顺二年（891），年龄不超过六十一岁（2006年四川大学硕士学位论文，第4—6页）。

④ 王水根《张乔研究》则认为张乔故里应是浙江杭州（2006年四川大学硕士学位论文，第13页）。

⑤ 汤华泉《张乔考论》言其科场活动达三十余年，也未中一第（《阜阳师范学院学报》1985年第1期）。

⑥ 汤华泉《张乔考论》言张乔的游踪相当广，初到凉州、东北边塞外，北到汾阳，南到南岳，西南至巴蜀，东南至吴越，更是频繁往来荆楚、淮汴（《阜阳师范学院学报》1985年第1期）。

送许棠游蜀，则云"行歌风月好，莫老锦城间"（《送许棠下第游蜀》），《送蜀客》则言"相如曾醉地，莫滞少年游"。其间写旅途之景也颇为萧散，如"带雨逢残日，因江见断山"（《送许棠下第游蜀》），"巴山开国远，剑道入天微"（《送友人游蜀》），"露带山花落，云随野水流"（《送蜀客》）。虽然景象不免幽冷萧散，但却并无凄怆僻涩之音，受贾岛的影响也不是那么显著①。

张蠙（生卒年不详②，清河人③）初与许棠张乔齐名，登乾宁二年（895）进士第④，为校书郎，栎阳尉，犀浦令。后又避乱入蜀，王建开国，拜膳部员外，终金堂令。有集二卷，散佚严重，今存诗一百余首⑤。张蠙入蜀，经嘉陵驿，题诗抒怀："嘉陵路恶石和泥，行到长亭日已西。独倚阑干正惆怅，海棠花里鹧鸪啼。"（《题嘉陵驿》）路恶日晚，诗人之疲惫凄凉心情可见。也感叹贾岛不遇知己之悲："生为明代苦吟身，死作长江一逐臣。可是当时少知己，不知知己是何人。"（《伤贾岛》）难遇知己的遗憾，也是张蠙对自己一生的伤叹："白首成何事，无欢可替悲。"（《述怀》⑥）但在《送友尉蜀中》诗里对西蜀风土山水的描绘颇为清新可喜："人家多种橘，风土爱弹琴。水向昆明阔，山通大夏深。"诗人对友人说，在这样秀美之地为政，可时时登临寄慨："理闲无别事，时寄一登临。"

同时，还有曹松（字梦徵，舒州人）学贾岛为诗，久困名场，年七十余始及第。有集三卷。他在《送僧入蜀过夏》诗中写到蜀道云水绵长、峨眉山木皮

---

① 汤华泉《张乔考论》言张乔虽尊崇贾岛，但其诗受贾岛影响较小，并非贾岛所能范围（前引，第74页）。

② 张海《张蠙考略》认为张蠙约生于武宗会昌末年或宣宗大中初年，卒于前蜀后主王衍当政（918—925）期间，年约八十有余（《求索》2004年第3期）。

③ 周祖譔、贾晋华认为清河乃张宾郡望，籍贯实为池州。学者多从之（傅璇琮主编：《唐才子传校笺》卷10，前引书，第4册第343页）。

④ 周祖譔、贾晋华考张蠙久滞场屋达二十五年以上（傅璇琮主编：《唐才子传校笺》卷10，前引书，第4册第347页）。张海《张蠙考略》则言其在举场二十九年始得一第（见《求索》2004年第3期）。

⑤ 张海《张蠙考略》统计张蠙存诗104首（《求索》2004年第3期）。

⑥ 王安石《唐百家诗选》卷19著录为张蠙诗，洪迈编《万首唐人绝句》卷18、曹学佺编《石仓历代诗选》卷123、《全唐诗》卷567则作崔橹诗。

岭之寒冷，"师言结夏入巴峰，云水回头几万重。五月峨眉须近火，木皮岭里只如冬"，让人不觉看见悠悠长道之上诗人孤凄卑弱的身影。

## 第五节
## 孙樵、蒲禹卿的蜀道壁记赋表之文

晚唐蜀道文学除了诗歌外，还有相关的蜀道文。虽然数量不多，但亦反映出晚唐蜀道文学的创作概貌。其中尤以孙樵为代表。

孙樵（字可之，关东人）大中九年（855）登进士第，约公元867年前后在世。有《经纬集》三卷。孙樵师来无择为古文，于时以文学见称，被誉有"扬马之文"①。孙樵一生出入蜀不止一次，行役蜀道之上，存有数篇相关之文。

据陶喻之先生考证，孙樵入蜀出蜀有记载可循者有四次。孙樵首次入蜀在唐文宗开成五年（840）左右，经散关、褒城、益昌、梓潼一线，有《书褒城驿壁》《梓潼移江记》文留存。会昌元年（841）冬，循原道还秦，有《出蜀赋》。会昌五年（845），孙樵第二次出入蜀，经益昌，有《书何易于》。大中四年（850）左右，孙樵第三次入蜀，经扶风向南走新修文川道入蜀，有《兴元新路记》。咸通五年（864），孙樵第四次入蜀，经梓潼，有《祭梓潼神君文》②。

《书褒城驿壁》一文，作者首言所见昔日"号天下第一"的褒城驿已不复昔日"宏丽"之象，如今是沼污舟败，"庭除甚芜，堂庑甚残"，一片残破。次则借驿吏之口言其破败之因：一是来往之宾甚众，"暮至朝去，宁有顾惜心耶"。二是大小官吏"污败室庐，糜毁器用"，暴横难制，由是褒城驿"日益破碎，不与曩类"。三则借老农之口揭露"举今州县皆驿"之社会凋敝现实与官吏腐败。居官者"囊帛椟金，笑与秩终"，为吏者则"恣为奸欺"，"如此而欲望生民不困，财力不竭，户口不破，垦田不寡，难哉！"全文以记言为

---

① 董诰等：《全唐文》卷794孙樵《自序》，前引书，第3690页。
② 陶喻之：《唐孙樵履栈考——兼论〈兴元新路记〉》，《文博》1994年第2期。

主，寓意深刻，具有较强的现实讽刺意义。

《梓潼移江记》首言涪江秋涨狂澜，"突堤啮涯，包城荡墟，岁杀州民"，荥阳公郑复始至，则"思所以洗民患"，于是"发卒三千"，"别为新江"，以减轻水患。次则叙郑复行猛政开辟新江而成，再则以新江开成后利民之效言郑复之绩，而郑复却以利民之政而受到弹劾，被罚夺俸钱。作者以此而言到："所在长吏不肯出毫力以利民，及观荥阳公以开新江受谴，岂立事者亦未易耶？"愤激之情溢于言表。

《出蜀赋》首先抒写出蜀沿线道路的天险重阻，或言"谲石诡崖"戛天隙斜，"途诘屈而隘穿"，人与马忽而下驰忽而上回，"跬危步之促促，栗若跣而蹈棘"；或睹前人遗迹而发怀古之情："眄山川而怀古，得筹笔于途说。指前峰之孤秀，传卧龙之余烈。尝杖师而北去，抗霸国而此决。曾尺疆之不辟，徒赍志而灰灭。"诸葛亮功业未成而身死，令诗人无限悲慨。诗人写蜀路上之景致，有"怪若虎踞而欲噬"的龙堂，有"状若郁云之始腾"的参差怪石，有泆溏而无穷、包溪怀壑的岩泉洞穴，有桂椒木兰薜萝覆盖的青葱云木，有惨栗阴翳的朝天岭，有委邃洞达的石门，有七折的峻阪，有褒斜之隘束。诗人上历危梁飞栈，下临千仞惊流，"心悸悸而程不敢逸兮，徒憭栗而兴叹"。次语岐雍之通途。出大散关之后，诗人就如"脱足于囚拘"而踏上了"岐雍之通途"，有千里澶漫的田原，有高平草芜的五陵，有广辟天衢，有赫赫白日。岐雍通途与蜀道重阻形成极其鲜明的对比。再言诗人志气受挫之抑郁："夫何疏贡之缺条兮，忽有司之吾斥。曾不得而上达兮，居悒悒而不适。阙庭蔼其多士兮，皆云亟夫贤索。"至此，诗人"抵长都之岌岌，排阊阖而西入"的豪情自信变而为惶恐自疑："忽徊徊以惶惶，蹇东西而独悲。因默默以心计兮，思展转而自非。"最后诗人自我反省云："九衢广其茫茫兮，混埃壒而红飞。漂世波而上下兮，旁穷走而相追，不亦劳乎？"于是诗人息心闾扉，"邀仁义与之为友乎，追五经而为师。徜徉文章之林圃兮，与百氏而驱驰"，追求道德修养，以著文立说为事。诗人历经蜀道险阻而抵达长都，企图有所作为，但最终却失志闲居，反映了士人穷愁抑塞的愤懑之情。

《书何易于》则通过记叙益昌令何易于为民充役、铲除茶树之事来表现其爱民廉洁的品格。何易于治理益昌三年，"狱无系民，民不知役"，贱出粟帛，无馈给往来权势，自出俸钱冀优贫民，治县无盗贼，但其"考止中上"。作者在文中借与民之对答赞扬了何易于不愿厚赋重役以毒民的清正廉明，也揭露了朝廷用人之弊端。最后诗人说："何易于不有得于生，必有得于死者。"何易于最终将留名青史。

《兴元新路记》首先详细叙述了自扶风至褒城县路途之上的驿站、驿里、走向、山岭、路况、石刻等，是一份有关文川道道路情况及其沿途风景的"实地调查报告"①。或写县路居民情况："多美田，不为中贵人所并，则籍东西军，居民百一系县"，"驿抱谷口，夹道居民皆籍东西军"。或写跨岭逾桥路况："自松岭平行又三里，逾二桥，登八里阪，甚峻。下阪行十里，平如九衢。又高低行五里，至连云驿。"或写山岭峡谷情景："自连云驿西平行二十里，上五里岭，路极盘折。凡行六七里，及岭上，泥深灭踝，路旁树往往如挂尘缨，缠缠而长，从风纷然。……凡泥行十里，稍稍下去，又平行十里，则山谷四拓，原隰平旷，水浅草细。可耕稼，有居民，似樊川间景气。"或写涧谷情致："自芝田至仙岑，虽阁路皆平行，往往涧旁谷中有桑柘，民多丛居，鸡犬相闻。水益清，山益奇，气候甚和。"或记其石刻："自白云驿西并涧皆阁道。行十里，岩上有石刻，横为一行，曰'郑淮造'，凡三字，不知何等人也"，"阁上岩甚奇，有石刻。其刻云"，等等。孙樵或写道路险峻难行，或写人文景致，或详或略，疏密有度。最后，又以荥阳公"将济民于艰难"而开通文川道，虽"其勤至矣""无毫利以自与"，却落得"怨咎独归"的结局绾结全篇，使得此文不再是一篇驿路情况的简单记载，而成为一篇颇有深刻寓意的好文②。

以上五篇文章，无论是写褒城驿的残破、文川道的沿途情况，还是叙述何易于、荥阳公以及孙樵自身的遭际，都蕴含着深沉的现实批判精神。何易于、荥阳公为民兴利却遭受非议与惩处，作者怀抱济世之志却只能阖扉著述为事，文章虽以叙事为主，并不专尚议论，"然其言足以垂世而立教"③。孙樵对蜀

① 陶喻之：《唐孙樵履栈考——兼论〈兴元新路记〉》，《文博》1994年第2期。
② 丁恩全《孙樵〈兴元新路记〉创作艺术评析》文，认为孙樵精心组织材料，写成这篇文章，是借荥阳公修路的褒贬揭露晚唐王朝吏治之黑暗（《名作欣赏》2011年第6期）。
③ 吴讷：《文章辨体序说》，罗根泽校点，北京：人民文学出版社，1998年。

道路途的叙述和描写,不仅仅是记述其艰险之情况,更是通过叙述其事来折射晚唐政治之腐败,希望能够有补于治道。

此外,孙樵还写有《萧相国真赞》《刻武侯碑阴》两文。他赞颂萧何"驭物惟诚,在公抗节。再安宗祐,荡扫氛孽"的节操与功绩,也赞扬诸葛亮于艰难之际愤激不顾,"收死灰于蜀,欲嘘而再燃之"之努力,虽然终至功败,亦不过是"天意"使然,而不可因此而短诸葛亮之才智。尤其对诸葛亮,孙樵怀着更深的崇敬之情。他说:"武侯死殆五百载,迄今梁汉之民,歌道遗烈,庙而祭者如在。其爱于民如此而久也!"孙樵对萧何、诸葛亮的赞颂与敬慕,既表现了他在晚唐衰败的社会情状之下对前代英雄功业的追慕,也表达出对救世人才的渴望。他企望能有萧何、诸葛亮那样的乱世之贤才,来挽救衰颓的唐王朝。

总之,孙樵的蜀道文在描写蜀道路途艰险难行之时,更多关注的是蜀道的人文历史。在刻意求新求奇的创作中,更是寄寓着深刻的现实批判与政治情怀。他既"晒山川而怀古",又借蜀道相关之事抒发对现实的愤激与批判,使其文风呈现出条达平实而又情感激切的特点。

蒲禹卿(生卒年不详,成都人)于前蜀乾德四年(922)应制对策,擢右补阙。咸康元年(925)出任秦州节度判官。蜀亡,随后主入洛阳,后主被诛,逃去不知所终。他有《谏蜀后主东巡表》言及蜀道形势。蜀后主王衍打算到秦州巡游,蒲禹卿为此上表劝谏。为了劝阻王衍闲游边垒,既以先帝创业之艰辛言之,告诫其"知社稷之不易,想稼穑之最难",有承周公《无逸》之意;复以道路险恶言之,"且天雄地远,路恶难行。险栈欹云,危峰插汉。稍雨则吹摧阁道,微泥则阻滑山程。岂可鸣銮,唯堪叱驭",复以秦州地恶告之,"秦州敌境咫尺,塞邑荒凉。人杂羌戎,地多疫瘴。别无风华异境,不可选胜寻幽",又以州县凋残供需艰难劝之:"当路州县凋残,所在馆驿隘小。止宿尚犹不易,供需固是极难。"蒲禹卿从先帝开国之艰、路途险恶难行、沿途州县供需艰难、从属众多伤苗损物、引南唐国之疑忌、盗贼成群等方面劝阻王衍"不合轻动"。言之恳恳,痛切直言,既直斥其"但好欢娱,不思机变"之过,又期之以"别修上德,用卜远图"。既痛陈当今社会现状,"今诸州虐理既多,百姓失业欲尽。荒田不少,盗贼成群",又以刘禅、李势乏长远之谋而迅速败亡之事说明"不取直言，不恤政事，不行王道，不念生民，以至国亡，人心何保"的历史教训，即使有山河之险也是不足为凭据的："山河之隘，不足为凭。"反复言说，见其忧国之深。正是因为看到社会的凋敝与国家政权的腐败，蒲禹卿忧心不已，故而在他眼里："看烽火于孤峰，朝朝疑虑。睹望旗于绝岭，日日堤防。是多山足云之乡，即易动难安之境。麦积崖无可瞻恋，米谷峡何足闻知。"蜀道陇水之孤峰绝岭、胡笳清韵失去了动人情思的诗意美感，变成了深重的现实忧患，令人难以发现其美之所在。

总之，从唐敬宗和唐文宗开始，唐王朝的衰败倾覆日益明显①。晚唐蜀道文学的创作者几乎都在科场上长期失意，奔亡漂泊，一生困窘；即使艰难一第，也只能沉沦下僚。尽管他们仍然倾心于政治，眷恋朝廷，怀抱希望，穷其毕生之力，企求进入仕途有所作为（当然也有其谋生之需要），而伴随他们的总是失望、痛苦和无奈。腐败不堪的国事，困窘落魄的生活，艰难屈辱的人生，白发科场，骨肉分离，羁旅奔忙，仕途无望，不仅带给诗人肉体上的痛苦磨难，而且也给诗人在情感与精神上更大的伤害与压抑。这使得他们倾心倾力于文学，在蜀道山水之间咀嚼生活的滋味与苦涩，用着抑扬顿挫的声调喋喋不休地倾诉着他们的穷困和哀怨。

## 小　结

晚唐五代文人精神气脉浸微局促，风容色泽轻浅纤细，但依然可以说是"群星璀璨"②的时期。蜀道文学的创作者人数之众，创作之繁荣，并不亚于前面三个时期③。虽然耀眼炫目的第一流诗人已不多见，更多的是如星月般闪烁的诗人，他们即使不那么明亮，但也昭示着晚唐蜀道文学并不沉寂的态势。晚唐蜀道诗在内容上皆关涉人生指向、现实境遇与政治情怀，文人们在一己的

---

① 司马光《资治通鉴》卷244言当时社会状况："于斯之时，阉寺专权，胁君于内，弗能远也；藩镇阻兵，陵慢于外，弗能制也；士卒杀逐主帅，拒命自立，弗能诘也；军旅岁兴，赋敛日急，骨血纵横于原野，杼轴空竭于里闾。"（前引书，第8003页）可见当时君权衰弱、朝政腐败、社会崩溃之状。

② 吴在庆：《晚唐五代诗歌及其研究述略》，《周口师范高等专科学校学报》2001年第3期。

③ 参见吴在庆：《晚唐五代诗歌及其研究述略》，《周口师范高等专科学校学报》2001年第3期。

悲吟失意之外，也还有些许对现实社会的悲悯与热度。其诗虽然更多沾染着蜀道上蒙蒙烟雨、夕阳冷月、秋风雪栈的悲凉之气，但也不乏一些或雄健、或壮阔、或旷达、或明丽的诗作，如薛能的豪壮，薛逢的雄健，罗隐的愤激等等。晚唐蜀道诗虽然不复初唐时期的刚健、盛唐时期的壮阔，亦不复中唐时期的振作，但在前期蜀道诗歌的流波余韵之中，却变化出别样的美感风韵，正如秋风中的花朵，也极幽艳晚香之美。晚唐蜀道之文，虽有李商隐的委婉沉吟，但更有胡曾不惮剑阁之难的奋进，孙樵垂世立教的愤激与批判，蒲禹卿陇水边垒、民生凋敝的深重忧患。他们在文章中表现出的激烈情感与深切劲健之论，在触目皆是悲凉凄楚之音的晚唐文学中别具光彩，更强烈鲜明地体现出末世文人中尚存不坠的精神气脉。

在晚唐五代蜀道文学中，蜀道山水风物不再是文人的审美重点，也不再是文学作品中的繁密意象，对个人行役情感的书写，对蜀道人文、历史的现实关注与道德思考，代替了对蜀道自然山水的感官体验与表达。蜀道的艰险与雄浑已经不能激发文人们的壮志豪情，而是让他们更加体味到乱世奔亡流离的痛苦与哀伤。蜀道山川的奇丽已经很少被审美观照了，代之而起的是个人的痛苦表现以及对腐败政治的愤激与批判。他们更加关心的是蜀道山河之险与国家政权之维持与稳固的关系。晚唐五代蜀道文学的这种变化，实彰显出它不同于前面三个时期的独特面貌。"蜀道之难"的惊觉之叹已渐渐消弭，政治、军事及其道义的意义日益显现。这既是"殿三唐之逸响"[①]，也是北宋蜀道文学承祧之所在。

---

① 查克宏：《晚唐诗钞序》，影印文渊阁《四库全书》本。

第六章

北宋前期
蜀道文学的沉寂

继晚唐五代蜀道文学的繁荣之后，北宋前期蜀道文学进入了一个沉寂时期。宋太祖、太宗之朝，巴蜀地域局势动荡不宁，入蜀者亦多为武人，不擅文学。当时无论是入蜀文人还是蜀籍本土文人，蜀道行役之作都很少有见留存者，可见当时蜀道之上文人行迹冷落之状。即便如此，也可从北宋前期寥寥无几的文人蜀道吟咏之中略窥新王朝立国之初的文坛面相。

第一节
张咏蜀道诗之议论

张咏（946—1015，濮州鄄城人）是北宋前期在政治上很有影响的文士。仁宗时期，士大夫将他与赵普、寇准并列，是宋兴以来事功最著的三位名臣[①]。他曾两度入蜀，在蜀之作较多，而其蜀道纪行之作留存较少。

张咏的蜀道行役之作，多为抒情感怀。如其第一次奔赴剑南过华山之时作《过华山怀白云陈先生》诗，诗人因怀抱济世之志不愿隐居山林而自称"性愚"，今日赴任剑南，身染俗世之尘而有愧于高洁的"华山云"。诗人的志向与趣味发生着矛盾，使其产生了一种道德上的羞愧感。

张咏第二次行役蜀道之上，有《再任蜀川感怀》诗抒写入蜀心绪。首先感慨身体已衰但仍在宦途，定然惹人惊讶，似乎诗人是眷恋官职不愿隐退，接着诗人以"从来蜀地称难制，此是君恩岂合违。兵火因由难即闻，郡城牢落不胜悲"解释自己再任蜀川之由。蜀地难制，君主委任其治之；兵火兴起，致使郡城残破令人悲悯。诗人临危受命，既显自身才干，又表自身救世之怀，表明自

---

① 刘敞：《公是集》卷41《巷议》，影印文渊阁《四库全书》本。

己并非眷恋官职不去。

他离任出蜀过剑门，作《再任益州回留题剑门石壁》诗。首句描摹剑门高耸山势，"剑门山势碧摩天"，再言治蜀之艰辛，"匹马重来鬓已斑"，最后以西川安靖而自己生还作结："多赖皇明烛幽远，西川无事得生还。"剑门山势虽然高入云天，但在诗人眼里呈现的色彩是碧色的。在明亮的色彩中，透露着一种轻松之感。诗人虽然言自己发鬓斑白、赖君王"明烛"之德治理西川而还，但其间蕴含着对自己治蜀功效的自信①。

由张咏的蜀道行役创作可见，蜀道的自然山川景物不再成为文学创作的物象，这在他出蜀东归路途中所写的《途中》诗中更为明显。诗云："人情到底重官荣，见我东归夹路迎。不免旧溪高士笑，天真丧尽得浮名。"路途之上的景象完全不为诗人所关注，人情的价值观念与自身道德的反省成了诗歌的表现主题。在张咏诗中，"路长天远"的蜀道虽然是情感难以传达的阻隔，但其道德的理性意识对诗歌的抒情本性予以规范和节制，因此显示出极强的议论和道德色彩。

第二节
刘兼、杨徽之等人蜀道诗之清丽

刘兼（生卒年不详，长安人）主要活动在晚唐五代，后入宋。《全宋诗》辑录其诗79首。刘兼因赴任荣州而入蜀，现存诗中多在蜀之作，蜀道行役之诗唯有《蜀都道中》一首。此诗以"剑关云栈乱峥嵘，得丧何由险与平"之情景与感慨发端，剑门关、栈道之险要，山峰峻岭之峥嵘，简洁地描绘出蜀道地形之险要，但地理形势的险峻与平坦并不关系政权的得丧，从成都千年的历史

---

① 江少虞：《宋朝事实类苑》卷9引"名臣遗事"，上海：上海古籍出版社，1981年，第104页。朱子纂辑《宋名臣言行录前集》卷4："张乖崖常称使公（寇准）治蜀未必如咏，至澶渊一掷，咏亦不敢为也。"

演变、更替中即可见出。接着以蜀地先后建立的政权因为昏庸之主、无能懦弱的公卿将士都快速灭亡了，越加见出"得丧何由险与平"之道理。此诗纯为议论，正与张咏、王禹偁之作同一风调。刘兼还有两首送人之作，一是《送二郎君归长安》，一是《送从弟舍人入蜀》，其二郎、从弟皆经蜀道出蜀、入蜀，但诗中多写离愁而少见蜀道物象。对于蜀道漫长遥远的吟咏，往往在他的思归之情中提到，如《初至郡诗》云："锦字莫嫌归路远，华夷一统太平年。"《秋夕书怀呈戎州郎中诗》云："归去水云多阻隔，别来情绪足悲伤。"《登郡楼抒怀三首》诗云："边郡荒凉悲且歌，故园迢递隔烟波。"《春游》诗云："隔云故国山千叠，傍水芳林锦万枝。"等等。蜀道的水云千山使刘兼深感故园迢迢，难以归去。

刘兼虽然浸染晚唐五代习气很深，在诗中也抒写蜀道上的千叠云山隔断了他的故园，使其深感羁旅宦游之悲，使其诗体现出悲苦之情调。但他的蜀道行役诗则以咏史议论而见长。他以蜀地政权的灭亡来表现历史兴亡之感，较少悲苦之音，呈现出理致孤愤之气。

杨徽之（921—1000，建州浦城人）亦是由前朝入宋者，他在后周朝为官时曾和当时的其他大臣，如范质、郑起（《宋史》作"郑玘"）等人上书周世宗建议解除赵匡胤的兵权，受到赵的忌恨。平蜀之后，被任命为峨眉令，十年不得升迁，[①]直到宋太宗继位，才得到召用[②]。

杨徽之以儒学立身，长于吟咏，"每对客论诗，终日不倦"，以至达到

① 陈均《皇朝编年纲目备要》卷1乾德元年十二月"出郑起、杨徽之为县令"（北京：中华书局，2006年，第17页）。以下凡引本书，版本皆同，不再注出。关于宋太祖黜杨徽之之事，杨亿的记载颇有不同："皇朝革命，以周室旧臣不宜在侍从之列，出监唐州方城商税。太祖多遣近臣廉访谣俗，使者即公之故旧，公因言'应天顺人，海内宁一，所宜崇儒术，以厚民风。'使还，具白其语。太祖怒以其讪上，左迁凤翔天兴令，未几，又移嘉州峨嵋令。"杨亿似乎更有一点曲意回护宋太祖之意，他把杨徽之的被黜说成是有人向宋太祖报告了杨徽之的崇儒言论而被宋太祖认为是谤讪朝廷之故，这似乎与宋太祖的治国之论并不太符合，杨亿之言不尽可信（见杨亿：《武夷新集》卷11《杨公行状》）。
② 脱脱、阿鲁图《宋史》卷296《杨徽之传》载，杨徽之以数百篇诗歌献奏太宗，有"十年流落今何幸，叨遇君王问姓名"之语（北京：中华书局，1977年，第9867页）。

"几乎成癖"的程度①，但其文集不存，今可见之作品也较少。他的蜀道行役之作，可见者唯《翠光亭》诗："钓舟浮浅濑，冈舍晚重林。云放千峰出，花藏一径深。"这应是杨徽之经过利州时而作。浮荡浅濑上的钓舟，夕阳下层层森林边的冈舍，显出宁静闲适之貌；密云，千峰，繁花，深径，又显出幽秘秀丽之景。尤其是浮、放、藏等动词的使用，在静谧沉静之中显示出轻盈动态，使得诗境体现出一种生机灵动之感。蜀道之冷峻苍劲，在杨徽之的诗里，表现出一种温丽活泼之美。

杨亿（974—1020，建州浦城人）是西昆体的代表作家，其送别诗中有言及蜀道行役之景色者。如《梁舍人奉使巴中》云："霜天历历巴猿苦，山路骎骎莋马骄。"《大理赵寺丞世长知益州华阳县》云："征车蜀道闻猿苦，祖帐西郊落叶频。"《叶秘书温知蜀州江原县》云："白羽豫州慵草檄，青天蜀道厌摧轮。巴猿杜魄惊乡梦，莫遣霜华鬓畔新。"《苏寺丞维甫知简州阳安县兼携家之任》云："神鸡缥碧马金精，西海桑田一掌平。苜蓿度关风渐劲，莓苔登栈雨新晴。"杨亿以霜天、巴猿、栈雨等意象入诗，书写其友人蜀道行役之景，因是想象之笔，缺乏真切体验，故而重复堆砌而无新意。无论是"剑关迢递"之语，抑或是"青天路险剑为峰"之语，都只是抽象的陈述。不过在凄冷的蜀道意象之外，诗人或以"莫为割鸡轻邑宰，应须叱驭效忠臣"（《大理赵寺丞世长知益州华阳县》）勉之，或以"麈柄清谈且为政，莫贪蒟酱学论兵"（《苏寺丞维甫知简州阳安县兼携家之任》）劝诫之，蕴含着严正的道德价值观念。

此外，尚有赵湘（959—993，衢州人）《送周洞之蜀》诗与之不同调。赵湘在诗中以蜀道之剑阁、千山、高树、巴猿等地理名物入诗，表达其离别之愁绪。迢迢蜀道，异国千山，参天碧树，夕阳猿声，这一系列意象营造出周洞行路之难与凄凉的氛围，其苍秀之风与晚唐蜀道诗同一风调，而与张咏、王禹偁之蜀道文学迥异。燕肃（961—1040，青州益都人）喜为诗，创作甚富，但留

---

① 杨亿：《武夷新集》卷11《杨公行状》。陈鹄《耆旧续闻》卷9："夏文庄举制科，对策罢，方出殿门，遇杨徽之。见其年少，邃邀与语，曰：'老夫他则不知，唯喜吟咏。'"（北京：中华书局，2002年，第377页）

存较少，其蜀道诗可见者有《剑阁》诗。首言剑阁高峻之势、中分关城，"剑耸秋峰积霭昏，关城遥向望中分"，次写绵绵青山、白云环绕人家，"触新百堵连青嶂，依旧千家住白云"，再画岩寺涧声，"松桧影随岩寺出，管弦声杂涧声闻"，全诗层次分明，具有画面感，既有静态的远景描绘，也有动态的近景想象。百堵青嶂，白云千家，松桧岩寺，管弦涧声，既描画出雄奇秀丽的剑阁胜景，又营造出清新空灵的意境。燕肃此首描写剑阁之诗的风格近于王维。姜遵（963—1030，淄州长山人）亦作有《剑门关》诗。首写剑门山倚天之势，因山设关，"极目双峰剑倚天，重门因设据高山"，次写城邑居民皆处石水之间，"城隍尽枕溪岩畔，井邑全居水石间"，生动表现了剑门关山高、多石、多水的自然地理形态。姜遵不以诗见称，故以所见之景直言写出，显得明白浅易。

由以上文人的蜀道创作可见，那些赴任蜀地的文人很少在诗文中记录他们的蜀道行役经行之地，往往只抒写途中的感怀与体悟。而那些送人入蜀之作则在诗中想象其人蜀道行役之情景。张咏的牢落之悲，刘兼的水云阻隔，杨亿的霜天猿苦，赵湘的剑阁千山，燕肃的秋峰昏霭，姜遵的剑峰重门，皆表达出他们对蜀道山水的心理感受。剑关、路危、巴猿、蜀魄、千峰、深径，既是他们对蜀道的观照，也折射出他们的心灵意绪。他们的蜀道文学无论是情感还是格调，都体现出晚唐余音。

第七章

北宋中期蜀道文学的重振

北宋中期蜀道文学创作队伍壮大，作品数量丰富，形成了北宋蜀道文学独具面目的风格特征。由于巴蜀地域的稳定对北宋王朝统治的重要影响和作用，大量入蜀的文人中，不仅有政治名位较为显赫者，如赵抃、张方平、文彦博、韩琦、薛奎、范纯仁等，也有文学声名较著者，如宋祁、蒋堂、石介等。他们既是北宋政坛的能臣，也是蜀道文学的主要创作者。他们行役蜀道之上，"赋诗以张其事"[①]，抒写出北宋蜀道文学独特的情怀与精神气象。

## 第一节
## 宋祁蜀道诗之典丽

宋祁（998—1061，安州安陆人）因在嘉祐二年、三年（1057—1058）知益州而入蜀。他在蜀地，兴学传道，奖拔诸生，重视农业，清理刑狱，在短时间内就使得蜀地"风化大洽"[②]。其一生著作甚丰，本有文集一百五十卷，已散佚。清四库馆臣辑得宋祁诗文，编为《景文集》六十二卷。[③]

宋祁入蜀出蜀之线路，据其诗文可知其经行陈仓散关道至汉中，再经金牛道至剑门而入蜀，行路之上多有诗作。

宋祁从京师出发，行至陕郊，有《次陕郊》诗。诗人以"惊风吹客梦，西落剑南天"发端，言赴任剑南之事。次言黎明出发，所见沿途之景，既叙车

---

① 刘弇：《龙云集》卷24《诸公纪赠四谢诗序》，丛书集成续编本。

② 袁说友等：《成都文类》卷48吴师孟《宋尚书画像赞》，赵晓兰整理，北京：中华书局，2011年，第938页。

③ 关于宋祁诗文集的版本和留存情况，祝尚书先生有详细的考述，参见祝尚书：《宋人别集叙录》卷3《宋景文集》，北京：中华书局，1999年，第116—121页。

马所至："俯轮千仞底，仰辔百寻巅。凭高一以眺，野气正苍然。"又写所见之物："崖奔仆僵树，湍躁啼荒泉。羁禽易去木，奔麕不择阡。"千仞百寻，状谷之深山峰之高；野气苍然，显其山野之广阔。枯树倒卧，湍流鸣响，飞禽离木，野鹿逃奔，状其荒凉之景。树僵，湍啼，既状树木生命枯萎、湍流幽咽之声，也表现了诗人此时低落之心境。目睹此景物，诗人不觉兴起离京之叹："抚物重增叹，去邦邈以绵。"最后诗人以"何为久行役，坐使欢心捐"之自问作结，给人一种思绪无尽之感。行至散关，则有《散关》诗写其登临之感："磴道何盘盘，百步人一憩。"至山顶，则已无人执守其关了："弭节高山颠，关存不置吏。"对此景象，诗人认为乃是当今天下太平有道所使然："昔缘暴客须，今为有道废。"至汉江，作《望汉江》诗，既写汉江所见之景，"岸翠山烟逼，波红日影来"，也见舟船往来而思人才之忧："万艘徒扰扰，谁是济川材？"出梁州城外，作《城外》诗，写雪融晚霞之景："野雪融残素，岑霞就暝殷。"行路之上，见梁州风俗，作《敝俗》诗，写其人情世风之敝："士阙游卿校，人争倚市门。推埋时结客，博掩竞成喧。"诗人问道：不知谁来改变这样的陋俗呢？至望喜驿，见驿壁上其友咏嘉陵江之诗刻有感而作诗两首。一写怀归之情，"此地怀归心自苦，不应空枉夜滩声"，再写离别之愁，"便使滩声能怨别，此愁不独北归人"（《次望喜驿始见嘉陵江得予友天章张文裕西使日咏嘉陵江诗刻于馆壁有感别之叹予因戏答二章他日见文裕以为一笑》）。至剑门，作《入蜀》诗，首写剑峰重叠之势，"剑峰重叠抱巴天"，又感慨往昔奸雄据此僭越，"从昔奸雄窃慨然"，有此天险，但也不能阻止历史兴亡更替。至罗江，作《题罗江翠望亭兼简西游君子》诗，写其剑山向北以状其天险之势，而树则偏向巴西似有送走客愁之意，想象颇有韵味。最后则以怀远思归为结，"凭君且作刚肠忆，怀远思归易白头"，表达其强烈的思乡情感。

由上可见，宋祁入蜀行路之上，心绪较为低沉，既有羁旅行役之感伤，也多为国之思。远离京师亲友，则兴行役之苦与头白之叹。见汉江船只穿梭，则忧济世之人才难得。目睹剑门之险要，则感奸雄据此兴乱而不长久。在行役客愁之间，表现出一种深刻的理性思考。

宋祁出蜀，有《将归》诗云"云栈短长亭，今兹重作经"，可见其乃是沿入蜀之线路离蜀。经梓潼，游张亚子庙，作《次梓潼》《张亚子庙》诗。
写梓潼秀色，"行行芳序深，秀色媚诸岑。早叶易经吹，暖云难久阴"，写狄
啸凫戏，"拥条孤狄啸，戏荇一凫沈"，称扬张亚子"生作百夫特，死为南面
孤"，英名与潼水长存。经剑门，作《次剑门》诗，首言离任而还，"昔驱千
骑往，今解五鱼还"，写其春风空山之景，"春风来迥野，晓斗挂空山"，也
有自怜之情："谁惮老销髀，自怜生入关。"经栈道，有《初入蜀州阁道作》
诗，首云再行栈道，"缘云栈脚转嵯峨，使者重来叱驭过"，次写阁道之景
色，"杜宇有冤啼夜月，女萝凭鬼护山阿。岩深树气埋苍雾，峡窄江形束素
波"，再叹行役年衰之苦："自问一春行役苦，带环移眼奈衰何。"至利州，
见桃李盛开，作《二月一日次利州见桃李盛开》诗，写蜀地雪融春来之景而起
思念故园之情："解把清香与行路，教人长忆故园春。"过三泉县，游龙洞，
有《三泉县龙洞洞门深数十步呀然复明皆自然而成》诗，写龙洞洞门"一线
通"之狭窄，但入其洞则别有一番景致：有生长半岩壁上的树木，有森竹飞泉
重萝遮蔽，因岭断而可见青天，因崖壁倾倒可见红日。最后诗人说："浮丘邈
难遇，留恨翠微中。"如此仙境当有神仙，但神仙是很难遇的，所以只能徒留
遗恨了。过朝天岭，作《朝天岭》诗。既写滩声怒吼，山气昏林，又写山谷禽
鸟鸣啭，尘留马蹄来往痕迹。宋祁出蜀颇有一种闲游之情，对蜀道上之自然风
景与人文遗迹皆作胜游，并详细描绘其景，抒发其感。与其入蜀之犹疑、怀归
之心绪颇有不同。

　　宋祁的蜀道行役诗在内容上不仅描绘蜀道景象，抒发个人羁旅行役之情，
而且也反映出时清人和的社会情势。凡是目中所见、耳中所闻、身之所历、心
中所感，均写为诗[①]。在艺术风格上，宋祁的蜀道诗也独具特色。首先，他的
诗既不同于张咏、杨徽之的温丽平易，也不同于杨亿、徐铉的雕琢空洞，而是
表现出博奥典雅之风。他在用字、语词方面，往往显得较为古奥；在篇章结构
上，也注重技巧安排，所以他的诗读起来并不令人感到平滑流畅，而是颇有诘

---

① 宋祁《景文集》卷48《西州猥稿系题》云："凡再期之间，身事交逼，操楫佐辕，伎不两工，故
于他论著不遑及也。惟览山川、采谣俗、观风云怪奇、草荣木悴、岁时故新、朋昵判合，时寓诸诗。"
（影印文渊阁《四库全书》本，第437页上。也见于曾枣庄、刘琳主编：《全宋文》卷516，上海：上海
辞书出版社，2006年，第326页）

屈之感①。其次，他又不同于魏野酬唱的道学气、赵湘的晚唐诗风，而是在将情感与风力相结合，形成了一种既不失情韵又不流于柔靡的雅健诗风。总之，宋祁的蜀道行役之诗，既体现出蜀道的野气苍然，反映了北宋中期文人入蜀的行役心态，也标志着文学创作逐步突破前代文学的藩篱而建立自身风格的努力。尤其是他所体现出的创作技巧与风格，显示着宋代文学自身风格的建构方向与道路②。

## 第二节
## 赵抃蜀道诗之清逸

赵抃（1008—1084，衢州西安人）在政治上"群而不党"③，为御史时，弹劾不避权幸，颇有清誉。④ 赵抃多次入蜀为官，文同说："蜀之人三十年中凡五见公矣。"⑤他以宽爱治蜀，获得了蜀人由衷的爱戴，是治理巴蜀地域的贤能干吏。

---

① 宋祁为诗的险奇和艰涩，用难字僻字，用险句，这些特点，起到了两方面的作用。一是对宋代诗坛平滑诗风的一种反拨，表现了宋人在唐诗圆熟浑厚的风格之外，力图自创新体的努力和探索。另一方面，宋祁这种以生化熟的作诗方法和途径，成为后来黄庭坚以及江西派诗人诗歌的先声。

② 谢思炜先生认为"宋祁诗无论在内容上还是在表现形式上，均为宋诗的一个重要流派打开了路子"，"在西昆派与江西派之间还有一个中介，就是宋祁"（见谢思炜：《唐宋诗学论集》之《宋祁与宋代文学发展》，北京：商务印书馆，2003年，第197页）。黄庭坚的诗法正是宋祁的为诗之法，黄庭坚的宗祧所在正是宋祁。黄庭坚也如宋祁一样，入于昆体但又不围于昆体，而能自出新意，他沿着宋祁的文学创作方向继续向前，并更加凸现和强调，后来更有江西诗人的加入，宋诗最终完成了自身特点与自身范式的建立。

③ 《四库全书总目》卷152《清献集》提要。

④ 叶梦得《石林诗话校注》卷上云"赵清献公以清德伏一世"（逯铭昕校注，北京：人民文学出版社，2011年，第1页）。《宋史》卷316《赵抃传》："弹劾不避权幸，声称凛然，京师目为铁面御史。"（前引书，第10322页）

⑤ 文同：《文同全集编年校注》卷29《拈古颂序》，胡问涛、罗琴校注，成都：巴蜀书社，1999年，第938页。

从赵抃现存相关诗作可知，他经华阴县、两当驿、飞仙岭、青泥岭、铁山铺、三泉县，入剑门关，过左绵，到成都。有诗记其行止和行路情思。

赵抃第二次受命赴蜀，分别作《再有蜀命别王居卿》《入蜀先寄青城张遴先生》两诗表其心志。他对王居卿说，从山东的穆陵关、岱岳山又到剑门关、蜀道山，有谁怜惜我已两鬓斑白了呢？但受皇帝亲命入蜀，故而不辞艰难而愿为国家尽己忠心，再次不畏艰险而入蜀："叱驭重行君莫讶，古人辞易不辞难。"既有行役辛苦之叹，本可辞去任命，但受到君主之信任，又激发出诗人的报国忠诚。又在寄张遴的诗里，再次讲到受诏命入蜀，将驰驿五千蜀道、过百二秦关入蜀："蜀道五千驰驿去，百二秦关拂云开。"驰驿、拂云，显示其道路漫长艰险但又速度迅疾，有一种轻快的格调，并将自己的再度入蜀与前朝两位入蜀大臣吕余庆、张咏相比："不同参政初时入，也似尚书两度来。"赵抃在此应蕴含着镇抚绥靖巴蜀地域之功的寓意与自许。由此可见赵抃赴任蜀道之忠烈，此种心志对其行役蜀道之情绪必然发生着重要影响，对其蜀道行役诗作亦有着相当亲切之影响。

赵抃入蜀过华阴县，作《再得成都过华阴》诗。诗中首言为报君恩而愿为其分忧镇抚巴蜀，"孤臣何以报君恩，愿泽坤维轸虑分"，讥笑张咏不愿入蜀之事，"却笑乖崖懒重去，有诗羞见华山云"，可见其耿耿忠心。过三泉县，游龙洞，作《题三泉县龙洞》诗。诗人不觉蜀道连绵群山攀登之难，而是怀着游赏之心，故而说"蜀道群山尽可名，更逢佳处愈神清"，遇到胜景佳处越发觉得神清气爽，兴致勃勃，因此有探秘龙洞之行："初疑谷口连云掩，入见天心满洞明。"龙洞谷口云雾缭绕，进入洞中却豁然敞明，既见如虎豹的嶙嶙怪石，又见如琼瑶般溅落的飞泉。此诗与宋祁写龙洞之诗相比，显得平易晓畅。过飞仙岭，有《和六弟过飞仙岭》诗，表达其游观愉悦之情，"云岭观游讵肯劳，飞仙岭过稳翔翱"，途遇飞石，亦显怀道自信之态："磷磷崖石有时飞，吉士何尝中祸机。刺史击强宜默助，害盈谁谓鬼神非。"（《和六弟飞石》）嘉陵江舟行途中，又作《入蜀舟中逢春》《入蜀江上对月》诗。前者写春天到来令诗人羁旅情怀顿开，他以野禽的鸣声、春草的绿色、风吹水上的波纹、日光中的山色入诗，既显自然界之生机，亦表达其欣悦之心绪。后首则写明月映照江水，月光之明、之清令琴声暗淡，令诗亦显深幽，诗人沉浸在这样清幽的月色中，斥言闲云不要遮蔽了明月而扰乱其雅兴："闲云勿轻蔽，有客坐孤舟。"斥言闲云，看似无理，却蕴含着天真意趣。那轮高悬天际的明月，犹如友朋陪伴着此时羁旅孤舟中的诗人，其明亮幽洁之光，亦如诗人高洁清幽之心灵。过绵州，作《过左绵偶成》诗。再次申述入蜀不畏蜀道艰险之意，"徙蜀何须问险艰"，与民同乐令诗人忘却了衰老："与民共约三春乐，顾我都忘两鬓斑。"抵达成都，有《至成都有作二首》。首言自己四十年之仕宦，"四十年间利禄身，平生疏拙任天真"，蜀道虽然崎岖，但却能矍铄据鞍："西指梁岷路屈盘，犹能矍铄据征鞍。"不见衰疲之气。又言去国入蜀之行程，"去国早逢关右雪，下车还入剑南春"，关右雪，剑南春，既言行路时间之长，也明距离之远。又写两地全然不同之节候："峰耸云妆银世界，江深春动锦波澜。"诗人最后说："为怜锦里风光好，不倦从来作主人。"可见赵抃入蜀之愉悦之情。

赵抃经剑门关出蜀，作有两首题咏之作。《留题剑门东园》诗首言剑州乃是蜀门咽喉之地，是抵御寇贼的要隘："在昔御狂寇，如朽施巨拉。"而今时平则付"良守"，政务之余，于东园饮酒谈笑。又《乙巳岁渡关》云"谁云蜀道上天难，险栈排云彻万山"，既抒豪壮之气，又表现出栈道排云而上之险之幽深，有栈道可行，所以可履栈道而上天。此乃针对李白"蜀道之难难于上青天"之论而发，比之李白之伤叹，更显无畏之勇气。"我愧于时无所补，十年三出剑门关。"由此可见诗人之勇气来自他渴望有补于时之志向。

赵抃第五次入蜀，经两当驿，作《熙宁壬子至节夕宿两当驿》诗。首言出发至两当驿，已行二千七百余里路程了："里数二千七百余，两当冬夜宿中途。"诗人夜宿于此，想起自己已经是第五次入蜀了，"举朝五往东西蜀，还有区区似我无"，羁旅行役之感显明。

又有《过铁山铺寄交代吴龙图》和《过青泥岭》诗。从诗中"西望""青泥寒晓入云登"，可推测两诗乃是离蜀时经行蜀道之作。过铁山铺，诗人晨兴回望西蜀，思想旧时朋友，不觉兴起年华老去、世态冷落之感："年光头鬓华如雪，世态心情冷似冰。"在此山驿之中寄诗友朋表达离别思念情意，而自己又将要攀登高入云端的青泥岭了。在《过青泥岭》诗中，诗人又不免豪情顿生："老杜休夸蜀道难，我闻天险不同山。青泥岭上青云路，二十年来七往还。"在老杜惊叹的险难蜀道之上，诗人已经七次往还了，所以诗人开篇即言"老杜休夸蜀道难"，蜀道对怀抱忠诚之心的诗人来说并非那么艰难了。

赵抃的蜀道行役之诗呈现出一种雅正平淡之风。赵抃不仅在思想上自觉以儒家道德标准要求自己，其在文学观念上也与传统儒家的诗教观一气相通，他崇尚雅正之诗，而鄙薄如"郑风"一类靡丽流荡的诗歌。因此，赵抃注重诗歌表达道义的内容，要求诗歌要有传统诗教的"风义"在。其《寄酬梓路运使赵诚度支》诗云："谓予尝有一日雅，豪吟纵笔高泉倾。三章落落字字好，开缄与雪争瑶琼。置邮亟来发以诵，齿牙冷切胸怀清。岂徒感服为文字，所得风义推诚明。"赵抃认为赵诚的诗好，不仅是因为语言的清澈明净，更是因为赵诚在诗中表达出诚明的道德心性。他在《题杜子美书室》诗中赞美杜甫："直将骚雅镇浇淫，琼贝千章照古今。天地不能笼大句，鬼神无处避幽吟。几逃兵火羁危极，欲厚民生意思深。"赵抃赞美杜甫诗歌照耀千古，是杜诗继承了诗歌"骚雅"传统，在诗歌中饱含着对民生的深厚情感和含蕴着深刻的寓意。在《勉郡学诸生》诗中赵抃把他的雅正诗学倾向说得更为明白："济时事业期深得，落笔词章贵不空。道有未充须自立，莫将荣悴汩于中。"他告诉诸生诗歌不能空洞浮华无物，必须有道充盈在词章中，即使是五彩斑斓的文章也须有君子的人格气质在内，"豹变文章重君子"（《杭州鹿鸣宴示诸秀才》），所以赵抃对白居易也甚为推崇，他说："我爱白司马，有言来谒祠。才名千古照，忠义一生奇。谏切宁思禄，谪行却罪诗。如何江上客，惟道琵琶词。"（《江上白乐天祠》）他对人们只提及白居易的琵琶词而不论及白居易一生的忠义之心深为不满："谁谓乐天虚白意，只传诗句落人间。"（《虚白堂》）赵抃无论是对时人诸生，还是对杜甫、白居易，称赏的是他们诗歌中那种具有骚雅传统精神的诗歌。他在《张景通先生书堂》诗中云："其徒识所归，归雅不归郑。今时自薄恶，先生自醇正。"并说"忧弊以文救，敌邪以道胜"，赵抃赞扬张景通不为当时"归郑"①之诗，而自为文雅醇正之诗，把道贯注诗文

---

① 阎若璩《尚书古文疏证》卷5下"第七十三"："郑声淫而放之"，"放之之意曰郑声淫，又曰恶郑声之乱雅乐也，某是以敢谓淫奔之诗"。阎咏《尚书古文疏证·附录》"诗二"："圣人言郑声淫者，盖郑人之诗多是言当时风俗男女淫奔，故有此等语。"（影印文渊阁《四库全书》本）赵抃所谓"归郑"的世风，即是指淫艳流荡的风气。

中以救文弊。宋人赵善括认为赵抃诗有陶渊明的古淡之风，[①]明代杨准《嘉靖汪刻本清献公文集序》说："诵其诗，冲淡如陶。"[②]也是说赵抃诗像陶渊明诗一样冲和平淡，清代贺裳《载酒园诗话》认为赵抃诗"尤尚平淡"。[③]对于赵抃诗歌的平淡特点，蜀人文同有比较具体的论述："其言温厚有法，与前辈俯仰，殊不为彼此之异同。每谓人曰：是等语，洁而不拘，丽而不淫，孤飞绝驰，盖二百年前有此耳。"[④]文同认为赵抃诗歌颇具唐人之风，与西昆之富艳不同，而是与"二百年前"的古人之诗相近。吴之振亦云："清献诗触口而成，工拙随意，而清苍郁律之气出于肺肝。"[⑤]他认为赵抃诗歌自然随意，不假雕琢。不过赵抃诗中平淡之风，是通过他的高洁淡泊心性过滤之后的平淡。

由赵抃的蜀道行役之作可见，前代文人们"蜀道难"的咏叹已经完全不复存在了。并不是蜀道的里程缩短了，而是诗人的精神和心态变化了。蜀道山峰仍然那么高，栈道仍然那么长，但是诗人却不辞远行赴任巴蜀，一方面是道途风光之胜，可供诗人观游，更重要的是，诗人抱有为君分忧的忠诚之心和渴望有补于时的志向抱负。如此，又岂会再有"蜀道难"之叹息与伤感呢？

赵抃的蜀道行役诗对蜀道地理景观的描绘是稀疏的，而叙述与抒写情志的密度增加了。这种风格特征既是宋诗格调的表现，也是北宋中期文人精神风貌的反映。赵抃进一步剔除了蜀道的景观意象，而更多代之以个人心志与道德情操的表达。这使蜀道文学从蜀道地理自然景观的描写更多转向对文人自身思想的关注。因此，在风格上，文学性减弱了，而成为生活、人生以及思想的记录。

---

① 赵善括《应斋杂着》卷4《赵清献帖跋》云"有渊明古澹之风"（影印文渊阁《四库全书》本，第41页下）。

② 转引自祝尚书：《论后期"西昆派"》，《社会科学研究》2002年第5期。

③ 贺裳：《载酒园诗话》，清诗话续编本，上海：上海古籍出版社，1983年，第409页。祝尚书先生说赵抃诗受西昆体影响较大，认为赵抃"婉丽浓妩"的诗只是一部分，且饶有唐人风味，而某些作品又比较平淡（见祝尚书：《宋代巴蜀文学通论》，成都：巴蜀书社，2005年，第118页）。

④ 赵湘：《南阳集》后跋，影印文渊阁《四库全书》本，第348页下。

⑤ 吴之振：《宋诗钞初集·赵抃清献诗钞》，北京：中华书局，1986年，第185页。

第三节
石介蜀道诗之诗兴

　　石介（1005—1045，兖州奉符人）于天圣八年（1030）登进士，历任郓州观察推官、南京留守推官等职，后为国子监直讲、太子中允、直集贤院。石介为国子直讲时，正值吕夷简罢相，仁宗进用韩琦、范仲淹、富弼、杜衍等人，他喜而作《庆历圣德颂》，歌颂朝廷退奸进贤，不指名地斥权臣夏竦为"大奸"。①后新政失败，石介出为濮州通判，未赴而去世。有《徂徕集》二十卷存世。②石介作为北宋古文运动的著名人物，在学术上以极斥佛老之学大倡儒学之风而成为宋代儒学的先驱，在文学上则以扫荡杨亿为代表的"西昆体"、主张文道一元论③而将其儒家文教观推向极端。

　　宝元元年（1038），石介南京秩满，以父年老请于吏部，代父远官，遂任嘉州军事判官。是年夏天，他出潼关，过骊山，经大散关、飞仙岭、泥溪驿、柳池驿，又由栈道转嘉陵江舟行，入剑门关，经绵州，九月抵达嘉州，莅任才一个月，因母亡，即归家奔丧。

　　石介经行蜀道，即景咏怀，抒情写志，留下不少诗篇。过潼关，即首言治国三策，认为以仁义守国乃"天下无能敌"，而今驱马过潼关，思及唐玄宗安史之乱，从而说明"重门徒尔设，官吏安所职。始知资形势，不如修道德"（《过潼关》），诗篇似一篇政论文，很少诗歌情韵。过骊山温泉，作《过温汤》诗，也是以唐明皇荒淫误国之事告诫后人，可谓一篇史论。不过在其《初过潼关值雨》和《雨晴赋一绝》两首诗中可见出石介入蜀之情感。或言"扬

---

① 石介《徂徕石先生文集》卷1《庆历圣德颂》："大奸之去，如距斯脱。"（北京：中华书局，1984年，第9页）以下凡引本书，版本皆同，不再注出。

② 祝尚书：《宋人别集叙录》卷4，北京：中华书局，1999年，第147—153页。

③ 祝尚书：《北宋古文运动发展史》，成都：巴蜀书社，1995年，第136页。石介对杨亿的批评产生了较大影响，朱熹《宋名臣言行录》卷10引《吕氏家塾记》："天圣以来，穆伯长、尹师鲁、苏子美、欧阳永叔始倡为古文，以变西昆体，学者翕然从之。其有杨刘体者，人戏之曰：'莫太昆否？'守道深嫉之，以为孔门之大害，作《怪说》三篇，上篇排佛老，下篇排杨亿，于是新进后学不敢为杨刘体，亦不敢谈佛老。"（影印文渊阁《四库全书》本）

鞭西笑入秦川"，或云"酷爱三峰落马前"，丝毫不见哀苦之情，行役愁闷之色。

　　过大散关，有《初过大散关马上作》诗："奈何山色牵吟思，旋被江声破睡魔。吟思睡魔两相战，谁知马上有干戈。"[①]山色牵动了诗人的吟思，江水的奔流之声惊破了诗人的睡意，山色江声引发了他的诗兴。过飞仙岭，作《过飞仙岭》诗[②]。一写蜀道之上虽然有"云山万叠与千重"与痴岩顽壑之景象牵动诗兴，但这些"牵吟景象"却不及飞仙岭的"数朵峰"那么令人惊奇，二是写唐明皇当时因赏御爱峰之奇秀而忘归，对飞仙岭之奇观却疾驰而过不知欣赏，在石介看来，"御爱数峰非拔秀"，所以他"始信明皇不识山"。飞仙岭在陕西略阳县东南四十里，相传为徐佐卿化鹤之地，上有阁道百余间即入蜀大路。初登栈道，作《赴任嘉州初登栈道寄题姜潜至之读易堂》诗。诗人以自身宦游履栈道之险与姜潜下第归家读易两相对照，言"其间险易两何如"：自身是"连云栈外四千里"，而姜潜则是"读易堂中一帙书"，自己蜀道行役艰难与对方怀道茅庐读书，其间险易自明。虽然蜀道难行才刚刚开始，但诗人却并不退缩，而是说："莫将清泪频频洒，蜀道之难欲上初。"行峡谷之中，作《峡中》诗，写其路狭山高之状，"路狭才容飞鸟过，山将生合奈山何。不知天外山长短，何事窥来一管多"，道路狭窄只有飞鸟才能过，山也似乎将连在一起，其狭窄可以想见。

　　因为景色所牵，真实的情感流露，石介在入蜀路上也写下了颇有情致的诗作，如《赴任嘉州嘉陵江泛舟》二首。[③]在孤独遥远的入蜀路上，浮光流水，扁舟荡漾，白鹭啼猿，樵歌渔唱，溪云上下，远离了尘世喧嚣的自然清净之景，诗人不禁生出了归隐林泉之心。但是，范蠡又何尝泛舟五湖，吕望又何尝隐居磻溪？在淅沥的夜雨声中，远宦巴蜀的穷途之悲涌上诗人心头。即使产生了穷途悲感，但诗人在江水声中，消解了心中的不平，而变得平和畅达了。

　　诗人一路与嘉陵江水相伴，至泥溪驿，江水将继续东去，诗人却不忍相

---

①　石介：《徂徕石先生文集》卷4，北京：中华书局，1984年，第57页。

②　石介：《徂徕石先生文集》卷4，北京：中华书局，1984年，第57页。

③　石介：《徂徕石先生文集》卷2，前引书，第12页。

别："临流不忍轻相别，吟听潺湲坐到明。"①诗人在序里说："嘉陵江自大散与予相伴二十余程，至泥溪背予去，因有是作。"嘉陵江从大散关开始一直与诗人相随，诗人对之产生了深厚的情谊，但此时江水却无情东流去，而诗人却不忍相别坐听江流声，一夜无眠。诗人有情，但江水无情，此番对比，颇富韵味。至柳池驿，有《柳池驿中作》诗。诗人行至于此，不觉感叹蜀道漫长："二十二余程鸟道，一千一百里江声。江声听尽行未尽，西去出山犹七程。"②虽然有江声相伴相随，行程不知不觉也将走完，但出山之后仍有七程要走。诗人是怎样走过这山长水阔、艰险难行的蜀道的呢？石介有诗自道其行走蜀道之上的内心活动："道在安可劫，处之自晏然。我乏尺寸效，月食二万钱。自请西南来，此行非窜迁。蜀山险可升，蜀道高可缘。上无岚气蒸，下无波涛翻。步觉阁道稳，身履剑门安。惟怀吏部节，不知蜀道难。"③石介步行在高险的蜀道之上，想到了韩愈的被贬，而自己却是自请入蜀，所以和韩愈相比，既无瘴气熏烟，也无惊涛骇浪，怀抱着儒道，对艰难险阻就处之坦然，因此也不觉蜀道之难了。石介这种怀道而往的精神和勇气，充分体现了一位儒学之士的道德情怀。这种乐观坚强的气概在其《闻子规》一诗里也得到了体现："古人出处非关身，处兮事亲出事君。服勤至死不敢倦，避劳择逸岂所闻。……我本鲁国一男子，少小气志凌浮云。精诚许国贯白日，有心致主为华勋。位卑身贱难自达，满腹帝典与皇坟。有时愤懑吐一言，小人谤议已纷纷。宰相宽容天子慈，八年之中三从军。从军官清吾何苦，嘉州路远尔勿语。地不为我易其险，我岂守道不能固？子规子规谩啼绝，断无清泪洒向汝。"④这首诗，可以看作是石介心志的夫子自道。诗人既有经时济世的满腹经纶，也有许国致主的凌云大志，自己为官也并非为己身谋，只想尽臣子的职责，在历史上留下美好的清名，但这种愿望和理想却难以实现，有时发一点愤懑之言，就惹来纷纷诽谤之议。来到路途遥远的嘉州我也并不觉得有何苦，天地并不因为我而改变其艰险，我对道的坚守也不会因为艰难而改变。所以，诗人对啼声凄苦

① 石介：《徂徕石先生文集》卷4《泥溪驿中作》，前引书，第58页。
② 石介：《徂徕石先生文集》卷4《柳池驿中作》，前引书，第58页。
③ 石介：《徂徕石先生文集》卷2《蜀道自勉》，前引书，第21页。
④ 石介：《徂徕石先生文集》卷2《闻子规》，前引书，第21—22页。

的子规鸟说：即使你的啼声再凄凉，我也断不会有清泪洒向你！这样的豪言，使人看到了诗人在子规啼声中奋然前行的坚定身影。蜀道行役之艰，也让诗人产生了思亲之情："东望庭帏魂欲销，层层云栈上岧峣。江声山色情多少，相伴西来慰寂寥。"（《蜀道中念亲有作》）

至剑门，诗人有《剑门读贾公疏诗石》诗："剑门驻马立踟蹰，读尽新篇味有余。关令多情兼好事，诗名留得贾公疏。"也许历经蜀道之险后，诗人似乎对剑门之险不再关注，而是对诗石感兴趣。石介题名剑门之作与其他诗人颇有不同。

进入剑门之后，石介在左绵（今四川绵阳）暂停休憩，作《入蜀至左绵路次水轩暂憩》《左绵席上呈知郡王虞部》诗二首。《入蜀至左绵路次水轩暂憩》诗写细味蜀道行役之事："蜀道三千里巉险，官途五十驿风波。"再写思归之梦："暂休又作故山梦，闲唱还成劳者歌。"复言行役求禄辛酸："几斗米牵归未得，空怜满眼是烟萝。"[1]石介经历艰难的蜀道终于抵达蜀境，他坐在左绵水轩暂憩，拂去衣上的尘土。回想蜀道的艰险，宦途的风波，不仅想到了故山，此时的闲吟成为心中奔波劳累的抒发。为了生计所需的几斗米，自己不得不远宦巴蜀，不能回归家乡。旅途的辛劳，宦海的风浪，让坚强乐观的诗人荡起心中的涟漪。《左绵席上呈知郡王虞部》诗则写异乡遇旧朋之感："何事相逢悲喜并，倏然相别二周星。主人鬓发无多白，幕客襕衫依旧青。目极同思故山断，涕危共在异乡零。阶前丝竹虽嘈杂，不似南湖湖上听。"[2]石介与王虞部曾一起在睢阳同事，分别之后现在左绵相逢，悲喜交加。王虞部已为一州知州，白发还没有多少，但诗人依然还穿着青色的蓝衫在幕府供职。这写出自己的仕途之悲。接着写二人同在异乡飘零，都思念着故乡，虽然眼前有丝竹盈耳，但因为时事变幻，已不及以前欢宴的快乐了。这两首在左绵的诗歌，充满了宦游的无奈和思归之情，表现了石介作为一个普通文人真实的情感，因此读来颇有情韵。

石介在行路之上，除了观奇写景、抒情写志之外，也颇关注蜀地民生状

---

① 石介：《徂徕石先生文集》卷4《入蜀至左绵，路次水轩暂憩》，前引书，第48页。

② 石介：《徂徕石先生文集》卷4《左绵席上呈知郡王虞部》，前引书，第48页。

况。他在《蜀地多山而少平田因有云》诗中云："五谷无种处,蜀民土田窄。痴岩顽石长不休,诜诜赤子将何食?"他注意到蜀地多山而少平田,五谷无处耕种,那么百姓将何以为食?这正是石介治国之策中所提出的以仁义治国的反映。这个内容在前代蜀道文学中是比较罕见的。在无一例外地抒写文人自身情感的众多蜀道文学创作者中,石介第一次关注了普通百姓的生存问题,因此具有重要的意义。

从石介的蜀道行役诗中,我们看见的是一个以儒家道德修养自律的诗人形象。他对蜀道的感官体验,在其《送冯司理之任彭州》诗中有真切的表达:"李白诗中蜀道难,把诗试读泪汍澜。江形诘曲千回折,岭路崚嶒万屈盘。登陟去年腰仅折,追思今日鼻犹酸。"读李白《蜀道难》之诗就令诗人泪眼婆娑,想起登临蜀道之痛苦,这种感受与他的蜀道行役诗所表现出来的强健大为不同。

石介的蜀道行役诗不以构思的精巧和辞藻的华美而见称,他的诗歌直接写眼中所见、胸中所想,遇事而发,悲欢郁闷通过诗歌直接表达出来,显得质朴粗糙,音调跌宕不平。清代王士禛认为石介古文"倔强劲质","未脱草昧之气"[①],也即其文剥落浮华,取材质朴,叙述平实,这种特点也完全可以说是石介诗歌的特色。蜀道山川景物不是石介细致描摹的对象,蜀道山川的苍秀之气被其道学之风代替,使其诗充斥着道德说教的气味,开启了宋代道学之诗的先声。

## 第四节
## 张方平蜀道诗之关岭行旅

张方平(1007—1091,应天宋城人)前后历事仁宗、英宗、神宗三朝,扬

---

① 王士禛:《池北偶谈》卷17"谈艺",北京:中华书局,1982年,第408页。

历中外，屡膺重任。著有《乐全集》四十卷、《玉堂集》二十卷①。今有郑涵先生校点的《张方平集》。

张方平性格豪迈刚正，立朝无所阿附，早年与范仲淹、欧阳修等人立场不同，晚年反对新法，但为人多识见，有气量。他入仕之初，曾针对当时朝政弊端屡上章奏，陈述更张之术，谋求解救之方。苏辙在《乞赐张宣徽谥札子》中称张方平"练达政体，言不虚发……每用其言，辄效见当世；其所不用，皆有验于后"②。《四库全书总目》亦赞其才识，谓其"集中论事诸文，无不豪爽畅达，洞如龟鉴"，"可信其卓然无愧立言之选"③。就其庆历治平年间的奏疏论，凡此评论，皆非过誉。

在文学上，张方平虽不以文名世，但其诗文撰作也颇有特色。他早年多作古文，善论时事，享名一时。在诗歌创作上，他推尊杜甫，其集中有《读杜工部诗》和《读杜诗》。他认为杜甫诗充满了忧国忧民、浩荡的正气雅音，这正是对魏晋正始诗风和屈原《离骚》精神的继承和发扬。正因如此，杜甫的苦吟才深得张方平的仰慕。由此可见，张方平关注的是书写现实社会情状、充满深刻人生咏叹的诗歌，他欣赏的是具有雅正温粹特色的诗歌，他感叹宋祁只以文辞为世人所重，但却无人识得宋祁的远怀大志："功名不到麒麟阁，词赋空传鹦鹉洲。事业三朝虚物望，声华一代擅风流。清时只作文章老，谁识深怀蕴九畴。"（《闻翰林承旨宋子京尚书捐馆》）他赞赏杨亿典雅纯正的诗风："典纯追古昔，雅正合周南。"（《题杨大年集后》）张方平不为虚言之诗，而以

① 张方平文集的刊本流传情况，见祝尚书：《宋人别集叙录》卷4，前引书，第187—192页。今人郑涵先生有点校本《张方平集》（郑州：中州古籍出版社，2000年）。
② 苏辙：《苏辙集·栾城后集》卷16，北京：中华书局，1990年，第1061页。
③ 张方平：《张方平集》序录《四库全书总目提要》，郑涵点校，郑州：中州古籍出版社，2000年，第780页。以下凡引本书，版本皆同，不再注出。

正大充实之言矫正当时风俗虚浮、学者诞妄之陋①，追求雅正纯实的诗风。

张方平入蜀，蜀人张愈有《送张安道赴成都序》较为详细地记叙了当时的情状："淳化甲午岁，蜀寇乱，今六十年矣。无知民传闻其事，鼓为讹语，喧诮震惊，万口一舌，咸谓岁次于某则方隅有不幸。然自春抵夏，未曾有毫发惊。秋七月，蛮中酋长以智高事闻于黎，转而闻之益，云南疑若少动，岁凶之说又从而沸焉。缙绅从而信之焉。西南一隅，朝廷重忧之矣。天子于是命我公来帅，以全蜀安危付之。"②张愈说因为当时蜀中流言四起，蜀中人心动荡，引起了朝廷的忧虑，为了镇抚巴蜀，于是张方平受命入蜀。

张方平用诗记录了他入蜀经行线路。受命赴蜀，有《赴益部途中》诗，抒写行路之中所历、所见、所闻之景象："山色二千里，水声三十程。烟村深谷火，云栈半空铃。野馆无钟漏，猿吟晓月明。"山峰连绵，江水长流，深谷烟火，半空铃声，猿声晓月，描画出蜀道苍茫清冷之色。此诗以蜀道物象营造行役之色，在意象的排比中写出蜀道景致，暗喻着诗人入蜀之情。

至岐山，有《过长安至岐山作》《行次岐山》二诗，写秦川之阔而想蜀道之长，又思及君恩重任。

过汧河，入陈仓道，作《过汧河》诗，想象蜀道之长。

过灞桥，作《过灞桥长安道上作》，睹前朝宫殿河山古木兴功名、兴亡之感。

过华州，有《华州西溪》《华州云台观题希夷先生陈抟影堂》《奉寄杜公》三诗，写西溪竹径松庭，吟陈抟修道蜕形，咏杜公谋国惠民，寄寓着诗人

---

① 脱脱、阿鲁图《宋史》卷155："张方平知贡举，言文章之变与政通。今设科选才，专取辞艺，士惟道义积于中，英华发于外，然则以文取士，所以叩诸外而质其中之蕴也。言而不度，则何观焉。迩来文格，日失其旧，各出新意，相胜为奇。朝廷恶其然，屡下诏书戒饬，而学者乐于放逸，罕能自还。今赋或八百字，论或千余字，策或置所问而妄肆胸臆，漫陈他事，驱扇浮薄，重亏雅俗，岂取贤敛才备治具之意邪！其踵习新体，澶漫不合程式，悉已考落。请申前诏，揭而示之。初，礼部奏名以四百名为限，又诸科杂问大义，侥幸之人悉以为不便。"（前引书，第3614页）此段文字与《张方平集》卷20《贡院请诫励天下举人文章》略有出入。张方平此论，可视为其文学观的表现。张方平在文学上的贡献，主要表现在对"太学体"怪异文风的斗争上，祝尚书先生对此有详细的论述（见张方平：《北宋"太学体"新论》，《宋代科举与文学考论》，郑州：大象出版社，2006年，第383—392页）。

② 袁说友等：《成都文类》卷22，前引书，下册，第459页。

的心志。

至两当，有《过张真人洞》诗，写名利途中的衰疲之感。

至筹笔驿，有《筹笔驿》《雨中登筹笔驿后怀古亭》二诗，既写雨中所望之景，也感诸葛亮之事。

经嶓冢，作《嶓冢》诗，言为汉江之源，金牛路经此。

至兴州，有《兴州长举县飞石阁》《药水岩诗》，因飞石感人情，游药水岩而咏洞中奇观。

至青阳峡，作《青阳峡》诗，写其幽深之景。

过青泥岭、鱼关山，有《青泥岭》《鱼关诗》，题写其危峦断涧、羊肠盘道。

过飞仙岭，有《飞仙岭阁》《乱石溪》诗，题咏苍崖绝涧、飞泉崩落之景。

过三泉县，有《宿龙门洞》诗，写其碧嶂飞泉之景。

过嘉川驿，有《过嘉川驿》《散水岩漱玉亭》，题咏古木云萝千峰之景。

过泥溪驿，有《泥溪驿》诗。

过上亭驿，有《上亭驿》诗，感唐明皇之事。

入剑门关，作《剑门关》诗，写其形势，再言镇抚之重。

张方平的蜀道纪行诗歌不仅描绘了蜀道山岭飞泉之奇观，也展现了诗人之情趣与思想。其写蜀道之长，或云"高原极望秦川阔，危栈横空蜀道长"（《过长安至岐山作》），或云"山色二千里，水声三十程"（《赴益部途中》）。写阁道之险，则云"苍崖老树云萝合，绝涧惊湍阁路高。羽驾飙轮殊惚恍，依程缓辔未为劳"（《飞仙岭阁》）。写山岭之色，则云"深秀林峦都不见，白云堆里乱峰青"（《雨中登筹笔驿后怀古亭》），写泉水飞落之势，则云"银汉势从天际落，云涛声破海门来"（《乱石溪》）。蜀道之山色水声，半空云栈，古木云萝，千峰曲水，这些美景奇观供其眼目之赏，令诗人如行"画屏"①之中。在描绘蜀道自然奇景之时，也抒发历史感怀。如《筹笔驿》："本规一举定乾坤，遽见长星坠垒门。公在必无生仲达，师昭何业得中原。"筹笔驿在利州，诸葛孔明筹画于此，故名，②唐代就有很多入蜀诗人为

---

① 张方平《过嘉川驿》诗云：嘉陵江上嘉川峡，古木云萝千万峰。阁道缘山已经月，萦回未出画屏中。

② 吴景旭：《历代诗话》卷52 "邮亭"，丛书集成续编，第571页上。

之题咏。①北宋入蜀文人对筹笔驿也多有吟咏，张方平经过筹笔驿，也为之赋诗，感叹诸葛亮的早逝，致使司马氏得到中原的基业。作者把山川登临与吊古怀贤的情思结合起来，语言清健，颇有诗味。其《上亭驿》则感唐明皇当日闻铃之事而生悲情："忽忽悲心自多感，铃声何事怆人情。"悲心多感，不仅是悲明皇之事，亦蕴含着历史、人生之悲。

诗人不仅有游赏奇观美景之趣，也怀职任之虑。其《青泥岭》诗云："斗峻凌霄出混茫，东西秦蜀此分疆。萦纡断涧千寻曲，回合危峦万叠苍。烟外孤村通鸟径，云间盘道绕羊肠。朝家方面非轻寄，何事徘徊望故乡。"②张方平描写青泥岭的曲折与李白之"青泥何盘盘，百步九折萦岩峦"有异曲同工之妙。两人同样说到青泥岭的高危和山路的曲折。张方平走过了八百里的秦川，在青泥岭上就将进入蜀道，这意味着前面会出现一个新的世界。面对危峦纡曲、如羊肠般的云间盘道，张方平充满着一种复杂的情绪。路途的险难，虽然畏惧，但是为了一颗忠心，"万山呟驱险亦平"，也只能勇敢地翻越。更令人担忧的是，蜀地是陌生的，那里远离亲朋故友，自己又身负朝廷重托，担负着一方平安的重任。因此站在青泥岭这个秦蜀交界的地方，心情不可谓不复杂。张方平被任命为益州守时，曾有传言蛮贼侬智高将要寇蜀，引起蜀地的惊乱，朝廷也因此震动而下诏敦促张方平速行入蜀，在这种情况下入蜀的张方平，当他走到青泥岭时，其复杂的心情可想而知。蜀道的艰险，再加上令人不可预测的蜀地政局，使张方平更明显地感觉到秦蜀地理上的分疆，也是他心理上的分界。所以他才会有"何事徘徊望故乡"的心理和情感举动，这种"徘徊望故乡"，正体现了张方平在入蜀道上的复杂心态。在其《剑门关》诗中更明显地

① 李商隐："鱼鸟犹疑畏简书，风云长为护储胥。徒令上将挥神笔，终见降王走传车。管乐有才终不忝，关张无命欲何如。他年锦里经祠庙，梁父吟成恨有余。"（见杨慎编辑，刘琳、王晓波校点：《全蜀艺文志》卷18，北京：线装书局，2003年，第463页）罗隐诗："抛掷南阳为主忧，北征东讨尽良筹。时来天地皆同力，运去英雄不自由。千里山河轻孺子，两朝冠剑恨谯周。惟余岩下多情水，犹解年年傍驿流。"（见杨慎编辑，刘琳、王晓波校点：《全蜀艺文志》卷18，前引书，第464页）薛逢："天地三分魏蜀吴，武侯崛起赞吁谟。身依豪杰倾心术，目对云山演阵图。赤伏运衰功莫就，皇纲力振命先徂。出师表上留遗恳，犹自千年激壮夫。"（见杨慎编辑，刘琳、王晓波校点：《全蜀艺文志》卷18，前引书，第463页）唐代诗人的题咏都是感叹诸葛亮事业未竟，空流遗恨。
② 北京大学古文献研究所编纂：《全宋诗》卷307，北京：北京大学出版社，1995年，第3862页。

体现出张方平对身负镇抚巴蜀重任的心态。诗云："地维绝脉摧鳌足，天垒横霄壮井舆。谁轧祸萌通鸟道，古来风土感鱼凫。壶中日月邻方外，海内山河入帝图。过此益知方面重，万兵开府一寒儒。"[1]张方平经过剑门关，意识到自己身兼的重任，剑门关的驻守，关系着巴蜀的安全，巴蜀的安全又关乎着整个国家的稳定，因此张方平才深有体会地说："过此益知方面重。"

张方平的蜀道纪行之作诗颇似杜甫入蜀纪行之诗，只是杜甫的纪行止于成都，而张方平则止于剑门关。张方平用诗记录了前代文人较少发现的蜀道山水与人文景观，使蜀道的自然、人文景观更加丰富。同时，张方平的纪行之作，较为清晰地勾画出北宋文人入蜀的交通路线图。无论是北宋初期的刘兼、张咏、杨徽之，还是中期的宋祁、赵抃、石介，都没有留下较为明晰的入蜀线路。张方平的纪行诗，对于研究北宋时期的川陕交通具有重要的参考价值。

## 第五节
## 文彦博、韩琦等人蜀道诗之题咏

北宋中期入蜀文人众多，除宋祁、赵抃、石介、张方平等之外，尚有文彦博、韩琦、张先、石延年等著名文人，亦有相关蜀道之作留存。

文彦博[2]（1006—1097，汾州介休人）因处理西夏边防事务有政绩，拜枢密副使，参知政事，后封潞国公，谥忠烈。今存《文潞公集》四十卷。[3]

---

[1]　北京大学古文献研究所编纂：《全宋诗》卷307，前引书，第3863页。

[2]　邵博《闻见后录》卷21："文彦博本姓敬，其曾大父避石晋高祖讳，更姓文，至汉复姓敬，入本朝，其大父避翼祖讳，又更姓文。"（北京：中华书局，1983年，第167页）

[3]　文彦博的著述散佚比较严重。据马端临《文献通考》卷234记叶梦得《文潞公集序略》："公平生所为文章，上自朝廷典册，至于章奏、议论，下及词赋歌诗，闲适之辞，世犹未尽见。兵兴以来，故家大族多奔走迁移，于是公之集藏于家者，散亡无余。"关于文彦博文集的流传和版本，可参看祝尚书：《宋人别集叙录》卷4，前引书，第154页。

　　文彦博庆历年间知益州，①入蜀经过筹笔驿，有《题筹笔驿》诗："卧龙才起扶衰世，料敌谋攻后出师。帏幄既持先圣术，肯来山驿旋沉思。"筹笔驿，在绵谷县（今四川广元），去州北九十九里，相传诸葛武侯出师曾驻此。唐人题咏多认为诸葛亮在此筹划出师之策，感叹诸葛亮功业未成的遗恨。文彦博认为诸葛亮以雄才伟略辅助刘备起于衰世，先已有对敌的攻伐之谋略，然后才会出师，断不会在驻兵筹笔驿时才开始谋划其进攻策略。此诗思理缜密，颇有严正之态。

　　文彦博经过三泉县，有《题韩溪诗四章》。文彦博在其诗题中自序说，韩溪乃是"三泉县（今陕西宁强）近郊之一水，清泚可爱，问诸水滨曰韩溪，取地志验之而信，且曰韩信去汉而萧何追及于此，因以名溪。予以韩事于史甚显，而溪并通邑，其名独晦，故诗以题之"。他说韩溪因韩信而得名，但人尽知韩信，却不知韩溪，故而为诗以传其名。其一言韩信之雄才："君王有意争天下，不得斯人未可知。"其二言萧何追韩信之事："淮阴未济酂侯识，留得雄才归汉中。"其三则借韩信萧何之事咏叹相知甚难："莫讶史君频叹咏，古来君相受知难。"其四则言题咏韩溪之意："途中胜迹尽留题，独有韩溪未有诗。直把芜词重叠咏，只图流播路人知。"四首诗，叙述、史论相结合，犹如一篇论说之文。

　　文彦博蜀道行役之诗，皆为咏史之作，借历史人物之情事抒发感慨，发表议论。既反映了文彦博自身对历史人物及其事件的价值判断，蕴含着现实的深切感受，也体现出其诗立意求新、议论叙述为主的特点。

　　此外，文彦博尚有《乞复昭化县驿程》奏议文一篇，言复置昭化驿之事。文章首言其听闻"行路之言"云昭化县驿程废弃之后"皆为不便"，于是"亲自经由相度"查勘，确感"诚为不便"。接着讲述古来昭化县设置驿程之由：

---

①　余靖《武溪集》卷10《龙图阁直学士文彦博可枢密直学士知益州》："敕：成都，古之建国。其地险远，其俗富奢，机杼纂组，号为衣被天下。而又西迩印笮，南接徼外，故常择近密之臣，当抚御之寄。具官某外和内敏，才周识远，顷者将漕并土民不告劳，繇是分之虎符，付以戎律，兼摄貊道，以抚夷落。威信克著，号令甚明，来者慕其绥怀，倍者不敢侵轶。二年，于是境域以和，故宜假其才，谋移莅丛蜀，迁之美职，以示优恩尔。其无贪宽厚之名，无习苛刻之治，谨尔条教，休息吾民，则得良牧矣。往服休命可。"（影印文渊阁《四库全书》本）

"昭化驿去利州虽近，又因东有桔柏津大江之阻，西有木瓜原重山之险，夏秋二时，雨潦留滞，行役之人，进退无据。古来置驿，良因于此。"复言今之废驿不便之处："今既废驿，即经过使命，不免裹粮留宿。其如过军稍多，即宿食有所阙乏。"有此不便，故欲恢复驿站。而且，复驿之后，"依旧驿支取券料，所费甚少，所济则多"。此文述废驿之弊，陈复置之利，言简意赅，颇为清晰畅达。由此文既可见昭化地形之重要，其路乃是奉使以及军队通行之官道，也表明宋代蜀道驿程多是依照前朝旧制之情况。这为研究宋代蜀道交通设置之情况提供了重要参考。

韩琦（1008—1075，相州安阳人）康定元年（1040）出任陕西经略安抚副使，与范仲淹共同指挥防御西夏战事，时称"韩范"。[1]庆历三年（1043），任枢密副使，参与范仲淹等人主持的"庆历新政"。神宗即位后执掌大政，名重一时。宝元二年（1039），四川旱灾严重，饥民大增，韩琦被任命为益、利路体量安抚使，[2]因此入蜀。

韩琦初发长安，有《初发长安遇雨》诗。首言启程遇雨，诗人并无忧愁之色，"敢倦征途泥没踝，且观嘉谷秀垂珠"，复写下雨阵势，"高原直泻波头恶，弊伞平穿阵势粗"。诗人途中遇雨，不以泥污为意，而以谷物得雨而喜，可见其忧虑旱情之心。过骊山，有《灵泉览古》《题灵泉观》《朝元阁》诗。《灵泉览古》写在灵泉馆驿所见开元年间的遗迹，残缺的碑文，奇特的石像，羽衣曲已失，长生鹿不复见，想要有所题咏，但早有前人诗文之工："辞雄小杜句，意尽老陈诗。"尽管如此，诗人仍然有劝诫之言："治乱由斯监，贤愚共一悲。时君自奢俭，绣岭此何知。"与前人诗文相比，诗人不以辞雄、意尽

---

[1] 冯琦原编、陈邦瞻增辑《宋史纪事本末》："琦与仲淹在兵间久，名重一时，人心归之，朝廷倚以为重。二人号令严明，爱抚士卒，诸羌来者，推诚抚接，咸感恩畏威，不敢辄犯边境。人为之谣曰：'军中有一韩，西贼闻之心胆寒；军中有一范，西贼闻之惊破胆。'"（影印文渊阁《四库全书》本）宋王称《东都事略》卷69："琦与范仲淹在兵间最久，二人名重一时，人心归之，朝廷倚以为重，故天下称为韩范。"（济南：齐鲁书社，2000年，第571页）

[2] 杜大珪《名臣碑传琬琰之集中》卷48李清臣《韩忠献公琦行状》："宝元二年，擢知制诰知审刑院。益利路岁饥，为体量安抚使，加三品服。蜀地号富饶，产金帛纨锦，中州岁仰给，有司乘便刻取，赋徭烦重，诸郡设而买院，收市上供，物不以其直。公为轻减蠲除，逐贪残不职者，罢冗役七百六十人，为馈粥，济饥人一百九十余万。蜀人曰：'使者之来，更生我也。'"（影印文渊阁《四库全书》本）

取胜，而从历史兴衰成败为时君治乱、奢俭为鉴立论，山岭无知但人却有情，亦是别有新意在。《题灵泉观》以萧条宫殿、残破温泉为明皇叹息，复言"留为治世无穷戒"。《题朝元阁》写登临山顶之上，观览关河之胜，因见"了无楼殿嗟余侈，自见耕桑复太平"之象，顿有神清气爽之感。经华山，有《题云台观》《题希夷先生真堂》《题玉泉院》诗。一写山峰、宫殿高耸入云，难以登上最高顶观览莲开之象，"最高顶上谁曾到，得见莲开十丈花"；一写陈抟远离红尘居此仙境，已蝉蜕成仙，诗人徘徊其室也不觉生出物外之思，"何时归伴赤松子，稳驾寻君物外车"；一写玉泉院之修柏莲峰、幽亭泉声。听闻犹如万马奔腾喧闹的泉声，触动了诗人的行役之感，"坐叹尘劳无计住，却寻归路日黄昏"，颇有一种凄怆之色。过漫天岭，作《漫天岭》诗。诗云："欲使行人直过难，倚江凌汉任盘盘。纡回到顶终须下，如此天高甚处漫。"诗人说漫天岭如此之高，沿着江水环绕直上云霄，想要行人难以越过。纡回到山顶之后还是必须向下走，天空是如此之高，又从哪里可以越过去呢？诗人对"漫天"二字提出质疑，认为天不可漫。韩琦此诗不写漫天岭的险峻难攀，而对其名字进行思考，颇富理致。经三泉县，有《过三泉龙门二阙》诗。其一写龙门的碧溪、竹轩、茅榭、桃树，颇有世外桃源之景；其二则直抒惊讶于龙门仙境，海上仙山也不能与此美景相比。诗人不直接描写龙门的美丽景物，而是通过写行人看到龙门风景的欣喜和惊讶，表现了龙门洞迷人的风光。这是侧面烘托之法。前人对龙门之风景已有相近刻画，韩琦则另辟一法进行题咏。过昭化，有《题利州昭化驿》诗。诗云："嘉陵源出本朝宗，地险无因直赴东。从此逆流归顺去，恬波遥与峡江通。"这首诗写嘉陵江水不因地势险阻而直接向东奔流，归向大海。各种逆流也从此归顺，平静的波涛与三峡长江遥遥相通。全诗虽短，却有一种壮伟的气势。不仅如此，而且也蕴含着丰富的政治寓意。

韩琦的蜀道行役诗随兴抒发，自然而不雕饰，写景雄辞少，议论治言多，颇为简质瘦劲，全然宋人格调。但其中也有一些诗句，颇有寄托之意。如其《题利州昭化驿》写嘉陵江从此地归顺而流入峡江，应该含有巴蜀之地虽然地险，距离京师遥远，但也将如嘉陵江水汇入长江一样汇入到北宋王朝的统治之中，是北宋王朝的治域之一。这些诗歌既体现了韩琦的大臣之体，也反映了他雅正持重的性情。

　　韩琦诗文虽然不少，但其平生不以文词名世。其诗不事雕琢，直抒胸臆，自然高雅，有些诗也颇含蕴遥深，深得风雅之遗，与那些以写风云月露为工的文人不同。清人吴之振赞其诗云："诗率臆得之而意思深长，有锻炼所不及，理趣流露，皆贤相识度。……魏公勋业彪炳，直无暇于笔墨争长，然语窥阃奥，无他，此道得也。"①吴之振认为韩琦无意于文词，但其诗却能真情流露，得到了作诗的秘诀，并赞扬韩琦诗表现了一位名臣贤相的开阔视野与雍容气度，此评可谓得矣。

　　郭祥正（1035—1113，安徽当涂人）在北宋诗坛颇有声名，被誉为"李白后身"。有《青山集》。其诗中有《蜀道篇送别府尹吴龙图》诗题咏蜀道。吴仲庶帅蜀，郭祥正仿效李白《蜀道难》而作诗送之。诗篇前半部分化用李白《蜀道难》描写蜀道之语，写其阅读之感："其辞辛酸语势险，有如曲折顿挫万丈之洪泉。"认为李白之诗"往古未有"，但世人不识，又无圣人为之发扬，而今吴龙图赴任蜀地，故为之"重吟蜀道篇"。他描写吴龙图行役蜀道之景象云："旌旗翻空度剑阁，甲光照雪参林颠。云鳌连推谷声碎，画角慢引斜阳悬。"行道威仪雄壮之势可见。又反李白描写蜀道险恶而言之曰："蜀道何坦然，和气拂拂回屋躔。长蛇深潜猛虎伏，但爱雄飞呼雌响亮调朱弦。"再以吴龙图乃为良守可宣政抚民，反李白"所守或匪亲，化为狼与豺"而言之："时乎乐哉，公之往也，九重深拱尧舜圣，庙堂论道丘轲贤。抚绥斯民赖良守，平平政化公能宣。"诗人认为应该注意的是蜀地游乐之风："尝闻家家卖钗钏，只待看舞青春前。此风不革久愈薄，稔岁往往成凶年。"

　　郭祥正与李白一样也未曾践履蜀道，其《蜀道篇》也是一篇送人入蜀之作，对蜀道的描绘皆属想象。郭祥正虽有意模仿李白，但也展现出鲜明的自我特性，不是李白《蜀道难》之翻版。首先在结构上，诗人以读李白《蜀道难》之感开端，再写吴龙图入蜀而为其重赋蜀道篇，最后以吴龙图政绩告慰君主"西顾之忧"而作结，较有逻辑层次，首尾连贯。其次，在内容上，他另辟蹊径，既不以蜀道艰险和蜀国历史为题材，也不写"所守或匪亲"造成的灾难，而是从吴龙图入蜀之赫赫威势着笔，从"时平付良守"的角度来写政化抚绥之

------

① 韩琦：《安阳集钞》，见吴之振编《宋诗钞》，北京：中华书局，1986年，第99页。

绩。这使诗歌的风调也为之一变。再者，在艺术风格上，郭祥正巧妙化用李白《蜀道难》之诗，或反其意，或引申发扬，不是一篇"蜀道难"之声，而是一篇"蜀道易"之歌。李白之诗辞酸语险，郭祥正之诗则辞雄语险，既有继承模仿，又有创新改变。自然地理山川的雄奇消逝了，人文政声刚健正大，激越响亮，显得沉雄俊伟，宏壮朗丽，独具特色。可以说，此篇可谓北宋蜀道文学之杰作，代表着北宋蜀道文学的正大之声。时平安靖，蜀道也显坦易，人乐而往，因此，诗人不是"问君西游何时还"，而是"安得从公游"；也不是"锦城虽云乐，不如早还家"，而是"尽书政绩来中州，献之明堂付太史，陛下请捐西顾忧"。李白诗中的辛酸语不见了，忧虑不见了，代之的是壮丽之语，是乐游之情。

此外，尚有张先、石延年、彭汝砺、周敦颐等文人蜀道题咏之作。

张先（990—1078，乌程人）在宋代文学史上以词闻名，但也善为诗，有《漫天岭》诗写漫天岭之高峻："不独高明不可谩，仍知不似泰山安。五丁破道秦通蜀，却被行人脚下看。"有《飞仙岭》诗感叹人去寂灭、空留遗迹："路接晓天人近月，真仙去后只云归。岭头旧曰上升日，空有山禽自在飞。"皆有平易流畅之风。

石延年（994—1041，南京宋城人）能文善诗，有《筹笔驿》诗，叙述诸葛亮的一生行迹，颂扬其"惟思恢正道，直起复炎灵"的壮志抱负，又悲叹其"可烦亲细务，遽见堕长星"壮志未成身先死的悲剧命运。诗人登临战地陵谷遗迹，不觉为之深深慨叹："想像音徽在，侵寻毛骨醒。迟留慕英气，沈叹抚青萍。"全诗为五言排律，不受格律限制和束缚，叙事简练生动，俊爽有力，感慨遥深，词意深美，为人传诵[1]。

周敦颐（1017—1073，道州营道人）是宋朝理学的开山人物，词章非所留意，故当时未有文集。现存诗中有题咏剑门之作，诗云："剑立溪峰信险深，吾皇大道正天心。百年外户都无闭，空有关名点贡琛。"（《剑门》）因正道直行，所以百年来剑门关无须闭户，质实无文，充满理学之气。

彭汝砺（1041—1095，饶州鄱阳人）元丰二年（1079）冬曾经行蜀道万安

---

① 刘克庄《后村诗话》续集云"词翰俱妙，人所传诵"（北京：中华书局，1983年，第88页）。

驿，作有《元丰己未冬至夜万载驿尝有诗寄广汉今岁万安驿用前韵呈广汉友兄学士》两首诗抒情感怀。去年他曾在万载驿寄诗广汉友朋，而今年他息憩万安村驿，不觉再次写诗寄怀，呈达友朋。诗人既感如今发白形衰，"长笑布袍翁发白，不知今我亦如翁"，又发行旅艰难之问："道途泥滑水溶溶，嗟尔胡为风雨中？"为什么不做一个富家翁"闭户熟眠"安度浮生，而今却在风雨中经受泥泞之苦呢？去年今夕均在驿途，可见诗人长期羁旅奔忙，正是如此，所以头发已经白了。那么，在泥途风雨中奔走的目的和意义又是什么呢？也许正是为了天下太平无事吧，"闭户熟眠无一事，浮生多谢富家翁"，其心志气节慨然可见。

张唐民（生卒年不详，青州人）与欧阳修、梅尧臣有交往，好学力为古文，庆历二年曾举进士不第。有《题扪参阁》诗，题咏昌州淳朴民风与吏事闲散，"讼简民淳羡小州，两衙才退似归休。一怀山果三升酒，暮掩青峰即下楼"，不写高峻之势，而以吟咏民风吏情为主。

## 第六节
## 文同、冯山等人蜀道诗之雅淡

文同（1018—1079，梓州永泰人）恬于远官，屡历郡守，曾先后出任邛州军事判官，通判邛州、汉州，知普州、陵州、兴元府、洋州等地方官职，后知湖州，未至而卒[1]。所至州郡有治，兴利除弊，办学倡文，"尤恤民事"[2]。文

---

[1]　文同生平仕宦经历，可参见曾永久《文同及其诗歌研究》第一章"文同的生平经历"，2006年暨南大学硕士学位论文，第4—7页。

[2]　文同：《文同全集编年校注》附录二范百禄《文公墓志铭》，胡问涛、罗琴校注，成都：巴蜀书社，1999年，第1095页。曾永久《文同及其诗歌研究》对文同居官其间的政绩有述，可参见（前引书，第6—7页）。

同善诗文，有《丹渊集》四十卷行于世①。

文同往返蜀道，多有题咏。过剑门，有《剑州东园》诗。首写剑山群峰、亭宇之象，"群峰高拥碧嶙峋，亭宇清华气象新"，在高峻群峰的簇拥之下，亭宇显出清隽气象。接着却并不描写"嶙峋"之状，而是以烟云、花木、溪月、轩窗、晴桥、井邑摹写东园清华气象。不以峻拔胜，而以清新雅淡瞩目。

经行斜谷道，舟行石门，有《自斜谷第一堰溯舟上观石门两岸奇峰最为佳绝》诗描绘石门两岸奇景："层峦夹空抱丛石，万剑侧脊翠烟起。草木枝叶自殊别，禽虫羽毛亦奇诡。"诗人喜爱此地奇景而愿居之："安得鸡冠数稜田，便可诛茅此居止。"

行骆谷道，作《骆谷》诗写其险绝："高峰偃蹇云崔嵬，层崖巨壑长峡开。龙蛇纵横虎豹乱，古栈朽裂埋深苔。"高峰崔嵬，层崖巨壑，龙蛇虎豹，古栈朽裂，行人惊恐，飞鸟哀鸣，写出骆谷之险，道路之危。骆谷道之景象引发的不仅是惊惧之感，更有诗人的历史之叹。他感叹唐德宗重用"奸慝"之人，从而导致其苍黄奔逃如此险道。

行西县道中，作《苗子居运判归宿州同赴武康西县道中奉寄二首》，抒发离别相思之情。如写离别孤寂之感："乱山谁对酒，孤驿独吟诗。不得陪清绝，怅然空所思。"写别后思念之情："拗项桥头聊立马，使车应已过褒城。"霜风征袂，雨雪弥漫，既突显羁旅行役之苦，也彰显朋友相别之凄冷。

过深渡驿，作《深渡》诗。诗人过深渡见一枝山桃刚刚破萼待放而感地处之别："此花平川最为早，何乃于此才破萼。化工岂尔用功偏，盖尔所生居绝壑。"山桃处平川开花最早，处绝壑则迟放，诗人由此言道："一年春事但自了，勿较后先嗟寂寞。"既是对花语，也是对己言。

过长举驿，有《长举》《长举驿楼》诗。写长举峰峦、山涧如画，唯有李成、范宽可绘其神韵，此是江山如画；浮空爽气，无限奇峰之景，可证李成之画逼真，这是画如真景。文同以长举山水风景表述了绘画艺术与真实风景之间的关系。

---

① 祝尚书《宋人别集叙录》卷6对文同《丹渊集》之刊本流传有较为详细之叙录，可参看（北京：中华书局，1999年，第269—275页）。

　　过大散关，有《夜发散关》《过大散寄子骏》《大热过散关因寄里中友人》诗。《夜发散关》首写散关之风烈，"风吹古关口，万木响如裂"，复言坂道溪流，"坂道霜凿凿，石梁溪咽咽"，马行坂道霜花碎裂之声，流水缓缓流动犹如幽咽，写出气候寒冷之状。人在风烈霜浓之时而行走路上，本应以此为苦，但诗人却说："怪来晓寒重，却爱山头雪。"诗人为此地晓寒之重而颇感奇怪，对山头白雪却深感喜爱。《大热过散关因寄里中友人》则首写散关道中炎热之状，行人口干舌燥，"时行古关道，十步九立脚"，"喉鼻喘不接，齿舌津屡涸"；动物穴藏归林，"幽坑困猿狖，密莽渴鸟雀"，云散树息，"烟云炙尽散，树木晒欲落"，一幅赤日炎炎、万里无云的酷暑景象。炎热之苦，令诗人发人生名利束缚之叹："至此因自谓，胡为就名缚。所利缘底物，奔走冒炎恶。"又思故园松荫清泉之乐，虽有所思，但诗人却说："于今只梦想，欲往途路邈。所效殊未立，期归尚谁约。"不能归去，一是路途遥远，二是功业未立。此首短歌，可谓是文同自明心志之文。

　　过青泥岭，有《过青泥》诗，首言铁山严寒，风雪交加，未知东风何在："铁山正月雪交加，欲探东风未有涯。"复言青泥水边已见梅花绽放："才过青泥春便好，水边林下见梅花。"对比鲜明，突显诗人过青泥岭而见春天喜悦之情。

　　过飞仙岭，有《飞仙石溪》诗，写因爱溪水而迟迟不行："爱此潺湲任溅衣，独寻幽石坐多时。"

　　过筹笔驿，有《筹笔诸峰》《鸣玉亭筹笔之南》诗。《筹笔诸峰》写翠壁苍崖，云烟缭绕，如此美景，诗人说："正是峡中佳绝处，土人休用作畲田。"鸣玉亭在筹笔驿之南，诗人写其飞泉万缕之象："飞泉若环佩，万缕当檐泻。"清凉可解暑热。文同与此前诗人题咏筹笔驿之诗不同，不题咏诸葛亮之事，而是写其佳胜之景。

　　过柳池驿，作《柳池赠丁绲》，抒宦途行役之感："场屋声名四十年，五车书误一囊钱。老来山驿为监吏，相对春风但惘然。"满腹诗书不如一囊钱，自己老来还只是一个监吏，坐对春风也不免心有茫然之感。

　　行嘉川道，作《嘉川》《嘉川道中寄周正孺》《水碓》诗。《嘉川》诗写其繁花修蔓之景，"繁英杂缀修蔓上，绿锦缬带垂百尺"，春风花香，使行客心神愉悦："清香满马去未休，赖尔春风慰行客。"《嘉川道中寄周正孺》则抒发衰倦飘零之感："清佳常满目，衰倦敢忘诗。好尚旧若此，飘零今比谁。"虽有草木山川清奇佳景供眼目之观，触动诗兴，但也生出无限羁旅漂泊之疲惫。道中美景可慰行客之心，友朋相别则令人起孤寂之感。《水碓》诗则是写嘉陵江边百姓的艰辛生活。他们崖壁穴居，以水推动石碓磨麦，"彼氓居险所产薄，世世食此江之滨"，险山恶水，出产稀薄，可以想见其生活艰难。这首关怀民生的作品在文同的蜀道行役诗中较为少见。

行金牛道，过中梁山，见张骞祠，作《张骞冢祠》诗，不颂张骞通西域之功，而是批判张骞靡费国家财力之过："武帝甘心事远略，靡坏财力由斯人。"又有《中梁山寺四绝》写山寺美景，一写其寺掩映山峰之间，云霞鲜明，天空浩荡，令人心生双翼而欲飞离尘世，"侧身下望厌尘世，安得羽翼凌九霄"；次写烟峦彩翠，双林红叶，层楼叠阁，云雾缭绕，令其心旷神怡；复写其南北山峰连绵起伏，犹如波浪翻滚，令诗人欲将其图画摹写；最后写诗人登临山顶，瞭望汉江如线，直下洋州。在这四首诗里，将中梁山寺之高绝、出尘、如画之美景如现眼前。过朝天岭，有《过朝天岭》诗，写朝天岭之山水云"山若画屏随峡势，水如衣带转岩阴"，山若画屏壁立高耸，水如衣带渐行渐远，人行岭上，云雾漫漫，风色萧萧，引发了诗人对行役人生的思考："生平来往成何事，且倚钩栏拥鼻吟。"至金牛驿，作《晚泊金牛驿》《金牛相别呈诚之》诗。前首写金牛驿晚景："斜日敛回疏木影，急风收断落泉声。"由己西征之诗而思潘岳《西征赋》。后者写友朋相别之情："过桥住马应回首，上岭闻猿想动心。胜事莫过文酒乐，此时销得各沉吟。"行大桃路，作《大桃途次见菊》诗。写寒菊不随众卉而清霜自放之孤傲品性，"不趁盛时随众卉，自甘深处作孤芳"，自甘深处，正是寒菊高洁挺立之性，诗人说："其他烂漫非真色，惟此氤氲是正香。"虽是咏菊，也是自寓。

文同的蜀道行役诗多书写山川美景佳胜，无论是高山平川，还是险峰绝壁，都使诗人赏爱不已，诗情满怀，蜀道之景似乎正等待着他来观赏："才到邮亭便沈思，向来佳景待吾曹。"（《平阿马上》）文同在诗里既描绘出蜀道奇险秀丽的风光，也展现出仕途行役之思。文同操韵高洁，在吟咏风物之间往往借此抒发其晴云秋月、孤傲自得之襟怀。

　　文同也并非隐士一类人物，作为士大夫的一员，他也曾怀抱着政治热情，正如其诗所言"周孔为逢揖，轲雄自吐吞。平生所怀抱，应共帝王论"（《太元观题壁》），其间的豪气壮志慨然可见。入仕之后，虽然在政治上采取退避与守愚的消极态度，但也并未忘怀时事民生。他在《骆谷》诗中对唐德宗的讥讽，在《水碓》诗中对嘉陵江边民生艰难的同情，对朝政的批评，在寄友人之作的宦途行役之叹，都表现了他对时事的关注。

　　要之，文同的蜀道行役诗，多登临山水之咏，多清凉幽静之境，多淡泊名利之怀，多山居林泉之想，在官之位而多出尘之思。他的诗歌虽有悲思愤懑，但却以平和达观的态度来平复与消解。他不愿意学赵壹才华自露，讥刺倨傲，坎坷终身，也不愿意投之名利富贵罗网招致祸害，而是选择了"养愚藏拙"的吏隐之路①。这样的人生选择，既体现了北宋中期文人普遍的仕宦情怀，也反映出此期文人更加内敛的心性趋向。这也使得文同的蜀道诗歌呈现出清丽潇散、劲健平和的风格特征，其语意既"深入骚人阃域"②，令人感慨无已，又有高情旷度，具有"韦苏州孟襄阳之风"③，确可与时辈颉颃上下④。

　　冯山（1031—1094，普州安岳人）嘉祐二年（1057）进士，官终祠部郎中。熙宁末通判梓州，后退居二十年⑤。冯山耿介特立，官不显达，但工诗善

①　文同《相如》诗中云："相如何必称病，靖节奚须去官，就下其谁不许，如愚是处皆安。"（《文同全集编年校注》卷16，前引书，第510页）鲜明地表露了他以吏为隐的人生观与处世态度。曾永久《文同及其诗歌研究》文中对文同的吏隐心态有专章论述，可参见（2006年暨南大学硕士学位论文，第9页—14页）。
②　洪迈：《容斋四笔》卷11"文与可乐府"，见《容斋随笔》，孔凡礼点校，北京：中华书局，2005年，第759页。
③　杨慎：《升庵集》卷58"文与可"，影印文渊阁《四库全书》本。
④　杨维桢《东维子文集》卷15《文竹轩记》称文同"不在一时畴辈下"（影印文渊阁《四库全书》本）。《四库全书总目》卷153《丹渊集》提要亦云其"驰骤于黄陈晁张之间，未尝不颉颃上下也"。
⑤　范祖禹《范太史集》卷25《荐冯山张举劄子》云："山以母老，连任乡国二十余年，不到京师。"（影印文渊阁《四库全书》本）祝尚书先生言冯山长期居官蜀中，很少出川（见祝尚书：《宋代巴蜀文学通论》，前引书，第207页）。关于冯山家世及行年，也可参见李清华：《北宋蜀人冯山家世行年及〈安岳集〉版本考并补冯山佚诗》，《西华师范大学学报》2014年第6期。

文，喜吟咏，有《安岳集》传世①。

冯山蜀道行役之作留存不多，主要有《西县道中》《龙门洞》《巴州圣寿寺小阁》《宿水转寺》《过永泰文与可宅因寄》等。

《西县道中》是其行陈仓道经西县时所作，写行路之上闲适自在之游。汉水、梁山热情相迎，"汉水引我行，梁山邀我坐"，山水清绝，春色相和，下马饮酒，梅花飘落，真是一片春明景和气象。诗人沉迷美景之中，不觉醉卧青草之间："日落醉不去，青茸草间卧。"

《龙门洞》是其经栈道过龙门时所作，写其苍秀幽深气象，或云"斗险双峰秀，凌虚古木尊。怪藤寒覆坐，修竹尽当门"，或云"混沌谁开凿，云烟自吐吞。深盘通海脉，横透露天痕"。此洞隔绝外物，尘染不到，人到此处，可涤去尘虑俗恼："避地仙踪迹，清人俗梦魂。"对此绝尘仙境，诗人却说，"功名归未得，回首谢岩阁"，仙境虽美，却因功名未得不能归隐。

《巴州圣寿寺小阁》是其经行巴州之时的题咏之作，写暂憩小阁所见之景："滩稀逢水静，城近觉山朝。露发秋光润，风吹雨意销。"水静山近、风吹雨散，写出秋光之下山野的宁静景象。最后言明其志趣乃在山林之间："巴童不知我，孤兴在渔樵。"

《宿水转寺》是其经通泉县所作，写寺庙所处之景，"径深群柏老，溪转一峰孤"，深径老柏，溪水曲折，孤峰突现，写出其境幽深之貌。

过永泰县，访文同故宅，作《过永泰文与可宅因寄》，以蓬仙旧居称许文同故宅，描写其景云："秀气峰峦排户牖，清风楼阁锁图书。"而今文同已经高步仕途，仅留下空宅于此："一从高步东山起，重见深秋少室虚。"登临墨君堂上，唯见林间猿鹤闲步。既写出清幽高雅之象，又表达出文同昔日闲雅高洁之情操。

冯山对蜀道风景的描写，在与鲜于子骏、徐之才的唱和之作中也有体现。《和徐之才巡按见寄》写其经行蜀道之景象云："扪参趋远道，首蜀下青泥。江绕萦纤带，山盘屈曲梯。"山盘江绕，青泥曲梯，写出蜀道高峻险远。《和

---

① 冯山集刊刻流传情况，参祝尚书：《宋人别集叙录》卷7，前引书，第351—352页。亦可参李清华：《北宋蜀人冯山家世行年及〈安岳集〉版本考并补冯山佚诗》。

子骏郎中文台》诗写其地人物风俗云："地接松扶绝塞边，星居人户种畲田。语音高亢关中俗，风物萧疏剑外天。"人口稀少，耕作方式原始落后，语音高亢，风物萧疏，显示出独特的人情风俗。

总之，冯山的蜀道行役之诗，在汉水梁山之间，在蜀道畏途与山谷之间，描绘出蜀道清幽秀丽之景象与落后萧疏之风情。在清绝山水之中，又怀抱"济物心"，不仅难与竹林七贤相游，也不能如老庄忘怀尘世："置身木雁间，恐非斯人徒。"（《中林道上》）正是这样的心志，故而其诗在平淡中显清越，在真巧中不露雕琢，有清空之气而无斧凿之痕①。蜀道难之咏叹，在冯山诗中已被替换和消逝了。

鲜于侁（1018—1087，阆州人）为官清正干练，刻意经术，为诗平淡渊粹。其蜀道诗仅存《大剑山》一首。以诸葛亮、司马懿、孙刘联合抗曹、钟会邓艾攻蜀之史事，说明剑门关并非安危所系："自古存亡关付托，谁言双剑系安危。"诗中不以剑山险峻物象入诗，而是排比史事，议论说理，可谓一篇史论。

范百禄（1030—1094，成都华阳人）才识兼茂，熙宁间曾提举利、梓路提刑。过剑门，有《剑阁》诗，题咏其险："山从开辟以来有，关是王公设险名。直上剑门千万仞，中开门阙数重城。"虽名为诗，实如散文。

范祖禹（1041—1098，成都华阳人）嘉祐八年（1063）进士，初仕资州龙水令，历官谏议大夫，翰林学士。从司马光修《资治通鉴》，元祐时坐修《神宗实录》，贬谪以终②。范祖禹操守持正而圭角不露，经术湛深，事务练达，

---

① 《四库全书总目》卷153《安岳集》提要云："山与梅尧臣苏舜钦同时，时已尽变杨刘西昆之体，故其诗平正条达，无翦红刻翠之态。"丘晋成亦云："允南遗集仅诗存，平易都无斧凿痕。堪羡名驰嘉祐日，已将旧调变西昆。"（见《万首论诗绝句》之《论蜀诗绝句》）

② 范祖禹生平行迹，可参施懿超：《范祖禹年谱简编》，《文献》2001年第3期；《范祖禹主要生平事迹编年考略》，《阜阳师范学院学报》2003年第6期；高叶青：《范祖禹生平与史著研究》，2008年陕西师范大学博士学位论文。

讲论平易明白，洞见底蕴，当时以贾谊、陆贽比之①。有《范太史集》②。范祖禹过朝天岭，有《过朝天岭二首》。一写朝天岭之高峻，"夜上朝天晓不极，举头唯见苍苍色。回看初日半轮明，下视嘉陵千丈黑"，一写攀越山岭之感怀，"地坼天开此险成，飘萧毛发壮心惊。人间行路难如此，叹息何时险阻平"，朝天岭的艰险难行，令诗人发飘心惊，因此想到铲平人间之险阻。无论是英雄安在的高歌，还是何时险阻平的叹息，既有高怀之志，也含苍凉寂寞之情。范祖禹沿袭着传统的蜀道险阻难行之叹，但其间又蕴含着铲除世间险阻、渴望清平之意。

## 第七节
## 雷简夫、文同蜀道路桥记之文

此期的蜀道文学除了诗歌之外，尚有雷简夫的《新修白水路记》与文同的《梓州永泰县重建北桥记》《东桥记》三篇蜀道之文。

雷简夫（生卒年不详，同州郃阳人）早年隐居不仕，康定中以枢密使杜衍荐，授校书郎、签书秦州观察判官。曾知阆州、雅州，官终尚书职方员外郎。《新修白水路记》文记叙了至和二年（1055）利州路转运使李虞卿以及兴州、长举等各级官吏因青泥岭险峻，为了方便公私之行而开白水路之事，即开通自凤州河池驿至长举驿五十一里之路程。文中记载景德元年（1004）朝廷曾议开通此路，但因"唧唧巧语"而废弃，作者由此批评那些为争半分之利而邪作百端之小人，主张如果有能使行人避险就安、宽民省费之利，"乌用听其悠悠之谈"，并且希望后来者念其路"始成之难"而"永不废矣"。在此文中，雷简

---

① 脱脱、阿鲁图《宋史》卷337本传后论："祖禹长于劝讲，平生论谏，不啻数十万言。其开陈治道，区别邪正，辨释事宜，平易明白，洞见底蕴，虽贾谊、陆贽不是过云。"（前引书，第10800页）

② 范祖禹文集版本刊刻情况，《四库全书总目》卷153《范太史集》提要云："其文集世有两本，一本仅十八卷，乃明程敏政从秘阁借阅，因为摘录刊行，非其完本。此本五十五卷，与《宋史·艺文志》卷目相符，盖犹当时旧帙也。"亦可参祝尚书：《宋人别集叙录》卷10，前引书，第490—492页。

夫既表李虞卿等人的修路之功，也表达其为民兴利的思想。

文同之文记叙治平元年（1064）永泰县令郭经、县尉史润辞为利民往来之便重建北桥、东桥之事。文章言永泰县"丛冈沓岭，围聚邑屋"，地形促狭险要，然"宾旅还过，此焉要隙"，是两川物产交易的交通要道。北桥因至和甲午年间洪水之灾损毁严重，人马难以通行，郭经、史润辞为官此地，乃"治木伐石，均功授巧"，重建此桥。北桥完成之后，又移工修建了东桥。文同以两桥之修建既表彰两位县官"发己之仁，兴民之利"，尽其职守之责，也以此表达"勤王事，恤民隐"的贤吏观念。

虽然同为记叙修路之文，雷简夫之文寓含讽刺批评之意，用语较为犀利；文同之文则充满温厚颂美之情，用语较为平和典雅，显示出两人不同的性情与文风。

## 小　结

经过一百余年的发展，巴蜀地域政治稳定，经济繁荣，文化兴盛，时平政清的社会情势令北宋中期的蜀道文学呈现出"治世之音"的安乐风貌。宋祁、赵抃、文彦博、石介、张方平、韩琦、文同、冯山、范祖禹、郭祥正等人禀受时代文化风气，以儒家道德操守自律，在蜀道行役诗文中反观人生与仕宦奔波，抒发个人情志怀抱。蜀道山水与其相亲，不再是他们身心之外物。在他们眼里，嶙峋群峰，犹如画屏；溪流隐晦，为之鼓吹；古殿残碑，为治乱鉴；怀道抱忠，蜀道坦然。正所谓"千寻蜀岭供吟稿"（冯山《送李杞省句赴阙》），"时平蜀道本无难"（苏辙《送贾讷朝奉通判眉州》），因此，无论是高不可漫、乱石夹空的山岭，还是高栈曲梯的鸟道剑栈，皆为佳景奇观，可为之赏爱图画、吟诗歌赋。在观赏秀气峰峦之间，抒忠怀，说正心，言治世，思人生，历史与现实、经世之志与清幽淡泊之性交织，使得其蜀道诗文议论横生，理致深微，雅正温丽。蜀道不再以其自然景观而突显，而是成为文人内在治政心性、道德涵养的外在刺激机制。北宋中期的蜀道文学不仅难见羁旅行役感伤之情，而且在其诗文中彰显治道理想与实践操守，既表现出显著的散文化、议论化特征，也显示出文人更加闲雅内敛的精神气象，完全重建了北宋蜀道文学的独特风貌。

第八章

北宋后期蜀道文学的回波

随着北宋后期政治的腐败黑暗，北宋中期那种直言议政的风气不复存在。言路壅闭，恩幸持权，赋敛竭生民之财，众庶怨怼，奢靡成风，社会矛盾深重，最终导致北宋政权的覆灭。在此社会环境之下，文学创作也受到很大的压抑。北宋后期文人的社会责任感与精神气象大大萎缩，使得蜀道文学失去了中期蜀道文学的劲健温厚之气，呈现出较为馁弱狭促之象。

## 第一节
## 韦骧等人蜀道文学之清吟

韦骧（1033—1105，钱塘人）喜著述[①]，有文集二十卷[②]，赋二十卷，已佚。《全宋诗》卷727—733录其诗七卷[③]。他喜为诗，自称"未尝旷日废清吟"[④]，所至皆有题咏。

元祐元年（1086）韦骧尝为利州路转运判官，他在入蜀路上写下许多诗篇，描绘蜀道各色风光，抒发羁旅行役之思。

行陈仓道，经西县，有《至西县走呈岩起》《书西县壁》诗。《至西县走呈岩起》写友朋相见甚少，"所部虽同邂逅稀，今年差比去年迟"，复言年衰壮心之叹，"衰鬓已斑乌足叹，壮心徒在竟何施"。双鬓斑白不足叹息，可叹

---

① 韦骧《钱塘集》后附陈师锡《韦公墓志铭》："平生文稿，示子孙曰：'吾之志在此耳。'"（影印文渊阁《四库全书》本）

② 韦骧集的版本流传情况，见祝尚书：《宋人别集叙录》卷8《钱塘韦先生集》，前引书，第389—392页。

③ 本文所引韦骧诗皆出于此书，不再注释。

④ 北京大学古文献研究所编纂：《全宋诗》卷729《将归》，前引书，第8482页。

的是壮心犹存但却无可施用，为国忠诚之心可见。《书西县壁》写行役之思："判袂知非远，驰轺约屡经。犹于暮云底，回首汉皋亭。"虽屡经行役，但于此仍然有汉皋亭之思。

经长柳，作《长柳馆》诗，写其景云"客舸傍沙收百丈，野禽窥水竞双翔"，客船停泊，有停留之意；野禽双翔，有启程之象。虽不言羁旅行役之情而自有其意在焉。至算钱铺，则从地名写自嘲之意："里名胜母曾车止，邑号朝歌墨驭还。我领漕权来此坐，不唯自哂且赧颜。"曾子因里有胜母之名止车，墨子因邑有朝歌之名而还驾，自己则因任漕运之职来此算钱铺，面对前贤之行不觉有愧色。见其求道之心。

至城固县，有《城固道中先寄》二首。一写寄诗传意，"谩寄小诗驰鄙意，更能还觊雅篇无"，二写相亲之意，"不知挥麈交谈外，还许拢弦入听无。"既以诗文酬唱，又以抚琴拢弦相娱，两首诗犹如短简书讯，叙事之中蕴含着高雅相知的情意与趣味。

过华山，访陈抟旧迹，作《云台观》诗。首写幽深之景，"缘崖涉涧上云台，古观稀逢车马来。翠柏径深长蔽日，玉鱼池浅仅胜杯"，复写仙师已去，唯有丹炉塑像留存，"取桃人去无遗迹，锁药炉存绝旧灰。惟仰天师惝然像，祇愁双剑起风雷"，颇有世事难料仙踪难寻之感。

行文川道，有《之文》《文剑道中》诗。《之文》篇叙述行役履危之险景、所见村舍边城凋敝之景象，再剖白心志，表达为王事而尽忠职守之意，犹如一篇记叙文。薄晚投宿馆驿，回想行途所经七驿之"岑绝"处，有高峻崎岖的栈道，"肩舁及揽辔，必步由险辍。侧身经崎岖，仰首睨嵯峨。萦栈远如线，危处甚髻发"，有喷溅惊心的飞涛，"缘崖瞩飞涛，尽眼喷霜雪。往往生眩转，收盼不敢瞥"。面对栈道飞涛，诗人说："间或得佳趣，终多备惊蹶。"惊恐之情多于观赏之趣。跋险历艰之后，渐近边城，只见道旁村舍萧条，田妇负汲，诗人见此，不觉"对此动叹嗟，闾里念远别"，抒写自己行役乃是职责所在，日夜兼程，黾勉强力，并非为利禄之位："读书贵行志，王事无琐屑。致身非青云，努力乏奇烈。"而自己才短谋拙，只希望能完成职课归奏朝廷："何当成岁课，归奏黄金阙。解组虽未能，乞麾薪敛拙。"力乏奇烈，成课敛拙，虽有村舍凋敝、哀悯田妇之叹，却无济世救民之雄心壮志，可见其宋初刚健正大的士风已然萎弱之象。《文剑道中》首写行役之苦，"剑阁文台相去遥，朝行山顶暮行腰。双眸视险睛常眩，两髀乘鞍肉半消"，再抒无补于时而思归之意，"空有辛勤驰远道，愧无毫末补清朝。何时解组归乡国，十里西湖弄短桡"，面对国势衰微，无力补救，其退避之意显然。

行阴平道，有《都竹道中》《亭溪道晓行》《过青山》《至苍溪》等诗。《都竹道中》写诗人翻越阴平道上的万重山之后，到达通往江油的都竹道中，此路上的夕雪、碧溪、梅花美景，令诗人忘却奔驰之苦。其写都竹道中佳景云："峰顶云收余夕雪，马蹄尘少带春风。一溪水色琉璃碧，几坞梅花锦绣红。"秀丽佳景，令诗人不觉有一种春风马蹄急之感，愉悦轻快之情顿显。《亭溪道晓行》写诗人冒着晓寒早行所见之景，虽然晓寒未减，但已难掩春意盎然："白云起处山樱发，绿柳垂边水碓鸣。"《过青山》写其行役山岭峻冈之景："崔嵬昨日参天碧，萧索今朝满目黄。堕叶离披疑虎迹，曲蹊盘屈类羊肠。"行道如此，但诗人说："按行若也多裨补，敢惮崎岖道路长。"如能与时有所补益，当不辞凌霜陟冈之劳。愿为国事有所分劳的忠心可见。《至苍溪》则追想杜甫之诗，故而题诗馆壁，以遗后人之思："高材遗兴千年在，远宦羁怀万里随。索笔谩题行馆壁，可能闲料后人思。"

从剑阁到利州途中，有《题岑岩起剑门诗刻后》《至白水驿辍趋文还益昌》《自剑还道中寄同事苏进之》《百堂寺》《石柜阁》《过龙洞》《过朝天岭》《三盘阁》《玉枕驿》《经望星山》《上亭驿》《得鹿》等诗。过剑门，题咏岑象求诗刻，赞扬其诗被人珍惜传之后世："扑面尘埃二十年，纱笼石刻顿光鲜。廋辞不用题黄绢，自有惊人秀句传。"（《题岑岩起剑门诗刻后》）《至白水驿辍趋文还益昌》写辍程不期而归，乃是为赏东园桃李而来，"恐失东园桃李色，一年深恨欲何追"，显其诗情雅兴。《自剑还道中寄同事苏进之》首叙二人同事相从之乐，再言忧俗济民、故园情长之心："疲俗未肥心所病，故园何在梦偏长。"因有困之忧，故而远离故园，唯有梦中可归，言明其志。《百堂寺》写睹百堂寺凋缺遗迹，而叹谁镌之功："独叹镌凿功，绵历何所自。"《石柜阁》写读前人所题之诗而生物是人非之感："佳趣想如古，物是惟人非。"《三盘阁》首写看千里江山之雄而不觉其劳，"江山千里势雄豪，终日缘崖未是劳"，而今骑马三盘阁上，其惊涛则令人心寒，"欲识寒心骑马处，三盘阁上看惊涛"，突显三盘阁之惊心恐怖。《过龙洞》写其凌空路滑令人惊心，"只恐惊神怪，轰雷起蟠蛰"，再写为公而忘其行役之苦，"岂不念怀安，自公忘岌岌"。《过朝天岭》写诗人杖策行其栈道之上，"栈阁架空霄路近，栏干护险晓云平"，仰看翠壁俯瞰长江："仰看翠壁层城峻，下瞰长江一带萦。"翠壁如城，长江如带，高远峻拔之色如见。再抒亲履此道之感："自惜仙才难蜀道，始知难此不虚名"，蜀道难之体验果然不虚。《经望星山》写其山之高："更向望星山上过，扪参方信不虚名。"

行利州蒿平道，有《得鹿》诗，叙述猎鹿之状，再写得鹿分食，而己独守"闻音不食肉"之义，复言此鹿之命乃是"猖狂自贻咎"，并以此劝诫那些"榛莽"之类，"彼类榛莽间，知而能警否"，颇有深意。

蜀道山川美景带给韦骧无限诗情，他追思杜甫诗句[1]，将蜀道栈阁上的苍然秀色写入诗篇[2]，"终日吟哦兴自全"，佳景游赏之趣，既缓解了行役之劳，也为其诗文增加材料。他在题咏蜀道险峻、行役之苦外，还关注到边城民生的凋敝困苦，也时常抒发不以个人仕途为意而愿为国尽职之心。因此，韦骧在其云烟密咏之中，明道见德，使其诗在流逸之中而显义理之趣。

尽管韦骧在其诗文中还体现出"自强"之意，但亦是黾勉之力了。他常常自叹与时无补，思归故园山水之乐，其不辞行役之劳亦不过是为了尽其职责而已。这种以道自守的自我节制显示出尽量振作的努力，但未免给人已非其本性而为刻意之感。这种精神上的勉力而为显示出北宋文人精神气貌之改变。蜀道之难的吟咏，也再度弥漫在诗文之中，充溢在文人的精神之中，成为他们心中难以逾越的阻隔。

薛绍彭（生卒年不详，长安人）不仅能书，也能诗。宋人张舜民《画墁集》卷三有《书薛绍彭诗编》一诗，可知绍彭诗也曾编辑成册，其现存有诗

---

① 韦骧《至苍溪》："辀轩寒入苍溪县，秀句遐追老杜诗。"
② 韦骧《丁承受放目亭一首》："所嗟此境藏夔府，不入当年子美篇。"《二月》："览物未能忘感慨，纾情聊且缀诗篇。""一带江山入图画，几番云雨促诗篇。"皆可说明巴蜀山水风物对韦骧诗兴的触发。

二十二首和一些残句。①

薛绍彭崇宁四年至五年（1105—1106）官梓潼路转运判官，行左绵途中，见往年所植青松皆活，于是作诗一首，以抒感怀。他在诗序中叙其作诗用意云："左绵山中多青松，风俗贱之，止供樵爨之用，郡斋僧刹不见一本，余过而太息。辄讽通守晋伯移植佳处，使人知为可贵。东川距县百里余入境，遂不复有晋伯，因以为惠。沿流而来至此皆活，作诗述谢。"薛绍彭经过左绵，看见蜀人贱视青松，以青松作炊薪，于是有感写下此诗。可见此诗为咏物之作。诗写青松高洁之性云："偃盖可须千岁干，封条已傲九秋霜。含风便有笙竽韵，带雨偏垂玉露光。"青松的千千年后可以作盖，枝条可以长久傲视秋霜而不凋，伴随风声便发出悠扬的乐声，经过雨的冲洗就露出玉露般光洁的色彩。而今诗人将它移植，使之免为火薪，可以自由自在地生长了："免作爨烟茅屋底，华轩自在拂云长。"对青松的遭际，以及将其移植华轩，应该蕴含着诗人对人才的爱惜以及对崇高德性的追求这样深刻的寓意，可视为咏物言志之作。

晁说之（1059—1129，山东巨野人）博极群书，发挥《五经》，文章典丽，著有《嵩山文集》。有《蜀道图》《三川言》诗。《蜀道图》是一首题画之作，诗中提及画中所画的蜀道之山树、流水、瀑布、行人，山树不知年岁，流瀑有声却无地可下，行人愁绝但却无愁，此并非蜀道难而应是蜀道易，所以诗人云"始信宜歌蜀道易"，此诗题写观画之感，细微敏锐，颇有理趣。《三川言》是借《杜老醉游图》写杜甫流寓巴蜀之事。胡尘乱起，杜甫奔亡，其行蜀道之景象是："云寒日淡剑阁深，翠华望断尘埃底。狼虎食人大道傍，回首妻孥须怖此。"山高云寒，虎狼食人，蜀道是如此令人恐怖。杜甫虽然卜居浣花溪，但却一直"心折秦云恨有余"，想念着中原的亲朋邻里，诗人言道："邻里一人安可得，亦无坟冢可蓁芜。"因此，诗人感叹云："人间逼仄何逼仄，却自骑鲸追李白。"晁说之借咏杜甫之事而发蜀道险恶、人间逼仄难行之愤慨，实则是北宋末年战乱之际诗人自身际遇之描绘。诗人说，人间如此艰难，还不如飞升去追李白，与之诗酒逍遥。此诗虽是针对画图而作，但实

---

① 北京大学古文献研究所编纂：《全宋诗》卷1149，前引书，第12967—12973页。本文所引薛绍彭诗皆出此处，不再注释。

际却蕴含着强烈的现实人生之感，表达了诗人弃绝人间而欲追求自由自在的生活理想。在题咏之间，显得既沉痛又傲然超逸，彰显出末世文人独特的精神气象。

李廌（1059—1109，陕西华县人①）曾以文字见知于苏轼，为苏门六君子之一。其诗《赵珝赴成都府广都县尉以送君南浦伤如之何为韵送之作八首》中有想象蜀道行役之辞。或言烟云苍苍，"翔风走尘沙，草树正玄黄。烟昏路漫漫，日冷云苍苍"，或云蜀道艰险，"蜀山如鸟道，剑阁郁嵯峨。嗟君正朱颜，奈此艰险何"。鸟道剑阁增行役之难，杜甫武侯遗迹，也令其惊心伤感，不仅有风尘滞困飘零之感，更有穷途栖迟直道无用之叹："穷途独栖迟，直道竟何用。"穷困潦倒、直道被弃的人生伤痛，令艰难的蜀道染上了浓厚的灰暗寒冷之色。

顿起（生卒年不详，蔡州人）元符二年（1099）按部行蜀道，作《元符二年二月七日按部过邛州火井县三友堂小酌杨公天隐曾令此邑以山水竹为三友余益以风月为五贤云》诗，叙述蜀道行役所见。或写经行七盘岭所见之景："七盘一何高，苍翠净寥廓。夜雨濯杉桧，春风散芝药。细云散岩色，细径度危笮。"七盘岭苍翠寥廓，显其高峻之貌；细云、细径、危笮，又言其路艰险之状。或写城郭人少土瘠之象："邑改井已泥，空余汉城郭。土瘠漫生茶，人稀时走玃。苔藓囹圄空，尘埃簿书合。县圃何萧条，半樱半零落。"土地贫瘠长满茶树，路途人烟稀少，时时可见猿猴行走，囹圄已空，簿书沾满尘土，县圃也无人耕种，萧条零落。蜀道之险如故，而城郭残破人烟稀少之象令人心惊，社会的衰弊由此可见。

朱绂（？—1107，福建仙游人）在治平四年（1067）进士及第。行役蜀道，有《邛崃关》诗写行役蜀道之思："九折先驱叱驭行，此心岂是不思亲。忠臣孝子元同道，可是王阳独爱身。"写蜀道之难，可见其忠臣孝子之别。忠臣叱驭而行并非不孝，王阳则以孝而独爱其身，其间蕴含着对王阳的讥讽批判。此诗以议论为主，见出诗人为国尽忠而忘亲的忠诚之心。

---

① 叶梦得《石林诗话校注》卷中，谓其为阳翟人，阳翟，即今陕西华县（逯铭昕校注，北京：人民文学出版社，2011年，第83页）。

何亮（浙江衢州人）崇宁二年（1103）进士及第，有《剑阁》诗，首写剑阁曾经阻隔中原成为殊方之地，"千峰如剑列虚空，曾隔车书不混同"，复言消除战乱天下统一安宁之愿望，"安得乾坤作炉冶，铸为农器散寰中"，以乾坤作冶炉，颇有豪壮之气。

郭思（？—1131，河阳人）是元丰五年（1082）进士，曾入蜀。过剑门，作《剑门》诗："斫石为梁铁作枢，武侯于此济师徒。鞭山怒气金鳌伏，架壑宏模玉蛛摅。"写剑门之固，诸葛亮出师之事，较有雄壮之气。

李樌（生卒年不详，河南许昌人）嘉祐五年（1060）为临潼主簿，元祐二年（1087）知遂宁府。其写二十八年之后再入蜀追忆往年游息之处之感慨："凄凉感旧与怀亲，时事居人触目新。独有温泉故情在，犹能为我洗红尘。"（《予嘉祐中曾迎先妣来主临潼元祐丁卯月赴守遂宁复过是邑凡山林宫寺之胜皆当日奉板舆盍朋簪岁时游息之处到今二十八年矣因城短诗以叙感慨》）物是人非，令诗人颇有凄凉之感。

尹焞（1071—1142，河南洛阳人）是理学家程颐的学生，以清介纯实之德性为人所称。他作有《自秦入蜀道中绝句》三首抒发行役之感。其写蜀道之景，或云"绿阴深处竹篱遮，也有红花映白花"，或云"晓来雨过槐阴润，午霁风摇麦浪寒"，或云"南枝北枝春事休，啼莺乳燕也含愁"，红花白花绿竹相映，令诗人想起故乡。春事已休，不仅莺燕含愁，也使诗人心生惆怅而起羁旅漂泊之悲："自愧此身徒扰扰，未知何处可偷安。"无处可偷安之语，反映出身处乱世的文人惶遽迷惘的心态。这三首诗触物抒情，风调凄清，绝少道学之气。朝政的腐败，不仅令诗人感受到自然界的寒冷，也感受到国家将亡的寒气。

入蜀文人除了蜀道诗歌创作之外，尚有李复《回王漕书》一文，涉及蜀道修筑情况。李复（1052—？，长安人）博记能文，不仅持论醇正，而且也洽于考证，"……非空谈者所可及，在宋儒之中，可谓有用者矣"（《四库全书总目·潏水集》）。他在《回王漕书》中，首以自秦至唐元和间九次伐蜀，皆取道骆谷、斜谷之事，复以唐德宗趋兴元、五代后唐庄宗取前蜀王衍、宋太祖取后蜀孟昶也皆自此路入蜀，再以"今商贩亦自长安之南子午谷直趋洋州，自洋南至达州"，说明修复蜀道之必要，并云"旧迹可见"，往日"驿程今虽废坏"，但如"兴工想亦不难矣"。李复从历代伐蜀取道线路以及当今蜀道行旅之路之重要与简便，向"会议于境上"的两路漕司差官建议可沿原有线路兴工修复蜀道。此文不仅显示出李复博闻广识、切于实际的特点，也可见自宋以来，宋人入蜀皆沿唐人入蜀线路之事。文中言及蜀道往日驿程"废坏"，亦可见出北宋后期蜀道疏于维护修筑而日趋损害之状况。这对了解北宋时期蜀道线路交通状况具有参考价值。

以上蜀道文学之作者皆是外籍入蜀之士，或赴任，或巡视巴蜀，经行蜀道，题咏抒怀。虽然留存诗作不多，但所描绘的蜀道山川景色，与其行役之思，亦可见出北宋后期蜀道文学之一斑。蜀道的高山峻岭，漫长的栈道，细径危桥，在诗人眼里是无尽的穷途，引发出来的情感是悲凉凄怆。他们经行其上，不仅深感行役之难，更有人间逼仄之感；所见城郭萧条人烟零落，更是社会残破衰弊之象。他们虽然以道自守，以忠臣自励，但也难掩其无力之感与精神委顿之气。这种面貌投射到诗文中，使其诗呈现出凄冷悲凉之风。

## 第二节
## 李新、唐庚等人蜀道文学之清俊

北宋后期蜀道文学的作者，除了外籍入蜀文人，还有一批蜀籍本土文人，他们也留下不少蜀道行役作品，成为蜀道文学的重要内容之一。其间以李新、唐庚留存作品最多，成就较著。

李新（1062—1125[①]，仙井监人），元祐五年（1090）进士，历官南郑县

---

① 此据李裕民：《宋人生卒行年考》，北京：中华书局，2010年，第85页。李新生卒年，祝尚书《宋代巴蜀文学通论》仅著录其生年1062年（前引书，第193页）；而祝尚书《宋人别集叙录》于李新生卒年阙载（前引书，第646页）。杨倩描主编《宋代人物辞典》（上）于李新生卒年亦不著录（保定：河北大学出版社，2015年，第394页）。魏晓姝《李新诗歌研究》则推考李新生年为1062年，卒年为1129年（2013年赣南师范学院硕士学位论文，第5页）。

丞、茂州通判。崇宁初曾以言得罪，羁置遂州。李新虽未尝流落终身[1]，但却陆沉州县三十余年[2]，亦可谓窘困。李新在政治上因趋附新局以冀迁除，其操守不为人所称，且文名也不显扬，但其《跨鳌集》却得以流存下来[3]。

李新往来陈仓道、金牛道，所过山岭、驿站、遗迹皆有题咏。

过长安武功驿，有《武功驿留题》诗，既写行途阴冷，"闻道春前雪最深，行人僵死薪如金。羲和不肯为日驭，潜入北海分幽阴"，又写年华老去，"长安今过何曾识，此度刘郎老于昔"。

自西县到南郑途中，作《自西县趋南郑道中杂咏》三首。首写行路所见之景："矮陌穹庐青匝地，垂杨步幛绿藏桥。无端惊耳西江涨，十里雄声学海潮。"绿杨垂地浓密不见桥梁，江声响亮如潮惊人耳目，显其突兀。次写爱山之意："爱山不道妨行色，碍眼仍须彻帽裙。愿借仙人白鹇尾，自家亲扫北山云。"虽然爱山之景但不应妨碍行路，故要借仙人白鹇亲扫北山碍眼之云，想象新奇。再写经古战场而感怀："茂林修竹平夷地，牧马藏兵战斗场。死节不知师李固，溺冠惟解法高皇。"讽刺之意显然。可见诗人行路之上，写景咏怀，借古讽今，不见衰疲之象，而有意兴飞扬之气。

过飞仙岭，作《飞仙道中》诗，写行路感怀。或云"涧流到海住家处，今我无家何更归"，或云"修途老来倍酸苦，晚雨一丝愁一缕"，或云"仰看鸿鹄向南飞，笑杀鸥鸢争腐鼠"，无家可归之感，长途酸苦之叹，鸥鸢腐鼠之笑，表现了诗人行途道中翻滚不息的复杂心绪。

过长滩，作《过长滩》诗，抒写虚名鸡肋的疲惫感因山色而稍得慰藉："尾刳泥涂贱此身，手提鸡肋恋虚名。芦花伴我头俱白，山色迎秋意转清。"功名虽是鸡肋但自身却无法放弃，故致使而今泥途贱身、头发俱白仍在奔波不

---

[1] 晁公武《郡斋读书志校证》卷19《跨鳌集》云："（李新）坐元符末上书夺官，谪置遂州，流落终身。"（孙猛校证，上海：上海古籍出版社，1990年，第1024页）《四库全书总目》卷155《跨鳌集》提要则云："新斥废以后仍官至丞倅，亦未尝流落终身。"

[2] 李新《跨鳌集》卷23《上郑枢相书》："某元丰太学生，居蜀荒陋，声迹伏匿，陆沈州县三十许年，始以城役改官。"（影印文渊阁《四库全书》本）

[3] 《四库全书总目》卷155《跨鳌集》提要："集本五十卷，今散见《永乐大典》者，裒合编次，尚得三十卷。"其集版本流传情况，可参祝尚书：《宋人别集叙录》卷14，前引书，第646页。

停，秀丽山色令其暂时放下满怀愁绪，而有东篱把酒之乐："尚能趁得黄花酒，听取东篱笑语声。"

过韩溪，有《题韩溪》诗，咏韩信云梦被擒之事："云梦擒王终猎狗，芒砀龙子讵蟠泥。前知妇女磨英气，亦率萧公早过溪。"感叹韩信功成被诛杀，与文彦博之题咏全然不同。

宿巴山，作《巴山》诗，写独行之疲劳，"独行云峤双飞舄，谁置壶浆一解颜"，又作旷达之言："世事人情随日改，不妨老子解痴顽。"

过筹笔驿，作《筹笔驿》《题筹笔驿》诗，感叹诸葛亮之事。或言天意不眷顾而使星落，"天心不肯续金刀，渭桥水急妖星落"（《筹笔驿》），或感诸葛亮计策不行而使魏国一统天下："当年若尽毫端计，魏狗还羞不令无。"（《题筹笔驿》）对诸葛亮功业未成而死表达出深切的愤激之情。

过望喜驿，作《题望喜驿黄夷仲诗后》，首写蜀道之长令人心生愁意，"杜宇啼愁连谷暗，嘉陵流恨接天长"，再化用黄夷仲诗结尾，"路人要见行人喜，看取眉间一点黄"，表达出行役至此的喜悦之情。

行金牛道，有《金牛道中》《过金牛自劳》诗。《金牛道中》写行役奔波无成之叹。"汉月满衣谙客思，巴音侧耳觉吾乡"，熟悉的乡音打断了行路之上的思绪，想起凿通金牛路，于秦有利却于蜀无功，所以诗人说："祇笑无成谩来往，回头惭愧绿衣郎。"既是讥讽蜀王，也是自嘲。《过金牛自劳》也是抒写飘零之感。已是飘零荒远之地，但却还在蜀地疆域之内；越过山岭来到平原，"土木形骸"之状又被瘿妇所笑。诗中所及行程缓慢，荒远瘿妇，既显蜀道漫长，也寓疲惫衰老之意。

过罗江，作《九日罗江旅情呈文孺》诗，抒写行役疲惫、仕宦沮丧之情。或写驿程中几次兴尽欲止："山程十驿策驽来，中路几成兴尽回。"或感长夜难眠："漏长更箭迟翻鼓，坐久灯花细落煤。"或言道书抑阻壮心："不是学无经济术，道书教我壮心灰。"进退之间取舍，令诗人挣扎徘徊。

过鹿头关，有《下鹿头坂偶成》诗，写其心悦意平之态。蜀道之险只在梦魂间了，豪情愤慨意气至此已经消散。依然不能归去白云之间，因为还有军事需要操劳："天子已筹西夏策，将军未易许安闲。"蜀道之上的愤慨意气虽然平息，但行役奔忙仍未能止。

　　李新蜀道行役之作，或抒行役倦怀，或感仕途滞困，或言行途酸苦，或发思古之情，这类羁旅行役之诗抒发了诗人辗转下寮、白首无成的感慨，豪情消磨，行途艰险，困于穷愁，拙于生计，不仅形如瘦鹤，而且亦如土木形骸，正如其诗所云："意气已无豪愤态，梦魂犹在崄崎间。白云亲老愁归计，明月知音笑病颜"（《下鹿头坂偶成》），"云何瘿妇翻相笑，土木形骸亦属官"（《过金牛自劳》）。不仅豪情已无，而且连愤激也没有了，但还要在崎岖艰险的道路之上为生活奔忙。可以说，李新的这类诗生动而又形象地描画出下层文人为了生存的无奈与辛酸，他们不仅在形体上瘦骨嶙峋，而且在精神上也备受压抑，太多的苦难让他们的精神世界也日益萎缩了。诗人尝云，"莫道一生甘淡薄，十年前亦为春狂"（《春闲戏书三首》），十年前为春而狂的激情现如今已被现实磨灭了："路行知水好，终不疗长饥。"（《汉源馆》）生存的现实需要，使诗人放弃了高远的心志而安于淡薄，其"一经挫折，即顿改初心"①的薄弱意志，从其叹老嗟卑的诗中显然可见。

　　总之，李新的蜀道之诗充满着沉沦不偶、仕途不达的穷愁哀叹，与所谓"气格开朗"②之评似乎并不相协，似不能体现他的创作风格与文学成就③。蜀道中的驿路、山岭，不过是记载他的愤慨之意、不平之气的情感之地；行路之上的历史故事与遗迹，触动的不过是他的徒劳无功之叹。尽管如此，他的穷愁之叹也正如贾岛之诗，虽然气格有限，但却不乏情韵，与宋诗重议论之调颇为不同，与北宋末年谈心论性的道学玄想之诗相比，亦可谓别具风格与特色④。

---

① 《四库全书总目》卷155《跨鳌集》提要："新受知苏轼，初自附于元祐之局，故其所上书词极切直，然一经挫折，即顿改初心。"

② 《四库全书总目》卷155《跨鳌集》提要："惟其诗气格开朗，无南渡后啁哳之意。"

③ 《四库全书总目》卷155《跨鳌集》提要云，李新之诗文"在北宋末年，可以称一作者"。祝尚书先生亦云，李新诗文"尽管在当时名气不很大，却颇有成就，算是在三苏之后，蜀中又一个拔尖的才子"（祝尚书：《宋代巴蜀文学通论》，前引书，第193页）。魏晓姝《李新诗歌研究》认为"李新的诗歌总体上呈现出一种昂扬向上的精神风貌"，"涉及到丰富的社会生活内容和思想情感"，"也表现出明显的议论化倾向"（见2013年赣南师范学院硕士学位论文，第62、63页）。就李新的蜀道诗而言，这些特点似乎都没有明显的体现。

④ 祝尚书先生云："李新诗歌特色鲜明，在北宋独树一帜。"又云："李新诗歌主要是学古乐府，学唐人，重意象，与宋调不同，也与苏轼诗的风格有异。"（祝尚书：《宋代巴蜀文学通论》，前引书，第196页）

唐庚（1071—1121①，眉州丹棱人），绍圣元年（1094）进士，曾为华阳尉、利州司法参军、阆中令、绵州录事参军等州县地方官。张商英荐其才，除提举京畿常平，后商英罢，唐庚亦坐贬惠州，政和七年（1117）遇赦，提举上清宫。宣和三年（1121）归蜀，道卒②。唐庚少负才名，诗文皆善，人谓之"小东坡"③。有《眉山唐先生文集》传世④。

唐庚往来蜀道之上，亦有行役题咏之作。其出蜀赴阙之时，有《赴阙》诗抒写赴朝心态："此行敢侥幸，政尔求便安。恐或得所欲，圣主天地宽。"求政安，得所欲，正是唐庚此行之所愿。

过绵州，作《登越王楼》诗，言其登楼所望。既见城北通往长安之道的繁忙景象，"左绵城北长安道，马足翻翻人自老"，又见楼前落日映江之景，"楼前西日堕江红，一见如逢邻舍翁"，再言杜诗已尽写其貌："由来何处识面目，应在少陵诗句中。"全诗音韵流畅，情调颇显飘逸之态。

行剑州道，作《剑州道中见桃李盛开而梅花犹有存者漫赋短歌》，写在桃李盛开春意烂漫之中，却见数枝梅花犹存，诗人云："不应尚有数枝梅，可是东君苦留客。向来开处当严冬，桃李未在交游中。"梅花应是严冬开放，而此时已是春天，是不是东君盛情相留呢？"即今已是丈人行，肯与年少争春风"，在此既是言梅，也是自喻，借梅花之独立而喻己不同流俗之孤傲。

行嘉陵江，有《嘉陵江上作》诗，写行役之思。首言离家有舟车之行，是因"坐禅腰已折，持剑手新叉"，不能安于空寂。再言其行役奔忙并不是为了攫取利禄，而是效屈原为政之志，"虽未能空寂，然犹耻攫拏。江流何处去，凭仗吊怀沙"，表明其高洁情志。

---

① 唐庚的生卒年，学界推考甚多，尚无定论。其生年有1069、1070、1071年之说，卒年有1120、1121年之说。此据余嘉锡之考证。可参见郭镭《唐庚文学成就研究》（2003年四川大学硕士学位论文）、唐玲《唐庚诗集校注》（2011年华东师范大学博士学位论文）对唐庚生卒年之考证的梳理。

② 唐庚生平仕履，可参见唐玲《唐庚诗集校注》相关之梳理（2011年华东师范大学博士学位论文，第4—6页）。亦可参黄鹏：《唐庚集编年校注》之"唐庚年谱"，北京：中央编译出版社，2015年，第1—27页。

③ 马端临《文献通考》卷237："雁湖李氏（李壁）曰：唐子西文采风流，人谓为小东坡。"

④ 唐庚诗文集版本的刊刻与流传情况，可参见祝尚书：《宋人别集叙录》卷14，前引书，第668—676页。唐玲：《眉山唐先生文集版本考略》，《新世纪图书馆》2011年第4期。

行金牛道，作《金牛驿二绝》，咏叹秦国之事。一是就秦人设饵诱蜀开通金牛道之事议论："秦人虚饵方投钓，蜀国痴鱼已上钩。天与中原通筏马，人间何处有金牛？"秦人设谋何功之有？秦蜀道通不过是天意罢了。二是就此申发仁义权谋之论："由来仁义行终稳，到了权谋术易穷。才见诈牛收剑外，已闻真鹿走关中。"提出权谋之术终有尽头，而行仁义方得始终。咏史议论，简练精悍，清新俊爽，颇有杜牧之风。

过筹笔驿，作《筹笔铺》诗题咏诸葛之事。诗云："胁寡欺孤罪未诃，先生此意竟蹉跎。漫令邺下痴儿女，骇汗惊惶欲渡河。"既感诸葛亮志业未成，也以诸葛亮去世之后尚令曹魏惊骇言其神智，颇有新意。

赴任利州，有《上益昌守李大夫》《赴益昌二首》诗。《上益昌守李大夫》既写其志，"道兴期变鲁，文盛拟从周"，也写行役憔悴之感、客愁乡思之情："崎岖缘底事，憔悴此重游。举目江山是，翻身岁月道。客愁移带眼，乡思咏刀头。"《赴益昌二首》则写任职闲适景象，"乐职如含酒美，判司敢叹官卑。会待薛疏供帐，归从朱老栽椊"，自己不是以隐取名而求仕宦利禄，所以有"南越缨方欲请，北山文莫相移"之语，以明其情志。

唐庚的蜀道行役之诗，以咏史言怀为主，既心怀世事，又持守节操，在行役憔悴之间，见其孤傲高洁之志，体现出雅正流丽、佻达俊爽之风。相较其他文人的诗歌而言，多了情韵之胜而少了说理议论的枯燥乏味。

吕陶（1027—1103，成都人①），皇祐四年（1052）进士②，累官通判蜀州，知彭州、广安军，梓州、成都路转运副使等，俱有政绩。元祐初擢侍御

---

① 关于吕陶的生卒年，王智勇《吕陶年谱》考为生于天圣五年（1027），卒于崇宁二年（1103）（见《宋代文化研究》第七辑，成都：巴蜀书社，1998年）；戴扬本《吕陶年谱补正》则推断吕陶生年为天圣六年（1028），卒年为崇宁三年（1104）（见《图书馆杂志》2009年第8期）。关于吕陶之籍贯，《东都事略》卷94《吕陶传》谓其为眉州彭山人，后徙居成都，《全蜀艺文志》卷53《吕氏族谱》所载与此同；《宋史》卷346《吕陶传》则谓吕陶为成都人。今人所持也不一致，祝尚书《宋代巴蜀文学通论》、戴扬本《吕陶年谱补正》、杨倩描主编《宋代人物辞典》等从《东都事略》之说；王智勇《论吕陶》（《成都大学学报》1993年第2期）、黄艳《论吕陶的政治活动及军事思想》（2007年河北大学硕士学位论文）、周垚《吕陶及净德集研究》（2015年广西大学硕士学位论文）等从《宋史》之说。
② 《四川通志》卷122谓其为皇祐元年（1049）进士，祝尚书《宋人别集叙录》、杨倩描主编《宋代人物辞典》从之。

史，后以集贤学士出知潞州，以元祐党夺职①。吕陶秉性抗直，毅然自立，颇有名臣风采②，著有《净德集》③。其决狱过左绵见民间祷雨，马上口占一诗，写雨下百姓忙耕之景："野垄忙耕耨，雩坛罢祷祈。"（《奉诏决狱过左绵见民间祷雨甚勤次龙安夜闻霈洒黎明测润及五六寸询诸父老未满其意马上口占》）行长江道，写道途春景如画："山花杂红白，垄麦半青黄。滩外邮亭出，松间县舍藏。"（《长江道中》）过剑门，作《过剑关》诗，抒写行役之叹："一别京华十七年，野情长是恋家山。谋身太拙真堪笑，头白重来度剑关。"见嘉陵江水，作《见嘉陵》诗，写江水清澈可鉴，"嘉陵江水泼蓝青，彻底澄光明鉴形"，又写渔翁自在之状："一叶钓舟真自在，渔翁应是醉还醒。"渔翁自在的之状与诗人羁旅行役之劳形成对照，可见诗人行役不堪之情。

吕陶的蜀道诗既有道学持守之论，也有治世济民之言，正色宏大，平易率直，使得其诗犹如策论之文而乏诗之情韵。这与他为文要"有补于世""以资治理之用"④的主张正相一致。正因如此，其诗歌也如其文一样，摒弃华彩浮词，而以说理适用为工。虽然吕陶不得称之为词章家⑤，但其诗中的治世之意雅正之调却是北宋前期中期文学的遗韵与回声。既激昂守节，"大节坚特守，纯忠自激昂"，又图国体康强，"重委台纲正，终图国体康"（《上韩端明》）。吕陶这种慷慨直言，持道高论，无所顾忌的姿态，在心性转向内敛的

---

① 吕陶仕履，可参见王智勇《吕陶年谱》。

② 王安礼《王魏公集》卷1《送吕陶赴阙》："赋比相如已绝伦，即论才识又名臣。致身可但诸公右，发策宜为上国珍。今日朝廷思谠直，一时贤俊待经纶。行看致主唐虞术，与笑淄川曲学人。"（影印文渊阁《四库全书》本）《四库全书总目》卷153《净德集》提要亦云其"大抵于邪正是非之介，剖析最明，而据理直陈，绝无洛蜀诸人党同伐异之习，严气正性，与刘安世略同。……其深识远虑，亦不在范祖禹下"。

③ 吕陶集版本之流传刊刻情况，《四库全书总目》卷153《净德集》提要云："《宋史·艺文志》载陶集六十卷，久无传本，其得见于世者，仅《宋文鉴》所载请罢黄隐一疏。今就《永乐大典》各韵内采掇哀辑，分类编次，厘为三十八卷。虽以史传相较，其奏疏诸篇或载或阙，其应制科策一首不可复考，未必尽还旧观，然已什得其七八，所阙者固无几也。"亦可参祝尚书：《宋人别集叙录》8，前引书，第361页。

④ 吕陶：《净德集》卷10《应制举上诸公第一书》，影印文渊阁《四库全书》本。

⑤ 祝尚书先生云吕陶是"政论家而非词章家"，甚是。见祝尚书：《宋代巴蜀文学通论》，前引书，第188页。

北宋后期文人中，显示出一种别样的动人风采。

吴师孟（1021—1110，成都人）熙宁中为梓州路提举常平。有《金牛驿》诗驳斥秦牛粪金以开蜀道的奇怪荒谬之谈，自嘲不能随顺世俗之意："自哂据经违世俗，庶几同志未相尤。"秦人以牛粪金引诱蜀人开通蜀道的传说，本为蜀道增添了几分浪漫的文学色彩，但诗人却要据经考证传说不实，颇有胶柱鼓瑟之气，使其情韵顿失，俨然一篇议论文字。

岑象求（生卒年不详，梓州人）熙宁中为梓州路提举常平，元祐间为利州路转运判官。有《剑门关》诗，既写其山峰凌空之势，"当道双峰辟，凌空万仞酋"，又言其关重要地理位置，"与秦置扃镝，与蜀作襟喉"，简洁明了。

刘泾（字巨济，简州阳安人）约生于1043年，卒于1100年。熙宁六年（1073）进士。与米芾、苏轼为书画之友，有集不传。有《题韩溪》诗，吟咏韩信、萧何相知意气，"豪杰相从意气中，怜才倾倒独萧公"，而感叹后来不再有此豪杰奇士。既雄放又沉郁，与文彦博题咏之作颇不相同。

宇文虚中（1079—1145，四川华阳人）工诗文，文集早佚。有《己丑重阳在剑门梁山铺》诗抒发行役身世之感。或云"两年重九皆羁旅，万水千山厌远游"，或云"何必东皋是三径，此身天地一虚舟"，风雨梁山路途，更增诗人飘零无依之悲。

以上蜀籍文人的蜀道文学，情调流畅，议论严正，在羁旅行役之叹中表现出一种愤激之气，体现了末世文人尚未衰竭的奋进之心。即使如此，蜀道的雄峻奇秀之色已经消逝了，而是熏染着他们的仕途困顿、飘零之感，呈现出灰暗凄冷的色调。

## 小结

北宋后期，在政治上，自熙宁以来的新旧党争更趋恶化，也将北宋政权引向了覆亡之路。在文学而言，熙宁至元祐年间形成的文学高潮余波不再，主力作家也先后离开人世，宋代文学的整体创作水平呈现下降趋势。恶劣的政治环境不仅摧残了士人的政治生命，使"士大夫进退之间犹驱马牛，不翅若使优儿街子，动得以指讪之"[①]，以致"无所容措其身而后已"[②]，其担负天下重任的参政自觉精神全面消解，而且也使与参政主体互为一体的文学创作主体难免沉沦与变异，并在具体的创作实践中展示出来。从韦骧等入蜀文人的诗歌创作可见，北宋后期蜀道文学不再有中期那样雍容劲健之气，而多念亲思归、在理趣之外抒写个人低回的情绪。他们更多抒发一己的身世不遇之感，在历史的观照和反思中，也更加感受到命运的无奈。这正是衰败的政治环境与行将倾覆的社会状况对文人精神风貌及其文学创作的影响所致。此期蜀籍文人的蜀道创作，虽然不乏穷愁之叹，但却更多体现出对节操和道学的坚持，在蜀道山水吟咏之间不乏清新流丽之作，在咏史怀古之际不乏现实的批评，议论中蕴含情感，表现出情韵兼胜的风格特征，代表着北宋后期蜀道文学的成就。北宋后期文人因党争之祸常常在仕途上遭受挫折，为避祸而转向内省，政治叙事有所弱化，但士人一贯秉持的补察时政的参政意识和儒学精神却在蜀道诗文中一脉相承，是中期蜀道文学风调的流波回荡。他们在蜀道文学作品中，用朴直的文辞传达其道学之思、高洁情操之意，也正是北宋中期文人精神气脉存续所在。

---

① 蔡绦：《铁围山丛谈》卷2，北京：中华书局，1997年，第38页。

② 滕珙：《经济文衡续集》卷10《风俗类》，影印文渊阁《四库全书》本。

第九章

南宋蜀道文学
的转变

靖康二年（1127）初，金兵攻陷汴京，北宋灭亡。之后，在金兵逼迫之下，宋室南渡，最终以杭州为行都，史称南宋。南宋北方疆域尽失，陕西南部和长江淮河一线成为宋金与宋蒙争战的前沿，文人的蜀道行役线路也只能限定在散关以南一线。南宋地域版图的变化、国策上的和议之争、社会思潮的更迭，不仅影响着南宋文学的走向，也使蜀道文学表现出新特点。

## 第一节
## 南宋前期蜀道文学之变徵

北宋覆亡之际，士人纷纷南迁。虽然入蜀也是士人选择南迁的线路之一，但由于人身安全与政治的因素，士人南迁之地主要集中在两浙路、江南东路与江南西路①。因此，南宋前期的蜀道文学随之衰息。此期的蜀道文学作家稀少，作品留存有限，唯有张嵲留存作品较多。

### 一、张嵲的蜀道诗

张嵲（1096—1148，襄阳人）宣和三年（1121）上舍中第，不久被川陕宣抚使张浚辟为利州路安抚司干办公事，后以母病去官。绍兴二年（1132），举家避地三巴②。绍兴五年，召对除秘书省正字，十年，擢中书舍人，除敷文阁

---

① 钱建状：《南渡词人的地理分布与南宋文学发展的新态势》，《宋代文学的历史文化考察》，福州：福建教育出版社，2012年，第128—133页。
② 张嵲《紫微集》卷35《先夫人归祔志》："绍兴二年夏，盗贼侵逼，遂奉入蜀，寓居于达州。"（影印文渊阁《四库全书》本）

待制，知衢州，终于提举江州太平兴国宫。著有《紫微集》三十卷。张嵲少时从陈与义学，故为诗句法与与义相似①，四库馆臣则称其"气体高朗，颇足以自名一家"②。

张嵲奔走蜀道之上，经兴州、褒城县、利州、兴元、达州等地，皆有诗作。

过兴州，道中遇雨，本已萧条的意绪更加凄冷："非干秋色苦，客意自萧条。谷口玄云恶，关门白露高。泥途连远驿，寒雨暗长郊。谁念征衣薄，西风方怒号。"（《兴州道中遇雨》）黑云、寒雨、泥途，怒号的西风，长长的驿程，令人倍感前途暗淡，诗人似乎已迷失在无边的风雨之中。又有《兴州看月上》诗，城下沧波、城头角声，令诗人有行役思亲之愁："去年此夜深闺月，今向兴州山上明。"

至褒城县，又遇上倾盆之雨，山气滩声侵扰着诗人的身心："山气昼侵幔，滩声夜入城。"在迷蒙的湿气中，体会到历史的吊诡："子真空旧隐，褒姒谩垂名。"古迹都已磨灭了，唯有秋风吹红了山树："访古多磨灭，秋风山树赪。"（《褒城县雨中》）一种物是人非的沧桑感油然而生。

至利州，诗人访登真观，庭柏参天而鹤却不归，空余池水而丹灶已不可寻，金像俨然也不知何人所造："古柏参天鹤不归，空余池水澹清晖。"（《登真观遗履池》）面对仙人遗迹，诗人无意伤感失落，"学仙匪吾事，访古乃其好。物色聊默存，他年忆曾到"（《登真观》），匆匆登临，不过是聊增访古之意罢了。诗人于仙人之事深感渺茫，徒留遗迹，供人游访而已。

至兴元，有《题兴元双楠》《双楠送何致远归陕西》诗。《题兴元双楠》写双楠雄伟之势："兴元双干名千里，字水孤根压九垓。岂但为君丈人行，谛观直恐是云来。"千里为名，树根深入九垓之广，且高耸入云，广大劲茂之姿可见。《双楠送何致远归陕西》既写乱世飘零之愁："乱后生涯似转蓬，何堪送客值秋风。含凄试看东归路，只见青山绕汉中。"又寄建功边塞之望："日落边城旌旆愁，汉家铁马正防秋。殷勤送子西征路，努力班超万里侯。"乱后

---

① 厉鹗辑撰《宋诗纪事》卷40"张嵲"："《刘后村诗话》：巨山，陈简斋之表侄，诗法似之。"（上海：上海古籍出版社，1983年，第1036页）

② 《四库全书总目》卷156《紫微集》提要。

人生已如飘蓬无所归依，何况又正值秋风时节与友人相别，令人倍感凄然。如今边城旌旗铁马正是练兵之际，你归去可效班超建立奇功。身世之感，离别之愁，建功之期，交织于诗文之中，使其情韵深致，哀情中含豪气。

在达州，写下《达州月夜》诗。此时的达州人烟稀少异常寥落："薄暮行人息，角声吹已残。城空群犬吠，明月照关山。四望何所见，烟苍树团团。但闻流水声，不见飞鸟还。"战乱造成的社会凋敝于此可见。诗人避居此地，思念故园与故人："故园天一角，时危路间关。避地方云始，整驾何当旋。故人同此夕，若为怀抱宽。"时局危乱，再加上路途不通，何时可以回归，尚且遥遥无期，故而只能寄情明月劝勉故人放宽怀抱以待相见。诗人受到朝廷召见，自达州启程赴行在之地，至永睦县投宿废弃学校而书怀寄意。一方面，诗人叙说自己轻生冒险行走畏途，乃是为其生存之需，"母老儿未齿，何苦事西走。轻生冒畏途，用意在升斗"，而今遭逢战乱，已如丧家狗，"耻为辕下驹，终若丧家狗。遭乱乏禄食，避地阙田亩"，进退不得。同时，自己曾读书而有经时济世之怀，"读书慕经济，颇亦略句读。雅意死知己，且复羞自售"，却因"时命大不偶"而只能"栖栖穷途间"，诗人不愿混迹樵叟之间而终其一生，故"恭闻贤侍郎，求才如恐后"而有"私心颇感激，尝欲事奔走"，不仅如此，其"平生慕蔺心，已在辕门右"，欲有所作为的心早已飞到辕门之下了。诗人因为战乱而被迫避地达州期间的生活与精神状态，于此昭然可见。虽然他曾因"寰区丧乱方如许，寸地尺天无安堵"而有结茅西川之兴（《西谷歌》），但一旦有了重新出仕的机会，其心就如长滩激浪、南下奔云，悠悠东去。

战乱中文人奔亡的凄凉与痛苦，可以说是张嵲蜀道诗的显著特色。无论是写其自身蜀道行役途中的灰暗景物，还是送人入蜀的诗中，都表现出战乱带来的漂泊无定之感。如《送赵公望入蜀》："四海兵戈满，山川道路长。去留无上策，分手鬓毛苍。"是去是留，焦虑惶恐。赵郎入蜀，诗人既感伤又欣羡，"乱离何处托浮生，羡子今为剑外行"（《送赵郎二首》），多次送别，诗人渴盼和平，"异县频年多送远，中原何日见承平"，并与朋友相约清平之时相见，"此别相逢定何许，各须努力待时清"（《送赵郎二首》）。张嵲的蜀道诗，充满了浓厚的战乱文学的悲伤色彩，虽然也反映出战乱之时文人"乱离多苦辛"的流离之苦，但多见其低沉哀叹之声而罕见其慷慨激动之调。"壮心随遇尽，曩志与时消"（《送冯贯道之东川转而之行在》），可谓乱离中文人感路穷而灰心丧志的精神之貌。

## 二、郑刚中等人的蜀道诗

南宋前期蜀道文学除了张嵲之作外，尚有郑刚中、杨椿、欧阳澈、王灼等人也有一些蜀道诗歌作品留存。

郑刚中（1088—1154，婺州金华人）绍兴十一年（1141）为川陕宣谕使[①]，十二年为川陕宣抚副使[②]，十四年改为四川宣抚副使[③]，十七年九月被罢[④]，长期宦蜀，节制武将，抵御金人，其策略与功绩屡受时人称扬[⑤]。他不仅武功卓著，而且经史贯通，著述丰富，有《北山集》三十卷，《周易窥余》十五

---

[①] 李心传《建炎以来系年要录》卷142：绍兴十有一年冬十月丁卯，"宝文阁直学士、枢密都承旨郑刚中为川陕宣谕使"。（北京：中华书局，2013年，第2671页）

[②] 李心传《建炎以来系年要录》卷145：绍兴十有二年夏五月甲午，"宝文阁学士、降授左通直郎、枢密都承旨川陕宣谕使郑刚中为左朝奉郎，充端明殿学士、川陕宣抚副使"（前引书，第2730页）。佚名《宋史全文》卷21："五月甲午，川陕宣谕使郑刚中为川陕宣抚副使。"（影印文渊阁《四库全书》本）

[③] 李心传《建炎以来系年要录》卷151：绍兴十有四年春三月丁卯，"端明殿学士、川陕宣抚副使郑刚中改四川宣抚副使，去'陕'字"（前引书，第2850页）。

[④] 李心传《建炎以来系年要录》卷156：绍兴十有七年九月丙子，"资政殿学士、四川宣抚副使郑刚中罢。先是，殿中侍御史余尧弼奏：刚中天资凶险，敢为不义，专与异意之徒合为死党，妄用官钱，纵使游士摇唇鼓舌，变乱黑白。四川有都转运司，盖总四路财计，以赡军须也。俾乘间上书，并归宣司，则是制军、给食，通而为一，虽密院、户部不得如此。祖宗维持诸路之计，于此扫地。不知刚中封靡自植，欲以何为！总领司建置之意，盖与诸路一体，刚中怒形于色，不容总司举职。朝廷不得已为之易置，则又扬言以为己能。自古跋扈藩镇，敢如此否？章未报，尧弼又奏刚中奢僭贪饕，妄作威福，罔上不忠，败坏军政五罪，乃有是命"（前引书，第2968页）。

[⑤] 刘才邵《檆溪居士集》卷4《郑刚中转官制》："刚中治蜀有方略，节制诸军，极其严肃，故云屹若鼎器，镇于坤维也。"郭印《云溪集》卷十《送郑宣抚三首》云："西南所系安危大，何止雪山分重轻"，"凛凛风霜镇玉关，文经武略自优闲。蟠胸浩气吞云梦，盖世英名重泰山"。陈亮《龙川集》卷十三《中兴遗传序》称其为"能臣"。吴师道《敬乡录》卷4《郑刚中》："与金人争诘辨难，终全阶成秦凤及奉商之半，列据险要，蜀赖以安"，"是时蜀中劲卒十万，都统吴璘杨政郭浩已加三少，皆骄悍难制，公每折之以威而接之以恩，皆帖伏听命"，"在蜀六年，储蓄丰积，当时人每与宗忠简公同称，曰：宗某如老虎之当北，郑某如伏熊之临西。其雅重如此"（影印文渊阁《四库全书》本）。

卷，《西征道里记》一卷，《经史专音》五卷，以及《塌碎编》《乌有编》等书①。

在其诗文中，《移司道中四绝》是其行役蜀道上之作。一写移司利州之事，"危梯破雪入河池，今日还辕岁一期。道是得归元未是，却移边角利州吹"；二写行军之色，"鱼惊鼓吹寒犹出，鸟避旌旗去肯留"；三写路途山水之景，"千山似笋怜渠瘦，一水如蓝对我寒"；四写军阵之势，"随车千骑铁成围，诸将前驱辨鼓旗"。四首绝句，既写蜀道山水之景，行军之色，也抒发行役之思。鼓声旌旗，使诗人意识到自己身处军营，担任军队统帅之职，所以忧虑自身才疏恐难以胜任。面对蜀道千山，碧蓝之水，诗人无法静心观赏，故要将其图画归去，待其后闲静之时再看。可见行旅匆匆、军务繁忙之情。千骑诸将，再使诗人感受到紧张严肃的军营氛围，故而使他忆起在东阳村舍着芒鞋踏雨看山的闲情雅兴。蜀道行路之上的寒冷、紧张，以及内心的波动起伏，显示出诗人对边事的忧虑与孤危之感。

杨椿（1095—1167，四川眉山人）曾官潼川府，有《隆庆》诗写其地理形势。或言其山之险，"坤地厚鳌背，艮山比犬牙"，或言其峰之高，"云根生夜雨，石刃凑朝霞"，正因山势高峻险要，故而成为难以逾越的稳固关防，"蜀国关防壮，巴山道路斜"，颇含一种壮气。

欧阳澈（1097—1127，江西抚州人）身为布衣，却以国事为己任，尚气节。有《过巴川》诗抒写失志不遇之情："凭高因赋遏云篇，曳履狂歌放昔贤。未遂相如荣驷马，且寻师正傲清泉。悲吟玉未经三献，羞涩囊空乏一钱。典却春衣常独酌，从教邸主笑鸢肩。"羞涩囊空，典却春衣，未遂悲吟，显出其贫困的生活状态，但凭高狂歌又表现其放旷慷慨之气，虽有穷愁之叹，却无哀怨低沉之象。

郭奕（生卒年不详）绍兴元年（1131）为川陕京西诸路宣抚司僚属，经漫天岭，作《题漫天坡》二首，写秦蜀之间山岭紧密相连之势："秦山未尽蜀山来，日照关门两扇开。"越过大小漫天岭之后，就进入了四川之境，"一从大小漫天后，遂使生灵入四川"。全诗浅显如同白话口语，但却较为生动地表现

---

① 吴师道：《敬乡录》卷4《郑刚中》，影印文渊阁《四库全书》本。

了秦蜀地壤相接的紧密关系。

赵德载（生卒年不详）绍兴六年（1136）知渠州，赴任途中遇雨，题诗感怀："三年冷眼笑吹竽，世态炎凉我自如。却怪天公亦人事，入邦便有雨随车。"（《绍兴丙辰冬十有二月戊申赵德载赴官宕渠入境小雨肩舆中戏作一绝书白鹤寺壁》）宦途冷落，世态炎凉，可见诗人内心满腹牢骚失意之感。

王灼（生卒年不详①，遂宁人）曾辗转各地为幕僚②，仕宦不显。其一生多居蜀地，著述丰富，但所作多散佚不存。今存有《颐堂文集》五卷，《颐堂词》一卷，《碧鸡漫志》五卷，《糖霜谱》一卷。另，岳珍又从《夷坚志》《永乐大典》等书中辑得《全宋诗》《全宋文》漏辑的王灼佚诗佚文十二篇③。

王灼著述虽富，然其蜀道行役诗，只见《大雷雨中舟过苍溪怀杜子美》一首。首写雨前之象，"疾雷欲破岳，疾风欲翻海"，次写大雨之状，"飘雨杂飞雹，蓬屋响珠琲"，复写雨过游衍见杜甫题诗，"不见少陵翁，苍溪遗句在"，再以自叹穷困结尾，"我老更可憎，比翁穷十倍"。状雷雨之象较为生动，叹人生穷困令人悲酸，表现出一个落魄文人的穷愁境况。

## 三、李纲等人题咏蜀道图之诗

除了上述文人的蜀道行役之作外，还有李纲、朱翌、曹勋的蜀道图题咏之作。

---

① 王灼的生卒年，学界主要有三种意见：一是李孝中、侯柯芳在《王灼生年爵里考辨》中认为其生年为政和元年（1111），卒年无考；二是谢桃坊《王灼事迹考》认为其生年是元丰四年（1081），卒于绍兴三十年（1160）；三是钱建状《王灼生年新证》认为王灼生年为崇宁三年（1104），卒于隆兴元年（1163）以后。2009年首都师范大学陶丽丽硕士论文《王灼及其作品研究》、2010年河北大学肖燕硕士论文《王灼研究》、2013年西北师范大学赵引霞硕士论文《王灼及其文学创作研究》均依违前人考证，没有提出新的观点。此外，祝尚书先生认为王灼大致活动于北宋末南宋初，享年应在六十以上（祝尚书：《宋代巴蜀文学通论》，成都：巴蜀书社，2005年，第292页）。
② 李孝中、侯柯芳《王灼集》则言王灼"除绍兴间短期为幕官于夔州外，终身不仕"（成都：巴蜀书社，2005年，第1页）。
③ 岳珍：《王灼诗文辑佚》，《南京师范大学文学院学报》2003年第3期。

李纲（1083—1142，福建邵武人）是南宋初期主张抗金的名臣，能诗文，著有《梁溪先生文集》。其《题伯时明皇蜀道图》是一首题画诗，首写唐明皇重用奸臣养祸，致使山河震荡，驾奔西南；次写明皇蜀道奔亡之景象，或云"山青江碧蜀道难，栈阁连空袅相拄。旌旗惨淡云物愁，林木阴森猿鸟侣"，或云"伤心坡下失红颜，堕泪铃中闻夜雨"，或云"老髯奚官驱蹇驴，负橐赍粮岂供御"，天皇贵胄尚且如此狼狈，落于豺虎之手的天下苍生之悲惨命运可知。诗人对此说道："千秋万岁不胜悲，玉辇金舆尽黄土。空令画手思入神，一写丹青戒今古。"希望后世能引以为戒。李纲咏叹唐明皇蜀道奔亡之事，可以说蕴含着强烈的现实劝诫之意，希望当今赵宋统治者引以为戒，不要如唐明皇一样宠信奸臣近幸而导致国家艰危。格调沉雄劲健，颇显在国家危难之际文人昂藏风貌。

朱翌（1097—1167，舒州人）"学问淹该，词章典赡"[1]，著作有"元祐遗风"[2]。其所作多已散佚，四库馆臣从《永乐大典》中辑录其篇什，编为《潜山集》三卷[3]。其有《观李思训幸蜀图》诗。此首是诗人观李思训所画《唐明皇幸蜀图》有感而作。诗中言唐明皇奔走崎岖蜀道之事而发劝诫之论："纵有将军天下笔，不如无逸旧时图。"此图画纵使精美无比，但也不如旧时所绘的《无逸》之图，以周公劝告成王勿要放纵沉湎逸乐立言，寓含着诗人劝诫当今统治者以史为鉴的用意。

曹勋（1098？—1174，河南禹州人）亦有《题幸蜀图》慨叹唐明皇因耽于奢靡逸乐致使其有蜀道之行："曾读开元天宝间，四时风月不教闲。常联玉辇游清夜，岂意崎岖蜀道难。"

总之，南宋前期蜀道文学的作者多不是名高位显的士大夫，也并不以文学见长，致使蜀道文学呈现出沉寂的状态。战火纷飞，文人疲于奔逃求生，难以有蜀道行吟的野兴雅致。时局的混乱，也打乱了社会秩序，在新的社会秩序建

① 洪适：《盘洲集》卷23《敷文阁待制朱翌左朝议大夫制》，影印文渊阁《四库全书》本。
② 《四库全书总目》卷157《潜山集》提要。
③ 朱翌诗文情况，《全宋文》搜其佚文14篇，编为一卷。《全宋诗》收入《潜山集》三卷，新辑集外诗编为第四卷。朱翌的事迹及其家族情况，可参见张剑：《朱翌及其家族事迹考辨》，《汉语言文学研究》2011年第2期。

立起来之前，文人再难以因赴任巴蜀而行走蜀道之上。南宋前期文学中那种深怀怨愤、思欲恢复的英雄气概极少出现在蜀道诗文之中，如张嵲的蜀道行役诗更多表现的是战乱带来的颠沛流离之苦以及穷途之叹，而很少见其怨愤之气，即使是在主持川陕军务的郑刚中的蜀道行役诗里亦难见其激昂奋进之志。唯有李纲、朱翌等人的蜀道图题咏之作稍显批评精神与劝诫用意。就此而言，也许正是艰险的蜀道，既阻断了中原的熊熊战火，使巴蜀地域暂安一隅，也同时阻绝了文学与时代相连的精神气脉，使南宋前期蜀道文学几乎游离于爱国文学精神之外而呈现出萎弱声调。蜀道文学重新与时代精神同一脉搏，则有待于以陆游为代表的一批重要作家的蜀道创作。

## 第二节
## 南宋中期蜀道文学之复盛

从乾道元年（1165）到开禧北伐（1207）的四十余年，称为南宋中期。这段时期，是宋金对峙、关系相对稳定的时代。许多文人的爱国热情方兴未艾，为抗战北伐奔走呼号。但同时，苟和偷安的思想始终占据上风，在此压迫之下，文人的爱国心理受到极大的压抑，又咏叹出报国无门的沉雄曲调，使爱国文学得到最充分的发展。赵翼曾言："时当南渡之后，和议已成，庙堂之上，方苟幸无事，讳言用兵；而士大夫新亭之泣，固未已也。于是以一筹莫展之身，存一饭不忘之谊，举凡边关风景、敌国传闻，悉入于诗。虽神州陆沉之感，已非时事所急，而人终莫敢议其非。因得肆其才力，或大声疾呼，或长言永叹。命意既有关系，出语自觉沉雄。"①此言虽是评陆游诗歌之语，但也正可道出南宋中期文学与时代背景之密切关系。

南宋中期蜀道文学经过前期的沉寂之后重新发出了时代的最强音，显示出蜀道文学应有的时代风貌。此期蜀道文学的主要作家是陆游，他的蜀道文学创

---

① 赵翼：《瓯北诗话》卷6，霍松林等校点，北京：人民文学出版社，1963年，第79页。

作代表着南宋蜀道文学的最高成就。

## 一、陆游的蜀道诗词

陆游（1125—1210，越州山阴人）以荫补官，高宗闻其名，欲召用，而以口语触秦桧，故抑不进。绍兴末始召对，褒谕再三，赐进士出身。孝宗即位，迁枢密院编修官。王炎宣抚川陕，辟为干办公事。范成大帅蜀，又为参议官。后以宝谟阁制致仕，卒年八十有五[1]。陆游生平仕宦，凡五佐郡，四奉祠，所处皆散地。又学问该贯，喜为诗歌，工文辞，名震一时，著有《剑南诗稿》《渭南文集》等[2]。

乾道八年（1172）二月，陆游由夔州出发，赴任南郑王炎幕府。同年十月，幕府解散，又离南郑而至成都，自此在成都及其周边州县任职，直至淳熙五年（1178）春奉诏东归，方乘舟离蜀。陆游无论是赴南郑还是离开南郑宦游成都，频繁往来蜀道之上，都写下较为丰富的作品，成就卓著。

首先是赴任南郑的行役之诗。陆游取道万州、梁山军、广安、利州[3]，经行金牛道，到达南郑，历时近三个月[4]。陆游在赴任的路上，或反思自己四方宦游，"南穷闽粤西蜀汉，马蹄几历天下半"（《饭三折铺》），或感岁月匆匆功名无成，"少年事虚名，岁月驹过隙"，而今老大倍觉时间珍贵，"自从老大来，一日亦可惜"（《酒无独饮理》）；或叹路途难行，"滑路滑如苔，涩路涩若梯。更堪都梁下，一雪三日泥"（《畏虎》），或观蟠龙瀑布奇观，"远望纷珠缨，近观转雷霆"（《蟠龙瀑布》）；或喜梁山军丰年之

---

① 钱大昕《廿二史考异》卷80"宋史十四"考陆游卒年云："嘉定二年卒，年八十五。案陈氏《书录解题》云嘉定庚午，年八十六而终。今考《剑南集》有绝句诗云'嘉定三年正月后，不知几度醉春风'，则嘉定三年正月游尚无恙，传云年八十五者，非也。"（方诗铭、周殿杰校点，上海：上海古籍出版社，2004年，第1104页）

② 马端临《文献通考》卷240《渭南集》："诗为中兴之冠，他文亦佳，而诗最富，至万余篇，古今未有，故文与诗别行。"（影印文渊阁《四库全书》本）

③ 于北山《陆游年谱》，上海：上海古籍出版社，2006年，第155页。

④ 赵阳《陆游"南郑情结"述论》云：陆游于乾道八年正月离夔州，历时约3个月，于乾道八年三月始抵达南郑（2008年华东师范大学硕士学位论文，第3—6页）。

歌舞，"歌阑舞罢史君醉，父老罗拜丰年赐"（《题梁山军瑞丰亭》），或赏岳池农家难得的宁静之乐，"绿秧分时风日美，时平未有差科起"（《岳池农家》）；或伤春，"残年流转似萍根，马上伤春易断魂"（《马上》），或思归，"驿前官路堠累累，叹息何时送我归"（《果州驿》）；或因先贤许国之肺肝而流涕，"许国肺肝知激烈，照人眉宇尚峥嵘"（《过广安吊张才叔谏议》），或为自己报国无时而愁闷，"杀身有地初非惜，报国无时未免愁"（《慧照寺小阁》）。诗人时而兴致盎然，"但令身健能强饭，万里只作游山看"（《饭三折铺》），时而又心绪低落，"半世羁游厌路岐，凭鞍日日数归期"（《闻杜鹃戏作绝句》）；时而慷慨悲歌，"鬓毛无色心犹壮，藉草悲歌对酒尊"（《邻山县道上作》），时而又感万事成空，"数茎白发愁无那，万顷苍池事已空"（《南池》）。对驿舍海棠，诗人为之零落而悲伤："盛时不遇诚可伤，零落逢知更断肠。"（《驿舍海棠已过有感》）对古驿道旁边的海棠而生出的无限哀伤，也许正是对自身遭际的悲叹。过老君洞，诗人对神仙亦语含讥讽："太清宫阙俱煨烬，岂亦南来避贼锋。"（《老君洞》）见筹笔驿遗迹，则不耻三国谯周作降表："一等人间管城子，不堪谯叟作降笺。"（《筹笔驿》）听闻寒食节金牛道上的游乐喧笑之声，不觉有金戈铁马已远之感："谁知此日金牛道，非复当时铁马声。"（《金牛道中遇寒食》）步唐明皇奔蜀旧路，又不觉心生伤感："阿瞒狼狈地，千古有遗伤。"（《晓发金牛》）总之，陆游行走蜀道之上，或叹人生漂泊，宦途阻塞，时有故国念归之心；或借历史上蜀汉之投降与唐明皇之败亡而发现实之感慨，借古讽今；或感前贤之壮志而心怀激烈，深觉丈夫应有四海之志，身老心犹壮，期待有报国之时。个人身世之感，历史之教训与一腔报国无门的愤懑交织在一起，在对历史上投降与逃跑的讥刺中蕴含着对当政者的不满与抨击，在沮丧与愁闷中，也满怀着自我激励与期待，展现出陆游奔赴南郑路途上的复杂心绪与情感。

　　正是在"意气或感激，邂逅成功名"（《蟠龙瀑布》）的希望中，经过近三个月的跋涉，陆游终于抵达南郑，开始了为期八个月的军旅生活①。紧张而艰苦的军旅生活，刺激着诗人那颗火热的心。他用诗歌表现出这段生活带给他的激动兴奋与昂扬的斗志，同时也真实地抒写出他的苦闷与失落。他记录南郑军旅生活的诗歌本有百余首，而今仅存三十首②，虽不能窥其全豹，但亦可知大致情状。

一是初到南郑之诗，主要有《山南行》与《南郑马上作》两首。或写广阔的自然地理景物，"我行山南已三日，如绳大路东西出。平川沃野望不尽，麦陇青青桑郁郁"（《山南行》），或写苍凉悲壮的历史遗迹，"落日断云唐阙废，淡烟芳草汉坛平"（《南郑马上作》），或写丰富多彩生机勃勃的军营生活，"地近函秦气俗豪，秋千蹴鞠分朋曹。苜蓿连云马蹄健，杨柳夹道车声高"（《山南行》），或写沉痛的历史兴亡之感，"古来历历兴亡处，举目山川尚如故。将军坛上冷云低，丞相祠前春日暮"（《山南行》），或慨叹中原之失，"国家四纪失中原，师出江淮未易吞。会看金鼓从天下，却用关中作本根"（《山南行》），或抒发胸中郁塞之气，"犹嫌未豁胸中气，目断南山天际横"（《南郑马上作》），等等。自然与人文景象的交错，历史兴亡与现实峥嵘的激荡，令诗人的情感既沉郁苍凉又充满跌宕飞扬之气。面对失去的中原山川与军营中火热的生活，诗人充满着一股勃勃欲动的雄心豪气，这与赴南郑途中叹老嗟卑的低沉迷茫迥然相异。不仅情感与内容上发生了变化，就是其诗风也开始转向了沉郁雄壮。

二是因公务往返汉中与阆州之诗。诗人自三泉渡嘉陵江到利州，行至木瓜铺，写其山路陡峭，溪桥断裂，山崖崩塌，"当车礧礧石如屋，百里夷途无

---

① 朱东润先生在《陆游在南郑》文中说"他在南郑的时间太短了，前后仅仅八个月"（《复旦学报》1959年第6期）。傅璇琮、孔凡礼在《陆游南郑从军诗失传探秘》中云："实际上陆游真正过军中生活，在当时边境第一线的，只是在南郑的七个月。"（《文学遗产》2001年第4期）两者所云时间的不同，只是因是否将进入与离去的路途上的时间计算在内的差异而已。

② 陆游自述其在南郑时期的诗歌有百余篇，只是在"舟行过望云滩"时坠落水中，故而无传。见《剑南诗稿校注》卷37《感旧》诗中自注："予山南杂诗百余篇，舟行过望云滩，坠水中，至今以为恨。"（上海：上海古籍出版社，2005年，第2380页）对于陆游南郑诗歌失传的原因，可参傅璇琮、孔凡礼：《陆游南郑从军诗失传探秘》，《文学遗产》2001年第4期。陆游现存南郑诗，赵阳统计为26题30首，见赵阳：《陆游"南郑情结"述论》，前引，第6页。

十步。溪桥缺断水啮沙，崖腹崩颓风拔树”，还有虎狼狐狸出没，“虎狼妥尾择肉食，狐狸竖毛啼日暮”，此外还有冢丘间的精灵也让人毛骨悚然，“冢丘短草声蹇窣，往往精灵与人遇”；路途险难恐怖已令人望而止步，更何况还要顶着寒风冷雨早出晚归，“五更出门寒裂面，半夜燎衣泥满袴”，如此艰险的道路与行程的辛苦，无怪乎诗人要自问“我生胡为忽在此”了，更因此充满着一种“悲辛”之感（《木瓜铺短歌》）。因此艰辛所感发，诗人不仅生出“余年有几百忧集，日夜朱颜不如故”之忧虑，而且对于自身落得如此境遇而开始怀疑人生的价值取向：“即今台省盛诸贤，细思宁是儒冠误？”夜宿葭萌惠照寺，又感风云惨淡草木萧条，“雨后风云犹惨淡，霜前草木已萧条”，而故山迢迢：“亭驿驱驰髀肉消，故山归梦愈迢迢。”（《夜抵葭萌惠照寺寓榻小阁》）宿青山铺，一则叹“即今冒九死，家国两无益”，再则叹“仕宦十五年，曾不饱糠粞”（《太息宿青山铺作》），虽然对仕途倍感沮丧，但平生忘家报国之志的无法实现却令人更加悲伤难抑：“中原久丧乱，志士泪横臆。”正因如此，诗人感到前路是那么漫长，“太息重太息，吾行无终极”，一路上是那么令人凄凉，“凄凄复凄凄，山路穷攀跻”。至阆中，虽云事事“俱是邯郸枕中梦”（《阆中作》），但仍登锦屏山拜谒杜甫祠堂。诗人有感杜甫“忠义凛凛”而将风雨之声视为此老的愤怒之气：“夜归沙头雨如注，北风吹船横半渡。亦知此老愤未平，万窍争号泄悲怒。”（《游锦屏山谒少陵祠堂》）由此前的寂寞迷惘与悲哀，至此转而为悲愤怒号，不仅是杜老的悲怒未平，亦正是此时诗人心中的悲怒之声。诗人此次出差，可说是“击筑悲歌一再行”（《自阆复还汉中次益昌》），其中既有“朱颜渐改功名晚”之悲叹，亦有“秦关北望不胜悲”之愤慨。诗人时而言“渭水函关元不远”（《嘉川铺得檄遂行中夜次小柏》），时而言“地连秦雍川原壮”（《归次汉中境上》），中原故地虽然尽收眼底，却是可望而不可即，故而常常令诗人“著鞭无日涕空横”（《嘉川铺得檄遂行中夜次小柏》），抑或是“坠鞭不用忆京华”（《阆中作》）。无法实现的报国之志虽然令诗人涕泪横流，时作哀伤凄然之语，但其建立功名的期待，对于国家前途的考量与忧虑，仍然是诗中吟唱的音调，或言“邮亭下马开孤剑，老大功名颇自期”（《驿亭小憩遣兴》），或言“切勿轻书生，上马能击贼”（《太息宿青山铺作》），或言“遗虏屡屡宁远略，孤臣耿耿独私忧。良时恐作他年恨，大散关头又一秋"（《归次汉中境上》）。诗人固然说过"一饥忘百虑"，为了生存而不得不为此悲辛之险途，云栈危路也令诗人惊心断魂，但其报国志愿的落空却更令诗人悲怒难平。这些诗歌在内容上虽然不乏谋生之嗟，触目之处也多惨淡萧条，与其赴南郑途中之悲叹低沉颇为近似，但此时之悲抑中却有厚重，低落中有雄壮之气。

由上可见，无论是宦游自叹，还是危路魂断；无论是英雄壮志的兴奋与期待，还是报国无门的悲愤与呼号，都充盈在他的南郑行旅诗中。有无奈，有失意，有颓丧，但也不乏自励、昂扬与奋进。这些行役之诗已然昭示着陆游诗风的转变，并形成了宏肆雄健的风格特征①。

乾道八年（1172）十一月，陆游调任成都府安抚使司参议官，离开南郑前往成都。他从兴元出发，经三泉、益昌，入剑门，抵达成都。由于壮志未酬，此路之作情调较为沉郁愤懑。

诗人初离兴元，倍感悲凉难堪，有诗云："梦里何曾有去来，高城无奈角声哀。连林秋叶吹初尽，满路寒泥踏欲开。"（《初离兴元》）秋风吹尽林间树叶，角声哀怨，满路淤泥，在如此凄冷中踏上去往锦城之路。诗人深感造物戏弄，却依然回望梁州与杜陵："梁州在何处，飞蓬起孤垒。凭高望杜陵，烟树略可指。"诗人意识到，此去锦城，原来踏马中原的梦想破灭了，"今朝忽梦破，跋马临漾水"，壮游成空，战死沙场既已没有机会，那处处皆可为埋骨之地，"此生均是客，处处皆可死"，此去剑南，就聊作小憩吧，"剑南亦何好，小憩聊尔尔"（《自兴元赴官成都》），可见陆游离开南郑的悲凉意绪与低落心情。此去成都，诗人不过是聊作休憩，似乎心灰意冷，已无壮志与梦想。这既奠定了陆游赴成都路上的失意心情，也预示着成都生活与诗歌与南郑

①　王伟《陆游南郑期间诗歌创作风格变迁及其诗学意义》认为陆游诗风转变主要表现在诗歌题材更为广阔、语言上独立成家、风格沉郁悲壮兼雄健宏大三个方面。立论大体不差，但与前人所论并无新见。许文军《论陆游在南郑》则认为其在南郑的纪实之作愁苦而迷惘，自然展露了一个叹老嗟卑的下层官吏和天才痛苦的混合型形象，与其日后回忆之作呈现的昂扬卓砺的军中勇士形象迥然相左，并说在去南郑之前，陆游只是一个闲适诗人而已。此论虽然不乏新意，但亦不免偏颇龃龉之处。陆游在此期间的愁苦迷惘和痛苦，与此前的叹老嗟卑已有很大不同，因为此时的低徊呻吟显然因其北望秦关却未能著鞭渭水而更添厚重深沉。这种改变，已不仅仅是内容抑或是艺术上的变化与延展，而是在精神上和情感上更显深广与丰厚。

之间无法分割的关联。

陆游离开南郑的失望与沮丧，使他成都之行的心情极为恶劣。既抒写家山故园之望，在南沮水道有家山怅望，"久客情怀恶，频来道路谙。家山空怅望，无梦到江南"（《南沮水道中》）；在幡山长木则羡鸦归林，"末路清愁常衮衮，残冬急景易骎骎。故巢东望知何处，空羡归鸦解满林"（《长木晚兴》）；复过罗汉院山光轩有吴船之谋，"马行剑阁从今始，门泊吴船亦已谋"（《予行蜀汉间道出潭毒关下每憩罗汉院山光轩今复过之怅然有感》）；行益昌道则再言下峡思归，"锦城小憩不淹迟，即是轻舸下硖时"（《思归引》）；入剑门而生羁旅悲，"羁客垂垂老，凭高一怆神"（《剑门关》）；至武连县又乡情复生，"宦情薄似秋蝉翼，乡思多于春茧丝"（《宿武连县驿》）；过绵州魏成县驿又发乡关之思，"未许诗人夸此地，茂林修竹忆吾州"（《绵州魏成县驿有罗江东诗云芳草有情皆碍马好云无处不遮楼戏用其韵》）。又写万里行役之感，有世路艰难曲折之叹："凋零客路新霜鬓，扫洒先师旧草堂。九折阪头休绝叹，世间何地不羊肠。"（《遣兴》）有羁旅穷困之嗟："嗟予独何事，无岁得安处。即今穷谷中，性命寄豺虎。"（《长木夜行抵金堆市》）有匹马岁残之悲："杜陵雁下岁将残，匹马西游雪拥关。憔悴敢忘双阙路，淹迟遍看两川山。"（《雪晴行益昌道中颇有春意》）有万里孤愁之语："醉眼每嫌天地迮，尽将万里著吾愁。"（《予行蜀汉间道出潭毒关下每憩罗汉院山光轩今复过之怅然有感》）有鹿门归隐之言："那用更为麟阁梦，从今正有鹿门期。"（《思归引》）有英雄失意之惆怅："扪虱雄豪空自许，屠龙工巧竟何成。"也生岷山修道之无奈："雅闻岷下多区芋，聊试寒炉玉糁羹。"（《即事》）貂裘破敝，神色凄凉；衰病孤愁，憔悴颜颜；羁客垂老，麟阁梦消，这是陆游赴成都之行路上的"销魂"形象。剑门的细雨冲洗着衣上的征尘，骑驴的诗人代替了跨鞍塞上的战士，但"云埋废苑呼鹰处，雪暗荒郊射虎天。醪酒芳醇偏易醉，胡羊肥美了无膻"（《书事》）的塞上军旅生活却依然激动着那颗常怀千里的伏枥老骥之心。武连县驿的风霜灯火，触动了南山射虎的回忆："鞭寒熨手戎衣窄，忽忆南山射虎时。"（《宿武连县驿》）剑门关的栈云关柳，令诗人感蜀国之亡而激愤："阴平穷寇非难御，如此江山坐付人。"（《剑门城北回望剑关诸峰青入云汉感蜀亡事慨然有赋》）登越王楼，则兴踏遍九州之壮怀："未甘便作衰翁在，两脚犹堪踏九州。"（《越王楼二首》）观姜楚公之画鹰，则思洒血靖妖之致用："会当原野洒毛血，坐令万里清烟尘。"（《绵州录参厅观姜楚公画鹰少陵为作诗者》）感庞统之死而叹英雄不遇："海内常难合，天心岂易知。"（《鹿头关过庞士元庙》）诗人离开南郑前线，有"不甘"之情，既感"骇机满人间，著脚无上策"，也叹"岂无及物心，但恨俗褊迫"（《初入西州境述怀》）。世事难合，英雄遗恨，细雨中驴背上孤凄的诗人，不得不起行役悲叹："此身不堪阿堵役，宁待秋风始投檄。山林聊复取熊掌，仕宦真当弃鸡肋。"（《思归引》）不得不兴山泽之思："思吴虽不忘，所愿少休息。吾闻古达人，雅志在山泽。"（《初入西州境述怀》）陆游志在渭水岐山之间，而今"却携琴剑锦官城"（《即事》），心中的郁闷悲愤与失望慨然可见。中原妖狐横行的忧虑，平日功名自期的落空，以及万里行役寸步依人的艰难，令诗人不得不买酒放旷，以排遣心中层层纠缠不休之烦苦，正如其诗所云："聊将豪纵压忧患，鼓吹动地声如雷。"（《东山》）在这鼓吹动地的欢闹中，诗人也豪饮放纵，聊以暂且压制忧患的心灵。这样的"豪纵"之象，在诗人抵达成都之后，即以恃酒狂放的"放翁"形象鲜明地再现出来。

此外，陆游蜀道文学除了诗歌之外，尚有不少词作。

乾道八年，陆游离夔州赴南郑经果州，离开此地时作《临江仙》（离果州作）词一首。首写晚春之景："鸠雨催成新绿，燕泥收尽残红。"次写匆匆离别之情："只道真情易写，哪知怨句难工。水流云散各西东。"复以凄冷意象暗喻离别惆怅："半廊花院月，一帽柳桥风。"新绿残红，水流云散，花月柳风，在软丽中显其愁情。至葭萌驿，有《鹧鸪天》（葭萌驿作）词写其安眠闲游之情，"惯眠古驿常安枕，熟听阳关不惨颜"写其因经常行役离别而不再轻易有凄然之感，"不妨青鬓戏人间"，则以谪仙自比，颇有一种故作旷达之意。至益昌，有《蝶恋花》（离小益作）词写其羁旅怀远之情，或云"海角天涯行略尽"，或云"三十年间，无处无遗恨"，浪迹天涯，平生潦倒可知。登临南郑高兴亭，有《秋波媚》（七月十六日晚登高兴亭望长安南山）词写其思复中原之情，边城角声，烽火高台，诗人于此"悲歌击筑，凭高醉酒"，兴致高昂，就连南山月也似乎明了诗人心情，"特地暮云开"，云开月朗，诗人可谓豪情顿生，"灞桥烟柳，曲江池馆，应待人来"，收复中原之志慨然可见。此词虽乏激昂发奋气概，但也显其沉雄之象。

乾道八年十一月，陆游离南郑赴成都，途经葭萌驿，有《清商怨》（葭萌驿作）词抒发梦破愤懑之情。或写夜宿驿馆凄冷之状："山驿凄凉，灯昏人独寝。"或思往叹今："叹往事，不堪重省。梦破南楼，绿云堆一枕。"即使痛饮，也难解凄凉之情、梦破之愁。幽怨低沉之语，沉痛感人，与其赴南郑时经葭萌驿的放旷心情迥然不同。经绵州，有《齐天乐》（左绵道中）词写羁旅孤怀之情，或写壮游无成之悲："塞月征尘，鞭丝帽影，常把流年虚占。藏鸦柳暗。叹轻负莺花，谩劳书剑。"或写借酒遣怀："孤怀谁与强遣？市垆沽酒，酒薄怎当愁酽"。愁浓酒薄，无法消减孤怀。消沉之语，尽显壮志不酬之怨。

陆游的蜀道词正如他的蜀道诗一样，在征途山驿之间，既写羁旅行役之感，也写图谋恢复不成的慨叹，真情实意，出语自然简洁，词气苍黯蕴蓄，独具特色。

总之，陆游的蜀道行役之作，在意气感激、功名自期的壮怀激烈之调中，更多却是悲愁之音的沉吟[①]。或思乡悲老，或羁旅困顿，或对酒饮恨，或落花飘零，或赍恨之愤，在这些悲吟中，既饱含着诗人"思一遇"而未得的悲愤与孤忠，也使其生命具有了悲壮的色彩。陆游蜀道行役诗中无论是徘徊失意与痛苦，还是澎湃热烈与激昂，都是那么鲜明强烈，真可谓是生命意识的高潮[②]。这样生动强烈的生命活动，当然令诗人深深感觉到生命的脉动与心跳，其间的

---

① 陆游有"岂知蹭蹬不称意，八年梁益凋朱颜"（《楼上醉书》）之句，亦有"末路凄凉老巴蜀"（《和范舍人书怀》）之句，直抒在成都之郁郁心情（见陆游：《剑南诗稿校注》卷8，前引书，第629、639页）。当今学者的相关研究也多论及陆游蜀道诗的忧愤愁苦，如胡蓉蓉《论陆游的蜀中诗》云其在蜀放浪形骸借酒浇愁（《四川师范大学学报》1994年第1期）；李亮伟《论陆游在荣州的处境与悲情》亦云陆游荣州诗词充分反映了他凄凉孤独的现实处境与寂寞焦灼忧愤的悲情（《西南民族大学学报》2005年第6期）；董小改《论陆游川陕诗歌及其"功夫在诗外"》以"忧时感世"概括陆游的蜀中诗（2007年陕西师范大学硕士学位论文）；何玉兰《陆游嘉州诗歌情感主调略论》言陆游嘉州诗弥漫着浓郁的悲郁感伤情愫（《乐山师范学院学报》2010年第3期）；等等。单篇论文如此，专门论著，如朱东润《陆游传》，于北山、欧小牧《陆游年谱》，邱明皋《陆游评传》等亦论陆游在川陕之诗多忧闷。
② 朱东润《陆游传》谓其南郑生活是陆游"生的高潮"（西安：陕西师范大学出版社，2009年，第114页）。其实陆游生命的高潮不仅是南郑，也包括后来宦游成都时期的生活。虽然成都生活并没有塞上风云之苍凉，但铁马秋风的生命渴望与想象却成为陆游诗歌中的强音与主调。

兴奋与痛苦，都令其终生难忘，形成浓重的"南郑情结"①、"巴蜀情结"②。不仅如此，蜀道吟咏既丰富了陆游的文学创作，在内容与题材上有了极大的拓展，而且在风格上也不袭黄陈旧格，一扫纤艳之习，表现出沉雄浑厚、清新俊逸的新风貌，"实能自辟一宗"③，亦可谓是"诗的高潮"④。总之，陆游以其莫展之身行旅蜀道之上，"举凡边关风景、敌国传闻，悉入于诗"⑤，或大声疾呼，或长言永叹，流连光景，感激豪宕，触手成吟；或酒酣耳热，跌宕淋漓，沈郁深婉；或一草一木，秋声风雨，莫不著为咏歌，以寄其恢复之意⑥，其感激忧愤、爱君忧国之诚一寓于诗文间。由此，陆游的蜀道文学，展现出诗人因时代之感和特殊地理环境而产生的多侧面的个人情感意绪，这种情感激发贯注于诗词，使其文学呈现出一种独特风貌。蜀道之行，不仅使陆游找到了文学创作的"三昧"，实现了个人文学风格的突破与创新，而且他的神州陆沉之感及其垂老不衰的中原收复之志，千载之下犹令人慨然仰叹！⑦

## 二、孙应时、李石等人的蜀道诗

孙应时（1154—1206，余姚人），淳熙二年（1175）进士。早从学于象山陆九渊，曾历黄岩尉、海陵丞、遂安令，知常熟县，后移判邵武军，未至而卒。孙应时学问深醇，行义修饬，超然自远，栖迟州县而终，"其人品尤不可

① 赵阳：《陆游"南郑情结"述论》，2008年华东师范大学硕士学位论文。
② 莫砺锋：《陆游诗中的巴蜀情结》，《社会科学研究》2003年第5期。
③ 《四库全书总目》卷160《剑南诗稿》提要。
④ 朱东润：《陆游传》，前引书，第115页。
⑤ 赵翼：《瓯北诗话》卷6，前引书，第79页。
⑥ 叶绍翁《四朝闻见录乙集》云陆游："宦剑南，作为歌诗，皆寄意恢复。"（沈锡麟、冯惠民点校，北京：中华书局，1989年，第65页）皆"寄意恢复"未必然，但恢复之声最为雄壮以实然。
⑦ 杨万里《跋陆务观剑南诗稿二首》以"今代诗人后陆云，天将诗本借诗人。重寻子美行程旧，尽拾灵均怨句新"言陆游之诗，言其追步杜甫屈原而有创新之处，虽也不乏赞美之意，但推赏之情似乎并不明显。但此后，陆游的文学地位与声名却日渐隆盛，如吴之振《宋诗钞》卷64《剑南诗钞》云陆游不仅为南渡而下一大宗，"虽全宋不多得也"，并谓放翁不宁得杜甫之皮骨，"盖得其心矣"。《唐宋诗醇》卷42"山阴陆游诗一"亦云其诗"与甫之诗何以异哉"。梁启超《饮冰室文集》卷45下《读陆放翁集》诗亦以"亘古男儿一放翁"赞之。直至现代的学者研究，皆推许陆游为爱国主义诗人的代表之一。

及矣"①。其著述年远散佚，久无传本，四库馆臣从《永乐大典》中辑录其残缺余篇，编为《烛湖集》二十卷②。

孙应时曾应蜀帅丘崇之辟入蜀③，往来兴州、益昌、三泉、成都之间，留下不少蜀道行役篇什。

孙应时践履古蜀道，对蜀道的险峻与崎岖多有描绘。或写栈道险绝，"落虹横绝壁，匹马上浮云。咫尺南北断，毫厘生死分"（《入栈》），虽曾听闻栈道之险，而今亲行其上，方信其所闻不虚。或写剑门天险："两崖夹道立削铁，涧水悲鸣溅飞雪。上有石城连天横，剑戟相磨气明灭。出门下瞰山盘纡，石磴斗落十丈余。"（《剑门行》）两崖壁立，涧水飞雪，山路盘绕，石磴斗落，剑门关剑气森然与地势之险要如在目前。或写三泉龙门之遥深阴寒："门深十丈碧铁色，错落鳞甲潜光晶。溪声泻出骇风雨，岩泉乱滴纷珠璎。老藤翠木蔚回合，幽花好鸟相逢迎。"（《三泉龙门诗》）或写石柜阁的倚天幽意："嵚崟倚天嶂，戍削出水石。小驿有幽意，江风满青壁。"（《石柜阁和少陵韵》）等等。虽然对古蜀道险绝幽深之景象的描绘前贤已有繁复吟咏，但对于只有半壁江山的南宋文人而言，亲历其上体验者却并不多见。孙应时以自己的亲身经历见识并体验了蜀道栈阁的险绝与剑门关隘的雄峻，对其苍山石骨、断口坚城、颓洞雷霆、谷深路窈，倍感骨寒心惊。

诗人既写蜀道的险峻，也咏史感怀。栈道如此险峻，但钟会邓艾依然能过："谁令钟邓辈，十万度秦军。"（《入栈》）剑门关虽然能一夫当关，但前后蜀依然不保："岂知天险乃误人，祸首子阳终衍昶。"（《剑门行》）古人经石柜阁北去长安，多有遗迹，而今却是"萧条干戈后，俯仰关塞迫"（《石柜阁和少陵韵》），长安之路已经阻隔难通，即使危梯可登，亦不知

---

① 《四库全书总目》卷161《烛湖集》提要云："史弥远受业于应时，集中与弥远诸书，皆深相规戒。追弥远柄国，独超然自远，无所假借，甘沦一倅而终，其人品尤不可及矣。"

② 《四库全书总目》卷161《烛湖集》提要云："兹从《永乐大典》所载，排纂成编，惟《经史说》残阙特甚，仅存一篇，其余则约略篇数，殆已十得八九，以卷帙繁重，分二十卷。"

③ 凌迪知《万姓统谱》卷21"孙应时"："丘崇帅蜀，辟入制幕。"宋端仪《考亭渊源录》卷20："孙应时，字季和，余姚人，为制司干官。"《四库全书总目》卷161《烛湖集》提要："考杨简作《应时圹志》及张淏《会稽续志》均称其绍熙初尝应蜀帅邱密辟，预料吴曦逆谋，白密以别将领其军，后曦以叛诛，其言果验。"

何往；渭水秦川咫尺可见，英雄亦只能愁苦空老："渭水秦川指顾中，剑门空复老英雄。"（《剑门行》）面对诸葛亮之遗迹，诗人反复咏叹。或感诸葛亮对刘备"不辞为君起，死生不相负"（《胜果僧舍与叶养源论武侯出处作数韵记之》）之忠信，或叹诸葛亮病逝以致功败垂成之伤痛："痛哉万世功，于此丧垂成。"（《定军山叹》）认为诸葛亮若不早死，定不致王路榛荆，群雄纵横。凭吊筹笔驿，既遥想当年武侯神谋之意气，亦惆怅风景江水之无情："驿前风景应如旧，江水无情日夜流。"（《题筹笔驿武侯祠诗》）谒拜武侯祠，亦感庙前柏树参天，百年不朽，而英雄却不幸中途陨落，"老柏空余千载青"，徒然令诗人狂歌浩荡，泪流成冰："再拜征途重回首，雪风吹断泪成冰。"（《辞武侯庙》）诸葛亮的慷慨英气与风云际会，其中道陨落与功败垂成，既让诗人感到天机难测："天机定谁执，变化纷可惊。"也令诗人呜咽痛惜："世论复卤莽，呜咽志士情。"（《定军山叹》）诗人对诸葛亮之缅怀，既有个人不遇之感，亦更有时事危局之深衷所在。

孙应时在其蜀道行役中也多抒写羁旅远宦情思。行路上浩浩江流、拂面凉风，令诗人"索笔又题诗"（《自益昌为武兴之行》）；落照断云、孤舟归鸟，又令诗人"凭栏一笑去，客梦转头非"（《益昌僧寺静境轩》）；嘉陵飞舸，则有"此日天涯云水僧"（《自兴州浮嘉陵还益昌》）之漂泊感；夜泊益昌，清风鸣鼓，又令其有"客身憔悴衣尘黑，世路崎岖鬓发斑"（《益昌夜泊》）之羁旅感。因为倦游，诗人已有归乡之意："秋风已定莼鲈约，俯仰兹游记昔曾。"（《自兴州浮嘉陵还益昌》）

孙应时应蜀帅幕府之召，万里许国，壮怀激烈，却只能是"空吟平子四愁章，欲报英琼无可将"（《傅惟肖赞府假西游集作长篇送还奇甚次其韵》），壮心未答，报国无门，唯有剑栈风烟、江山楼阁、峡天云雪留在梦中。多年之后，诗人还在梦中回到蜀山，尚言"百年此役何时再，万里东归托兴长"（《梦蜀中一山寺曰龙塘有龙祠余似尝屡游也题诗别之未足两句而寤因足成之》），希望能再次入蜀，实现其未竟之壮心。梦寐江山，千载心事，诗人虽然最终赍志而殁，但他"国耻未雪长荷戈，一念勿忘先大夫"（《送别宋金州》）那种浓烈炽热的爱国情怀与沉郁雄杰之气，与陆游相比毫不逊色。

　　李石（1108—1181，资州人①）长期辗转蜀地为官，穷困而卒②。其好学能文，少负才名，然因"直情径行，不附权贵"而不见容于朝，致其仕宦不显，事功不著，但却以"迈往之才，博古之学，高妙之文"③著称一时，是南宋中期的蜀中名士④。李石在经学、文学、绘画等方面皆有著述，可惜多已散佚。四库馆臣据《永乐大典》辑有《方舟集》二十四卷⑤。

　　李石留存诗文较多，但其蜀道吟咏则少，可见者仅三首：

　　经罗江，作《罗真人祠诗二首》，题咏仙人之事。老木深龛，根底龙蟠，言其祠堂经年日久，气象萧森之貌；龙舟万骑，天上鲛绡，则描江水浩荡清澈之形，颇有清逸离俗之气。

　　过鹿头关，作《题鹿头关石乡祠》诗，题咏庞统之事。山叠江宽，但英雄已矣，空留古戍祠庙："英雄今已矣，自喜惯风烟。"在咏史之间，有一种穿过历史风烟的超脱旷逸之情。

　　过扪参亭，有《题扪参亭》诗，首写亭之位置，"林盘谷转走萦纡，两腋乘风上太虚"，林盘谷转，两腋乘风，言趋亭路途之陡峻；次写尘世仙宫隔绝，"尘世似将玄圃隔，仙宫元在赤城居"，再写扪参亭之高绝，"尺箠何当上霄汉，夜扪星斗步庭除"，将扪参亭之险绝、高危、远离尘世之特点描摹出来。

　　以上三首诗作，皆以题咏胜迹为事，表现出诗人超逸脱俗之气，很少体现出忧虑国事民生之情。李石的蜀道吟咏，很难见出其忧怀国事之情，而是表现出一种脱离俗世的超脱玄虚之境。这种诗作显然并不能代表李石诗文的文学风格。

---

① 李石生卒年及其籍贯情况，可参见熊英《李石及其与宋代蜀学的关系》对李石相关问题的梳理（2006年四川大学硕士学位论文，第4页）。

② 李石一生仕途坎坷，自谓"二十余年见仇于权者"。其事可参见李石《方舟集》卷10《自叙》、卷13《与苏给事书》，《宋史翼》卷28本传。

③ 周必大：《文忠集》卷186《李知几运使》，影印文渊阁《四库全书》本。

④ 陆游有《感旧》诗述李石生平不遇之状："君不见资中名士有李石，八月秋涛供笔力。初为博士不暖席，晚补台郎俄复斥。诸公熟眹亦太息，摧压至死终不惜。生前何曾一钱直，没后遗文价金璧。"（见《剑南诗稿校注》卷38，上海：上海古籍出版社，2005年，第2442页）四库馆臣以"学问气节之士"许之（见《四库全书总目》卷159《方舟集》提要）。

⑤ 熊英对李石的著述有考证和梳理，参见熊英：《李石及其与宋代蜀学的关系》，前引，第9—16页。

李流谦（1123—1176，汉州德阳人[①]）以父荫入仕，为成都灵泉尉，调雅州教授。虞允文宣抚四川，招致幕下，后通判潼州府，卒。李流谦一生行迹，唯见其兄李益谦为其所作行状。李流谦以文学知名，著有《澹斋集》。其集流传不广[②]，四库馆臣从《永乐大典》所载"钞撮编次"，厘为十八卷[③]。

李流谦宦游各地，"所过历名迹胜境，率赋咏以自娱"[④]，但其蜀道行役之作留存较少。他的蜀道行役之作，仅留下经行利州至成都一路所写的数首诗歌。

行益昌道中，则兴羁旅疲惫之叹："聚头闲日月，逐日信东西。夜泊惊逢虎，晨飧倦乞醯。灯青千嶂梦，月白五更鸡。耐老前山路，长年送马蹄。"（《益昌道中次兄长韵二首》）

宿魏城驿，则怀念昔日友人一起漂游的艰难："昔年漂泊记曾游，碧树蝉声又带秋。滑滑泥行青嶂路，翩翩风倚夕阳楼。"（《宿魏城驿用罗江东韵怀李仲明》）

游七曲祠，则想见英灵之形，"天生绝代英，梦想见仪形。桂殿风凝绿，苔宫雨护青"（《七曲祠》），只能将一片丹心寄托于幽冥中："只有丹心苦，聊将托杳冥。"

过东州境内，则伤田家之苦："驱牛耕侧坡，牛困人奈何。我念田家苦，东州苦更多。"（《过东州境见耕》）

李流谦的蜀道行役诗，既有沉沦下僚的伤感与愤懑，也有对民生灾难的同情和怜悯；既表现出诗人生存的现实窘迫，也蕴含着诗人无法施展其抱负的失落与挣扎。

张缤（？—1207，四川崇州人）淳熙间历官夔州路转运判官，利州路提点

---

① 厉鹗《宋诗纪事》卷52："流谦，字无变，绵竹人。"（上海：上海古籍出版社，1981年，第1307页）

② 《四库全书总目》卷157《澹斋集》提要："所著文集，《宋志》亦不著录，惟焦竑《国史经籍志》、黄虞稷《千顷堂书目》俱载有《澹斋集》八十一卷。是明世尚有传本，今已湮没无闻。"

③ 《四库全书总目》卷157《澹斋集》提要。祝尚书先生《宋人别集叙录》卷19对《澹斋集》版本留存情况有考，可参见（前引书，第952—953页）。

④ 李益谦：《李流谦行状》，影印文渊阁《四库全书》本《澹斋集》附。

刑狱，知潼川府、遂宁府等。张缜擅诗赋<sup>①</sup>，与陆游友善<sup>②</sup>。文集散佚不传<sup>③</sup>。张缜事迹史籍无传，惟见陈傅良制词中有"晚分郡符，数上奏计，虽不见察于部使者，而见直于言路，而秉心无竞"<sup>④</sup>之言，大约可知张缜平生直言不忌、辗转州县、宦途落拓之情状<sup>⑤</sup>。

张缜曾至沔州、利州，但其蜀道行役诗仅见两首。或咏唐明皇奔蜀之事："劲兵重作付胡奴，驱雀驱鱼计自疏。地入万安知几许，却怜此邑始回车。"（《万安驿》）或痛惜诸葛亮之离世："赤伏终休运，前营落大星。皇王空礼乐，江汉闷英灵。"（《题沔州诸葛武侯庙》）这两首诗对唐明皇之计疏，对诸葛亮之伤悼，皆隐含着对事的感叹，呈现出委婉蕴藉的特点。虽然很难从这些诗歌中直接看到作者对国家政治的关怀与态度，但从对唐明皇的指责、对诸葛亮的悲悼中，不难见到张缜对时事的态度与其沉郁的心情。

此外还有阎苍舒（四川崇州人）《兴元》诗吟咏萧何治国兴汉事："汉家兴王启洪业，萧相治国留英声。"杨子方《上亭驿》诗借唐明皇之事咏朝政腐败之痛："时平总忽忠臣语，世乱仍遭弄臣侮。至今说到忒郎当，行路犹能痛千古。"黄钧（四川绵竹人）《上亭驿》诗的风愁雨恨之哀伤"水远山遥疑剑断，风愁雨恨只铃知"等，皆写出他们蜀道行役之中的历史咏叹与个人心怀。

要之，南宋中期社会经济的相对稳定和发展使文学呈现出"欣欣向荣的中兴局面"<sup>⑥</sup>，但蜀道文学并没有与此局面相应而形成繁荣景象。无论是外籍入蜀文人还是蜀籍本土文人，虽然多有诗文创作，但其蜀道行役之作依然较少，

---

① 陈骙《南宋馆阁录》卷8："张缜，字季长，唐安人。木待问榜进士出身，治诗赋。"（影印文渊阁《四库全书》本）

② 陈振孙《直斋书录解题》卷6："缜，蜀人，陆务观与之厚善。"（上海：上海古籍出版社，1987年，第179页）

③ 张缜著述，惟见陈振孙《直斋书录解题》卷6著录有《职官记》一卷。张缜当有撰写诗文，除了陆游与其多酬唱，范成大亦与之颇有交往，其《范石湖集》卷18《江源县张季长正字家善颂堂》诗中有"颂堂有佳士，文字照缣竹"句称之（富寿荪标校，上海：上海古籍出版社，2006年，第251页）。

④ 陈傅良：《止斋先生文集》卷18《张缜除直秘阁官观》。徐松《宋会要辑稿》"职官七二"记载张缜夔州路放罢事云"以言者论其倾邪躁进"，亦可窥其性格一斑。

⑤ 郝伶伶《陆游好友——张缜》一文，对张缜出身、仕途、交际关系与著述做了梳理，可参见（《沧桑》2011年第2期）。

⑥ 刘婷婷：《南宋社会变迁、士人心态与文学走向研究》，北京：中国社会科学出版社，2015年，第159页。

甚至完全不见。如范成大、晁公溯、袁说友、汪应辰、孙松寿、员兴宗等人都曾在蜀为官，且诗文作品也较为丰富，但并无蜀道行吟之作。即使如此，此期因有陆游、孙应时的蜀道之行，从而使蜀道文学并不沉寂。

南宋中期和议主张占据上风，时局有承平之象，但中原未复却始终令文人心怀耿耿，常有长安之思[①]。因此，尽管陆游、孙应时在诗中多羁旅宦游苦辛、沉沦不遇之伤叹，但也不乏忧国爱民、驱逐胡虏之想望。他们既关注个人功名之建立，也关注国家之安危；既有个人命运之悲鸣，也有爱君报国之丹心。道路艰险的哀叹，白发丛生的哀伤，岁月流逝的无奈，塞上秋风的苍凉，平生志气的阻塞，扫荡中原盗贼的雄心，形成诗词中痛苦的低吟与激切的呼喊，从而表现出深广的忧愤与激越高昂的沉雄之风。这种持续不断甚至是非常强健有力的音调，在陆游的蜀道文学中表现得最为强烈、高亢和持久。正是如此，南宋中期的蜀道文学不仅呈现出不同于其他时代的特别风貌，而且成为蜀道文学的又一个高峰。

## 第三节
## 南宋后期蜀道文学之余响

南宋后期是指自开禧北伐至南宋灭亡约七十年的时间（1208—1279）。开禧北伐的失败，对南宋朝廷和文人都是沉重的打击。此后国势风雨飘摇，更加快速衰败，而文人士大夫抗战意志消沉，文学中激昂慷慨的歌咏也随之暗淡，代之而起的是伤感的恬淡。南宋的亡国之变，又造就了文天祥、汪元量等一批爱国诗人，他们再次唱出了爱国的最强音和时代的挽歌，以此作为宋代文学的结束，使宋诗放射出最后一道光彩。这种国家危亡、山河破碎的社会情势以及文学转向，自然也影响到蜀道文学。此期蜀道文学的作者，既有以魏了翁、度

---

① 赵翼《瓯北诗话》卷6："时当南渡之后，和议已成，庙堂之上，方苟幸无事，讳言用兵，而士大夫新亭之泣，固未已也。"（前引书，第79页）

正、程公许、吴泳等为代表的巴蜀本土文人，也有以洪咨夔、赵蕃、汪元量等为代表的外籍文人，他们的蜀道行吟，谱写出宋代蜀道文学的尾声。

## 一、魏了翁、程公许等人的蜀道文学

魏了翁（1178—1237，邛州蒲江人），庆元五年（1199）进士，授签书剑南西川节度判官。曾知嘉定府、汉州、眉州、遂宁、泸州、潼川府等，累官资政殿大学士、参知政事、签书枢密院事。魏了翁是宋末理学名臣，直道立朝，尽心职业，为时人称扬[1]。其在仕途虽曲折坎坷，却勤于著述，诗文极富，有《鹤山集》等[2]。

魏了翁蜀道行役之作，保存有自左绵至剑门一段的行路之诗。

至左绵，作《至左绵书怀呈荣州绵州二兄》诗感时言怀，颇见其忧念国事之心。在诗中，魏了翁既言边患形势之危重，"洋州拔将鸠余民，仰空待救人不闻。黎州边丁戍内郡，空养赤子防西门。绵州近阬剑龙路，列雉惊奔渠不顾。叙州平蛮亦良苦，卒以忧劳弃予去"，也表达自己临危受命赴任边关的决心和勇气，"见危授命理之常，苟得死所庸何伤。所忧人己两无益，燕蝠晨暝徒皇皇"。最后诗人又言及以"愿丰"命名其亭的用意乃是"只祈天心速悔祸，雨禾雨麦苏民穷"。百姓富足，才可供军粮饷，"有粮饷士可卫民，有民给耕可供军"，军民互助方可安边，"军民相资护关塞，又须监牧长得人"。

---

[1]　洪咨夔《平斋文集》卷17《华文阁待制知泸州魏了翁明堂恩进封蒲江县开国男加食邑制》："学贯乎古今，气塞乎穹壤。立朝素节，挺朝阳之梧桐；去国丹心，凛岁寒之松柏。"（影印文渊阁《四库全书》本）

[2]　《四库全书总目》卷162《鹤山全集》提要云："其集原本一百卷，见于焦竑《经籍志》，前有淳熙己酉宛陵吴渊序，凡诗十二卷，笺、表、制、诰、奏议等十八卷，书牍七卷，记九卷，序铭、字说、跋等十六卷，启三卷，志状二十一卷，祭文、挽诗三卷，策问一卷，长短句三卷，杂文四卷，又制举文三卷，周礼折衷四卷，拾遗一卷，师友雅言二卷，共成一百一十卷。"又云："又目凡一百十卷，而吴凤后序，称一百七卷，盖重订时失于检勘，又周礼折衷并为三卷，以师友雅言并为一卷，又阙拾遗一卷，故实止此数。然世间仅存此本，流传甚鲜，今重加校定，仍其所阙，析其所并，定为一百九卷，而原目之参错不合者，则削而不录焉。"魏了翁诗文集刊刻及其流传情况，请参见祝尚书《宋人别集叙录》卷25《重校鹤山先生大全文集》，第1261—1266页。

不仅要百姓丰足，更要选任贤能牧守方能御边，诗人认为应当建立长治久安之策而不应为苟且偷安之计："规摹便立久安势，不作目前苟偷计。"久安之势既立，那时就可以归去乡里过着兄弟相亲的生活了："弟兄归与里父师，长对春风赋常棣。"此诗犹如一封书信，内容极其丰富，对国家边事的批评，对治边的思考，临危受命的担当，兄弟情意的表达，娓娓道来，真切动人。

过梓潼，有《题梓潼庙》诗，书写对圣贤之道丧不传的忧念。诗人指斥世人只顾追求词华富贵而不重圣贤之道："富贵熏天随手尽，词华盖世为人妍。直将了了圣贤质，只办区区文字缘。"所以希望神人能教梦者醒悟："神为斯人扶正学，试教梦者一醒然。"秉承圣贤之道，并将之传续而救世道人心，正是魏了翁一生事业所愿。

过上亭驿，有《题上亭驿》诗讥讽唐明皇荒淫误国之事，诗云："红锦褪盛河北贼，紫金盏酌寿王姬。弄成晚岁琅当曲，正是三郎快活时。"唐玄宗奢侈行乐，导致河北贼起而不得不狼狈逃蜀，至此地听闻雨声铃声而生凄凉痛悔之意。诗人借此而含讽喻之意，以此告诫当今执政者。

过剑门，有《题剑门》诗书写对剑门天险的认识。诗人言剑门守卫西南之重犹如熊罴虎豹当道："如熊罴当道，如虎豹守阍。屹然东北隅，奠此西南坤。"昔日之人恃此险隘而不重人心，但仍见舟车出入、骑马剑门："舟车之出入，管钥有司存。衔舻下鱼复，委辔充剑门。"由此可见"天险何足言！"最后以唐代张巡、颜真卿誓死守城之事而明以人心方可守国之理："古之善守国，人心以为藩。"

行危径之上，又作《出剑门后日履危径戏集轿兵方言》诗抒写力行谨慎之理。诗中写行履险隘蜀道之上轿夫之语："前疑树梢拂，后虑崖石擦。方呼左畔跷，复叫右竿捺。避碍牢挂肘，冲泥轻下脚。或荆棘兜挂，或屋檐拐抹。或踏高直上，或照下稳踏。"形象生动地描绘出轿夫们抬轿行走险道之上的形态。诗人云行险道之上，头晕目眩，稍有不慎就会车翻在即："斯须有不审，债舆在目睫。"对此陟险之道，诗人深谙"深渊固可畏，平地尤险绝"之理，故告诫仆夫识察毫末力行谨慎："作诗告仆夫，审诸秋毫末。识察既晓然，力行谨无忽。"诗人从轿夫唇舌叫呼之语中也要写出一番道理，其理学家之面目粲然可见。

魏了翁的蜀道行役之作,很大程度上体现了他"道本文末"的文学观,他在《题梓潼庙》诗中批评当时士人醉心文学词华正是这种观念的直接表现。正是秉持"作文害道"的理念,所以他的蜀道行役之诗也成为言理评说之文,尚理致而乏文学情韵。即使如此,他在诗中表现的国家纪纲不立、边备废弛之叹,风俗苟偷、俗学邪说之忧,秉持圣贤之道而怀忠义之心,又使其诗颇有劲健醇正之风,表现出末世文人的正大气象。

度正(1166—1235,合州人①),绍熙元年(1190)进士,先后任资州司户参军、遂宁府司户参军、利州教授、成都府学教授、知华阳县、通判嘉定府、知怀安军等地方官,后入朝,官至礼部侍郎②。度正游朱子之门,笃守师说,精识博文,学守粹传,颇有大儒之风③。其虽为理学家,但也颇能诗文,著有《性善堂文集》④。

度正过益昌,作《益昌书怀》《发益昌》诗。《益昌书怀》首写对曾经留驻此地的两位前朝名人的追忆:"熙宁使者今何在,元祐师臣去不归。"熙宁使者是指鲜于侁,元祐师臣是指司马光。鲜于侁,字子骏,阆州人,熙宁中曾为益昌转运使,其为人庄重力学,忠义爱民,深得司马光之称许。司马光曾随其父司马池入蜀,任益昌转运使。诗人于此感叹二人皆已不可见,因此只能独对江山聊抒心怀,"独对江山舒望眼,悠然天际见云飞",与江山白云相对,既可见其高洁之性,也可见其摆脱惆怅寂寥之情而与白云悠然相合的自在心态,颇有陶渊明"悠然见南山"的韵味。《发益昌》首写舟运之艰难,"牵江万斛犯惊湍,终日号呼寸寸难",次写稍驻避让之意,"少驻不妨官避客,也教容易下前滩"。用语直白浅易,诗味较淡。

---

① 周广业《过夏杂录》卷3"度周卿诗"云度正为四川遂宁人(清种松书塾钞本)。

② 关于度正的仕宦经历,可参见黄博:《宋代蜀中理学家度正生平考述》,《西华师范大学学报》2009年第5期。青强《度正的理学思想研究》对度正生平和著述也有较为详细梳理,可参看(2012年四川师范大学硕士学位论文,第4—7页)。

③ 吴泳《鹤林集》卷7外制《度正授试礼部侍郎兼侍读制》:"具官某笃厚而靖夷,端庄而和裕,衣深带博,蔚有大儒之风。"(影印文渊阁《四库全书》本)

④ 《四库全书总目》卷162《性善堂稿》提要:"《宋史》正本传载正有《性善堂集》而不著卷数,赵希弁《读书附志》始列其目凡十五卷,曹彦约为之序。自明以来,世久失传。今从《永乐大典》中采撮哀次,以类排纂,仍析为十五卷,以还其旧。"

过剑门，作《剑门诗》，首写剑门峰峦村落之状，"罗列峰峦万仞尊，横纵畦畛自村村"，峰峦叠嶂，高耸入云，显剑门之险；田间阡陌纵横，自成村落，显其时平民勤之象。因此诗人说："诸侯有道人安业，何用崎岖闭剑门。"治者有道，则民安其业，天下太平，何用关防，表达了诗人的治道理念。

度正仅存的三首蜀道行役之作，有"怀道心泰"之情，难见"忧时鬓斑"之愁。但他不为流连光景之语，也很少自然山水景物的描写，体现出一个理学家对文学辞章的排斥态度，同时又在对前贤的追怀与对治道的议论中，见其忧国之意。

吴泳（生卒年不详①，潼川中江人），嘉定二年（1209）进士②。历官起居舍人兼直学士院，权刑部尚书，终宝章阁学士知泉州③。吴泳活动于南宋末年，正当国势日蹙之时，犹能正色昌言，慷慨敷陈，无所回屈，以扶国事，足可当"古之遗直"之誉④。他曾从学于魏了翁⑤，在南宋末期以文学著名，有《鹤林集》⑥。

吴泳的蜀道行役之作仅见《汉中行》诗一首。诗中先写汉中战争前人烟稠密、人情奢侈富足之象："稻畦连陂翠相属，花树绕屋香不收。年年二月春风尾，户户浇花压醪子。长裙阔袖低盖头，首饰金翘竞奢侈。"再写战后荒凉景象："自从铁骑落武休，胜事扫迹随江流。道傍人荒鸟灭没，独有梨花伴寒食。"复写当年战争残酷景象："君不见当年劫火然，携老扶幼奔南山。又不

① 关于吴泳生卒年之考证，王兆鹏先生推证其生年为淳熙八年（1181）（见其《唐宋词史论》，北京：人民文学出版社，2000年，第332页）。吴泳卒年，杭浩云其淳祐十二年（1252）尚在世，享年七十岁以上（见其《吴泳文学研究》，2009年西北大学硕士学位论文，第4页）。
② 《宋史》《宋史新编》《宋元学案》等载吴泳是嘉定二年进士，而《南宋馆阁叙录》《宋诗纪事》《四库全书总目》《全宋文》等则载吴泳是嘉定元年进士。
③ 吴泳生平事略，可参杭洁：《吴泳文学研究》，2009年西北大学硕士学位论文，第3页。
④ 《四库全书总目》卷162《鹤林集》提要。
⑤ 祝尚书先生称其为"鹤山高徒"（见《宋代巴蜀文学通论》，前引书，第424页）。
⑥ 《四库全书总目》卷162《鹤林集》提要云："史称所著有《鹤林集》，而不详卷数。《艺文志》亦不著录，惟《永乐大典》各韵中，颇散见其诗文，谨裒辑编次，厘为四十卷。放佚之余，篇什尚夥，亦可见其著作之富矣。"吴泳诗文著录情况，亦可参祝尚书：《宋人别集叙录》卷25，前引书，第1250—1251页。

见拗项桥边事，七八千兵同日死。"又写今日侥幸存活之民艰难贫苦的生活状况："三人共，一碗灯，通夜纺绩衣鬅鬙。八口同，半间屋，煮糒椎冰常不足。家粮一石五券钱，一半入口一半官。"男子皆去军中服役，女子则荷畚填濠，而且今年春天"又经征战苦"，"风尘未动力已疲，殆以饥羊饲豺虎"。诗人经过汉中见其军中营帐，为之而"歌汉中"，劝诫牧守不仅要爱惜百姓："官知民贫当爱惜，兵者卫民贫不恤。"更是直呼军中统帅要顾惜士兵生命："为语前途胡秘阁，莫使兵贫复如昨。"这首诗的纪实性堪比杜甫"三吏三别"，真实生动地反映了战争的残酷以及给民众带来的灾难和痛苦。

吴泳生当南宋末造，不仅有世途逼仄、知音不待之感，"世涂逼仄动逢尤，山似高人色颇骄。寸碧亭亭还绿绕，知音不待爨桐焦"，更有世事渺茫难救之焦虑："天戈何日戮蚩尤，省得营屯戍卒骄。事会无穷人物渺，坳杯莫救釜中焦。"（《和张宪登乌尤山六首》）虽言"宁似木鸡甘用拙"，放怀物外，不系于世情物态，却也只得暂时放开，关怀现实与国家前途之心很难消息。即便如此，他在诗歌中所表达的忧国之情似乎并不如他的散文那么敷陈之富。他抒写蜀地军情边患，对朝廷党争却罕所置言；他秉持高洁操守，体悟天地流化之道，但讲学问理似也不那么耀人眼目。虽被称为"鹤山高徒"，其诗却不似魏了翁道学之气盈篇。这使得他的蜀道诗歌虽然不具其文"明辨骏发"[1]之特点，却较少质木枯燥之风调而多具真正的诗之旨趣与韵味。

程公许（1181—1251[2]，叙州宣化人[3]），嘉定四年（1211）进士，历华阳尉、绵州教授，知崇庆县，通判简州、施州，后累官权刑部尚书。程公许冲澹自守，而在朝谠直敢言，不避权幸，抗直有声，朝野以风概气节相推。著有

---

[1] 《四库全书总目》卷162《鹤林集》提要云："其他章疏表奏，明辨骏发，亦颇有眉山苏氏之风，在西蜀文士中继魏了翁《鹤山集》后，固无多让也。"

[2] 关于程公许的生卒年，稍有争议，如《全宋诗》著录其生卒年为"1182—？"，祝尚书《宋代巴蜀文学通论》著其生卒年为"1182—1250"（第406页），其《宋人别集叙录》著其生卒年为"1181—1251"（第1281页）。胡晓航《程公许诗歌研究》推其生卒年为"1182—1251？"（2014年山东师范大学硕士学位论文，第3页）。杨倩描主编《宋代人物辞典》著其生卒年为"？—约1250"（保定：河北大学出版社，2015年，第96页）。

[3] 程公许因其父原籍眉山，后出继而徙叙州，故在诗文中多自称眉山人。参见其《沧洲尘缶编》卷2《先伯桂隐先生哀词》，《四库全书》本。

《尘缶文集》等①。

程公许倾心于山水胜景，或言"平生我亦烟霞痼"（《制幕孙君即益昌舍馆叠石栽竹于盆池索赋》），或言"烟霞痼我费医治"（《余为华阳尉三年事制置使权牧都漕两使者皆以文字辱知不尽责以吏也既满戍拟濠阳丞归亲旁范使者为改注左绵学官疟病再作未即就戍成二诗呈兄长及诸友》），故而其蜀道行役诗多胜游题咏。或写赴剑阁途中仲春麦浪花光："麦浪含风软，花光眩日迟。客行无复恨，随处可寻诗。"（《仲春八日自成都起程度剑阁》）或写登高所见之景："晓驰光禄坂，暑憩盐亭县。嵯峨山叠云，窈窕溪横练。"（《盐亭登高山庙》）或写罗江山水之秀："云盖展开山色润，罗纹蹙动水光寒。周遭曲港柳雕碧，点缀遥林枫渥丹。"（《晓过罗江》）或写秦岭山色潼江水碧："秦岭剑攒青不断，潼江带小碧相连。五云楼殿元皇宅，一柱西南半壁天。"（《自七曲祠下乘马至上亭二首》）或写舟行远望："剑北山巉岏，刺眼乱矛戟。烟云借光景，稍觉含秀色。"（《舟行过昭化望远山秀色柬幕中诸丈》）诗人在"登埠展遐眺，荡我磊魂胸"（《过房公湖临发广文载酒登南楼听隐士陈希逸弹琴读雁湖先生诗及悦斋先生赋》）的山水胜景之间，描画出蜀道山水的光景秀色，使得其诗在南宋后期"以诗言理学"的道学诗风中颇显清新面目。

程公许在登山临水、寻幽访胜之际，也发忧国悯民幽情。登盐亭高山庙而感杜甫天涯忧国之心："长怜少陵叟，浪走天涯遍。耿然忧国心，甘作忍饥面。"（《盐亭登高山庙》）行黑水谷而有民生凋敝破败之悲："居民虽渐复，生理顿成空。败屋翳蒿径，颓墙荒棘丛。稻田多宿莽，麦陇间铺茸。耕织岂当废，伤残甘忍穷。"（《行黑水谷三十里以耳目闻见有赋》）过剑门关而感道德之胜："谁遣五丁通蜀险，擘开双剑倚天长。山川岂为奸雄误，形势终归道德强。"历史的兴亡之感终究压过了山水风景游赏："输与云游痴宝志，岩前冷看几兴亡。"（《剑门》）至上亭驿而叹唐玄宗蜀道奔亡："那

---

① 《四库全书总目》卷162《沧洲尘缶编》提要云："本传称所著有《尘缶文集》、内外制、奏议、《奉常拟谥》、《掖垣缴奏》、《金华讲义》、《进故事》行世，今皆散佚不传，惟《永乐大典》载有公诗诗文，题曰《沧洲尘缶编》。"又云："其目为《永乐大典》所割裂，原第已无可考，杂文亦仅有序记策问等寥寥数篇，尤非完帙。今姑就所存者裒辑掇拾，分类编次，厘为十四卷。"

知黄竹瑶池梦，历尽青天蜀道难。回首烟尘三辅隔，惊心风雨五更寒。"因此可为千古明鉴："淋铃一曲上亭驿，好并千秋金镜看。"（《自七曲祠下乘马至上亭二首》）过柳池寺则叹唐僖宗奔蜀之事："忍泪淋泠过上亭，柳池泂酌重消魂。脱身蜀道千山险，屈指开元几叶孙。"由此再起兴亡更替、乾坤难补之慨："鸩毒由来藏衽席，疮痍未易补乾坤。行人但赏三泉冷，兴替相寻可复论。"（《赋柳池寺护国灵泉》）诗人生活的时代也正如唐朝末世，疮痍满目，从而令诗人也有乾坤难补的无奈吧。对于生活在衰世的诗人而言，无论如何都是完全不能纵情山水林泉之间而忘怀现实的苦难与痛苦。败屋颓墙，宿莽棘丛，随时令其想到破碎的世道时事。

程公许说自己"发缘忧世白，眼独为山青"（《留题马溪寺二首即用前韵》），忧世与山青，正是他蜀道行役之诗的主要内容。世道迫隘，愤思欲吐而不能，唯有"冲怀寄寥阔，尘外恣吟啸"（《同王万里山行》）方能发抒心中感愤之气。山水胜景，湖光云梯，仙禅之道，成为诗人平息烦乱与哀伤之物："惟有一念息，不受物欲牵。空花起灭处，我心长泊然。"（《县斋秋怀》）念息心泊，似乎在湖山之间、仙禅无为空境之中暂时可得。

程公许的蜀道行役诗不以沽名惊俗、雕章绘句为意，落笔成章，其忧国悯世忠厚之气切实昌明，蔼然可感。正如其在《剑门》诗中所言："壮心低剑类龟藏，北度关山稍激昂。"蜀道上的剑关峻岭激动着诗人的意绪，使其诗在清绮萧散之中蕴含着沉郁劲健之气。这种诗风使程公许既挺立于以鸣道文学为主的道学家之外，也与当时"北面晚唐"①的江湖诗人迥然有异。

## 二、赵蕃、洪咨夔等人的蜀道文学

赵蕃（1143—1229，信州玉山人）以荫补入仕，尝再得官，皆未赴。止于直秘阁致仕。尝受学于刘清之。蕃性虽宽平乐易，而刚介不可夺，学者称为章

---

① 王迈《沧州尘缶编序》评程公许诗"年来评诗，往往北面晚唐……公则不然"云云（影印文渊阁《四库全书》本）。

泉先生。喜作诗，读者以为有靖节之风，所著有《章泉稿》等①。

文献中未见赵蕃入蜀之记载，但其诗中却有《过潼川之飞鸟县见余干丞相题驿舍诗有感次韵》《过分水岭二首》《七盘岭》《下七盘岭》等诗，可见其曾践履金牛道。

过潼川飞鸟县，在驿舍见前人题诗而有感，既赞许前人之孤忠："孤忠天不管，一死世尤高。"也叹乱离而悲号："乱离元有自，拊壁为三号。"（《过潼川之飞鸟县见余干丞相题驿舍诗有感次韵》）所谓乱离有自，是指朝廷因庆元党禁而造成的内政灾难，"未洗边庭血，先焚董腹膏"，诗人直斥国家边患未除却在内部自我倾轧，因此造成国家之乱与个人际遇之悲，痛心悲愤之情溢于言表。

过分水岭，既写气候变换，"才欣稍妍暖，忽恐变飕飗"，也写山路崎岖，"有泉皆瀑布，无路不纡盘"；既有羁旅之愁，"久客奚多感，对兹真欲愁"，也有故国之思，"举头唯见日，何处是长安"（《过分水岭二首》）。蜀道的水激风疾，萦回盘绕，令诗人"愁难破""鼻为酸"。这种酸楚愁情，不仅仅是蜀道难行，还有人生艰难、国家破败带来的伤感。

过七盘岭，既写七盘岭之高峻险要，"远近分浓淡，阴晴异蔽亏。不知山路险，却幸马行迟"（《七盘岭》），也写七盘岭下之林园人烟，"路绝疑无地，山穷复有天。林园更田亩，鸡犬亦人烟"（《下七盘岭》）。

赵蕃的蜀道纪行诗，既写蜀道行路之难，也抒羁旅宦情愁怀，以及故国离乱的伤感之思，一定程度上突破了他隐居林泉的狭隘生活，使得他的诗歌并非全是山水闲雅吟咏，而且在风格上也表现出劲健沉郁之风，并非全是陶渊明似的淡泊平易。方回言其诗"不为晚唐，亦不为江西，隐然以后山为宗"，即言赵蕃师法后山，既学江西也法杜甫，可谓得之。其蜀道诗既可见其句法工巧，也可见其忧时之心，虽然数量不富，但也可窥赵蕃诗歌特色所在。

---

① 《四库全书总目》卷160云赵蕃著述："蕃集世亦无传，而《永乐大典》所收颇富，并为采掇编次，依旧本标题，厘为《乾道稿》一卷，《淳熙稿》二十卷，《章泉稿》五卷，共二十六卷，而以蕃本传及刘宰所作墓表附录于后。"

　　洪咨夔（1176—1236，於潜人），嘉泰二年（1202）进士[①]，累官刑部尚书、翰林学士。洪咨夔刚大直方，风猷浚明，议论坚正，驰骛艺文，"蔚为一代文宗"[②]，有《平斋集》[③]。

　　嘉定十四年（1221），洪咨夔随崔与之入蜀，通判成都府；十七年（1224）知龙州（今四川平武），于此年冬离蜀[④]。他往来利州、阆州、剑门、昭化、绵州之间，留下部分行役之作。

　　洪咨夔蜀道行役诗的内容之一是抒写羁旅思归之情。或言岁月老去而归心迫切："剑外风烟老鬓华，归心更切独孤遐。"（《还自益昌道得张伯脩诗次韵》）或睹山川风物而思乡："掌上烟川三百里，蜀都风物似吴都。"或因秋风而感羁旅："懊恼秋风吹客鬓，一年三过剑门关。"（《青渠追和宋金部壁间韵》）或见剑门之险而客怀低落："客怀无奈恶，索酒自招魂。"（《重过剑门》）或见田间苕花红芋而有漂泊之感："客路三年梦，官身两鬓蓬。"（《龙尾》）或写道路漫长："牛头应不远，三舍即盐亭。"（《新井道间》）或写春天客怀："客路浪成千里缴，老怀虚过一春邀。"（《过三鹤山二绝》）或写梦中家山："岁月滩声里，家山客枕边。"（《昭化》）或履险而思归："扁舟归计足，不问鹤和龟。"（《泥溪两首》）或云壮心犹存而年华已逝："汗鞭虮肸心犹壮，蓬矢桑弧鬓已翁。东望只知归计是，轻舠苕霅采夫容。"（《生朝前一日过隆庆十里得老人书中诗因用尊韵》）或夜坐而思漂泊之久："白头行万里，转眼过三年。"（《夜坐》）诗人在剑外的雁声风烟中老去，倍感岁月流逝而功业难成，因此常常劝诫自己应该归去方为上策，

---

① 钱大昕《廿二史考异》宋史卷14洪咨夔传："嘉定二年进士。案：嘉定二年非贡举之岁，当从《咸淳临安志》作嘉泰。"（方诗铭、周殿杰校点，上海：上海古籍出版社，2004年，第1105页）

② 潜说友《咸淳临安志》卷67《洪咨夔传》云："咨夔研穷经史，驰骛艺文，蔚为近世词宗。"徐象梅《两浙名贤录》卷23"谠直"则称为"一代文宗"。（影印文渊阁《四库全书》本）

③ 马端临《文献通考》卷241著录洪咨夔《平斋集》三十二卷。《宋史》卷406本传云："其遗文有《两汉诏令擥抄》、《春秋说》、外内制、奏议、诗文行于世。"（前引书，第35册，第12267页）徐象梅《两浙名贤录》卷23云其著有《两汉诏令》三十卷，《擥抄》一百卷，《春秋说》三卷，外内制及赋、诗文三十二卷，《奏议》三卷。《四库全书总目》卷162《平斋文集》提要云："是集经筵进讲及制诰之文居多，诗歌杂著仅十之三。"

④ 刘荣平、丁晨晨：《洪咨夔行年考》，《中国韵文学刊》2011年第4期。

也曾在诗中言归家之好，"柳色黄黄草色微，一川新渌两红衣。老天也信还家好，淡日柔风送客归"，归家之自在，"东风吹老地棠花，燕子归来认得家。茅屋石田浑好在，白头何苦尚天涯"（《嘉陵江舟中三绝》），然而诗人想到功业未成，其"归计"也就未免难决了："公家鸱夷老仙伯，功成始去浮江湖。中原赤子未奠枕，而忍独乐盟鸥凫。"（《范漕仲武季克云坡》）

其次，洪咨夔对于蜀道山川之秀丽险峻也有吟咏。或描道边风物，"柏边桤叶长，麦里豆花零"（《新井道间》），或写江中风光，"辛夷零落水生漪，睡暖沙凫荫酒旗"（《嘉陵江舟中三绝》）；或写剑门之险窄，"直上云千尺，中间月一痕"（《重过剑门》）；或写栈道之危途，"栈险涎鱼蛤，梯危啸虎豼"（《行三盘蟆颐栈道三首》），或写关塞之翠壁，"倚天翠壁夹黄流，伛偻呕哑挽上舟"（《潭毒关》）；或写春天次第花开，"造物工夫拙剪裁，群芳各自得春开。梨花嫁与东风去，随后荼蘼作媵来"（《过三鹤山二绝》），或写田园平和之象，"两岸骚骚麦尾黄，茅檐半瓦荫垂杨。牧儿吹笛随归犊，浅草平沙暝色苍"，或写山转水曲之态，"春山转处疑江尽，白鸟迎人曲折来"（《四月壬午发利州》）。牧童吹笛，浅草平沙，山转江尽，白鸟迎人，颇有乡村闲适景象。诗人往来剑门栈道之间，既行于"危途骨欲摧"之栈道，也出入"直上云千尺"之剑关；既看春山白鸟之美景，也历连云石栈之高峻。在这些诗里，既写出了蜀地山川地理的自然景观，也展现出亲历其间的诗人心绪。诗人既有船行春光之中的愉悦轻快，也有休驾霖雨瘴烟的踌躇恐惧；既有剑门关之低落客怀，也有筹笔驿之英雄惆怅。

复次，洪咨夔在其蜀道行役诗中也抒写其忧国情怀。在《益昌次费伯矩赠行韵五首》诗中全是抒写对国事的忧虑与寄托。其一云"浯水欲磨元结颂，聊城未下鲁连书。静中好与高抬眼，恐有英豪在草庐"，聊城未下，言外患犹在；英豪在草庐，则是内忧，国家局势动荡不安令其忧心忡忡。其二云"掎角中原二百州，熟知彼己是良筹。时贤所及都能几，清渭黄河祗自流"，收复中原之地，知己知彼方是良策，而"时贤"又有几人可为呢？对时事的惆怅无奈之情可见。其三则叹将才零落："朝气风生暮气归，将材零落事功微。酸风斜谷祁山路，眼底何人插羽飞。"其四则寄重任与友："幕下精神清似水，门前责望重于山。君家文伟规摹在，事业全归静定间。"其五则劝诫其勿作颂德虚言："快须涤砚入承明，烂漫飞章拂太清。富贵功名元素定，莫随人后颂升平。"无论是寄望还是劝诫，皆蕴含着对浮躁争利、夸饰太平时风的批评。在《度剑有日高永康以诗送行次韵》诗中则直接抒发中原未复之愁："独鹤发深省，连鸡激长叹。中原气犹怆，眉作醉里攒。"醉里眉攒，可见其忧国深重之貌。在《唐何循吏庙》中，诗人写邦人撤杨国钊之庙而祭祀循吏何易于，赞扬何易于"婆娑棠苃满江浒，不与霜后菰蒲凋"的爱民情怀，其庙几百年来香火不断，至今犹存；又感"江原清献楠，新繁卫公柏"被砍伐用作庙柱，而今荒芜，"只今还有楮钱肯向荒庭烧"，借此痛斥阿谀之徒："售谀荐佞喘猲猲。"题咏历史人物之事而寓现实讽喻之意，表达其批评时政、忧怀国事之情。

总之，洪咨夔的蜀道行役诗既抒写其真切的一己情怀，也表现出强烈的忧国忧民之心。或无奈，或彷徨，或惆怅，或慷慨，或沉郁，或执着，皆缘于对现实时政的关切与期望。虽然已不复少年血气，但正如历经风霜之松树，虽然面容已改但气骨犹存。诗人偶或有"万古声名供敝帚，九州意气付浮查"（《还自益昌道得张伯脩诗次韵》）之消沉感，但以国家天下为己任的承当与勇气始终最为强劲。或云"微管仲其左衽矣，舍安石如苍生何"（《六月六日宿观音寺次朝南韵二绝》），或云"道岂随时变，人须出力扶"（《帽子檐水宿》），或云"更须坚晚节，莫涝大夫封"（《回龙寺松》），以气节自勉，以拯救苍生自任，虽有霜鬓懊恼之叹，但亦不改其出力扶持倾危国事之坚志。正如其诗所云"卫道身何爱，忧时死未休"（《后溪挽诗二首》），卫道忧时，至死不休，正是其平生心志所在。炽热的爱国激情与坚贞不移的报国壮志，执着的人生追求与坚韧的入世承当，是其蜀道诗歌的最强音调。雄劲雅正，沉郁激昂，气浑词达，乃是洪咨夔蜀道诗之典型风格。正是如此，在南宋末世委顿清空、野逸幽眇的风气之中，洪咨夔的诗歌表现出独特的风貌与成就[①]，传达出爱国文学的一缕余响。

---

① 关于洪咨夔诗歌之成就，陶文鹏先生在《论洪咨夔诗歌》文中云："在南宋诗坛上，洪咨夔是一位风骨铮铮、坚持以其高洁坚贞的灵魂歌唱的诗人。他的诗歌在思想蕴涵与艺术表现上都有独到的成就。"此言甚是。（《北京联合大学学报》2006年第2期）

李曾伯（1198—1268，河南沁阳人①）以荫入仕，宝祐间赐同进士出身，历任两淮、荆蜀、广西、沿海阃帅，后仕至观文殿学士②。李曾伯儒而知兵，所至皆有实绩，为南宋名臣③。李曾伯不仅事功显著，且擅诗文，著有《可斋类稿》④。

李曾伯不仅早年曾随父入蜀，且于宝祐年间节制四川⑤，来往于汉中、利州、剑门之间，有诗抒写其行役之感。

李曾伯蜀道行役之题咏，多写沿途景物。过沔阳而有桃花水肥之咏："木叶未繁山尚瘦，桃花欲落水初肥。"（《丁亥沔阳春时即事简吴叔永》）行利州道感江月之景而悟虚空之境："何用朝朝夜夜钟，一拳打透彻虚空。诗僧不见禅僧老，月自西沉江自东。"（《题利州道上江月轩》）又写万紫千红之春："不管天涯与海濒，万红千紫一番新。楼头钟鼓三更雨，墙外莺花二月春。"（《益昌官舍简昞仲》）游邻水寺不言梦幻而咏劲竹孤梅，"萧萧劲竹古君子，凛凛孤梅节妇人。不作东风蝴蝶梦，短篱流水一家春"（《邻水寺有竹数百竿中有孤梅可爱》），题剑门寺不写苦空佛理而言吊古谈兵，"吊古春酤绿，谈兵夜烛红。终宵皎无寐，万壑响松风"（《题剑门寺》）；登阆州锦

---

① 关于李曾伯之生卒年，史籍无载。段江昭《李曾伯研究》（2009年河北大学硕士学位论文）、孔凡娜《李曾伯词研究》（2012年山东师范大学硕士学位论文）、李多进《南宋词人李曾伯研究》（2013年西北师范大学硕士学位论文）、陈明英《李曾伯诗歌研究》（2014年广西师范学院硕士学位论文）皆著录为"1198—1268年"。杨倩描主编《宋代人物辞典》则著为"？—约1268年"（前引书，第405页）。关于李曾伯之籍贯，宋陈思编《两宋名贤小集》卷282《可斋诗集》云："李曾伯，字长孺，号可斋，怀州人，寓居嘉兴。"（影印文渊阁《四库全书》本）《宋史》卷420本传云："李曾伯字长孺，覃怀人，后居嘉兴。"（前引书，第12574页）
② 关于李曾伯之仕履，《宋史》卷420本传、明柯维骐《宋史新编》卷153李曾伯本传皆有详细记载，《四库全书总目》卷163亦云其"由著作郎两分漕节，七开大阃"。孔凡娜《李曾伯词研究》、李多进《南宋词人李曾伯研究》对此亦有梳理，可参看。
③ 《四库全书总目》卷163云李曾伯为"南渡以后名臣"。
④ 《四库全书总目》卷163著录其《可斋杂稿》三十四卷、《续稿》八卷、《续稿后》十二卷，并言："其《杂稿》编于淳祐壬子，《续稿》编于宝祐甲寅，《续稿后》不著年月，不知编于何时，皆有曾伯自序。其子杓尝汇三稿刻之荆州，湖北仓使刘籲又刻之武陵，咸淳庚午书肆又为小本刊行，其序即杓所作。盖其人其文并为当时所重，故流传之广如是也。"李曾伯版本刊刻流传情况，亦可参见尚书：《宋人别集叙录》卷26，前引书，第1325—1327页。
⑤ 参见李多进：《南宋词人李曾伯研究》之生平考证，2013年西北师范大学硕士学位论文，第7—17页。

屏山写其古渡轻烟，"桥梁横古渡，树影倒中流。风定春艃度，烟轻晚市收"（《登阆州锦屏》），登果州金泉山则写其鹤迹烟霞，"故迹存栖鹤，高风扫镜鸾。烟霞扃地邃，冰雪照人寒"（《登果州金泉山和韵》）；登栈道写天地之辽阔，"万山西接地穷处，一水东归天尽头"（《利州登栈道》），过梓潼而写田间麦绿花红之景，"麦垄绿雏犹欠雨，花蹊红稚不禁风"（《丙戌春过梓潼即事》）。过柳池则写红雨山青之景，"风翻红雨摧芳信，山带青烟入烧痕"（《宿柳池松风亭》）。这些蜀道景物风光，既写出山水秀丽之色，也显出诗人劲健之情。

诗人登临胜游，不仅描其山光物态，也抒其旅思感怀。既写岁月流逝的惆怅，"草木与俱嗟岁月，古今无恙只江山"（《重阳登益昌锦屏山》），也抒恢复中原的壮志，"丈夫要了中原事，未分持竿老钓舟"（《利州登栈道》）；既感颜鲁公之名节忠魂，"一时名节犹山重，千古忠魂与水流。不待遗文垂纪录，自存生气沮奸谋"（《宿新政县登鲜于氏离堆拜颜鲁公遗像》），也叹汉高祖宽仁不施之遗恨，"将相岂烦加越砥，宽仁自是淬吴钩。断蛇断石都休问，遗恨平城雨雪羞"（《题汉中嶓冢观高祖庙试剑石》）。在这些诗里，虽有岁月之嗟，但少羁旅行役之愁。

此外，李曾伯还有一首《丁亥纪蜀百韵》的长诗，详细记录了边塞之祸以及由此而带来的社会灾难。诗歌首叙胡人侵边突进而官兵溃败不守之状："羽书西边来，敌骑报南牧。仓茫星火急，飘忽风雨速。凭陵我封疆，剽掠我孳畜。一越摩云险，已污宕岷俗。再度峰贴隘，重为武阶毒。"胡人如飘风急雨般攻城抢掠，但官军的表现呢？诗人并未用诗句描写，而是在诗注中云"摩云岭在大潭县之上，最为险隘，而官军不守"，又云"峰贴隘在阶州，官军守花石而敌由生蕃路来攻，遂入阶州"，据险却不能守卫，但凭胡人越险来攻，剽掠人民。不仅如此，官兵还为敌人的虚张声势所迷惑而不敢出战："先声张虚疑，我师遽蓄缩。心已执橄迷，手为望风束。"诗注云"一时所传蒙古不可与战，以此官军望风不出战"，对此，诗人愤激言道："策昧战为守，计乏奇与伏。"指斥守边将领计乏策昧，没有战守伏敌之奇谋计策，而且敌人小退我方将领就以捷音上报，"将利仅小退，凯音误陆续"，结果大军轻率出兵而致大败，"兰皋要寸功，良将半丧衄"，求功心切，以至良将损折过半。诗注云："制司误得捷音，大帅遂领帐前将士上七方将直至西和，遂有程信之败，是日敌直至犀牛渡"，"兰皋之战，麻仲、马翼、王平俱死王事，皆西边良将也"。经此大败，官军"相戒前辙覆"，不敢前进，于是"亟令控三关，谨毋费一镞。鱼梁闭仙原，武林护午谷"，交通阻塞，官差弃绝，闭关自守。西康至天水因为无官兵守卫而放弃了，凤州河池距敌遥远，但也被盗贼溃兵乘之，焚之一炬；关外百姓流徙入关却不被官兵所纳，"由是关以外，民皆弃庐屋"，诗注云："三关以外并无官军，民皆流徙，有老小入关而关兵不纳，怨声盈路。"于是相聚为盗，"群盗沸于鼎，流民凑如辐"，诗注云："是时关外百姓皆聚为盗贼，有所谓括地风、穆黑子之类。"由此可见，边关将帅的无能怯懦致使边地失守，百姓荼毒流徙被迫为盗。诗人在这里用文字真实地记录了南宋末年边地防守的败坏景象。接着，诗人又描写了遭受如此之祸的蜀人惨况："母悲爱子死，夫没嫠妇哭。城市委焚荡，道路纷怨讟。于时益昌民，十室空五六。"注云："是时益昌之民皆入山避徙。"百姓流离失所，哭声载道，但制司所为又是如何呢？"牙樯嘉陵来，舳舻尾联属。十乘随启行，驿书转加促。鼓吹喧后部，旌旗蔽前蠢。"他们一旦听闻前方败音就急急忙忙用船将自己的家眷搬到后方安全之地，注云："三月初七日败音到沔，制司宅眷登舟下益昌，凡百余艘。十一日到益昌，阅三日，下果阆。"然后又大张旗鼓浩浩荡荡地将治司安置在远离前线的益昌，"三月十八日大帅起发沔州，回司益昌"，"大帅行司随帐以一万人计，旌旗鼓吹，蜀人前所未见"。如此浩荡气势不能守土护民，溃败失地却不被责罚，朝政真是昏聩腐烂之极！三关虽是天险但已是徒然，边将搜刮的五州钱粮弃如粪土，死于战阵的将士得不到抚恤恩赏，诸将构陷主帅致其冤死狱中，帐前吏卒亲近得到赏赐升迁，军人滥杀无辜无数，边地无一人耕种，堡垒毁坏亦不修复，敌退之后诸公亦惟事高饮，真是一派危乱灭亡之景象！国家局势，正如诗人所云已是"朽索驾虚舟，空奁著亡局"！诗人最后虽以"吾皇天地心，万国囿春育。畴咨元帅功，非夕则在夙"之语慰解忧惧之心，但亦言"熟慰豪杰心，有诏不盈轴。尧门万里天，意者未亲瞩"，尧门万里，难以闻达谛听，毕竟不能慰解豪杰之心，所以只能期待"君相勤外忧，必有宁我蜀"，但这样的期待必然是"可欺宁可服"。在这首长诗中，诗人虽然尽量以平静的口吻叙述边事，但其间也忍不住情感奔涌，愤激剀切。或大声斥责，"民力哀何辜，边人罪难赎"，或愤然不平，"辛苦在貔貅，恩赏归雁鹜"，或慷慨下泪，"言之貌愈切，至此泪几籁"，对于边事的腐败乱象亦可谓深切哀痛。此诗煌煌百韵，以诗纪史，沉痛愤切，叙事、抒情、议论相间，既是一篇翔实而又生动的蜀地战事记，又真实地反映出南宋边战腐败之状况，犹如诗史，读之令人痛惜叹惋不已。

李曾伯的蜀道诗有壮游之叹，有边事之痛，有中原之望，亦有为国效力之志。虽然时事艰难，有徒效曹刿之感，但仍然有"上思利社稷"（《用从军古云乐为韵贺杨觉甫制干》）之想；虽亦有思归东林之念，但仍然为国事忠劳不休："官辙驱驰遍四郊，老来于此尚投胶。绸缪先事心为碎，展转中宵睫不交。"（《枕上偶成》）由此可见，诗人正是实践着他年轻时登临栈道而立下的丈夫之志：中原之事未了，则不甘"持竿老钓舟"（《利州登栈道》），其为国之丹心鲜明可见。也正是有此报国情志，故其诗显现出豪宕劲健之气而少喑呜蛰蛰之鸣，颇具辛派诗人慷慨壮烈之风调。

总之，李曾伯将在蜀道之上胜游登览的所见所感皆写入诗中，既可见蜀道山水胜景，亦可见其平生心志所向。新竹春水与烟霞翠山，显其清新明快之音；忠臣流落与汉关难度，则显其愤激无奈之调；历史的感怀与中原未复的现实交织，既让诗人惆怅，也令诗人勃发。正如他在《益昌官舍简晒仲》诗中所云："青门载酒浑闲事，愁杀英雄老塞尘。"悠闲无事愁杀英雄，渴望为国效力、收复中原的雄心壮志使其难起持竿钓舟之归意。正是如此，在他的蜀道行役之作中总是呈现出一种勃勃向上的生机和活力，而不见衰弊之气与山林之叹。

崔与之（1158—1239①，广州人），绍熙四年（1193）进士，历仕光宗、宁宗、理宗三朝，官至参知政事、枢密院使。他不仅关心民瘼、清正廉洁，而且于政事军事皆卓具才干与见识，为一代名臣。崔与之著述颇丰，有《菊坡集》②。

---

① 杨倩描主编《宋代人物辞典》著录其生卒年为1159—1240年（保定：河北大学出版社，2015年，第42页）。

② 崔与之著述及流传情况，参祝尚书：《宋人别集叙录》卷24《宋丞相崔清献公全录》，前引书，第1177—1181页。张其凡：《崔与之著述版本源流及其价值》，《安徽师范大学学报》2007年第3期。

崔与之曾于嘉定间官蜀①，但其蜀道诗文留存极少，仅有《水调歌头》（题剑阁）词一首。首写立马剑门关远眺长安："万里云间戍，立马剑门关。乱山极目无际，直北是长安。"次写战争之苦："人苦百年涂炭，鬼哭三边锋镝，天道久应还。"诗人念百姓所受涂炭之苦而己有一寸炽热丹心，故留于此地，"手写留屯奏，炯炯寸心丹"；复言年老而功业未成辗转难眠："对青灯，搔白发，漏声残。老来勋业未就，妨却一身闲。"再写归乡情思："蒲涧清泉白石，梅岭绿阴青子，怪我旧盟寒。烽火平安夜，归梦绕家山。"中原之思，战乱之苦，报国丹心之志，功业未成之恨，家山之梦，种种情感交织在词中，意蕴丰富，情调雄健。万里云间，立马剑关，乱山无际，显示出苍茫雄壮之气；青灯白首，漏声归梦，又显缠绵低徊之情。诗人虽有白首之叹，但却因"老来勋业未就"而放弃家山身闲之生活，从戎边塞，也未能践履与家乡清泉白石之约，尤令人感其老骥奋力之志。正如他在入蜀途中所言，"丈夫不作谋身计，巧匠那能袖手看"（《寄黄州赵别驾庚辰入蜀舟次黄冈适赵倅奇夫沿檄行边不遇以诗寄之》），世事艰危，需要"巧匠"力扶，自己不能袖手旁观，可见其高华壮亮、以国事为己任的灼灼爱国情怀。

## 三、汪元量的蜀道行旅诗

南宋灭亡，不仅是宋王朝的终结，也是宋代文学的终结，蜀道文学亦随之而消歇。虽则如此，但尚有汪元量等一批遗民文人，他们亲历亡国，故其作品更有切肤之痛。汪元量的蜀道行旅诗可谓是南宋蜀道文学的最后回响。

---

① 　嘉定十三年（1220）崔与之受命知成都府并本路安抚使，十四年又任四川安抚制置使，十七年离蜀，在蜀五年。参见陈裕荣：《崔与之年表》，《岭南文史》1993年第3期。刘复生：《南宋名臣崔与之治蜀简论》，《西华大学学报》2009年第4期。

　　汪元量（1241—？[①]，钱塘人），度宗时以善琴供奉掖庭，宋亡随三宫入燕，后为黄冠南归，来往江西、湖北、四川等地，"风踪云影，倏无宁居"[②]，终老湖山[③]。著有《湖山类稿》[④]。

　　汪元量曾两次入蜀，越秦岭，经凤州、利州、阆州，入剑门，过汉州，到成都，皆留有蜀道行旅诗作[⑤]。

　　首写蜀道行路艰难之状与山水风光。或写秦岭飞埃野草："峻岭登临最上层，飞埃漠漠草棱棱。"（《秦岭》）或写蜀道天高路远："蜀道难行高接天，秦关勒马望西川。峨嵋崒嵂知何处，剑阁崔巍若个边。"（《蜀道》）或写栈道遥遥："云栈遥遥马不前，风吹红树带青烟。"（《利州》）或写路途迢迢："去路迢迢入两当，三千三百到华阳。"（《凤州歌》）或写山馆清辉："凤州山馆有清辉，古木扶疏散陆离。红尾锦鸡鸣古堞，绿头花鸭荡幽池。"（《凤州》）或写阆州山水奇景："野鸥出没底心性，山禽飞舞犹威仪。江南或问阆州景，锦屏山水天下奇。"（《阆州》）或写剑阁快意江山："雁山突兀插青天，剑阁西来接剑泉。如此江山快人意，满船载酒下潼

---

① 汪元量生卒年，难有定论。程亦军《论爱国诗人汪元量及其诗歌》认为其生年约为1225—1264年之间，卒于1295年前后（《广西师范学院学报》1982年第1期）。孔凡礼《关于汪元量的家世、生年和著述》提出其生年为1241年（《文学遗产》1982年第2期）。杜耀东《略谈汪元量的生年——与孔凡礼先生商榷》则提出其生年约为1230年（《扬州师院学报》1990年第2期）。闫雪莹《亡宋北解流人诗文研究》对学界关于汪元量生卒年之讨论有较为详细的梳理，可参看（2012年东北师范大学博士学位论文，第145、149页之脚注）。

② 田汝成：《西湖游览志余》卷6，影印文渊阁《四库全书》本。

③ 汪元量生平事迹，可参见孔凡礼《关于汪元量的家世、生年和著述》（《文学遗产》1982年第4期）、杨积庆《论汪元量及其诗》（《文学遗产》1982年第4期）、程瑞钊《汪元量及其诗词研究》（成都：巴蜀书社，1997年）、陆琼《汪元量生平及交游研究》（2005年华东师范大学硕士学位论文）、闫雪莹《亡宋北解流人诗文研究》（2012年东北师范大学博士学位论文）、瞿沙沙《汪元量入蜀湘及其蜀湘诗歌研究》（2013年四川师范大学硕士学位论文）等。

④ 关于其集之版本流传情况，可参祝尚书：《宋人别集叙录》卷29，前引书，第1444—1449页。汪元量著述情况，亦可参孔凡礼先生《关于汪元量的家世、生年和著述》文中的相关论述、杨积庆《汪元量〈水云集〉散论》（《镇江师专学报》1985年第3期）。

⑤ 汪元量两次入蜀，一为南归前，一是南归后。见孔凡礼先生《汪元量事迹质疑》（《文学遗产》1984年第3期）。瞿沙沙《汪元量入蜀湘及其蜀湘诗歌研究》对汪元量两次入蜀线路颇有考证，并统计其蜀中之诗共有63首（2013年四川师范大学硕士学位论文，第3、11—17页）。

川。"（《隆庆府》）或写潼川斗歌对舞箜篌鼖鼓："红袖斗歌才拍手，绿鬟对舞尽缠头。箜篌急撚风生座，鼖鼓连挝月上楼。"（《潼州歌》）或写绵州八月秋气："绵州八月秋气深，芙蓉溪上花阴阴。"（《绵州》）或写汉州古嶂翠峰："云横古嶂吞残日，风卷崇冈起烧烟。地拔翠峰森似笋，溪明锦石小如钱。"（《汉州》）或写成都烟花红楼浮云流水："锦城满目是烟花，处处红楼卖酒家。坐看浮云横玉垒，行观流水荡金沙。"（《成都》）或写散关势危："凤州南去是南岐，大散横盘势更危。跃马紫金河畔路，万枝杨柳撒金丝。"（《凤州歌》）或写剑门崔嵬石角："剑门崔嵬若相抗，云栈萦回千百丈。石角钩连皆北向，失势一落心胆丧。"（《剑门》）等等。蜀道秦关，迢迢云栈，崔嵬剑阁，插天青山，扶疏古木，山禽野鸥，浮云残日，一一收入眼底，写在诗中。历史几经兴亡更替，而自然风物依旧。

诗人的蜀道纪行不仅描摹蜀道山水风光，也记下城市残破民生凋敝之状。过兴元，写官吏不仁而致兴元府市井萧条："山川寂寞非常态，市井萧条似破村。官吏不仁多酷虐，逃民饥死弃儿孙。"（《兴元府》）过利州，写利州官府刻剥而民失井田，"城因兵破悭歌舞，民为官差失井田。岩谷搜罗追猎户，江湖刻剥及渔船"，利州以前的繁华只能成为回忆了："酒边父老犹能说，五十年前好四川。"（《利州》）或写官逼民穷土地荒芜："官逼税粮多作孽，民穷田土尽抛荒。年来士子多差役，隶籍盐场与锦坊。"（《隆州》）或写蜀地多难盗贼不息："见说近来多盗跖，夜深战鼓不停挝。"（《成都》）宴会间的歌舞歌吹，满目的烟花红楼，无法掩盖民生的穷困与痛苦。面对民生困弊，诗人愿意寻求良方拯救天下苍生："天下苍生正狼狈，愿分良剂救膏肓。"（《药市》）诗人笔下残破的景象，民生的艰难，都以一种较为冷静的文字书写出来，并不像在观山临水之间有生发浓烈兴亡之感的抒情诗句。在这看似平静客观的叙述中，依然可以感受到诗人的战乱之痛。

汪元量虽有蜀道江山风物快意之时，但更多则是兴亡丧乱之感。越秦岭有河山兴废之感："百年世路多翻覆，千古河山几废兴。"（《秦岭》）过凤州有病马惊鸟之凄惶、满目兴亡如梦之感："病马啮荠思故枥，惊鸟绕树宿何枝。三分割据人如梦，满目兴亡客似痴。"（《凤州》）或有黄花肠断之悲："黄花川上黄花驿，千百猿声断客肠。"（《凤州歌》）过利州，则有酒边话旧之伤叹："酒边父老犹能说，五十年前好四川。"（《利州》）无论是翠峰明溪，还是歌舞繁华，抑或是名花胜物，皆令诗人兴起满目兴亡的凄凉之感。

总之，汪元量的蜀道行旅诗，既有"平生兹游真冠绝，走笔成诗图快意"（《光相寺》）的胜游健笔，也有"千古风流一梦中，江山阅尽几英雄"（《花蕊夫人故宅》）的亡国凄凉。江山纪行，或轻快，或苍凉，或明朗，或沉郁，既明快流畅，也含蕴深永；既为纪实之笔，也为亡国伤心之言。巴山蜀水，祠庙旧宅，寄托着一个亡国诗人的悲戚、感怀与心灵的沉淀。虽有兴亡之叹，但亦有历史更替的理性思考；有黍离之悲啼，但亦有心地了然的平静，故而其诗虽有感慨却哀而不怨，与其去国的断肠泣血、燕云的忧悲恨叹之作风调不同。经过时间的沉淀，再次经行蜀道山水，虽时时有兴亡之叹，但亡国的剧痛已经为历史兴亡更替的认识所减轻了。正如明皇庙前的调笑歌舞，已经让亡国的切身之痛渐渐远去，最终将消失在历史滚滚的烟尘之中。即使如此，汪元量的蜀道行旅吟咏，既为宋代文学唱出最后的哀歌，也再次谱写出蜀道文学的亡国之声。

## 小　结

虽然南宋后期社会已是"生民熬熬，海内汹汹"的险危态势，犹如腐纸粘缀之破器，稍触之就会应手堕地而碎裂[①]；文坛上也充斥着侈谈心性的道学文人与矫语山林的江湖诗人，文学风气"庸沓猥琐，古法荡然"[②]，蜀道文学的作家亦熏染着这样的时代风气，但其蜀道诗文却受蜀道地域与其亲历边事之影响而呈现出别样的特征。无论是以魏了翁、度正、吴泳、程公许等为代表的蜀籍文人，还是以洪咨夔、李曾伯、崔与之等为代表的入蜀文人，抑或是亡宋之后入蜀游历的汪元量，他们出入蜀道之上，在锦水蜀山、云栈剑关之间，亲见边塞弊政与社会残破，目睹蜀民的穷困与痛苦，使得他们在性理道德、山水清

---

① 曾枣庄、刘琳主编：《全宋文》卷7765吴潜《奏论都城火灾乞修省以消变异》，上海：上海辞书出版社，2005年，第89页。

② 《四库全书总目》卷167《道园学古录》提要。

赏之外，也吟咏出关涉现实苦难的诗章。他们的蜀道诗或批评朝政，或斥责边将，或痛惜民生，充满着对国家危难的忧虑与伤叹；同时，他们也在如此衰弊的情势下，既呼吁朝廷起用人才以挽救危亡，也以道自任，勇于担当，力求为国家尽一己之力。正是由此，他们的蜀道文学虽然也不乏世道艰难、羁旅漂泊的哀吟，但也往往具有正大刚健的咏唱。虽然这样的豪情奋力并不能扶正危颓将倾的大厦，但却令人看到昏暗末世中的一缕光辉。南宋后期蜀道文学中所呈现出来的忧怀国事之情，使其在于时事无交涉、以抒写风月花鸟为主的文坛风尚之中别具一种风骨姿态。

第十章

蜀道行旅与
唐宋文人创作的互动

空间的移动与改变必将给文人带来强烈的身心冲击，新的地理环境与景观也会诱发文人不同的心理反应，所谓"物色之动，心亦摇焉"，以心感物，以物会心，文人将感物而动的情感形之于文，从而使文学作品表现出鲜明的时空特色与风格。随着中央王朝对巴蜀地域的经营，以及与此相伴随的官僚的派遣，蜀道文学不断得到抒写，并在唐宋时期形成引人瞩目的文学现象。唐宋文人行役蜀道之上，受蜀道地理景物之感发，将目之所见、耳之所闻、身之所感、心之所思皆纳于笔端，吟咏成文，既使蜀道地理景观得到充分描写和显现，也使其文学创作别具风貌和特色。

## 第一节
## 蜀道文化地理形象的显现

　　蜀道文学是以地理山水景观为题材的文学，地理上的变化使文人开始关注那些不熟悉的自然地理景观。唐宋文人对蜀道自然地理景观的描写与感知，使奇异而遥远的蜀道地理风貌显露出来，不仅展现出蜀道的自然地理图景，也映射出建构蜀道文化地理的意义地图。

　　首先是蜀道地理名称的呈现。蜀道文学的发生地，主要以沿线山岭、川流、馆驿、城镇为主，这些地理变化直接表现在文人作品中。唐宋文人在蜀道行役的创作中，常常以州县城镇、山岭关塞、驿道楼阁的名字作为诗文标题，表明其经行蜀道线路。出现在诗文标题中的地名，如山岭：梁山、岷山、嶓冢山、青泥山、子午山、大剑山，朝天岭、七盘岭、五盘岭、分水岭、漫天岭等；关塞峡谷：大散关、百牢关、葭萌关、剑门关、邛关，赤谷、铁堂峡、寒峡、青阳峡等；江河溪渡：汉川、汉江、嘉陵江、涪江、岷水、巴水、阆水、渭流、葭川、秦川、青羴、磻溪、深湾，白沙渡、水会渡、桔柏渡等；州县城镇：麻平、始平、易阳、长柳、凤州、三泉、新政县、兴州、洋州、兴元、南郑、城固、石门、褒城、汉中、利州、益昌、剑阁、阆州、绵州、盐亭、汉州、罗江、蜀城、益府、益州、东川、梓州、苍溪县、临邛、成都、巴州等；驿道馆驿：陈仓道、陈平路、陇路、白水路、金牛道、龙阁道、九折阪、褒斜道、钟阳驿、望喜驿、西县驿、泥羴驿、方骧驿、古泉驿、深渡驿、通泉驿、清溪驿、奉济驿、巴西驿、青阳驿、嘉陵驿、褒城驿、筹笔驿、骆口驿、青云驿、白马驿、黄花驿、上亭驿、罗江驿等；栈道楼阁：飞仙阁、龙门阁、石柜阁、焦崖阁、翠光亭、越王楼等。这些地名标明了文人行走的特定地点与场所，是其文学创作的地理现场，也是文人与蜀道地理空间最直接的联系所在。这些山岭城镇、江流峡谷、驿道馆驿、栈道楼阁之名，不仅仅是蜀道交通线路上的地图标志，还因附着了文人情感而成为具有某种文学意蕴的地理符号，它们与文人的具体生活实感紧密相连，是蜀道文学最鲜明的构成元素。

其次是蜀道自然地理形象的呈现。蜀道的自然地理形象在唐宋文人的笔下得到了最为丰富的表现。写其山岭之形，则云：积石层岩、丹障翠屏，狭径云路、苍山石径、巉岩青山、青蹬紫岑、泥栈云梯、飞梁绝岭、栈道危峦、官桥鸟道。描其江流深谷，则云：长波深水、深谷江干、水雾翠渚、飞湍水瀑、春江秋水、奔流翻涛、漱流洲渚、幽谷丹壑、荒池碧潭。叙其季节物候，则云：春分三伏、上元清明、中秋重阳、梅雨寒食、立秋冬至、早春暮春、春潮春事、春景春风、春芳圆月、三春桃李、秋气淫雨、秋风霰雪、三秋日影、晓月残星、高云月影、松风山月、浮云明月、星落月悬、落日夕霏、春去秋还、风烟春华、蝶戏莺歌、新绿衰叶、宿草四序。言其花木鸟兽，则云：梅花梨花、鸿雁白鹭、玄猿夜萤、子规杜鹃、山桃野杏、乔木葭苇、芳树枫林、翔禽旅兽、白花黄叶、野禽山虫、藤萝古蔓、春草古树、繁华密草、深林密竹、残花度鸟。语其栈道楼阁，则云：荒庭白露、孤驿寒烟、九折危峦、泥栈云梯、危阁回梁、穷崖飞月，等等。这些描绘形象地刻画出蜀道"关山千里，烟霞四面"的自然地理特征。乱峰叠嶂的崇山峻岭，深邃难测的岩壑重溪，云烟缭绕的山林危途，九折盘曲的栈道云梯，都鲜明地彰显出了蜀道艰险难行的漫漫长途。自然地理形象往往会影响到人的内在思维和情感，所谓"登山则情满于山，观海则意溢于海"，文人登山越岭，骑行栈道，受蜀道自然山水风物的感发而创作出具有个人真实体验的文学作品。"蜀道山川心易惊"，蜀道山川的雄伟险峻，使文人触目惊心。显然，蜀道的山水风光带给文人的审美感受，与温暖秀丽的江南山水迥然有别。文人的蜀道山水之咏，与王孟韦柳式的山水题咏也是判然不同。王孟韦柳式的山水，多是"人化的自然"，而蜀道山水则是文人耳目所接的客观存在的自然山水。正如李德辉先生所说，祖国西南这片神奇的大地上那些令人叹为观止的奇峻秀绝的山川，千余年前古人在蜀道上艰辛的跋涉，在唐代文人的蜀道纪行诗中第一次得到深入细致的表现，"蜀路上产生的诗，……在王孟韦柳之外开辟了另一个新境界"。①唐宋文人行旅蜀道之上，或触景生情，或借景抒情，与蜀道自然地理形象之间建立了双向互动的制约机制，其情感生成与情感表达都离不开蜀道自然地理景物。

第三，蜀道难的地理感知。唐宋文人践履蜀道山川驿路，对蜀道难行有着真切的地理感知与体验。唐宋蜀道文学中，对蜀道难的描写与叙说可谓连篇累牍，不厌其烦。如卢照邻有"传语后来者，斯路诚独难"（《早度分水岭》）之语，李白有"见说蚕丛路，崎岖不易行"（《送友人入蜀》）之言，杜甫有"终身历艰险，恐惧从此数"（《龙门阁》）之感，武元衡有"路半嘉陵头已白，蜀门西上更青天"（《题嘉陵驿》）之愁，石介有"登陟去年腰仅折，追思今日鼻犹酸"（《送冯司理之任彭州》）之辛酸，范祖禹有"地坼天开此险成，飘萧毛发壮心惊。人间行路难如此，叹息何时险阻平"（《过朝天岭》）之叹，李廌有"蜀山如鸟道，剑阁郁嵯峨。嗟君正朱颜，奈此艰险何"（《赵诏赴成都府广都县尉以送君南浦伤如之何为韵送之作八首》）之嗟，陆游有"当车礧礧石如屋，百里夷途无十步"（《木瓜铺短歌》）之悲，赵蕃有"久客奚多感，对兹真欲愁"（《过分水岭》）之愁，汪元量有"蜀道难行高接天，秦关勒马望西川"（《蜀道》）之踌躇，等等。唐宋文人对蜀道难的地理感知，因亲历蜀道而有了不同的体验。唐代张文琮言道："揽辔独长息，方知斯路难。"（《蜀道难》）宋代韦骧亦言："自惜仙才难蜀道，始知难此不虚名。"（《过朝天岭》）文人原来间接所知的蜀道难变为亲身直接的感受。唐

---

① 李德辉：《唐代交通与文学》，长沙：湖南人民出版社，2003年，第91页。

宋文人对蜀道难的真切感知，不仅是对蜀道自然地理的观察结果，强烈彰显出蜀道的地理形象，而且成为蜀道文学中最鲜明的地理叙事，在蜀道峻峰危峦、鸟径盘道的描写中表达出对生活的发现与对人生的感悟。"自古西南路，艰难直至今。"（许棠《送友人游蜀》）唐宋文人对蜀道的地理感知，通过文学性的表达与传播，使"蜀道难"成为文学史上最著名的地理意象之一。

总之，蜀道的自然地理景象给文人带来了不同以往的身心经验。高耸入云的绝岭峻峰，寥廓郁盘的深谷层岩，九折无极的遥遥长路，缭绕江上林间的风烟云雾，既令文人倍感行路艰辛之苦，也令诗人们耳目一新："耳目多异赏，风烟有奇状。"（卢照邻《奉使益州至长安发钟阳驿》）无尽的川原山河、繁密的人烟让人感到新异："处处川复原，重重山与河。人烟遍余田，时稼无闲坡。"（欧阳詹《益昌行》）气候风物的独特也令人感到惊奇："夏老兰犹茂，秋深柳尚繁"（骆宾王《送吴七游蜀》），"坐痛筋骸惨，旁嗟物候殊"（元稹《酬乐天东南行诗一百韵》）。千山重岭环绕将蜀地与中原隔断，别有一番景象："陡觉烟景殊，杳将华夏隔"（岑参《入剑门作寄杜杨二郎中时二公并为杜元帅判官》），"山岭千重拥蜀门，成都别是一乾坤"（胡曾《金牛驿》）。文人们经山历水，既有蜀道翠岭深壑云山万叠之异赏，也有筋骨劳损心神惊惧之履险，他们在履艰历险之际，或因万千景象牵动了诗兴："入蜀牵吟景象浓，云山万叠与千重。痴岩顽壑无奇观，不似飞仙数朵峰。"（石介《过飞仙岭二首》）唐宋文人对蜀道自然地理的感知与描写，鲜明地展示了蜀道文学的地理空间特征，具有强烈的"现场感"。蜀道的地理景象赋予了文人行旅文学独特的地理色彩，是文学想象力的源泉，"具有精神地理的意义"，并使之成为蜀道文学的"注册商标"[①]。总之，唐宋蜀道文学以艺术的方式构建了蜀道的自然地理图像和文化地理意义，它不仅传达出蜀道的地理影像，而且文人的思想和情感借助蜀道自然山水景物得到了文学性的表达，使蜀道地理景物也成为他们的心灵镜像。

---

① 南帆、刘小兵：《文学理论》，北京：北京大学出版社，2008年，第174、177页。

## 第二节
## 蜀道对唐宋文人创作的影响

蜀道文学往往和唐宋文人的入仕追求与宦游生活密切相连。文人抛亲别友，离开家园或京师，行役蜀道之上，宿于馆驿舟船之中，所见之处，皆多人烟稀少、山川荒寒之景。这样的环境最容易触动文人孤旅之心，使他们反观社会现实状况，反省过往人生，思考自己的前途和出路。因此，蜀道除了以背景的形式呈现出文学世界的地理特征之外，也通过潜移默化的形式对文人的心灵发生作用，从而形成蜀道文学中以文人自我直接关涉的方式呈现出的主体抒情性特征。

### 一、蜀道行役与唐宋蜀道文学的悲感抒写

唐宋文人常常在蜀道文学中抒写个人孤独地面对时空的生命情感，回味、沉思、默想自己的人生痛苦、生存的意义，在时间流动和地理空间变换中，呈现出较为普遍的愁情苦调。这种以悲感为内核的抒情特征，主要体现在如下几个方面：

首先是异乡客愁的抒写。在唐代蜀道诗文中，有王勃无处是家乡之悲："观阙长安近，江山蜀道赊。客行朝复夕，无处是乡家。"（《始平晚息》）骆宾王他乡岁晚之伤："他乡冉冉消年月，帝里沈沈限城阙"（《畴昔篇》），"征役无期返，他乡岁月晚"（《从军中行路难》）。张说他乡离忧之叹："他乡对摇落，并觉起离忧。"（《深渡驿》）苏颋向蜀之悲："方知向蜀者，偏识子规啼。"（《晓发方骞驿》）岑参烟景迥异之感："陡觉烟景殊，杳将华夏隔。"（《入剑门作》）杜甫异乡不适之感："信美无与适，侧身望川梁。"（《成都府》）严武巴岭愁情："江头赤叶枫愁客，篱外黄花菊对谁。"（《巴岭答杜二见忆》）钱起日暮穷途之泪："日暮穷途泪满襟，云天南望羡飞禽。"（《七盘岭阻寇闻李端公先到南楚》）戎昱衣单之悲："自伤庭叶下，谁问客衣单。"（《罗江客舍》）元稹异乡身老之叹："不堪身渐

老，频送异乡行。"（《遣行》之四）武元衡旅情之感："旅情方浩荡，蜀魄满林啼。"（《夕次峰山下》）李商隐梓州未还之愁叹："莫叹万重山，君还我未还。"（《饯席重送从叔余之梓州》）薛能西县愁吟："从此渐知光景异，锦都回首尽愁吟。"（《西县作》）薛逢匹马入蜀之愁："合家恸哭出门送，独驱匹马陵山巅。"（《镊白曲》）雍陶离思之愁："离思茫茫正值秋，每因风景却生愁。"（《宿嘉陵驿》）贾岛行客途远之愁："长江那可到，行客替生愁。"（《寄令狐相公》）郑谷游蜀清泪："所向明知是暗投，两行清泪语前流。"（《游蜀》）吴融断肠之悲："澄处好窥双黛影，咽时堪寄断肠声。"（《分水岭》）罗隐山水之恨："山将别恨和心断，水带离声入梦流。"（《魏城逢故人》）唐彦谦天涯之泪："已是向来多泪眼，短亭回首在天涯。"（《罗江驿》）等等。宋代蜀道诗文中，有张咏匹马鬓斑之感："剑门山势碧摩天，匹马重来鬓已斑。"（《再任益州回留题剑门石壁》）石介穷途悲怆之情："雨夜自潺湲，宦途空悲怆。"（《赴任嘉州嘉陵江泛舟》）宋祁客愁之叹："山从剑北呈天险，树偏巴西送客愁。"（《题罗江翠望亭兼简西游君子》）赵抃行役疲惫之感："穆陵关望剑门关，岱岳山连蜀道山。自顾松筠根节老，谁怜霜雪鬓毛斑。"（《再有蜀命别王居卿》）文同飘零之感："好尚旧若此，飘零今比谁？"（《嘉川道中寄周正孺》）韦骧外官人之感："四十年前前进士，三千里外外官人。"（《武龙道中》）唐庚行役之感："上马复下马，羸躯不暂停。"（《峡路》）李新修途酸苦之情："修途老来倍酸苦，晚雨一丝愁一缕。"（《飞仙道中》）张嵲客意萧条之感："非干秋色苦，客意自萧条。"（《兴州道中遇雨》）李流谦长年山路之叹："耐老前山路，长年送马蹄。"（《益昌道中次兄长韵二首》）刘望之的落拓憔悴之愁："落拓平生载酒行，如今憔悴鬓丝生。"（《发成都》）袁说友四方之愁："举首白云天共远，四方上下与同愁。"（《过故郡渡》）孙应时客身憔悴之感："客身憔悴衣尘黑，世路崎岖鬓发斑。"（《益昌夜泊》）陆游处处是客之哀："此生均是客，处处皆可死。"（《自兴元赴官成都》）洪咨夔剑外鬓华之叹："剑外风烟老鬓华，归心更切独孤遄。"（《还自益昌道得张伯脩诗次韵》）赵蕃久客之感："久客奚多感，对兹真欲愁。"（《过分水岭》）等等。这种异乡客愁之吟在唐宋蜀道文学中触目皆是，正是每一位离开故乡家园之人行役悲情的表现，既反映了唐宋文人对蜀道山川物象的陌生感和距离感，也书写出他们蜀道行役的漂泊感与苦痛感。正是如此，他们又在诗文中吟咏出思乡怀归之情。

其次，异乡为客的生命悲情，令文人们不断回望熟悉的故乡。对思乡怀归之情的表达是唐宋蜀道文学中的又一个主题。在唐代蜀道诗文中，有王勃故乡已远之愁："此时故乡远，宁知游子心。"（《深湾夜宿》）卢照邻故乡云隔之思："明月流客思，白云迷故乡。"（《赠益府群官》）乔琳行雁南飞之乡情："行雁南飞似乡信，忽然西笑向秦关。"（《绵州越王楼即事》）张说别家思乡之念："徭蜀时未改，别家乡念盈。"（《蜀路二首》）杜甫故乡亲人之念："故乡有弟妹，流落随丘墟。成都万事好，岂若归吾庐。"（《五盘》）高适思归之愁："路长愁作客，年老更思归。"（《赴彭州山行之作》）孟浩然明月相思之情："今宵有明月，乡思远凄凄。"（《途中遇晴》）窦巩望乡泪流之情："望乡心共醉，握手泪先流。"（《汉阴驿与宇文十相遇旋归西川因以赠别》）薛逢山馆思乡之情："孤戍迢迢蜀路长，鸟鸣山馆客思乡。"（《题黄花驿》）郑谷乡泪已尽之悲："引人乡泪尽，夜夜竹枝歌。"（《渠江旅思》）欧阳詹独自故乡之情："无人相共识，独自故乡情。"（《蜀门与林蕴分路后》）吴融乡思绵绵之愁："乡思旋生芳草见，客愁何限夕阳知。"（《赴职西川过便桥书怀寄同年》）李商隐的还乡梦破："明朝惊破还乡梦，定是陈仓碧野鸡。"（《西南行却寄相送者》）等等。在宋代蜀道诗文中，有张咏故乡路远之恨："故乡路远不得信，寒月夜来还复圆。"（《旅中感怀》）宋祁怀远思归之愁苦："凭君且作刚肠忆，怀远思归易白头。"（《题罗江翠望亭兼简西游君子》）"此地怀归心自苦，不应空枉夜滩声。"（《次望喜驿》）张方平故乡之望："朝家方面非轻寄，何事徘徊望故乡。"（《青泥岭》）石介故乡之梦："暂休又作故山梦，闲唱还成劳者歌。几斗米牵归未得，空怜满眼是烟萝。"（《入蜀至左绵路次水轩暂憩》）文同故乡之忆："却念白衣谁送酒，满篱高兴忆吾乡。"（《大桃途次见菊》）韦骧解组思乡之情："却被飞涛送乡思，悠悠想见浙江潮"（《过故平》），"何时解组归乡国，十里西湖弄短桡"（《文剑道中》）。张嵲故园时危之阻："故园天一角，时危路间关。"（《达州夜月》）陆游的故山之约："故山有约频回首，末路无归易断魂。"（《三泉驿舍》）等等。唐宋蜀道文学中的思乡怀归之情的书写，正是受蜀道山川的刺激而生发的。蜀道行役的艰辛，使得回望故乡成为文人获得心灵慰藉的重要源泉之一。他们或因失意、或因战乱、或因赴职、或因生存之需往来蜀道之上，有一种无奈与被迫之感。而蜀道陌生的环境，又令人感到不安与恐惧，因此，熟悉的故乡就成为躁动难安的心灵安顿之所。

第三，唐宋文人除了表达蜀道客愁思乡之情，也常有人生宦途艰难之叹。蜀道漫漫长路，重山叠嶂，往往会触动文人的生存困境之思。或感命运难测，"谋身非不切，言命欲如何"（郑谷《渠江旅思》），或感过往人生之坎坷，"将来道路终须达，过去山川实不平"（薛能《雨霁宿望喜驿》），或感人生奔忙不息，"自笑红尘里，生涯不暂闲"（武元衡《途中即事》），或感为名利奔波辛劳，"曾沾几许名兼利，劳动生涯涉苦辛"（元稹《新政县》），或感前程渺茫，"白日欲斜催后乘，青云何处问前程"（雍陶《蜀路倦行因有所感》），或感名利之路艰险，"若比争名求利处，寻思此路却安宁"（章孝标《骆谷行》），或感行役之困，"何为久行役，坐使欢心捐"（宋祁《次陕郊》），或感尘缨缠缚，"一为尘缨缚，不得闲时向"（石介《赴任嘉州嘉陵江泛舟》），或感不能摆脱名利束缚，"至此因自谓，胡为就名缚。所利缘底物，奔走冒炎恶"（文同《大热过散关因寄里中友人》），或感事业无成，"生平来往成何事，且倚钩栏拥鼻吟"（文同《过朝天岭》），或感谋身太拙，"谋身太拙真堪笑，头白重来度剑关"（吕陶《过剑关》），或伤不遇，"盛时不遇诚可伤，零落逢知更断肠"（陆游《驿舍海棠已过有感》），或感仕途坎坷，"自惭末裔无仙骨，名利途中鬓已斑"（张方平《过张真人洞》），或感妄执功名之念，"自古功名应邂逅，大家岐路妄汍澜"（张方平《过灞桥长安道上作》），或发年衰力困之悲，"冉冉年将病，力困衰怠竭"（苏颋《夜发三泉即事》），或感本真丧失，"不免旧溪高士笑，天真丧尽得浮名"（张咏《途中》），或感世态心冷，"年光头鬓华如雪，世态心情冷似冰"（赵抃《过铁山铺寄交代吴龙图》），或感以往人生，"四十年间利禄身，平生疏拙任天真"（赵抃《至成都有作》），或感年华相背，"年华苦相背，归去又匆匆"（李曾伯《入蜀垫江道间二首》），或有失志之感，"无由召宣室，何以答吾君"（卢照邻《至望喜瞩目言怀》），或有弃置之感，"才非贾傅亦迁官，五月驱羸上七盘。从此自知身计定，不能回首望长安"（吴融《登七盘岭二首》），或有故国何在之感，"举头唯见日，何处是长安"（赵蕃《过分水岭》），等等。蜀道的孤寂、险难，令文人们将关注的焦点集中在自我之身，感一己之遭遇，感一己之人生，朝廷弃置，政治失意，仕途险恶，社会不公，名利缠缚，年华老去，前途迷茫，人生种种艰难与困惑，挫折与艰辛，都在蜀道长路之间得到反省、思虑和观照，抒发出宦途寥落之悲，人生不得自由之叹，悲凉感怆，愁闷彷徨，挣扎困惑，充溢在诗文字里行间。蜀道的崎岖艰险，不仅仅令文人们蹇步难行，倍感行役之伤，更是令其体味到世路、人生、宦途，也如蜀道那般崎岖曲折，令人憔悴伤情。"蹇步不唯伤旅思，此中兼见宦途情。"（雍陶《蜀路倦行因有所感》）此中情愫与感慨，正是唐宋文人蜀道行役的共同感受和体验。

第四，唐宋文人在文学作品中除了抒发自身羁旅行役悲愁之外，还借题咏前朝历史英雄人物之际遇抒发功名成败之悲、家国之恨。蜀道上的山岭峡谷、关塞驿站，都见证过政权的更替与兴衰，更是历史上英雄争斗之场。文人经行前人遗迹，遥想风云际遇，英雄成败，往往感动兴发，吟咏成篇。其中诸葛亮的功业垂成，唐明皇奔蜀的狼狈凄凉，尤令文人悲慨纷纭。

筹笔驿是诸葛亮出兵伐魏的谋划之地，唐宋文人对此最多吟咏。在唐代，就有李商隐、杜牧、殷潜之、薛能、薛逢、罗隐等人的题咏之作，宋代则有石延年、文彦博、张方平、唐庚、李新、孙应时、陆游等人的吟咏。李商隐经筹笔驿而感诸葛亮之遗恨："他年锦里经祠庙，梁父吟成恨有余。"（《筹笔驿》）殷潜之感诸葛亮"算成功在彀，运去事终亏。命屈天方厌，人亡国自随"，运去天厌，人力无法挽回，以此有明道之思："若归新历数，谁复顾衰危。报德兼明道，长留识者知。"（《题筹笔驿》）杜牧感诸葛亮慷慨之气但却身死国移："若非天夺去，岂复虑能支。子夜星才落，鸿毛鼎便移。"（《和野人殷潜之题筹笔驿十四韵》）薛逢感诸葛亮功业未成而有《出师表》遗后人："赤伏运衰功莫就，皇纲力振命先徂。出师表上留遗恳，犹自千年激壮夫。"（《题筹笔驿》）薛能认为诸葛亮并非王佐之才却以功自扰，应该处之以无为之道："流运有功终是扰，阴符多术得非奸。当初若欲酬三顾，何不无为似有鳞。"（《筹笔驿》）罗隐有感于诸葛亮运去不得成功而今徒增凄凉寂寞之色："唯余岩下多情水，犹解年年傍驿流。"（《筹笔驿》）石延年颂扬诸葛亮之功德而悲悼其去世，感慕英气犹存："想像音徽在，侵寻毛骨醒。迟留慕英气，沈叹抚青萍。"（《筹笔驿》）文彦博赞诸葛亮帷幄谋划之术："帷幄既持先圣术，肯来山驿旋沉思。"（《筹笔驿》）张方平感诸葛亮去世而致使中原易人："公在必无生仲达，师昭何业得中原。"（《筹笔驿》）唐庚感诸葛亮事业未成之恨，"协寡欺孤罪未呵，先生此意竟蹉跎"，又赞其声威显赫之名，"漫令邺下痴儿女，骇汗惊惶欲渡河"（《筹笔铺》）。李新赞诸葛亮在此写下雄图："流马飞粮下蜀都，卧龙曾此写雄图。"（《题筹笔驿》）陆游想象其驻军之景而有谯周作降表之恨："运筹陈迹故依然，想见旌旗驻道边。一等人间管城子，不堪谯叟作降笺。"（《筹笔驿》）孙应时感汉业兴亡而蜀山不改，生发出物是人非之感："汉业兴亡惟我在，蜀山重复遣人愁。驿前风景应如旧，江水无情日夜流。"（《题筹笔驿武侯祠诗》）无论是唐人的运命之感，还是宋人的江山依旧而人事已非之叹，皆在感叹诸葛亮的功业成败之间表达出一种人生无奈与功业难成之悲，既饱含着对诸葛亮的深刻同情，也寄寓着自身功名际遇的伤感。

唐明皇狼狈奔蜀之事，唐宋文人也多题咏。如李白言唐明皇幸蜀之事云："谁道君王行路难，六龙西幸万人欢。地转锦江成渭水，天回玉垒作长安。"（《上皇西巡南京歌》之四）李白以此反语言其奔蜀狼狈之状，其间悲愤之情慨然可见。应时在《李诗纬》中批此首二句"究是伤心语"，正是深得其情。安史乱起，唐明皇苍黄逃蜀，致使国家残破，因此在国家乱离之际，犹能引发文人无限伤叹之情。上亭驿是唐明皇奔蜀闻铃之处，据唐郑处诲《明皇杂录》记载："明皇既幸蜀，西南行初入斜谷，属霖雨涉旬，于栈道雨中闻铃，音与山相应。上既悼念贵妃，采其声为《雨霖铃》曲，以寄恨焉。"①宋祝穆《方舆胜览》则云："上亭驿，在梓潼、武连二县之界。唐明皇幸蜀，闻铃声之地，又名琅珰驿。"②唐宋文人于此多有题咏。如晚唐罗隐有《上亭

---

① 郑处诲：《明皇杂录》，北京：中华书局，1994年，第46页。
② 祝穆：《方舆胜览》卷67，北京：中华书局，2003，第1168页。

驿》诗写其山雨之中宿上亭驿而"想雨淋铃"："贵为天子犹断魂,穷著荷衣好涕零。"天子犹然有断魂凄凉之感,穷困潦倒之人则更感凄凉而流涕。北宋张方平作《上亭驿》诗写其悲怆之感："忽忽悲心自多感,铃声何事怆人情",想到唐明皇驻跸此处闻铃,并命伶人写其声情,而今过此,亦不免多感而生悲怆之情。韦骧有《宿上亭驿》诗写其夜宿亭上而想其愁苦之声:"按部嵚崎向梓潼,上亭孤驿倚寒空。淋铃尽想当时雨,吼地愁闻竟夕风。"杨子方《上亭驿》诗云:"时平总忽忠臣语,世乱仍遭弄臣侮。至今说到戏郎当,行路犹能痛千古。"斥责明皇不听忠臣之语而致其遭受世乱流离之苦,千古之下犹令人痛惜不已。南宋魏了翁《题上亭驿》诗云:"红锦褊盛河北贼,紫金盏酌寿王姬。弄成晚岁琅当曲,正是三郎快活时。"唐明皇弄成晚年凄凉的"琅当曲",正是其早年的荒淫奢侈生活所造成的。程公许《自七曲祠下乘马至上亭》诗感明皇"从前错为敌人宽"而致其"历尽青天蜀道难",故有"淋铃一曲上亭驿,好并千秋金镜看"之语,告诫后来者应以此为镜。此外,陆游经行金牛道亦有感唐明皇之事而生感伤之情:"阿瞒狼狈地,千古有遗伤。"(《晓发金牛》)总之,唐明皇的昏聩导致的社会灾难,以及自身命运的凄凉,令经行蜀道上的文人们总是会多感而生凄怆之情,尤其是宋代文人对唐明皇奔蜀之事感怀尤多。唐明皇奔蜀以成都为南京,正如宋室南迁以杭州为都,故而宋人在其题咏之间,多有批评和劝诫,寓含以史为鉴之意慨然可见。他们不仅仅是感慨唐明皇之命运,也是对世乱以及自身遭遇的伤感,更是以此警醒当朝者应以此为戒,不要再蹈唐明皇之覆辙。

总之,唐宋文人离亲别友,行役在蜀道山川馆驿之间,萧索孤独,思绪纷纷。仕途失意,光阴虚掷,功名未成,人生艰难,令其倍感凄然。他们举目皆见山河之异,感他乡山谷令人悲,既有"异乡何可住,况复久离群"(岑参《江行夜宿龙吼滩临眺》)的漂泊孤寂之悲,也有"事业知安在,艰难已备经"的人生困境之伤。唐宋文人这种不得意、无所适、天地窄的穷愁之叹,使蜀道文学呈现出浓郁的悲感风格,而与其他抒写山水游历快感的诗文作品情调迥异。

## 二、蜀道地理环境与唐宋蜀道文学悲感的表现方式

唐宋文人的蜀道行役之悲，常常是通过对途次馆驿的凄清环境描写与自我的孤独衰老形象来表现的。

首先是对途次馆驿清冷孤寂地理环境的描写。文人早行暮宿，常常对途次馆驿的环境多有描写。如张说写其深渡驿荒庭之象："洞房悬月影，高枕听江流。猿响寒岩树，萤飞古驿楼。"（《深渡驿》）沈佺期写七盘清夜之景："晓月临窗近，天河入户低。芳春平仲绿，清夜子规啼。"（《夜宿七盘岭》）武元衡写青阳驿暮秋之景，"空山摇落三秋暮，萤过疏帘月露团"（《宿青阳驿》），嘉陵驿烟雨之色，"悠悠风旆绕山川，山驿空蒙雨似烟"（《题嘉陵驿》）。戎昱写客舍暮寒之景："山县秋云暗，茅亭暮雨寒。"（《罗江客舍》）元稹写嘉陵驿山树野花之景："嘉陵驿上空床客，一夜嘉陵江水声。仍对墙南满山树，野花撩乱月胧明。"（《嘉陵驿》）薛能写嘉陵驿千阁稠树之景："江涛千叠阁千层，衔尾相随尽室登。稠树蔽山闻杜宇，午烟薰日食嘉陵。"（《题嘉陵江驿》）薛逢写黄花驿烟霞夕照之景："更看绝顶烟霞外，数树岩花照夕阳。"（《题黄花驿》）刘沧写苍溪馆凄清之景："满地莓苔生近水，几株杨柳自成阴。"（《宿苍溪馆》）唐彦谦写罗江驿鸦鸣落花之景："数枝高柳带鸣鸦，一树山榴自落花。已是向来多泪眼，短亭回首在天涯。"（《罗江驿》）韦骧写故县驿暮霭寒夜之景："回首边城暮霭轻，乱山深处宿归程。流泉绕榻鸣寒夜，别是劳生一段清。"（《回宿故县驿》）陆游写青山铺破败之景，"冰霜迫残岁，鸟兽号落日。秋砧满孤村，枯叶拥破驿"（《太息》），写三泉驿黄昏之景，"残钟断角度黄昏，小驿孤灯早闭门。霜气峭深摧草木，风声浩荡卷郊原"（《三泉驿舍》），驿舍凄凉之象，"凄凉古驿官道傍，朱门沈沈春日长。暗妍光景老海棠，颠风吹花满空廊"（《驿舍海棠已过有感》）。程公许写驿亭晚霁惊雨："山驿解鞍才晚霁，夜床惊雨滚溪流。"（《宿驿亭》）孙应时写孤舟烟水之色："五夜清风鸣鼓角，一天佳月悄江山。"（《益昌夜泊》）等等。孤村破驿，月影江声，秋云暮雨，风声霜气，寒岩稠树，鸟啼猿号，飞萤莓苔，落日黄昏，是唐宋文人对途次馆驿环境最为常见的描写用语，暗淡的色调，冷冽的声响，突出表现了馆

驿地理位置之僻陋，地理环境之清冷寂静。正是在这种无人相与言说的静默与孤独之中，在无数不能安席的夜晚，文人们生发出种种情思与客怀，也更增加了文人羁旅他乡的孤独凄凉之感。

其次是对自我孤独衰老形象的描绘。唐宋文人在蜀道文学中常常表现的是一个孤独远行的行客形象。如沈佺期"独游千里外，高卧七盘西"（《夜宿七盘岭》），武元衡"寂寞银灯愁不寐，萧萧风竹夜窗寒"（《宿青阳驿》）、"路半嘉陵头已白，蜀门西上更青天"（《题嘉陵驿》）、"南国独行日，三巴春草齐"（《夕次嶓山下》，元稹"梨枯竹尽黄令死，今日再来衰病身"（《褒城驿》），韦应物的"夜喧山门店，独宿不安席"（《听嘉陵江水声寄深上人》），李端"重江不可涉，孤客莫晨装"（《送何兆下第还蜀》），刘沧的"孤馆门开对碧岑，竹窗灯下听猿吟"（《宿苍溪馆》），元稹"尽日无人共言语，不离墙下至行时"（《骆口驿》）、"墙外花枝压短墙，月明还照半张床。无人会得此时意，一夜独眠西畔廊"（《嘉陵驿》）、"孤吟独寝意千般，合眼逢君一夜欢"（《长滩梦李绅》），李商隐"剑外从军远，无家与寄衣。散关三尺雪，回梦旧鸳机"（《悼伤后赴东蜀辟至散关遇雪》）、"千里嘉陵江水色，含烟带月碧于蓝。今朝相送东流后，犹自驱车更向南"（《望喜驿别嘉陵江水》），于武陵"远为千里客，来度百牢关"（《过百牢关贻舟中者》），郑谷"向蜀还秦计未成，寒蛩一夜绕床鸣。愁眠不稳孤灯尽，坐听嘉陵江水声"（《兴州江馆》），崔涂"迢递三巴路，羁危万里身。乱山残雪夜，孤烛异乡人"（《巴山道中除夜书怀》），张咏"剑门山势碧摩天，匹马重来鬓已斑"（《再任益州回留题剑门石壁》）、"官职过身鬓已衰，傍人应讶退休迟"（《再任蜀川感怀》），宋祁"惊风吹客梦，西落剑南天"（《次陕郊》），石介"山驿萧条酒倦倾，嘉陵相背去无情。临流不忍轻相别，吟听潺湲坐到明"（《泥溪驿中作》），赵抃"闲云勿轻蔽，有客坐孤舟"（《入蜀江上对月》）、"到日先生应笑我，白头犹自走尘埃"（《入蜀先寄青城张遂先生》），文同"双壁相参万木深，马前猿鸟亦难寻。云容杳杳断鸿意，风色萧萧行客心"（《过朝天岭》）、"凄凉异乡客，骑马关下月"（《夜发散关》），冯山"偃蹇随鸡起，衰羸索酒扶"（《发新安驿》），张嵲"谁念征衣薄，西风方怒号"（《兴州道中遇雨》），孙应时"独客行愈远，此儿真自痴"（《自益昌为武兴之行》），陆游"白头乡万里，堕此虎豹宅"（《太息》），洪咨夔"客怀无奈恶，索酒自招魂"（《重过剑门》）、"客路三年梦，官身两鬓蓬"（《龙尾》），孙应时"客身憔悴衣尘黑，世路崎岖鬓发斑"（《益昌夜泊》），李曾伯"光阴半行客，气象一衰翁"（《入蜀垫江道间》），等等。唐宋文人在其诗文中常常用独行、独宿、独眠、孤吟、独寝、孤灯、坐听、匹马、孤舟、异乡客、独客、白头、衰翁等词语，描绘出行旅蜀道山水馆驿之间寂寞孤独的天涯孤旅行客的形象。这种孤独寂寞的"异乡客"形象，虽然并非蜀道文学独有，但却是蜀道文学中最为突出和显明的文学形象。它不仅是文人蜀道行旅情形的真实表现，更是文人远离家人和朋友独自行走的生命旅程的真实记录。这种孤独、衰老的诗人形象，不仅生动地刻画出文人们行旅的艰辛和生活之窘困，也表现出文人们焦虑、凄惶与疲惫的精神状态。

总之，唐宋文人在蜀道自然山水之间所表现出的自我情感，与描写自然景物以招致人生逸乐之感的诗文不同，他们传达的是面对人生惊险、危难、悲哀的生命沉思与回味。个人的独处，静默耸立的崇山峻岭，奔流不息的江水，冷寂残破的荒驿，都令文人心诵默念人生在无限宇宙中的生存意义。蜀道山川馆驿的萧索寒冷与文人内心的孤独寂寞之情相互映发，既表现出蜀道文学产生的特征性地理场所，也展现出文人行走蜀道之上的心理活动和情感体验，使唐宋蜀道文学呈现出与传达声色娱乐为主的山水游记文学完全不同的抒情特征。

## 第三节
## 宋代蜀道文学的新变

唐宋蜀道文学在蜀道地理意象与抒情特征方面体现出很多共同性，但唐人发唱在前，宋人则要求新求变于后。面对唐代蜀道文学的摇曳风姿，宋代文人又将从何开辟，建构自成一家面目的文学风貌呢？从北宋张咏蜀道文学的创作，到南宋汪元量的蜀道诗章，明显可见宋代文人突破唐代文人的范围，努力开创文学新气象的变化轨迹。宋代社会结构的改变与文化思潮的变迁，蜀道交通的日益发达和便利，都影响着宋代文人的蜀道创作，使宋代蜀道文学呈现出和唐代蜀道文学明显不同的格调和风貌。

首先是文学情调的改变。唐代文人的蜀道吟咏多写异乡客愁之悲，如苏颋、张说、武元衡等入蜀为宦者多发愁声，而其他下层文人，则更多悲苦之调。而宋代文人则与此不同。无论是出镇一方的显宦，还是赴任州县之官吏，都以抱忠怀道自励，因而其诗文多具阳刚之调。如北宋初期张咏《再任蜀川感怀》诗云"从来蜀地称难制，此是君恩岂合违"，言蜀地虽然难治，但为报君恩而再次入蜀。他过华山，在怀隐士陈抟的诗中更是直抒其为报君主而疾驰剑南的心意："性愚不肯林泉住，强要清流拟致君。今日星驰剑南去，回头惭愧华山云。"（《过华山怀白云陈先生》）薛田写其入蜀为宦的愉悦之情道，"父老出郊迎马首，人情似到故乡来"（《景德四年为中江令后为益州转运赋诗》），完全没有异乡客愁之态了。宋祁见散关废置，不是兴起哀愁之情而是有感当今有道："弭节高山巅，关存不置吏。昔缘暴客须，今为有道废。"（《散关》）石介怀道自励，更是满怀豪情："自请西南来，此行非窜迁。蜀山险可升，蜀道高可缘。上无岚气熏，下无沙涛翻。步觉阁道稳，身履剑门安。惟怀吏部节，不知蜀道难。"（《蜀道自勉》）因怀抱儒道，因此已不觉蜀道难行了。不仅如此，石介还注意到蜀地多山的地理环境而忧念百姓将何以为生之困："五谷无种处，蜀地土田窄。痴岩顽石长不休，诜诜赤子将何食。"（《蜀地多山而少平田因有云》）这正是儒家爱民思想的体现。这种关注民生困苦的诗篇，在唐代蜀道文学中是较为少见的。张方平虽历苍崖绝涧但却未觉衰疲，其《飞仙岭阁》诗云"苍崖老树云萝合，绝涧惊湍阁路高。羽驾飙轮殊惚恍，依程缓辔未为劳"，强健之气可见。赵抃再入蜀虽有鬓毛斑之叹，但却更有无畏之精神，"叱驭重行君莫讶，古人辞易不辞难"（《再有蜀命别王居卿》），抱忠叱驭，故不问蜀道艰险，更是忘记了两鬓斑白，所以他说，"西指梁岷路屈盘，犹能矍铄据征鞍"（《至成都有作二首》），蜀道虽然崎岖盘旋，但犹能老当益壮。文同见层峦夹空的石门而有居此之想："安得鸡冠数稜田，便可诛茅此居止。"（《自斜谷第一堰溯舟上观石门两岸奇峰最为佳绝》）韦骧虽有蜀道行路之劳，但却更忧虑的是"疲俗未肥"（《自剑还道中寄同事苏进之》），"愧无毫末补清朝"（《文剑道中》）。郭祥正的《蜀道篇送别府尹吴龙图》更是反李白《蜀道难》之辛酸势险而为时乐坦易："往年蜀道何坦然，和气拂拂回屋躔。长蛇深潜猛虎伏，但爱雄飞呼雌响亮调朱弦。"李白呼唤友人"早还家"，而郭祥正却说，"今我无匹马，安得从公游"，情调迥异。晁说之观蜀道图亦云："行人愁绝却无愁，始信宜歌蜀道易。"（《蜀道图》）从宋代文人的蜀道诗文可见，唐代文人的"蜀道难"之曲已然变为"蜀道易"之歌。宋代文人心态的改变，不仅使其蜀道文学的情调与唐代蜀道文学迥异，而且蜀道险艰的山川不再是令人哀愁的阻隔，而是成为愉悦人情的美景。

其次，对蜀道山水的悦性观照。唐代文人虽言蜀道山水有幽奇之景，但引发的多是惆怅的客思与他乡悲情，很少有山水愉悦之感[1]。而宋代文人则在蜀道行役辛劳之间，发现了许多鲜为人知的山水之美，并从中体验到探奇胜游的快感。如对三泉县龙门洞的寻幽探奇，唐人蜀道文学中不见吟咏，宋人则多有题咏诗篇。宋祁过三泉，就进入龙洞游观，描绘其如仙境般之景象，然后表达不遇仙人之遗憾："浮丘邈难遇，留恨翠微中。"（《三泉县龙洞洞门深数十步呀然复明皆自然而成》）韩琦过此，惊叹其美景堪比海中仙山："欣过龙门柅使车，顿惊凡目识仙都。海中知有三山在，未信能加此景无。"（《过三泉龙门二阙》）张方平过此，则有留恋之意："一宵身世离尘境，却抚征骖懒下鞭。"（《宿龙门洞》）赵抃对此景象更是有神清之感："蜀道群山尽可名，更逢佳处愈神清。"（《题三泉县龙洞》）冯山也言其清幽景色可以荡涤人胸中尘俗之气："江前尘不到，物外景常存。避地仙踪迹，清人俗梦魂。"（《龙门洞》）陆游从军南郑之时，多次往返此处。他不仅横策探源，深感其景难以言传："横策意未餍，褰裳探其源。绝境岂可名，恨我诗语烦。"（《龙门洞》）更在赴成都途经之时携其子前往游览，龙洞美景洗去了他的尘烦苦虑，"真成起衰病，不但洗孤愁"，还有此后难再登临之憾："登陟知难再，吟哦为小留。"（《壬辰十月十三日自阆中还兴元游三泉龙门十一月二

---

[1] 虽然张说、王维、李白、杜甫、田澄、李远等唐代文人诗中也有一些诗篇吟咏蜀地自然风光与人文景观，但多是送人之作，其关注点也是以成都地区为主，并不是经行蜀道之时的题咏之作。

日自兴元适成都复携儿曹往游赋诗》）孙应时游此亦惊叹人间竟有如此美景令
其心神爽然："异哉人世有此境，顾盼萧爽心骨惊。"（《三泉龙门诗》）令
其想到秦人避难的桃花源。除了对三泉龙门洞美景的胜游，还有很多不为唐人
所道的蜀道山水，皆在宋代文人的笔下得到书写和传扬，如韩溪，文彦博云：
"途中胜迹尽留题，独有韩溪未有诗。直把芜词重叠咏，只图流播路人知。"
（《题韩溪诗四章》之四）张方平在其入蜀途中，更是将其沿途山水景色描写
入诗，留下不少鲜为人知的地理景观，如嘉川驿缘崖而下的瀑布（《散水岩漱
玉亭》），从飞仙岭奔流而下的乱石溪（《乱石溪》），石鳞迸流鱼不可过的
鱼关（《鱼关诗》），流泉迸激石洞悬乳的药水岩（《药水岩诗》），等等。
宋代文人在"途中胜迹"之外的这些蜀道自然地理景观的发现和题咏，未尝不
是他们为突破唐人藩篱而作的开辟。而且他们的开辟不仅仅体现在新的景观的
发现和探求，更是表现在他们对蜀道山水的审美态度之上。如张方平入蜀经行
阁道累月，却并无愁情，而是说："阁道缘山已经月，萦回未出画屏中。"
（《过嘉川驿》）千峰云萝，让诗人如在画屏中行走。石介泛舟嘉陵江上，听
闻江声而心神朗畅："乍听江水声，聊使心灵畅。"（《赴任嘉州嘉陵江泛舟
二首》）文同面对高岩繁云，说"才到邮亭便沈思，向来佳景待吾曹"（《平
阿马上》），看见筹笔翠壁苍崖，也说"正是峡中佳绝处，土人休用作畲田"
（《筹笔诸峰》）。李新面对水光山色，也觉其润眼可人："岷峨润眼长可
人，清江水绿如九亲。"（《登牛溪岭》）韦骧因赏蜀道雄峻江山而未觉疲
劳，"江山千里势雄豪，终日缘崖未是劳"（《三盘阁》），更因有无穷佳趣
而愿受奔驰之苦："莫谓奔驰足劳苦，目前佳趣亦无穷。"（《都竹道中》）
蜀道清奇山水景物，不仅可令宋代文人"望穷好景番番别"，风景叠变，娱
目无穷，更可令其诗兴奔涌，赋诗陈情，"题遍新诗阙阙精"（文同《晚泊金
牛》）。正是如此，宋代文人对蜀道山水的观照呈现出和唐代文人迥然不同的
审美体验。蜀道山水的如画美景、幽奇之色，不仅引发了宋代文人探幽寻胜的
兴趣，而且也荡涤着他们的凡尘俗虑，令其有神清气爽之感，忘记了行役辛劳
之苦，达到了一种身心与山水景物交融的审美境界。而这种审美愉悦的山水体
验，在唐代文人的蜀道文学中则很少出现。

宋代文人对蜀道山水景物的悦性观照，以及他们抱忠叱驭、怀道自励的精

神气质，使宋代蜀道文学在唐代蜀道文学之后，开辟出独具特色的自家风貌。他们既赏鉴蜀道山水之美、愉悦身心，同时又感悟天地之道、人生哲理，使其诗文充满理性的沉思与意趣。如文彦博题咏韩溪，不以描摹风景为意，而是借此抒写君臣相知之难的人生感慨："莫讶史君频叹咏，古来君相受知难。"（《题韩溪四章》）石介泛舟嘉陵江上，在波流凝光之间，有泉石心生之言："并生泉石心，堪愧庸俗状。"（《赴任嘉州嘉陵江泛舟二首》）文同在描绘骆谷高峰崔嵬古栈朽裂之状中，发唐德宗失政之论："君不见德宗注意用奸慝，大驾从此苍黄来。"（《骆谷》）陆游观龙洞险峻之景，而有于国无补之语："危身无补国，忠孝两堪羞。"（《再过龙洞阁》）等等。由此可见，宋代蜀道文学尤其是蜀道诗也正体现出宋代文学以议论为主的特点，同时又将道德理性与忧国之情贯注于文字之间，因而在艺术风格上，呈现出劲健沉郁的风格特点。

宋代蜀道文学的新变，与唐宋文人的身份地位和社会处境密切关联。唐代蜀道文学的作者，一部分是没有官职的文人，他们往来蜀道之上，往往是因为科场失意而入幕府以求得生存的需要，因此行役蜀道之上，人生失意之感就格外强烈；另一份部分是奉使或出镇西南的文人，但由于唐代士人普遍存在的重内官而轻外官的心理，他们虽有官职在身，但也往往深怀弃置之感，如果是遭受政治贬谪而入蜀者，则更是显露出浓厚的伤感情绪。此外，还有一些在动乱之中为避难而奔蜀的文人，动荡流离之苦更是他们的蜀道吟咏之音。因此，唐代文人这种普遍的悲感意绪，加之蜀道的艰险难行，就使得他们在蜀道行役的情感表达上表现出浓重的凄凉与痛苦之声。而宋代蜀道文学的作者，大部分都是科举及第、入蜀为宦者，他们不再有唐代文人那种科场挣扎的痛苦之感；同时，宋代自立国开始就确立的以儒学治国的政治文化策略，极大地激励起文人强烈的济世报国之志，"与文人士大夫共治天下"的政治架构也促进了文人参与政治的热情，因此，宋代文人常常抱忠叱驭、怀道自励，替朝廷颁布条制，牧民巴蜀。出镇西南，在他们而言，是朝廷君主的信任，是一方之重任而非轻寄之任、贬逐之地①。来往蜀道上的宋代文人几乎没有政治贬谪之人。再加之自中唐以来巴蜀地域在政治经济地位上的上升态势，蜀道交通线路日渐修筑完善，到宋代，蜀道路途虽然遥远，但馆驿、递铺密布，官吏出行较为便利，交通状况繁荣发达②，因此，宋代文人在蜀道行役的情感表达上比唐代文人少了几分愁苦之调。他们对蜀道艰难的体验与感觉，也不似唐代文人那么夸张激烈，而是显得内敛深沉，多了几分理性的克制与执着。即使是表达乱离亡国之悲，宋代文人也不似唐末文人那么哀伤绝望，而是显得悲愤沉郁，既有一己漂泊流离之苦，也有国难民生之痛。

"宋人生唐后，开辟真难为。"面对唐人的文学成就，宋人若无新变，不能代雄。虽然有"难为"之困境，但他们以自身独特的精神风貌最终建立起迥异于唐代文学的自家面目，尤其是在蜀道文学的书写与表达上，更是体现出劲健、雅正、深沉的精神特质与文学风貌，虽然少了唐代蜀道文学中那种强烈鲜明、摇荡动人的浓郁情感，但却显示出更加令人感佩的道德情感与坚韧意志。尤其是在国家动荡与衰亡之际，他们虽然也吟唱出个人的飘零之苦，但却继承了杜甫融家国之痛于一体的创作特质，在哀伤之中蕴含强烈的愤懑与呼喊，比晚唐末年的文人更多了一份对国家衰败的痛感与关怀，表达出愿为国家尽力扶持倾危的努力和坚持，因而在其悲情与痛苦之中显示出一种比晚唐五代文人更加显明的爱国精神与强健意志。

## 小　结

唐宋蜀道山水之美的发现与文人的人生存在之间发生着紧密联系，即蜀道

---

① 宋代朝廷重视对巴蜀地方官吏之选任，可参看伍联群《北宋地域文化与政治的整合——北宋入蜀文学研究》第二章相关内容（成都：巴蜀书社，2013年）。张方平在其入蜀诗中，一再言及其入蜀乃是朝廷"重寄"，"朝家方面非轻寄"，"过此益知方面重"。沈遘在《送韩玉汝知洋州》诗中亦云："帝制一海内，画州以域民。小大虽有殊，执任两各均。祖宗初垂统，所重尤守臣。"可见宋人对于外官之心态迥然不同于唐人之一斑。

② 宋代馆驿情况与官员出行便利情况，可参看李德辉《唐宋馆驿与文学资料汇编》之唐宋传舍邮驿、宋代递铺等相关内容（南京：凤凰出版社，2014年）。

山水之美是在人生奔忙行途中被发现的。一方面，美不自美，因人而彰；地有胜境，得人而后发。蜀道山水胜景得唐宋文人而彰显。崇山峻岭，崎岖栈道，蜀道绝非舒适的生活环境，坎坷曲折的人生境遇与危险难行的行旅环境交加相逼，在荒芜地区所能找到的只有山水景观。这些不为外人所知的景观，如果没有文人的诗文题咏，就不会为人所知晓。另一方面，唐宋文人将蜀道山水与人生通达穷途之感融为一体，由此萌生了人生艰险曲折的感慨。往来蜀道之上的文人，或为求取功名，或是遭受政治挫折，从而使地理感受与观看风物的作者之间的关系迥乎不同。一种是赞叹雄壮而又恶劣的自然条件的同时，内心燃烧着去战胜它的欲望。另一种则是满怀失败的惆怅，只能在自然山水中寻找慰藉了。这与耽于形式美的矫饰的庙堂文学不同，也与仅仅是表现才情的文学大为不同。以蜀道为背景，文学题材得到了丰富，新的美景得以添加，文学愈加显得丰富多彩了。

相较地域文学更深切地关涉地域文化风习而言，蜀道文学很大程度上与交通行旅更具密切关联。譬如，唐宋文人经蜀道入蜀之后，在蜀地的创作与行旅蜀道之上的创作，具有明显的差异。无论是唐代的王勃、卢照邻、苏颋、张说、杜甫、武元衡、元稹、李商隐，还是宋代的张咏、宋祁、张方平、赵抃、陆游，他们在蜀之作皆以蜀地生活描写为主，蜀地的地域文化与民风习俗是其文学创作的背景和主要内容。但在蜀道文学创作中，行旅生活则是其作品明晰的背景，沿途山川景物是作者情思的触发点，书写内容更多的则是蜀道地理山川景观、个体生存意义、生命价值和人生理想层面的问题。从唐宋文人的蜀道创作亦可见出，除了涉及蜀道线路沿途的地理景观之外，其文学作品受川陕地域文化及其风习之影响较为浮浅。唐宋蜀道文学的创作者并不以标新立异和炫耀辞采为创作之目的与意义，而是以抒怀写志使自己得到满足。他们远离朝廷、官场或熟悉的故乡亲朋，对其所没有见过的山水感到新奇，同时又有忧愤、忧愁、乡愁的心境。山水的原形"实像"与作品中的山水"虚像"两者之间的差距就是作者的文学创作与表现。这种文学情趣与讲究字词的雕琢、技巧的出新、知识的炫耀这类文学判然有别，即使是蜀道之上的唱酬之作也与都市文学中的文人唱和显著不同。"蜀道"经行之地，除了线路上的城镇相对人烟稠密之外，很多地方（包括驿馆）都是相对隔绝的地理空间，文人身处这样的空间，可以放下一些社会角色所赋予的人的外在"面目"，回归到真实的个人内心情感与精神世界，反省自身的人生起伏升沉，从中体悟人生的悲欢聚合，思考生命的价值和意义，从而形成一种独特的话语内容，从而呈现出一种新的文学面貌。如王勃、卢照邻对人生漂泊无依的悲叹突破了宫廷文学的华美颂扬，李白、杜甫的蜀道咏叹更是将个人命运与国家、社会的现实结合，显示出深厚广大的精神内蕴，元稹、李商隐则以流丽的文笔咏叹个人失志的哀伤，石介则以秉"道"的勇气战胜蜀道之艰险，陆游更是以报国壮志的豪情唱出宏肆的音调……高峻崎岖的漫漫蜀道，成了文人们肉体与心灵的争斗之场：仕途的蹉跌，身体的衰疲，心境的彷徨苦涩，理想的失落，生存的意义，如此种种，在文人心中升华与沉沦，再三而不止，形之于文，则成为一种特殊的个体精神世界的表意方式。经由蜀道地理景观的触发，文人的文学抒写既展现出政治权力对个人命运的掌控，同时也使他们的文学表现出蜀道地理景观的清新风格。他们将个体的生命体验与文学紧密相连，在社会风云与个体人生沉浮中直面苦难与艰险，以理性和语言表达对生存状态的思考，在严峻的人生旅程中追问生命存在的真正意义和未来远景。他们身处政治、社会之间，或以儒者积极进取精神期望由内圣而外王，实现个人功业，道济天下苍生；或以高人逸士的风范，在天地自然人世的变幻之间洞察心性灵魂，在流云般的思想中独出机杼地写出诗性感悟，寻求精神安顿的家园。唐宋文人们以本真生命为底色，以个体与社会面临的灾难为基点，在文学语言中追问天人之际，追问古今之变，追问灵肉之间，以其独特的面貌为民族文化留下了生动的"精神备忘录"。而"文化蜀道""诗性蜀道"，也正由此得到彰显。以此，雄峻的蜀道与唐宋文人的文学创作之间形成了积极而深刻的互动。

结语

正如陈世骧先生所言，与希腊、欧洲的文学传统相比，中国文学的荣耀乃在其抒情诗①。截至宋代以前，就中国文学的传统而言，无论是对文学总体特征的描述，还是文学中公认的名篇，都是以诗歌为主。唐宋蜀道文学的风貌特征，显然也要在诗歌所取得的光辉成就中寻觅。唐宋蜀道文学的主体，也主要集中和体现在诗歌方面。唐宋文人或览蜀道地理山川景物，或咏贤人君子遗烈，或感人生境遇，耳目所接，心之所会，情之所动，杂然有触，发于咏叹，诗意生焉。他们在诗篇中倾吐内心的欲望、意向、怀抱，将其人生体验与生命的情志需求借助蜀道地理景象表现出来，使作品与蜀道地理、作者人生紧密相连，呈现出醒目的地理特征与主体抒情性。

时运交替更迭，文风代有兴衰，"在乎文章，弥患凡旧。若无新变，不能代雄"（《南齐书》卷五二《文学传论》）。文学处在构成某一特定时间、地点的整体文化的制度、社会实践和话语之内，都是由某一时间和地点的特定历史条件所形成和建构的，是文化活动和某种意识形态的产物。唐宋文人身上烙印着各自时代的特征，并在其蜀道文学作品中清楚地表达出时代特性与个性特质，展露出蜀道文学的独一性与统一性。

唐朝被认为是中国文化重现青春的时期，唐代文人的生活方式与情感表达也打上了青春年少的痕迹。自身的仕宦穷通与人生艰折感发的哀愁之情在他们的蜀道文学中显得格外引人注目。如王勃久客他乡之泪，卢照邻蜀道关山之悲，苏颋力困衰竭之叹，张说荒庭月影之寒，李白蜀道难于上青天之呼叫，杜甫蜀道恐惧之汗流，岑参烟景殊异之叹息，钱起日暮途穷之泪，戎昱衣单之伤，元稹感怆缭乱之幽怨，武元衡寂寞不寐之愁，欧阳詹离乡万里之情，李商隐驱车向南的孤寂，薛能命与才违的黯然，薛逢匹马蜀路的愁苦，雍陶宦途艰险之伤，贾岛天涯长路之愁，李洞霜月寒云之苦，郑谷乱离奔走的悲凉，吴融

---

① 陈世骧：《中国文学的抒情传统》，北京：三联书店，2015年，第4页。

无尽的客愁，罗隐人生危峻之感，崔涂天涯憔悴之悲，等等。重溪峻峰，风烟迷雾，邛关九折，遥遥长路，他乡客思，怀抱寥落，流落之悲，是他们蜀道文学中的急管繁弦之声。在唐代蜀道文学中，缘情感兴显得最为浓郁。

宋朝则被认为是中国文化迈向成熟的时期，国家的命运被各种纷扰、焦虑、生存斗争所包围，打上了成年生活方式的标志①。宋代文人在这样危急的时代生存，一方面既有以天下为己任的政治责任感和历史使命感，同时又以儒家修身养性学说作为道德准则，忠君报国、为政安民，成为他们的政治理想与人生追求。这种政治诉求和人生理想也充分地展现在他们的蜀道吟咏之中。如张咏匹马入蜀治乱，石介怀道自励，宋祁行役自问，赵抃叱驭重行，张方平方面重寄，韩琦逆流归顺，文同平生奔走之思，冯山功名未得之恨，韦骧有补清时之愿，唐庚得所欲之期，李新宦途无成之叹，张嵲寰区丧乱之悲，陆游壮心许国之意气与报国无时之愁，孙应时英雄空老之叹，魏了翁秉持正学之念，度正有道安业之论，吴泳哀悯民生之言，程公许忧时鬓白之叹，赵蕃长安何在之思，洪咨夔事功不显之愤，李曾伯劲竹孤梅之节操，崔与之济民丹心，汪元量亡国之痛，等等。对国家政治的积极参与，对民生疾苦的深切关怀，对自身修养的道德自律，对挫折与磨难的承受与旷达，使得他们的蜀道文学更多政治道德与济世救民的心志表达，多了进退出处的思虑与人格节操的坚守。尤其是南宋末年文人在国家衰弊倾危之际所表现出的忧国忧民、渴望恢复中原的政治热情与愿望，展现了宋代蜀道文学中始终不坠的精神与气概。他们的忧愤感激，使蜀道诗歌呈现出雄健悲壮之风。由此，南宋后期蜀道文学不仅不同于晚唐蜀道文学的凄迷哀艳，而且也迥异于格卑气弱、矫语山林的宋季文风。这是南宋蜀道文学对宋代文学的独特贡献，它使宋代文学在暗沉的末世风云中有一抹夕阳的光辉，虽然不那么耀人眼目，但也自有其动人的绚丽之色。

从唐代文人的"传语后来者，斯路诚独难""蜀道之难难于上青天"之叹，到宋代文人"惟怀吏部节，不觉蜀道难""舜门元自辟，蜀道未应难"之感，既可见唐宋文人蜀道行役的不同地理感知，也可见唐宋蜀道文学各以代雄的风貌特征。

---

① 陈世骧：《中国文学的抒情传统》，北京：三联书店，2015年，第63页。

　　唐代文人虽然可以通过科举、游幕等途径进入仕途，但他们中举不易，仕途升迁艰难，不如宋代文人相对较为宽松容易。再则，唐代时期蜀道交通并没有宋代那么繁荣发达，唐代文人入蜀行路较为艰难，巴蜀之地也是唐代文人贬谪之所。唐人对巴蜀地域的地理文化感知，最突出的就是偏僻、交通不便[1]。而在宋代，不仅文人多由科举入仕，而且，蜀道交通也更为便利发达，巴蜀地域经济文化繁荣，文人也很少谪居蜀地。宋人对巴蜀地域的文化感知，则是富庶侈靡，奥壤重地。文人的不同境遇，蜀道交通的差异，以及对巴蜀地域不同的地理文化感知，使得唐宋蜀道文学的风貌各显不同。首先，唐代蜀道文学多悲愁之吟，而宋代蜀道文学则多叱驭忠心与理性思虑。唐代文人的悲苦呼号，是他们对人生挫折与磨难的尽情倾吐，情韵摇荡而充沛丰满；宋代文人的从容缓辔，是他们以道自任、以道自持的自我修炼，理胜道显而情感内敛。这既是唐宋蜀道文学情感基调之不同，也是唐宋文人性情不同之反映。其次，宋代文人关怀国家天下与救世济民的政治情怀相较唐代文人显得更为积极，更为浓烈。唐代文人的蜀道吟咏虽然也有为国之念，但他们更多期待的只是报答知己与知遇之恩，而且他们强烈的个人功名、仕宦通达与帝国京城紧密相连。长安是唐代文人心驰神往之地，因此，在唐代蜀道诗歌中有许多作品抒发离京的愁情怅望，蜀道之行当然也令人倍感难行。宋代文人当然也不乏京都之念，但他们更关怀天下苍生之疾苦，关注国家前途之命运，而个人功名与国事是紧密相连的："勉力功名扶帝业，临风何用怆离情。"（吕颐浩《送张德远宣抚川陕二首》）这种为国为民之"忠怀"，使得他们不仅在清平之时心怀高远，"区区斥鷃宁能啸，只得蓬蒿自在飞"（冯山《送文与可知洋州》），而且在国家危难之际，更是勇于承当，"国耻未雪长荷戈，一念勿忘先大夫"（孙应时《送别宋金州》），所以即使有九折难行之蜀道，也不惮前行。唐代蜀道文学有杜甫民生苦难之吟，但这种哀民之声并不是唐代蜀道文学的主调；宋代蜀道文学中也有个人穷困之咏，但这种穷愁之音也并非宋代蜀道文学的强音。造成这种现象的原因固然复杂，但其间亦可见出唐宋文人心性与政治情怀之不同

---

[1]　唐人对巴蜀地域的地理及文化的感知，可参张伟然：《中古文学的地理意象》，北京：中华书局，2014年，第74—84页。

给蜀道文学带来的差异。第三，唐宋文人的心性之别也造成蜀道文学中的用词差别。唐代蜀道诗中多笛怨、云愁、暮雨、路远、怅别、愁绪、泪痕、颓颜等灰暗哀伤之词，而宋代文人蜀道诗中则多松柏、云霄、长风、浩歌、茂绩、荣归、敦义、安靖、岁丰、德业、法度、壮志、济时、磊落、致君等明朗劲健之词。离京的悲愁，科第的失意，游蜀的迷惘，回望长安的愁绪，这是唐代文人的主调；镇抚一方的重任，为国效忠的壮怀，以道自任的坚韧，忧国悯民的热泪，这是宋代文人的重音。一己悲怀，泽民之志，皆在诗中呈现，真切可感。唐人蜀道行役的泪痕，宋人蜀道叱驭的浩歌，既是唐宋蜀道文学不同的风貌所在，也是唐宋文人对巴蜀地域文化的不同感知在文学中的表现与反映。

唐宋蜀道文学不仅描述了地理景象，也说明了时代的变迁，阐释了文学与地理相互建构的关系。文学与地理的融合，不仅仅是简单地反映外面的世界，它也包含着作家对地理的亲身感受，对自己的生活以及对世界的认识。唐宋蜀道文学主要是对文人地理经历的描写，这种对蜀道地理的文学描述，也许超越了简单的地理真实，包含了比地图所能体现的更多的真实，它使人们认识到蜀道地理的独特景观与历史文化蕴含。唐宋文人在文学作品中深深地感受到蜀道的地理物象，并在诗文中描写了对蜀道的感知和认识。蜀道高峻的山岭，崎岖的栈道，幽深的峡谷，荒凉破败的馆驿，霜月云雾，都在述说着艰难、困苦、哀愁与迷茫，由此所唤起的情感也达到极致。在唐代文人的诗文中，蜀道被描写成畏途，令人恐惧。而宋代文人则探胜寻幽，感受蜀道山川的奇丽绝佳之美。这种对蜀道地理的感知与认识的改变，与文学的时代背景和作家的情感结构密切相关。唐宋文人离开家乡和亲朋（无论是被迫还是自愿），为了证明自己，希望有所作为。蜀道履险与长途跋涉，帮助说明了他们的蜀道行役体验是什么，也揭示了他们的所欲所求。蜀道的孤独寂寞，激发了唐宋文人对人生命运的思考，对自我生命情感的反省和表达，对归属感的渴望。这说明了蜀道地理体验与作家自我之间的紧密关联。文人的蜀道体验，不仅仅是对地理自然的感官体验，还有超乎其上的一些东西，那就是某种精神与情感的依恋。文学就是人们表达这种情感意义的方式。因此，唐宋蜀道文学不再是简单描绘蜀道地理景象的文本，而是对社会生活与个人生活的揭示和表现，充满着各种矛盾冲突，而这些矛盾冲突构成了潜藏在文学话语表面意义下的真正张力。

迈克·克朗说："文学作品不只是简单地对地理景观进行深情的描写，也提供了认识世界的不同方法，揭示了一个包含地理意义、地理经历和地理知识的广泛领域。"[1]唐宋蜀道文学正是这样一个广泛的领域，它既展现出蜀道丰富的地理意象，也揭示出蜀道地理对文人生动形象的心灵感发，影响着作品的风格与蜀道地理意象的建构。怀恋、感伤、迷惘、道德、政治、人生等等复杂的情思，眷恋故土、离别之苦以及与命运抗争是唐宋蜀道文学的主题。同时，与普通个体密不可分的蜀道苍茫景象也是作品中的显著特点。人类的微渺体验由此被提升至诗歌的高度，蜀道时空的广袤性也获得清晰而深入的展示。千里、万里、九折、迢递、萦回之类词语的表述不仅意味着夸张或危险，也是真实经验的情况，并为相应的情感与激情所催发。在蜀道文学中，蜀道重山云天无垠的阔宕与渺小个体和逼仄境遇并列，时空浩瀚无际的意象又加上个人内心丰富的体验，那些寂寞的心灵以一种热切的节拍激荡着，倾诉着人类最本真的情感，令蜀道地理空间变得生动。同时，蜀道山川的永恒，时间的无限流动，与个体有限的生命存在，又形象生动地揭橥了人类存在的真谛，饱含着强烈的悲剧意味。因此，如果孤立来看，蜀道地理意象只是客观物象，是它们身处的语境才使其变得鲜明生动，反过来它们也凸显了这些语境。蜀道地理意象的语境就是那些诗人，因为在他们体物观察的才华与浓墨重彩描摹物象的技艺中，不仅浸透着自身的情感，同时也富于文学的言辞与想象。所以蜀道地理景象是诗人的心象，经过诗人的精心选择、组织，并灌注了主观情感，不仅是地理感知的理性显现，也是个体感性生命的承载体，是一段生命与人生的存在。

总之，阅读唐宋蜀道文学，就像亲身在蜀道上行走而不是旁观他人。从这一点来看，文学超越了文本本身，是生活与文学的融合。文学不再是单一的描述，而是融入了生活的复杂经历。文学不断与制度、文化、实践等种种元素交织而成的网络中的其他组成部分相互作用，不再只是某一特定时代或社会的事实和事件的简单反映，而是文化活动与文化代码的扮演者和生产者。唐宋蜀道文学就在唐宋文人的蜀道践履之中完成了它的扮演者和生产者的角色。唐宋文学不是在玩弄激情、政治和生命，不是在想象中重现它们，而是揭示出文人寓

---

① 迈克·克朗：《文化地理学》，杨淑华等译，南京：南京大学出版社，2003年，第72页。

居的存在。蜀道文学的作家虽然并非完全是时代的代言人，但他们也绝不超然于其时代，他们不是世界的客观观察者，而是扎根于世界中的人，是生活在某种处境中的人。蜀道文学是对文人实际经验到的空间、时间、世界的描述，文人在蜀道的处境中发现了自身，最好地例证了文人与世界的感性关系。蜀道地理意象，唐宋文人精神面貌之变化，文学风貌及其精神之变迁，都可以在其中一窥其轨迹。正是如此，蜀道既是一条交通之路，也是一条文学之路。唐宋文人对蜀道自然地理的文学描述，不仅展示出人对地理的亲身体验，对人生的反省，对社会和历史的思考，而且还赋予了自然地理以人文情感和内涵，帮助并塑造了自然地理景观与人文景观，将景观中蕴含的历史文化意蕴传达到后世。因此，唐宋蜀道文学不仅承载着文人的人生轨迹、生命痕迹，而且也承载着蜀道的自然地理与文化；不仅是文学内容与书写的选择，也是蜀道地理意象或突显或衰弱、或增加或灭迹的呈现过程；不仅是文学张力的潜藏涌动，也是历史、政治和文化的展示与建构。

文学的最终目标是表达世界的意义，但这种意义既不来自客观的实在，也不是出自主体的构造，而是在文学活动中体现出来。蜀道文学的意义，正是由唐宋文人的写作赋予的。唐宋文人在文学中表达了他们对世界、对人生的感性体悟，表达了他们的生存姿态，蜀道文学坚实地扎根于时代的土壤和文人的肉身。这种文学是一种具体而非抽象的、充满感性而非理智的与世界共生的方式。正是如此，唐宋蜀道文学不仅拓展了文学的审美意象，形成文学独特的风格特征，也有意识地构建着蜀道自然地理景观与文化内涵，赋予了蜀道特殊的文化感性和人文意义，成为蜀道文化建构的重要元素。因此，唐宋蜀道文学不仅为蜀道地理文化景观提供了阅读和研究的文本，而且也在阐释中建立起对蜀道文化体验的意义地图。

# 主要参考文献

## 一、诗文集与论著

A:

《安阳集》，（宋）韩琦撰，四库全书本。

《安岳集》，（宋）冯山撰，四库全书本。

B:

《北宋经抚年表》，（清）吴廷燮撰，中华书局1984年。

《北宋古文运动发展史》，祝尚书著，巴蜀书社1995年。

《巴蜀历史文化论集》，胡昭曦著，巴蜀书社2002年。

《蜀中文章冠天下——巴蜀文化》，袁庭栋著，辽宁教育出版社1991年。

《巴蜀文学史稿》，杨世明著，巴蜀书社2003年。

《蜀中文章冠天下——巴蜀文学史稿》，谭兴国著，四川人民出版社2001年。

《巴蜀诗人与唐宋诗词流变研究》，申东城著，上海人民出版社2014年。

《北宋诗文革新研究》，程杰撰，台湾文津出版社1997年。

《北宋文学家年谱》，曾枣庄、舒大刚著，台湾文津出版社1999年。

《北宋文人与党争》，沈松勤著，人民出版社1998年。

《北宋文人入蜀诗研究》，伍联群著，巴蜀书社2010年。

《北宋"新政"语境下的诗歌嬗变研究：庆历到元丰》，陈冬根著，江西人民出版社2013年。

《百代之中——中唐的诗歌史意义》，蒋寅著，北京大学出版社2013年。

C：

《岑嘉州诗笺注》，（唐）岑参撰，廖立笺注，中华书局2004年。

《徂徕石先生文集》，（宋）石介著，中华书局1984年。

《成都文类》，（宋）袁说友等编，赵晓兰整理，中华书局2011年。

《桯史》，（宋）岳珂撰，中华书局2005年。

《陈子昂论考》，吴明贤著，巴蜀书社1995年。

《陈子昂集校注》，彭庆生校注，黄山书社2015年。

《初唐四杰年谱》，张志烈著，巴蜀书社1992年。

《初唐诗歌系年》，彭庆生著，北京大学出版社2012年。

《初唐诗》，［美］宇文所安著，贾晋华译，生活·读书·新知三联书店2004年。

《初盛唐诗歌的文化阐释》，杜晓勤著，东方出版社1997年。

《长江上游的巴蜀文化》，赵殿增、李明斌合著，湖北教育出版社2004年。

《传媒与真相——苏轼及其周围士大夫的文学》，［日］内山精也著，上海古籍出版社2005。

《场所、身份与文学——宋代文人活动空间的诗意书写》，杨挺著，四川大学出版社2016年。

D：

《丹渊集》，（宋）文同撰，四库全书本。

《东轩笔录》，（宋）魏泰撰，中华书局1983年。

《东坡志林》，（宋）苏轼撰，中华书局1981年。

《东斋记事》，（宋）范镇撰，中华书局1980年。

《东都事略》，（宋）王称撰，四库全书本。

《范石湖集》，（宋）范成大著，中华书局1962年。

《范成大年谱》，于北山著，上海古籍出版社1987年。

《杜诗详注》，（清）仇兆鳌注，中华书局1979年。

《杜诗镜铨》，（清）杨伦笺注，上海古籍出版社1981年。

《读杜新解》，（清）浦起龙著，中华书局1961年。

《明一统志》，（明）李贤、彭时等纂修，四库全书本。

《大清一统志》，（清）蒋廷锡等纂修，四库全书本。

《杜甫在四川》，曾枣庄著，四川人民出版社1983年。

《杜甫评传》，陈贻焮著，北京大学出版社2011年。

《杜甫评传》，莫砺锋著，南京大学出版社1993年。

《杜甫新论》，韩成武著，河北大学出版社2007年。

《杜甫研究新探》，王辉斌著，黄山书社2011年。

《杜甫：中国最伟大的诗人》，洪业著，上海古籍出版社2014年。

《杜甫陇蜀道诗歌研究》，温虎林著，中国社会科学出版社2015年。

《地域文化与唐代诗歌》，戴伟华著，中华书局2006年。

《大历诗风》，蒋寅著，凤凰出版社2009年。

《大历诗人研究》，蒋寅著，北京大学出版社2007年。

E：

《20世纪中国文学研究·宋代文学研究》（上、下），北京出版社2001年。

F：

《方舆胜览》，（宋）祝穆撰，中华书局2003年。

《风月堂诗话》，（宋）朱弁撰，中华书局1988年。

《复古与创新——欧阳修散文与古文复兴》，〔日〕东英寿著，上海古籍出版社2005年。

《傅雷译丹纳名作集》，傅敏编，河南人民出版社1998年。

G：

《古今事文类聚》，（宋）祝穆撰，四库全书本。

《古代的巴蜀》，童恩正著，四川人民出版社1979年。

《国际宋代文化研讨会论文集》，四川大学出版社1991年。

《古典诗学的现代诠释》，蒋寅著，中华书局2003年。

**H:**

《华阳国志校注》，（晋）常璩著，巴蜀书社1984年。

《鹤山集》，（宋）魏了翁撰，四库全书本。

《后村诗话》，（宋）刘克庄撰，中华书局1983年。

《后山诗注补笺》，冒广生补，中华书局1995年。

《寒士的低吟——贾岛诗歌艺术新探》，张震英著，中国社会科学出版社2006年。

**J:**

《旧唐书》，（后晋）刘昫等撰，中华书局1975年。

《鸡肋编》，（宋）庄绰撰，中华书局1983年。

《九朝编年备要》，（宋）陈均撰，四库全书本。

《郡斋读书志校证》，（宋）晁公武撰，孙猛校证，上海古籍出版社1990年。

《净德集》，（宋）吕陶撰，四库全书本。

《剑南诗稿校注》，（宋）陆游著，钱仲联校注，上海占籍出版社2005年。

《经幄管见》，（宋）曹彦约撰，四库全书本。

《记纂渊海》，（宋）潘自牧撰，四库全书本。

《经义考》，（清）朱彝尊撰，四库全书本。

《锦绣万花谷续集》，佚名，四库全书本。

《距离与想象——中国诗学的唐宋转型》，［日］浅见洋二著，上海古籍出版社2005年。

《剑桥中国文学史》（上卷），［美］宇文所安主编，生活·读书·新知三联书店2013年。

**K:**

《困学纪闻》，（宋）王应麟撰，四部丛刊三编本。

《考古编·古诗分韵》，（宋）程大昌撰，四库全书本。

《空间与审美——文化地理视阈中的中国古代文学》，周晓琳、刘玉平著，人民出版社2009年。

L:

《卢照邻集笺注》（增订本），（唐）卢照邻著，祝尚书笺注，上海古籍出版社2011年。

《李白全集校注汇释集评》，詹锳主编，百花文艺出版社1996年。

《刘长卿诗编年笺注》，储仲君撰，中华书局1996年。

《罗隐集系年校笺》，（唐）罗隐著，李定广系年校笺，人民文学出版社2013年。

《隆平集》，（宋）曾巩撰，四库全书本。

《文潞公文集》，（宋）文彦博撰，丛书集成续编本。

《王安石全集》，（宋）王安石著，上海古籍出版社1999年。

《栾城集》，（宋）苏辙著，曾枣庄、马德富校点，上海古籍出版社2009年。

《老学庵笔记》，（宋）陆游撰，中华书局1979年。

《两宋名贤小集》，（宋）陈思编，（元）陈世隆补，四库全书本。

《类说》，（宋）曾慥编，四库全书本。

《谰言长语》，（明）曹安撰，四库全书本。

《历代诗话》，（清）吴景旭撰，丛书集成续编本。

《历代名臣奏议》，四库全书本。

《历代蜀词全辑》，李谊辑校，重庆出版社1994年。

《陆游资料汇编》，孔凡礼、齐治平编，中华书局1962年。

《陆游传》，朱东润著，百花文艺出版社2003年。

《陆游评传》，邱鸣皋著，南京大学出版社2002年。

《两宋文学史》，程千帆、吴新雷著，上海古籍出版社1991年。

《两宋文化史》，杨渭生等著，浙江大学出版社2008年。

《两宋士大夫文学研究》，陶文鹏主编，中国社会科学出版社2012年。

《辽宋西夏金社会生活史》，朱瑞熙等著，中国社会科学出版社1998年。

《科举与诗艺——宋代文学与士人社会》，〔日〕高津孝著，上海古籍出版社2005年。

《李商隐诗歌集解》（增订重排本），刘学锴、余恕诚著，中华书局2004年。

《李商隐文编年校注》，刘学锴、余恕诚著，中华书局2002年。

《玉溪生年谱会笺》，张采田著，上海古籍出版社2010年。

《李商隐传》，董乃斌著，上海古籍出版社2012年。

《李商隐传论》（增订本），刘学锴著，黄山书社2013年。

M：

《眉山唐先生文集》，（宋）唐庚撰，四部丛刊三编本。

《梅溪集》，（宋）王十朋撰，四库全书本。

《名臣碑传琬琰之集中》，（宋）杜大珪编，四库全书本。

《名贤氏族言行类稿》，（宋）章定撰，上海古籍出版社1994年。

《渑水燕谈录》，（宋）王辟之撰，中华书局1982年。

《墨庄漫录》，（宋）张邦基撰，中华书局2002年。

《庙堂之上与江湖之间——宋代研究若干论题的考察》，游彪著，北京师范大学出版社2011年。

N：

《南阳集》，（宋）韩维撰，四库全书本。

《能改斋漫录》，（宋）吴曾撰，中华书局1960年。

《南宋史稿》，何忠礼、徐吉军著，杭州大学出版社1999年。

《南宋文学史》，王水照、熊海英著，人民出版社2009年。

《南宋社会变迁、士人心态与文学走向研究》，刘婷婷著，中国社会科学出版社2015年。

O：

《欧阳修诗文集校笺》，（宋）欧阳修著，洪本健校笺，上海古籍出版社2009年。

《瓯北诗话》，（清）赵翼著，人民文学出版社1963年。

P：

《潘子真诗话》，（宋）潘淳著，宋诗话辑佚本。

《彭城集》，（宋）刘攽撰，四库全书本。

《屏山集》，（宋）刘子翚撰，四库全书本。

《佩韦斋辑闻》，（宋）俞德邻撰，四库全书本。


Q：

《全唐诗》（增订本），（清）彭定求等编，中华书局2005年。

《全唐诗补编》，陈尚君辑校，中华书局1992年。

《全唐文》，（清）董诰等编，上海古籍出版社1990年。

《全唐文补编》，陈尚君辑校，中华书局2005年。

《全宋诗》，北京大学古文献研究所编，北京大学出版社1991年。

《全宋文》，曾枣庄、刘琳主编，巴蜀书社1989年。

《全宋词》，唐圭璋编，中华书局1965年。

《齐东野语》，（宋）周密撰，中华书局1983年。

《全蜀艺文志》，（明）杨慎编，刘琳、王晓波点校，线装书局2003年。

《全芳备祖后集》，（宋）陈景沂撰，四库全书本。

《潜溪诗眼》，（宋）范温著，宋诗话辑佚本。

《西塘集耆旧续闻》，（宋）陈鹄撰，中华书局2002年。

《曲洧旧闻》，（宋）朱弁撰，中华书局2002年。

《青箱杂记》，（宋）吴处厚撰，中华书局1985年。

《清波杂志校注》，（宋）周辉撰，刘永翔校注，中华书局1994年。

《清献集》，（宋）赵抃撰，四库全书本。

《钱塘集》，（宋）韦骧撰，四库全书本。

《钱注杜诗》，（清）钱谦益笺注，上海古籍出版社2009年。

《钦定续通志》，四库全书本。

《钦定续文献通考》，四库全书本。

《钦定授时通考》，四库全书本。

《群书会元截江网》，四库全书本。

《气与士风——唐宋古文的进程与背景》，〔日〕副岛一郎著，上海古籍出版社2005年。

R:

《儒林公议》，（宋）田况撰，四库全书本。

《容斋随笔》，（宋）洪迈著，吉林文史出版社1994年。

《燃灯纪闻》，（清）王夫之等编，清诗话本。


S:

《景文集》，（宋）宋祁撰，四库全书本。

《苏轼诗集合注》，（宋）苏轼著，（清）冯应榴辑注，上海古籍出版社2001年。

《苏轼文集》，（宋）苏轼撰，（明）茅维编，孔凡礼点校，中华书局1986年。

《苏辙集》，（宋）苏辙撰，中华书局1990年。

《宋名臣言行录》，（宋）朱子纂集，四库全书本。

《宋名臣言行录续集》，（宋）李幼武纂集，四库全书本。

《宋朝事实类苑》，（宋）江少虞撰，上海古籍出版社1981年。

《邵氏闻见后录》，（宋）邵博撰，中华书局1983年。

《涑水记闻》，（宋）司马光撰，中华书局1989年。

《诗人玉屑》，（宋）魏庆之编，上海古籍出版社1978年。

《诗话总龟》，（宋）阮阅编，人民文学出版社1987年。

《四六话》，（宋）王铚撰，四库全书本。

《岁寒堂诗话》，（宋）张戒著，历代诗话续编本。

《石林诗话》，（宋）叶梦得撰，历代诗话本。

《仕学规范》，（宋）张镃撰，四库全书本。

《蜀梼杌校笺》，（宋）张唐英撰，王文才、王炎校笺，巴蜀书社1999年。

《宋史》，（元）脱脱等撰，中华书局1977年。

《蜀中广记》，（明）曹学佺撰，四库全书本。

《蜀道话古》，李之勤著，西北大学出版社1986年。

《四川古代交通路线史》，蓝勇著，西南师范大学出版社1989年。

《升庵诗话》，（明）杨慎著，历代诗话续编本。

《宋诗纪事》，（清）厉鹗辑撰，上海古籍出版社1983年。

《宋诗钞》，（清）吴之振等选，中华书局1986年。

《宋元诗会》，（清）陈焯编，四库全书本。

《珊瑚钩诗话》，（清）张表臣撰，历代诗话本。

《石洲诗话》，（清）翁方纲著，人民文学出版社1981年。

《宋会要辑稿》，（清）徐松辑，中华书局1957年。

《宋元学案》，（清）黄宗羲等撰，中华书局1986年。

《宋稗类钞》，（清）潘永因编，书目文献出版社1985年。

《四库全书总目》，（清）永瑢等撰，中华书局1981年。

《四川通志》，四库全书本。

《氏族大全》，四库全书本。

《陕西通志》，四库全书本。

《宋人别集叙录》，祝尚书著，中华书局1999年。

《宋人生卒行年考》，李裕民著，中华书局2010年。

《宋代巴蜀文学通论》，祝尚书著，巴蜀书社2005年。

《宋代科举与文学考论》，祝尚书著，大象出版社2006年。

《宋代文学探讨集》，祝尚书著，大象出版社2007年。

《宋代诗学通论》，周裕锴著，巴蜀书社1994年。

《宋代文学的历史文化考察》，钱建状著，福建教育出版社2012年。

《宋代地域经济》，程民生著，河南大学出版社1992年。

《宋代地域文化》，程民生著，河南大学出版社1997年。

《宋代路分长官通考》，李之亮撰，巴蜀书社2003年。

《宋代四川家族与学术论集》，邹重华、粟品孝主编，四川大学出版社2005年。

《宋代四川理学研究》，蔡方鹿著，线装书局2003年。

《宋代蜀人著作存佚录》，许肇鼎著，巴蜀书社1986年。

《宋代蜀诗辑存》，许吟雪、许孟青编著，四川大学出版社2000年。

《宋代蜀文辑存》，傅增湘编，北京图书馆出版社2005年。

《宋代文化研究》，四川大学古籍所整理研究所等编，四川大学出版社，

2006年、2001年、2014年、2016年。

　　《宋代文学通论》，王水照主编，河南大学出版社1997年。

　　《宋代文学思想史》，张毅著，中华书局1995年。

　　《宋代思想史论》，〔美〕田浩编，社会科学文献出版社2003年。

　　《宋代文学研究年鉴》，《宋代文研究年鉴》编委会，武汉出版社，2007年、2009年、2013年、2015年。

　　《宋代人物辞典》，杨倩描主编，河北大学出版社2015年。

　　《宋代政治文化史论》，张邦炜著，人民出版社2005年。

　　《宋人年谱丛刊》，吴洪泽、尹波主编，四川大学出版社2003年。

　　《宋川陕大郡守臣易替考》，李之亮撰，巴蜀书社2001年。

　　《宋诗选注》，钱钟书选注，人民文学出版社1979年。

　　《宋代文学与宋代文化》，曾枣庄著，上海人民出版社2006年。

　　《宋代政治与文学研究》，沈松勤著，商务印书馆2010年。

　　《宋代南渡诗歌研究》，顾友泽著，北京大学出版社2014年。

　　《隋唐五代文学思想史》，罗宗强著，上海古籍出版社1986年。

　　《隋唐五代文学批评史》，王运熙、杨明著，上海古籍出版社1994年。

　　《斯文：唐宋思想的转型》，〔美〕包弼德著，刘宁译，江苏人民出版社2001年。

　　《盛唐诗》，〔美〕宇文所安著，贾晋华译，生活·读书·新知三联书店2004年。

　　《盛唐诗坛研究》，袁行霈等著，北京大学出版社2012年。


　　T:

　　《唐庚集编年校注》，黄鹏编著，中央编译出版社2012年。

　　《唐才子传校笺》，（元）辛文房撰，傅璇琮等校笺，中华书局1987—1995年。

　　《唐音癸签》，（明）胡震亨著，上海古籍出版社1981年。

　　《唐五代文学编年史》（初盛唐卷），陶敏、傅璇琮著，辽海出版社1998年。

　　《唐代诗人丛考》，傅璇琮著，中华书局1980年。

《唐代科举与文学》，傅璇琮著，陕西人民出版社2003年。

《唐代交通与文学》，李德辉著，湖南人民出版社2003年。

《唐代交通图考》，严耕望撰，上海古籍出版社2007年。

《唐代三大地域文学士族研究》，李浩著，中华书局2002年。

《唐代诗歌的多元观照》，尚永亮著，湖北人民出版社2005年。

《唐代文学丛考》，陈尚君著，中国社会科学出版社1997年。

《唐代使府与文学研究》，戴伟华著，广西师范大学出版社2007年。

《唐代墓志汇编》，周绍良主编，上海古籍出版社1992年。

《唐代思潮》，龚鹏程著，商务印书馆2007年。

《唐代文学演变史》，李从军著，人民文学出版社1993年。

《唐代重大历史事件与文学研究》，胡可先著，浙江大学出版社2007年。

《唐代的文学传播研究》，柯卓英著，中国社会科学出版社2009年。

《唐代都市文化与诗人心态》，谢遂联著，浙江大学出版社2010年。

《唐代文学时空研究》，赵志强著，浙江工商大学出版社2013年。

《唐代干谒与文学》，王佺著，中华书局2011年。

《唐代的诗人研究》，〔日〕芳村弘道著，中华书局2014年。

《唐代文化与诗人之心》，〔日〕丸山茂著，中华书局2014年。

《唐方镇年表》，吴廷燮撰，中华书局1980年。

《唐刺史考全编》，郁贤皓著，安徽大学出版社2000年。

《唐诗人行年考》，谭优学著，四川人民出版社1981年。

《唐人佚事汇编》，周勋初主编，上海古籍出版社2006年。

《唐诗纪事校笺》，（宋）计有功撰，王仲镛校笺，巴蜀书社1989年。

《唐诗杂论》，闻一多撰，上海古籍出版社2006年。

《唐诗通论》，刘开扬著，巴蜀书社1998年。

《唐诗学引论》，陈伯海著，东方出版中心2007年。

《唐诗风貌》（增订本），余恕诚著，中华书局2010年。

《唐代美学思潮》，霍然著，长春出版社1997年。

《唐代集会总集与诗人群研究》（第二版），贾晋华著，北京大学出版社
2015年。

《唐代文士与中国思想的转型》，陈弱水著，广西师范大学出版社2009年。

《唐代国家与地域社会研究》，严耀中主编，上海古籍出版社2008年。

《唐代地域结构与运作空间》，李孝聪主编，上海辞书出版社2003年。

《唐宋诗歌论集》，莫砺锋著，凤凰出版社2007年。

《唐宋诗学论集》，谢思炜著，商务印书馆2003年。

《唐宋文学论稿》，王祥著，中国社会科学出版社2013年。

《唐宋文学研究》，曾枣庄著，巴蜀书社1999年。

《唐宋馆驿与文学资料汇编》，李德辉编著，凤凰出版社2014年。

《唐五代逐臣与贬谪文学研究》，尚永亮主撰，武汉大学出版社2007年。

《唐宋"古文运动"与士大夫文学》，朱刚著，复旦大学出版社2013年。

《唐五代文人入蜀编年史稿》，张仲裁著，巴蜀书社2011年。

《唐五代文人入蜀考论》，张仲裁著，中国社会科学出版社2013年。

《太平寰宇记》，（宋）乐史撰，四库全书本。

《铁围山丛谈》，（宋）蔡绦撰，中华书局1983年。

《桐江续集》，（元）方回撰，四库全书本。


W：

《王子安集注》，（唐）王勃著，（清）蒋清翊注，汪贤度校点，上海古籍出版社1995年。

《王维集校注》，（唐）王维撰，陈铁民校注，中华书局1997年。

《文同全集编年校注》，（宋）文同著，胡问涛、罗琴校注，巴蜀书社1999年。

《文献通考》，（元）马端临撰，影印文渊阁《四库全书》本。

《万姓统谱》，（明）凌迪知撰，上海古籍出版社1994年。

《魏晋本土文学地理研究》，胡阿祥著，南京大学出版社2001年。

《文学地理学会通》，杨义著，中国社会科学出版社2013年。

《文学理论》，南帆等著，北京大学出版社2008年。

《晚唐》，［美］宇文所安著，贾晋华、钱彦译，生活·读书·新知三联书店2011年。

《晚唐政治与文学》，肖瑞峰、方坚铭、彭万隆著，中国社会科学出版社2011年。

《晚唐文人仕进心态研究》，徐乐军著，社会科学文献出版社2014年。

《文化构建与宋代文士及文学》，崔际银著，天津古籍出版社2011年。

《文化地理学》，〔英〕迈克·克朗著，杨淑华等译，南京大学出版社2003年。

《文化地理学》，周尚意等编著，高等教育出版社2004年。


X：

《新唐书》，（宋）欧阳修、宋祁撰，中华书局1975年。

《续资治通鉴长编》，（宋）李焘撰，中华书局1979年。

《温公续诗话》，（宋）司马光撰，历代诗话本。

《西溪丛语》，（宋）姚宽撰，中华书局1993年。

《现存宋人著述总录》，刘琳、沈治宏编著，巴蜀书社1995年。

《西南历史文化地理》，蓝勇著，西南师范大学出版社2001年。

《新兴与传统——苏轼词论述》，〔日〕保苅佳昭著，上海古籍出版社2005年。


Y：

《元稹集校注》，（唐）元稹著，周相录校注，上海古籍出版社2011年。

《姚合诗集校注》，（唐）姚合著，吴河清校注，上海古籍出版社2012年。

《舆地纪胜》，（宋）王象之撰，中华书局1992年。

《应斋杂著》，（宋）赵善括撰，四库全书本。

《益部方物略记》，（宋）宋祁撰，四库全书本。

《苕溪渔隐丛话》，（宋）胡仔纂集，人民文学出版社1984年。

《瀛奎律髓汇评》，（元）方回选评，上海古籍出版社2005年。

《言行龟鉴》，（元）张光祖撰，四库全书本。

《益部谈资》，（明）何宇度撰，四库全书本。

《渔洋诗话》，（清）王士祯撰，清诗话本。

《御定历代题画诗类》，四库全书本。

《御定佩文斋广群芳谱》，四库全书本。

《御定佩文斋咏物诗选》，四库全书本。

Z:

《郑谷诗集笺注》，（唐）郑谷著，严寿澂、黄明、赵昌平笺注，上海古籍出版社2009年。

《张乖崖集》，（宋）张咏著，中华书局2000年。

《张方平集》，（宋）张方平撰，中州古籍出版社1992年。

《朱子语类》，（宋）黎靖德编，中华书局1986年

《麈史》，（宋）王得臣撰，大象出版社2003年。

《自警编》，（宋）赵善璙撰，四库全书本。

《竹庄诗话》，（宋）何汶撰，中华书局1984年。

《载酒园诗话》，（清）贺裳撰，清诗话续编本。

《中国历史地图集》第五册、第六册，中华地图学社1975年。

《中国文化地理》，陈正祥著，生活·读书·新知三联书店1983年。

《中国文学概论》，袁行霈著，高等教育出版社1990年。

《中国文化地理》，王会昌著，华中师范大学出版社1992年。

《中国文化地理概说》，赵世瑜、周尚意著，山西教育出版社1991年。

《中国南北文化的反差》，张仁福著，云南教育出版社1992年。

《中国历代文学家之地理分布》，曾大兴著，湖北教育出版社1995年。

《中国文学批评通史·宋金元卷》，王运熙等主编，上海古籍出版社1996年。

《中国历代行政区划》，张明庚、张明聚编著，中国华侨出版社1996年。

《中国文学精神》（唐代卷），孙学堂著，山东教育出版社2003年。

《中国文学精神》（宋元卷），王小舒著，山东教育出版社2003年。

《中国古代文学地理形态与演变》，梅新林著，复旦大学出版社2006年。

《中国古典文学图志》，杨义著，生活·读书·新知三联书店2006年。

《中唐诗歌之开拓与新变》，孟二冬著，北京大学出版社2006年。

《中国行政区划通史》（宋西夏卷），李昌宪著，复旦大学出版社2007年。

《中国诗歌史论》，龚鹏程著，北京大学出版社2008年。

《中国古典文学风格学》，吴承学著，北京大学出版社2011年。

《中唐至北宋的典范选择与诗歌因革》，李贵著，复旦大学出版社2012年。

《中国"诗史"传统》，张晖著，生活·读书·新知三联书店2012年。

《中国行政区划通史》（唐代卷），郭声波著，复旦大学出版社2012年。

《中国诗歌史——从起始到皇朝的终结》，〔德〕顾彬著，刁承俊译，华东师范大学出版社2013年。

《中古文学的地理意象》，张伟然著，中华书局2014年。

《中国文学小史》，赵景深著，山西人民出版社2014年。

《中国离别诗形成论考》，〔日〕松原朗著，李寅生译，中华书局2014年。

《中国文学的抒情传统》，陈世骧著，生活·读书·新知三联书店2015年。

## 二、论文

《川陕交通的历史发展》，黄盛璋著，《地理学报》1957年第4期。

《文艺的地域学研究设想》，金克木著，《读书》1986年第4期。

《阴平道初探》，鲜肖威著，《中国历史地理论丛》1988年第2期。

《唐代的文川道》，李之勤著，《中国历史地理论丛》1990年第1期。

《江山之助——中国古代文学地域风格论初探》，吴承学著，《文学评论》1990年第2期。

《唐代蜀道的地位和作用》，梁中效著，《成都大学学报》1992年第2期。

《论故道在川陕诸驿中的特殊地位》，李之勤著，《中国历史地理论丛》1993年第2期。

《论陆游的蜀中诗》，胡蓉蓉著，《四川师范大学学报》1994年第4期。

《论唐宋蜀道诗的文化史意义》，马强著，《成都大学学报》1995年第3期。

《论唐末社会心理与诗风走向》，许总著，《社会科学战线》1997年第1期。

《褒斜道的开发、变化和历史作用》，党瑜著，《唐都学刊》1997年第4期。

《〈读史方舆纪要〉卷五六〈褒斜道〉条校释》，李之勤著，《中国历史地理论丛》1999年第3期。

《唐代诗人汉中诗考略》，马强著，《汉中师范学院学报》2000年第1期。

《〈读史方舆纪要〉陕西省汉中府"傥骆道"条校释》，李之勤著，《中国历史地理论丛》2000年第1期。

《〈读史方舆纪要〉卷五六〈子午道〉条校释》，李之勤著，《中国历史地理论丛》2000年第3期。

《长江集校注》前言，齐文榜著，《河南大学学报》2000年第5期。

《近百年来陆游研究综述》，傅明善著，《中国韵文学刊》2001年第1期。

《杜甫寓居成都时的诗歌创作及其审美观照》，杨亚娟著，《陕西师范大学学报》2001年第S1期。

《诗可以群：略谈元祐体诗歌的交际性》，周裕锴著，《社会科学研究》2001年5期。

《论陆游在南郑》，许文军著，《陕西师范大学学报》2002年第S3期。

《试论杜甫"蜀道难"诗》，陶喻之著，《杜甫研究学刊》2002年第4期。

《陆游诗中的巴蜀情结》，莫砺锋著，《社会科学研究》2003年第5期。

《金牛道北段线路的变迁与优化》，李之勤著，《中国历史地理论丛》2004年第2辑。

《"咸通"诗人群体的心态与创作》，王小兰著，《西北师大学报》2004年第2期。

《试论宋祁的文学思想及其影响》，段莉萍著，《江汉论坛》2004年第2期。

《论宋代文化中的"眉山现象"》，祝尚书著，《四川大学学报》2004年第3期。

《宋代蜀道城市与区域经济述论》，梁中效著，《西南师范大学学报》2004年第5期。

《贾岛家世新考》，齐文榜著，《湛江海洋大学学报》2004年第5期。

《两宋蜀士题刻校补》，陶喻之著，《四川文物》2005年第4期。

《金牛古道演变考》，孙启祥著，《成都大学学报》2008年第1期。

《陈仓古道考》，李之勤著，《中国历史地理论丛》2008年第3期。

《〈吕陶年谱〉补正》，戴扬本著，《图书馆杂志》2009年第8期。

《唐宋诗歌中的"巴蜀"及地理内涵》，马强著，《成都大学学报》2010

年第2期。

《杜甫蜀道纪行诗论略》，温虎林著，《甘肃高师学报》2010年第3期。

《蜀道文化遗产保护纪实》，陶喻之著，《中国文化遗产》2010年第6期。

《试论郑谷的蜀中诗歌》，王定璋著，《西华大学学报》2011年第2期。

《岑参梁州诗新考》，马强著，《陕西理工学院学报》2012年第1期。

《南宋中兴诗人群体论纲》，曾维刚著，《兰州大学学报》2012年第2期。

《古代蜀道的"关"》，王子今著，《四川文物》2012年第3期。

《蜀道研究三题》，高大伦著，《四川文物》2012年第3期。

《三十年来蜀道研究综述》，刘艳伟著，《重庆交通大学学报》2012年第6期。

《〈陆游与汉中〉序论》，傅璇琮著，《绍兴文理学院学报》2012年第5期。

《古代巴蜀地区对外陆路交通小考》，聂和平、杨洋著，《齐齐哈尔大学学报》2012年第6期。

《论米仓道的系统问题及其历史地位》，郭声波著，《四川文物》2012年第6期。

《米仓道路线与性质初探》，彭邦本著，《四川文物》2013年第1期。

《杜甫的蜀中诗及其旷达性格的美学表达》，黄全彦、张德明著，《绵阳师范学院学报》2013年第1期。

《蜀道文学的壮美历程》，梁中效著，《成都大学学报》2013年第4期。

《蜀道诗文审美张力的构成》，李锐著，《陕西理工学院学报》2014年第1期。

《南宋名臣李曾伯蜀中诗论》，罗超华著，《重庆三峡学院学报》2014年第5期。

《巴蜀民族文化视阈下的唐代诗歌》，张红著，《贵州民族研究》2014年第12期。

《初唐文士入蜀现象的诗坛反响论略》，林静著，《成都大学学报》2015年第1期。

《陆游的蜀道之旅及其影响》，梁中效著，《陕西理工学院学报》2015年第1期。

《文学地理学批评的十个关键理论术语》，邹建军著，《内江师范学院学报》2015年第1期。

《唐庚文学成就研究》，郭镭著，2003年四川大学硕士学位论文。

《"咸通十哲"及其诗歌创作研究》，曾维刚著，2003年西北师范大学硕士学位论文。

《岑参研究》，李厚琼著，2004年四川师范大学硕士学位论文。

《杜甫两川诗研究》，李霜琴著，2004年福建师范大学博士学位论文。

《晚唐诗人郑谷及其蜀中诗研究》，舒越著，2005年四川师范大学硕士学位论文。

《文同及其诗歌研究》，曾永久著，2006年暨南大学硕士学位论文。

《宋南渡初期诗人群体研究》，白晓萍著，2006年浙江大学博士学位论文。

《中唐文人巴蜀旅游研究》，钟维学著，2007年四川师范大学硕士学位论文。

《范成大蜀中诗文研究》，付晓琪著，2007年四川师范大学硕士学位论文。

《元稹入蜀和蜀中诗歌创作考论》，郑枚梅著，2008年四川师范大学硕士学位论文。

《陆游"南郑情结"述论》，赵阳著，2008年华东师范大学硕士学位论文。

《魏了翁诗歌研究》，丁力玮著，2008年四川师范大学硕士学位论文。

《巴蜀文化与唐代诗歌》，林萍著，2009年陕西师范大学硕士学位论文。

《宋祁研究》，黄燕著，2009年华东师范大学硕士学位论文。

《韦庄入蜀及其蜀中诗歌研究》，曹仲芯宁著，2009年四川师范大学硕士学位论文。

《吴泳文学研究》，杭洁著，2009年西北大学硕士学位论文。

《南宋中兴诗坛研究》，韩立平著，2009年复旦大学博士学位论文。

《唐宋剑门诗文化研究》，胡玉平著，2011年西南大学硕士学位论文。

《北宋治蜀研究》，张建著，2011年西南大学硕士学位论文。

《陆游入蜀研究》，马寅著，2011年重庆师范大学硕士学位论文。

《赵抃入蜀及蜀中诗歌创作研究》，彭清宜著，2012年四川师范大学硕士学位论文。

《李洞及其诗歌艺术研究》，杨贺著，2012年南京师范大学硕士学位论文。

《中唐文人入蜀研究——以入蜀文人在蜀所作诗歌为考察对象》，梁谋燕著，2012年扬州大学硕士学位论文。

《吴融及其诗歌研究》，张淑玉著，2012年四川师范大学硕士学位论文。

《初唐文士入蜀现象与诗歌关系研究》，林静著，2013年北京大学博士学位论文。

《王十朋蜀中经历及文学创作》，贾苹著，2013年四川师范大学硕士学位论文。

《范成大开府时期诗歌研究》，张燕著，2013年西南大学硕士学位论文。

《李新诗歌研究》，魏晓姝著，2013年赣南师范学院硕士学位论文。

《汪元量入蜀湘及其蜀湘诗歌研究》，瞿沙沙著，2013年四川师范大学硕士学位论文。

《程公许诗歌研究》，胡晓航著，2014年山东师范大学硕士学位论文。

《李曾伯诗歌研究》，陈明英著，2014年广西师范大学硕士学位论文。

《蜀道与唐诗》，方正著，2014年西北大学硕士学位论文。

《唐代剑南道研究——以政治地理与戍防体系为中心》，陈乐保著，2015年山东大学博士学位论文。

《唐宋时期蜀地政治地理研究——以蜀地高层政区特点和政治地理格局下的地缘政治关系为中心》，周伦毅著，2015年西南大学硕士学位论文。